The Keep 킵

이 도서의 국립중앙도서관 출판시도서목록(CIP)은
e-CIP 홈페이지(http://www.nl.go.kr/ecip)와
국가자료공동목록시스템(http://www.nl.go.kr/kolisnet)에서 이용하실 수 있습니다.
(CIP제어번호: CIP2011004722)

The Keep 킵

최세희 옮김

제니퍼 이건 장편소설

문학동네

어린 두 아들 마누와 라울에게
이 책을 바칩니다.

차례

1부

# 1장

성은 무너져가고 있었다. 하지만 새벽 두시, 있으나 마나 한 흐린 달빛 아래 선 대니에게는 보이지 않았다. 그의 눈에 보이는 것은 지옥처럼 견고하기만 했다. 아치로 연결된 두 개의 둥근 탑, 그리고 그 아치 너머에 있는 지난 삼백 년간, 아니 지금까지 단 한 번도 열린 적이 없는 듯한 철문.

생전 성은커녕 이 근처에도 와본 적이 없었지만 이 성은 어딘가 모르게 눈에 익었다. 아주 오래전부터 기억하고 있는 장소인 것만 같은, 직접 와본 건 아니지만 마치 꿈에서 보았거나 책에서 읽은 것 같은 느낌이었다. 두 개의 탑은 으레 어린애들이 성을 그릴 때처럼 꼭대기가 사각형의 요철 모양이었다. 뉴욕에서는 다들 거의 벗고 다니다시피 하는 8월 중순인데도, 이곳의 공기는 때 이르게 찾아온 가을날처럼 눅진하니 찼다. 나뭇가지에서 떨어진 이파리들이 머리 위로 내려앉는 게 느껴지고, 걸으면 부츠 아래에서 나뭇잎 바스러지는 소리가 들렸다. 대니는 초인종을, 문고리를, 불빛을 찾고 있었다. 성 안으로 들어가는 길, 하다못해 입구로 통하는 길이라도 찾았으면 싶었다. 갈수록 비관적이 되었다.

아까는 음울하고 작은 계곡 마을에서 두 시간이나 버스를 기다렸지만 망할 놈의 버스는 오지 않았다. 문득 그는 고개를 들어 올려다보았고, 하늘을 등지고 선 거무스름한 성의 형체를 보게 되었다. 잠시 후 그는 반들반들한 돌과 나무뿌리와 구덩이에 번번이 걸리는 조그만 바퀴가 달린 샘소나이트 가방에 위성안테나까지 질질 끌며, 언덕길을 따라 수 마일을 걸어 오르기 시작했다. 설상가상으로 다리까지 절었다. 이번 여행은 내내 그 모양이었다. 한 고비를 넘기면 또 한 고비가 기다리고 있었다. JFK 공항에서 출발한 야간 비행기는 폭파 위협 때문에 착륙장으로 예인되어 붉은 라이트를 깜박이는 트럭들과 거대한 노즐에 둘러싸였는데, 마음이 놓이는 것도 잠시, 결국 저들의 임무라는 것이 이미 비행기에 탑승해버린 가엾은 머저리들까지만 숯덩이가 되도록 하는 것임을 그는 깨달았다. 그렇게 대니는 프라하까지 가는 비행기 연결편과, 어딘지는 정확히 모르겠으나 지금 와 있는 이 지옥, 독일인 것 같지는 않지만 이름은 독일어처럼 들리는 이 동네로 데려다줄 기차를 놓쳤다. 여기가 어디든 간에, 제대로 된 철자를 몰라서인지 인터넷에서조차 검색되지 않았다. 성 개조를 도와준다는 조건으로 그에게 돈을 지불한 성의 소유주 사촌 하위와 전화 통화를 할 때 대니는 세세한 부분까지 명확히 해두고자 했다.

대니: 아직도 잘 몰라서 말인데, 네가 샀다는 호텔이 있는 데가

오스트리아야, 독일이야, 체코야?

하위: 솔직히 말하면 나도 아직 정확히 몰라. 그쪽 국경이 끊임없이 왔다갔다해서.

대니(곰곰이 따져보며): 정말이야?

하위: 그런데 말해둬야 할 게, 아직 호텔이라고는 할 수 없어. 지금으로선 그냥 오래된……

전화가 끊겼다. 대니는 다시 전화를 걸었지만 연결이 되지 않았다.

그러나 그다음 주에 (흐릿한 소인이 찍힌) 비행기표와 기차표와 버스표가 도착했다. 또다시 실직자가 된데다, 일하던 식당에서 빚어진 오해 때문에 한시바삐 뉴욕을 벗어나야 하는 신세를 생각하면 돈까지 받고 다른 곳(그곳이 어디건, 설령 빌어먹을 달이라해도)으로 갈 수 있다는데야 대니로서는 마다할 이유가 없었다.

열다섯 시간이나 늦었다.

그는 샘소나이트와 위성안테나를 성문 옆에 내려놓고, 왼쪽 탑 주위를 돌았다(세상 사람들이 흔히 오른쪽을 택한다는 이유 때문에 그는 선택의 여지가 있을 때는 결단코 왼쪽으로 갔다). 벽이 탑에서 숲 쪽으로 곡선을 그리며 뻗어 있었다. 그 벽을 따라가자 수풀이 그의 주위로 거리를 좁혀왔다. 그는 한 치 앞도 보이지 않는 가운데 나아가고 있었다. 휘리릭, 푸드덕 소리가 들렸고, 걸음을 옮길수록 나무들이 점점 더 벽을 향해 거리를 좁혀오는 바람에 급기야 그는 그 사이에 꽉 끼어버리는 꼴이 되었다. 그나마 성벽을 놓치면 길을 잃을 거라는 생각에 눈앞이 캄캄해졌다. 곧 예기치 않게 운이 트였다. 나무 몇 그루가 벽을 뚫고 들어가면서 벌어진 틈새가 있었다. 대니는 그곳을 통해 성벽 안으로 기어올라갈 수 있었다.

이것도 만만치 않았다. 6미터 정도 높이의 벽은 한가운데에 틀어박힌 굵은 나무줄기들 때문에 들쭉날쭉한데다가 자꾸 부스러졌고, 대니는 직장생활 중의 오해로 인해 입은 부상으로 한쪽 무릎이 성치 않았다. 신고 있는 부츠도 어디를 오르기엔 적합지 않다. 도시생활자가 신는, 사각코와 뾰족코의 중간쯤이라 할 수 있는 첨단 유행의 부츠는 오래전에 나름 행운의 신발이라고 생각하고 산 것이었다. 밑창을 갈 때도 지났다. 도시의 평평한 콘크리트에서도 걸핏하면 미끄러지던 물건이니, 이걸 신고 6미터 높이의 허물어진 벽을 간신히 붙들고 기어올라가는 자신의 꼬락서니는 동네방네 알리고 싶은 것이 못 됐다. 하지만 마침내 그는 숨이 턱까지 차오른 채, 땀을 뻘뻘 흘리며, 욱신욱신 쑤시는 다리를 질질 끌고 벽 꼭대기의 보도처럼 편평한 곳까지 올라갔다. 그는 바지를 털며 일어섰다.

눈앞에 펼쳐진 광경을 보니 한순간 신이 된 것 같은 기분이 들었다. 달 아래 은빛으로 반짝거리는 성벽이 축구장 크기의 울퉁불퉁한 타원형을 그리며 언덕 너머까지 쭉 뻗어 있었다. 45미터마다 둥근 탑이 하나씩 서 있었다. 발밑의 벽 안쪽은 호수나 우주공간처럼 완전한 암흑이었다. 머리 위로 자홍색 깃털구름으로 가득한 거대한 천구의 존재가 느껴졌다. 성 자체는 아까 대니가 출발했던 저 뒤에 있었는데, 건물과 탑들이 뒤엉켜 한 덩어리로 보였다. 그러나 가장 높은 탑은 홀로 떨어져 서 있었다. 꼭대기 부근의 창문에서 붉은빛이 흘러나오는, 좁다란 사각형의 탑이었다.

이렇게 내려다보고 있자니 대니는 마음이 좀 풀리는 것 같았다. 처음 뉴욕에 갔을 때, 그와 그의 친구들은 세계와 맺기를 열망하는 관계의 방식에 이름을 붙이고자 했다. 그러나 어휘는 금세 바닥을 드러냈다. **전망**이니, **비전**이니, **지식**이니, **지혜**니 하는 말들은 지나치게 무겁거나 가벼웠다. 그래서 그와 친구들은 새로운 말을 만들어냈다. 그것이 **알토***였다. 진정한 알토는 쌍방향으로 작용했다. 내가 본다는 것은 나 역시 남에게 **보인다**는 것이고, 내가 안다는 것은 남들도 나를 안다는 것이다. 쌍방향 인식. 성벽 위에 서서 대니는 알토를 감지했다. 그는 여전히 그 말과 함께하고 있었다. 그토록 많은 시간이 흐르고, 그때의 친구들도 사라져버린 지 오래인데. 다들 어른이 된 것이리라, 아마도.

대니는 성벽 꼭대기까지 위성안테나를 가져오지 않은 걸 후회했다. 전화를 걸고 싶은 생각에 안달이 났다. 그 욕구는 웃음이나 졸음, 식욕만큼이나 원초적으로 다가왔다. 참지 못할 지경이 되자 그는 미끄러지다시피 벽을 내려갔고, 아까 그 빽빽한 수풀을 헤치고 되돌아가느라 길쭉한 손톱 밑에는 흙먼지와 이끼가 잔뜩 끼었다. 성문에 다시 다다랐을 무렵 알토는 사라졌고, 피로만 느껴질 뿐이었다. 위성안테나는 케이스 안에 그대로 놔둔 채 그는 나무

---

* alto. 음역으로서의 알토는 남성 음역에서는 최고음이지만 여성 음역에서는 저음부라는 양가적 의미를 지닌다.

아래에서 드러누울 만한 평평한 곳을 찾아냈다. 나뭇잎을 모아 수북이 쌓아올렸다. 뉴욕 시절에 일이 잘 풀리지 않을 때 가끔 노숙을 한 적이 있지만 지금은 그때와 상황이 달랐다. 그는 벨벳 코트를 벗어 안감이 밖으로 나오게 뒤집은 후, 그것을 돌돌 말아 베개 대신 나무 발치에 놓았다. 그리고 나뭇잎 더미에 반듯하게 누워서 양팔을 가슴 위로 엇갈려 포갰다. 나뭇잎들이 계속 떨어지고 있었다. 잎이 반쯤 남은 나뭇가지와 자홍색 구름을 배경으로 빙글빙글 돌며 떨어지는 나뭇잎을 바라보자니 눈알이 뒤로 홱 돌아갈 것만 같았다. 그는 하위에게 써먹을 만한 말을 떠올리려 애썼다.

가령 이런 말: 야, 저기 말이야. '환영합니다'라고 적힌 깔개는 그다지 효과가 없던데?

아니면 이런 말: 나도 돈을 받고 여기까지 왔지만, 설마 손님들한테까지 돈을 줄 생각은 아니겠지?

아니면 이런 것: 내 말 들어. 외부 조명을 써야 때깔이 환해질 거야.

이런 생각을 해둬야 침묵이 흐를 때 할 말이 있을 것 같았다. 만난 지 까마득한 사촌을 다시 볼 생각을 하니 마음이 편치 않았다. 하위의 어릴 적 모습만 기억하는 대니는 그가 어른이 된 모습을 쉬이 상상할 수 없었다. 어렸을 때 하위는 몇몇 남자애들이 그렇듯 여자애처럼 하복부와 엉덩이가 살찐 배梨 모양의 비만 체형이어서, 배 둘레 군살이 바지 뒤춤 위로 뭉실하게 비어져나온 모습이었다. 창백한 피부는 언제나 땀으로 축축했고, 숱 많은 검은 머리칼은 얼굴을 뒤덮다시피 했다. 일곱 살인가 여덟 살 때 대니와 하위는 게임을 고안해 휴가철이나 가족 소풍 때마다 함께 놀았다.

'터미널 제우스'라는 이름의 그 게임에는 영웅(제우스)이 등장했고, 괴물과 임무, 활주로와 공수용 비행기, 악당, 불덩어리, 고속 추격전이 존재했다. 게임은 차고나 낡은 카누, 저녁 식탁 밑 등등 어디서든 할 수 있었고, 지푸라기부터 깃털, 종이접시, 사탕 포장지, 뜨개실, 우표, 양초, 호치키스까지 눈에 보이는 대로 가져다 쓸 수 있었다. 하위가 거의 모든 아이디어를 내다시피 했다. 그는 눈꺼풀 안쪽에서 상영되는 영화라도 보는 양 눈을 감았고, 대니에게도 그러라고 했다. 그래, 제우스가 글로 불리츠*를 쏘면 적들의 모습이 훤히 드러나거든. 그러면 나무 사이에 있는 놈들이 보이겠지? 바로 그때 제우스가 찌릿! 하고 전기충격 올가미를 던져서 놈들을 잡는 거야.

때때로 하위는 대니가 이야기를 꾸미게 했다. 좋아, 이제 네가 한번 해봐. 수중 고문 감옥은 어떻게 생겼지? 그러면 대니는 바위, 해초, 사람 눈알로 가득한 바구니 등등 그에 맞는 이야기를 꾸며내기 시작했다. 대니는 게임에 완전히 빠져 자신이 누구인지도 잊어버릴 정도였고, 가족 친지들이 이제 집에 갈 시간이라고 말하면 억지로 끌려가야 한다는 생각에 충격을 받아 그들 발밑에 몸을 던지고는, 삼십 분만 더요, 제발! 이십 분만, 십 분만, 아니, 오 분만 더! 그것도 안 되면 딱 일 분만 더, 제발, 제발제발! 하며 애걸했다. 자신과 하위가 함께 만든 세상으로부터 억지로 멀어져야 하다니, 미칠 것만 같았다.

---

* 소형 플래시 상표.

다른 사촌들은 하위가 괴짜에 루저라고 생각했고, 입양아라는 점 때문에 거리를 두었다. 사촌 중 맏이도 아닌데 모두가 고분고분 대했던 레이프는 유독 더했다. 하위랑 놀아주다니 상상하기도 하지, 대니의 어머니는 말했다. 엄마가 보기에 걔는 친구도 별로 없는 것 같던데. 그러나 대니는 하위에게 잘해주려는 게 아니었다. 다른 사촌들이 어떻게 생각할까 신경은 쓰였지만, 터미널 제우스보다 더 재미있는 게 없었다.

십대가 되자 하위는 변했다. 하루아침에, 라는 게 모두의 평이었다. 일종의 외상성 경험을 한 후 양순함이 빠져나간 하위는 성마르고 노심초사하는 성격이 되었고, 쉴새없이 발을 떨어대며 킹 크림슨*의 노래 가사를 웅얼웅얼거렸다. 늘 공책을 끼고 살던 그는 추수감사절 식탁에서마저 공책을 무릎에 올려놓고, 그 위에 그레이비소스가 떨어질까봐 냅킨을 덮어두었다. 하위는 주위의 가족들을 하나하나 보며 그들을 언제 어떻게 죽일지 결정이라도 하듯, 땀에 젖은 납작한 연필로 공책에 표시를 했다. 그런데도 그에게 크게 신경쓰는 사람은 아무도 없었다. 그 변화, 외상성 사고 이후로는 대니도 그에게 신경을 끊은 척했다.

물론 사람들은 뒤에서 하위 이야기를 했다. 왜 아니겠는가. 하위의 고난은 가족들이 가장 좋아하는 이야깃거리였고, 그들이 고개를 설레설레 저으며 저런, 어쩜 좋아 하고 말하는 모습 뒤로 솟아오르는 환호성이 들릴 정도였는데. 그도 그럴 것이, 가족 중에 그

---

*King Crimson, 중세풍의 음울한 곡으로 유명한 영국의 록 밴드.

처럼 환상적으로 망가진 사람이 있어서 곁에 있는 것만으로도 모범시민이 된 듯한 기분이 든다면 이를 마다할 사람이 어디 있겠느냐 말이다. 지금도 눈을 감고 열심히 귀를 기울이면, 오래전 가족들이 소곤소곤 떠들어대던 말들 중 몇 가지가 간신히 귀에 들어오는 라디오 방송처럼 떠올랐다. 하위가 마약을 했대 걔 체포됐다는 얘기 들었어 못나기도 참 못난 애지 미안한 말이지만 메이는 왜 걔 다이어트도 안 시키는지 몰라 십대잖아 아니 그 정도 문제가 아니야 나도 그렇고 너도 그렇고 십대 애들 키워봤잖아 그런 애를 입양하다니 다 노엄 잘못이야 어떤 애가 굴러들어올지 어떻게 알겠어 결국 다 유전자 문제라는 걸 깨달으면서 끝나는 거지 그냥 근본부터 글러먹은 사람도 있고 아닌 사람도 있고 그래도 딱히 나쁜 애는 아니지만 그냥 딱 잘라 말해서 이거지. 골칫덩이.

집에 돌아와 어머니가 하위에 대해 고모와 저런 전화 통화를 하는 걸 들을 때마다 대니는 묘한 기분에 사로잡혔다. 시합에서 이기고 신발 밑창 스파이크가 진흙투성이가 되어 돌아온 그에게 응원단에서, 아니, 전교에서 최고의 젖가슴을 가진 여자친구 섀넌 생크가 만반의 준비를 하고 있다가 그의 방에서 오럴섹스를 해주었다. 그녀는 그가 시합에서 이길 때마다 그걸 해주었다. 그리고 야호, 그는 진짜 많이도 이겼다. 야아, 엄마, 안녕. 밤이 되었는지 남보라색 네모로 보이던 부엌 창문. 젠장, 이런 것까지 기억하다니. 엄마가 요리한 참치 찜 냄새까지 떠오르자 기분이 상했다. 대니는 하위에 대해 오가는 말을 듣는 게 좋았다. 그럴 때마다 자신의 존재를 재확인할 수 있어서였다. 대니 킹, 참 괜찮은 녀석, 모두 하나같이, 늘 대니에 대해 그렇게 말했고, 대니는 그럴수록 그 말을 더 듣고, 더 알고 싶었다. 아무리 들어도 성에 차지 않았다.

그것이 제1의 기억이었다. 대니는 나무 아래 드러누운 채 자신도 모르게 그런 기억 속으로 빠져들었지만, 금세 더는 누워 있을 수 없을 정도로 몸이 뻣뻣해졌다. 자리에서 일어나 바지에 붙은 나뭇가지들을 떨어내는데, 기분이 엿같았다. 그는 이런저런 기억을 떠올리는 걸 좋아하지 않았다. 그런 짓은 뒷걸음질이나 다름없다는 것이 대니의 생각이었다. 뒷걸음질이란 언제 어디서건 소중한 인력을 낭비하는 일이고, 매일매일 도망치지 못해 안달복달하던 곳으로 고작 뒷걸음질이나 하고 있다니 말도 안 되는 일이었다.

대니는 외투를 털어 도로 팔에 걸치고, 다시 빠르게 걷기 시작했다. 이번에는 오른쪽으로 갔다. 처음엔 주위가 온통 숲이더니, 나무들은 점차 사라지고 발밑으로 느껴지는 경사면이 갈수록 가팔라졌다. 결국 다리를 구부리며 올라갈 수밖에 없었고, 그러느라 무릎부터 사타구니까지 쪼개질 듯이 아파왔다. 그리고 잠시 후, 누가 단칼에 잘라버리기라도 한 듯 갑자기 언덕배기가 사라지고, 그는 치받듯이 솟아오른 성벽과 함께 절벽 끝에 서 있었다. 성벽은 절벽과 하나가 되어 하늘을 향해 찌를 듯한 하나의 수직선을 그리고 있었다. 대니는 문득 멈춰 서서 절벽 아래를 내려다보았다. 아래는 긴 내리막길이었다. 무성하고 어두컴컴한 덤불숲 깊은 곳에 점점이 반짝이는 불빛들을 보니, 아까 그가 버스를 기다리던 동네가 틀림없었다.

알토: 그는 죽었다 깨어나도 알 수 없는 곳 한가운데 처박힌 것

이다. 극한 상황이었고, 대니는 극한 상황을 좋아했다. 정신을 딴 데 돌릴 수 있으니까.

내가 너라면 말이야, 누군가에게 동굴 탐험을 권하기 전에 보증금부터 받아둘 거다.

대니는 고개를 뒤로 젖혔다. 구름들 사이로 별들이 비집고 나섰다. 이편의 성벽이 더 높은 것 같았다. 성벽은 안쪽으로 굽어져 들어가다가 꼭대기 부근에서 다시 바깥쪽을 향했고, 대니의 머리 위 수십 센티미터 높이에는 몇 미터 간격으로 좁은 틈새가 나 있었다. 그는 몸을 돌리고 서서 그 틈새 중 하나를 관찰했다. 수평과 수직으로 절개된 두 개의 기다란 틈이 십자 모양을 이루고 있었는데, 그 틈새는 수백 년간의 눈과 비, 그리고 무엇이 됐든지 간에 그것을 좀더 벌려놓은 것들로 인해 다른 것들보다 폭이 넓어져 있었다. 비 이야기가 나왔으니 말인데, 그때 안개와 별반 차이가 없는 가는 빗방울이 흩날리기 시작했고, 샘소나이트 가방 깊숙이 처박힌 헤어드라이어와 특정 타입의 무스 없이는 결코 정돈되지 않는 대니의 머리가 비에 젖어 기괴해져갔다. 그런 꼬락서니로 하위를 만나고 싶지는 않았다. 비를 피하고 싶은 마음에 환장할 것 같았다. 그래서 대니는 성벽의 깨진 부분을 붙잡고 큰 발과 앙상한 손가락을 갈고리 삼아 그 틈새까지 기어올라갔다. 들어갈 만한가 싶어 머리를 들이밀어보니, 그의 몸에서 가장 넓은 곳인 양어깨가 간신히 들어갈 만한 좁은 공간이 나왔다. 그는 자물쇠에 열쇠를 꽂아 돌리듯 어깨를 돌려 안으로 밀고 들어갔다. 어깨 아래로는 문제없었다. 보통의 성인 남자라면 그런 구멍에 들어가기 전에 몸이 쪼그라드는 알약이라도 먹어야 할 터이지만, 대니의 몸은 좀 달랐다. 그는 키가 큰 편이었지만 유연성과 적응력이 뛰어나 몸을 껌처럼 돌돌 말았다가 다시 펼 수 있었다. 지금 그의 상태가 딱 그랬다. 그는 땀에 젖은 짐짝 꼴이 되어 축축한 돌바닥 위에 뻗어버렸다.

그는 고대의 지하실 비슷한 곳에 들어와 있었다. 등불 하나 없는데다 그가 싫어하는, 동굴에서 나는 것 같은 냄새가 풍겼다. 천장이 낮아 몇 번이나 이마를 부딪치는 바람에 무릎을 굽히고 나아가려 했지만, 그러려니 상태가 좋지 않은 쪽 무릎이 너무 아팠다. 그는 잠시 멈췄다가 다시 천천히 다리를 곧게 펴고 일어서면서 조그만 생물들이 혼비백산 달아나는 소리에 귀를 쫑긋했다. 공포감에 걸레를 쥐어짜듯 배 속이 뒤틀렸다. 그 순간 문득, 열쇠고리에 클럽 시절부터 달고 다니던 미니 손전등이 달려 있다는 게 떠올랐다. 그걸로 사람 눈을 비춰보면 E*나 스맥**에 취했는지, 아니면 스페셜 K***에 맛이 갔는지 대번에 구분할 수 있었다. 대니는 손전등을 켜고 그 작은 광선으로 어둠 속을 쿡쿡 찔렀다. 돌벽, 그리고 발밑은 미끌거리는 돌이었다. 벽을 따라 움직임이 느껴졌다. 호흡이 빠르게 가빠졌고, 그는 숨을 고르기 위해 애썼다. 공포는 금물이다. 그것은 벌레가 꼬이게 한다. 친구들과 함께하던 그 옛날, 대니와 친구들이 만들어낸 또다른 말이었다. 마리화나를 피웠

---

* 엑스터시.
** 헤로인의 속어.
*** 마약류 마취제인 케타민을 가리키는 은어.

거나 코카인을 몇 줄 흡입한 상태였던 그들은 사람들이 자신감을 잃고, 거짓말을 하고, 불안해하고, 묘한 행동을 보이는 걸 뭐라고 부를까 궁리중이었다. 편집증? 자신감 결여? 불안증? 패닉? 이런 말들은 너무 밋밋했다. 그들이 마지막으로 고른 것은 벌레라는 말이었다. 벌레는 삼차원적이었다. 그것은 사람의 몸 안으로 기어들어가 갉작갉작 좀먹기 시작해, 마침내 모든 것을 무너뜨리고 인생을 통째로 날려버린다. 그래서 결국 약에 절어 만신창이가 되거나, 가족들이 있는 집으로 돌아가는 신세가 되거나, 벨뷰*에 입원하거나, 모두 알고 지내던 한 여자가 그랬듯 맨해튼 다리에서 뛰어내리게 된다.

또다시 뒷걸음질. 이래 봐야 아무 소용 없었다. 사태만 악화시킬 뿐이었다.

대니는 휴대전화를 꺼내 열었다. 로밍 서비스는 되지 않았지만, 휴대전화에 불이 들어오며 통화권을 탐색하는 모습만 보아도 마음이 차분히 가라앉았다. 터미널 제우스의 포스필드** 스태빌라이저처럼, 마치 전화기에 무슨 능력이라도 있다는 듯이. 지금 이 순간은 누구와도 연결되지 않았지만 대개의 경우 그는 언제나 연결에 혈안이 되어 있었고, 그 덕분에 지하철이나 건물 깊숙한 곳에서의 먹통 상태를 어떻게든 돌파해갈 수가 있었다. 그에게는 304개의 인터넷 메신저 아이디와 180개의 버디 리스트가 있었다.

---

* 뉴욕에 있는 약물 중독자 및 에이즈 환자 전문 요양병원.
** 전파자장현상을 일으켜 군사시설과 인력을 보호하는 일종의 차폐장치. 에너지 실드, 포스 실드라고도 하며, SF영화와 게임에 많이 등장한다.

이번 여행을 위해 위성 접시안테나를 대여한 것도 그 때문이었다. 이가 갈릴 정도로 무거운 짐짝인데다 공항 검색대에서는 악몽과도 같은 상황을 초래했지만, 지구상 어디서나 휴대전화는 물론이요 무선 인터넷 접속까지 보장하는 물건이었다. 대니에게는 꼭 필요한 것이었다. 그의 뇌는 머리라는 반향실* 안에 갇혀 있기를 거부했고, 저 세상 밖으로 쏟아지고 흘러넘쳐 급기야 생면부지의 수많은 사람들에게 가 닿을 때까지 멈추지 않았다. 그렇게 하지 못하고 두개골 속에 계속 갇혀 있으면, 그 압력이 점점 커져만 갈 것이다.

한 손은 휴대전화를 쥐고, 다른 손은 언제 머리를 숙여야 할지 감지하기 위해 허공에 쳐든 채로 대니는 다시 걷기 시작했다. 이곳은 마치 지하감옥과도 같았다. 고성의 지하감옥은 으레 탑에 위치한다는, 대니도 그럭저럭 알고 있는 사실만 빼면. 아까 벽에서 본, 꼭대기에서 빨간 불빛이 새어나오던 사각형의 높은 건물, 어쩌면 그게 지하감옥인지도 몰랐다. 그리고 이곳은 모르긴 해도 하수구였을 것이다.

나한테 묻는다면야, 대지의 여신도 구강 청정액 정도는 썼더라면 좋았을 거라고 말하겠어.

하지만 이건 대니가 한 말이 아니라 하위의 말이었다. 대니는 이제 제2의 기억으로 향하고 있었고, 아무래도 이쯤에서 여러분에게 이실직고하는 편이 좋겠다. 내가 대니 이 친구를 아무도 눈

---

* echo chamber. 메아리 효과를 녹음하는 음향시설.

치채지 못하는 사이에 능수능란하게 이 모든 기억 속에 넣었다 뺐다 해야 하는데, 잘할 수 있을지는 나도 모르겠다. 손전등 불빛과 함께 기억 속에서 가장 먼저 등장한 사람은 레이프, 그다음이 하위였다. 대니는 맨 마지막에 나타났다. 그들은 모두 한 방 먹은 듯한 상태였는데, 하위는 제 사촌들이 자기만 따돌리고 몰래 소풍을 가서 그랬고, 대니는 레이프와 한패가 되어 범죄를 저지르는 것만큼 짜릿한 일이 세상 어디에도 없기 때문에 그랬고, 레이프는— 글쎄, 그에게 가장 멋진 점은 그가 무슨 짓을 하건 왜 그런 짓을 하는지 죽었다 깨어나도 알 수 없다는 데 있다고 해두자.

하위에게 동굴을 보여주자.

타고난 긴 속눈썹 사이로 대니를 곁눈질하며 레이프가 부드럽게 말했다. 대니는 레이프에게 뭔가 꿍꿍이속이 있다는 것을 눈치채고 가담했다.

하위는 어둠 속에서 발을 헛디뎠다. 한쪽 팔에는 공책을 끼고 있었다. 그들이 터미널 제우스를 하지 않은 지도 일 년이 더 됐다. 어느 해 크리스마스이브, 대니는 무작정 하위를 피했고 대신 다른 사촌들과 함께 나갔다. 하위는 몇 번이고 다가와 대니와 눈을 맞추려고 하다가 금세 포기해버렸다. 그렇게 게임은 별다른 말도 없이 끝나버렸다.

대니: 그 공책 때문에 몸을 잘 못 가누는 거야, 하위.

하위: 그래, 그래도 이게 있어야 돼.

왜 있어야 되는데?

아이디어가 떠오를 때를 위해서.

레이프가 뒤로 돌더니 손전등을 하위의 얼굴에 곧장 비추었다. 대니는 눈을 질끈 감았다.

레이프: 아이디어가 떠오르다니, 무슨 소리야?

하위: D&D에 대한 아이디어. 내가 던전 마스터잖아.

레이프는 불빛을 거두었다. 너 누구랑 게임하는데?

내 친구들.

그 말을 듣고 대니는 잠시 아뜩해졌다. 던전 앤드 드래곤Dungeons and Dragons이라니. 그에게는 터미널 제우스에 대한 몸의 기억이, 그 게임으로 빨려들어가는 느낌이 남아 있었다. 그리고 게임은 끝나지 않은 것이었다. 다만 그 없이 진행되었을 뿐.

레이프: 확실해? 너한테 친구가 있다고, 하위?

너도 내 친구 아냐, 레이프? 그 말을 하고 하위가 웃자, 다들 함께 웃었다. 그는 농담을 하고 있었다.

레이프: 가만 보면 이 자식도 꽤 웃겨.

그러면서 대니는 이만하면 충분하지 않은가 싶었다. 그들은 더 나아갈 수 없는 가로막힌 동굴 안에 있었다. 이 이상 아무 일도 일어나지 않기를. 대니는 그러기를 절실하게 바랐다.

그 동굴의 형태는 이랬다. 맨 처음에는 햇빛이 약간 비치는 크고 둥근 공간이 있고, 그다음에 몸을 수그려야 지날 수 있는 입구를 지나면 어두운 방이 또 하나 나오고, 그다음 구멍을 기어 통과하면 세번째 방이 나오고, 거기에 웅덩이가 있었다. 웅덩이 너머에 뭐가 있는지는 대니도 알지 못했다.

웅덩이를 보고 모두 할 말을 잃었다. 크림 같은 흰빛이 도는 푸른 수면이 레이프의 손전등 불빛을 지그재그로 굴절시키며 벽에 흩뿌렸다. 폭이 2미터쯤 되었고, 맑고 깊었다.

하위: 우아, 너네 봤지. 대단해. 그는 공책을 펼쳐 뭔가를 적어 넣었다.

대니: 너 연필 가져온 거야?

하위가 연필을 들어 보였다. 컨트리클럽에서 수표에 서명하라고 건네주는 것과 비슷하게 생긴 초록색 몽당연필이었다. 그가 말했다. 원래는 항상 펜을 갖고 다녔는데 자꾸 바지에 잉크가 묻더라고.

레이프가 요란하게 웃어대자 하위도 웃었지만, 레이프만큼 크게 웃으면 안 된다고 생각했는지 이내 웃음을 거두었다.

대니: 뭘 썼냐?

하위가 그를 보았다. 왜 물어?

몰라. 그냥 궁금해서.

**초록색 웅덩**이라고 썼어.

레이프: 그게 아이디어라는 거냐?

그들은 말이 없었다. 대니는 누군가 그에게 질문을 했고 그 답을 기다리느라 지친 것처럼 동굴 안의 압박감이 커져가는 것을 느꼈다. 레이프. 이제 와 생각하니, 그 사촌형이 그에게 왜 그리 대단해 보였던 걸까 궁금해하는 것은 태양이 왜 빛나는지, 풀은 왜 자라나는지 궁금해하는 것과 마찬가지였다. 세상에는 사람을 제 뜻대로 좌지우지할 수 있는 사람들이 존재한다. 그게 전부다. 때로는 부탁조차 할 필요가 없다. 그들 자신이 뭘 원하는지조차 모를 때도 있다.

대니는 웅덩이 가장자리로 갔다. 하위, 그가 말했다. 바닥에 뭔가 반짝이는 게 있네. 보여?

하위가 다가와서 보았다. 아니.

저기, 저 아래.

대니가 웅덩이 바로 옆에 쭈그리고 앉자, 하위도 무슨 공 위에 올라타듯 그 커다란 발로 불안하게 쪼그리고 앉았다.

대니는 사촌의 등에 손을 얹었다. 하위의 부드러움, 그의 온기가 셔츠를 통해 느껴졌다. 전에 그에게 손을 대본 적이 없어서일 수도 있고, 아니면 하위도 자기와 똑같이 뇌와 심장을 지닌 사람이라는 걸 그제야 새삼 깨달아서인지도 몰랐다. 하위는 공책을 옆구리에 단단히 꼈다. 공책의 낱장들이 떨리는 것을 보고야 대니는 하위가 겁을 집어먹었음을 깨달았다. 하위는 자신을 에워싸고 거리를 좁혀오는 위험을 감지했다. 어쩌면 오는 내내 알고 있었는지도 몰랐다. 그런데도 하위는 고개를 돌려 대니를 보며 철석같이 믿는다는 표정을 지었다. 마치 대니가 자기를 보호해줄 거라고 생각하는 것처럼. 둘이 서로 이해한다고 생각하는 것처럼. 사건은 내가 말로 하는 것보다 빠르게 일어났다. 하위가 대니를 보았고, 대니는 눈을 질끈 감고 그를 웅덩이로 밀어넣었다. 아니, 이렇게 말하는 것도 너무 느리다. 보았고, 감았고, 밀었다.

그냥 밀었다.

하위의 몸이 기울고 팔다리가 허우적대는 것이 느껴졌지만, 대니는 아무런 소리도, 심지어 풍덩 하는 소리도 기억할 수 없었다.

하위가 분명히 비명을 질렀을 텐데, 대니는 비명 한 자락 듣지 못했다. 기억나는 것은 오직 레이프와 함께 그곳을 비집고 빠져나와 미친 듯이 도망치던 소리, 동굴 벽 위를 빠르게 내달리던 레이프의 손전등 불빛, 동굴을 뛰쳐나왔을 때 훅 불어오던 후끈한 바람, 두 개의 커다란 둔덕을 내려와 소풍 온 가족 친지들에게 돌아간 것(누구 하나 그들을 반기지 않았다), 자신과 레이프를 감싸는 하나의 고리, 그 타오르는 것이 그들을 하나로 묶던 느낌뿐이었다. 몇 시간이 지나 소풍이 끝나갈 때까지도 둘은 저지른 일에 대해 입도 뻥긋하지 않았다.

대니: 큰일 났다. 얘 대체 어디 처박혀 있는 거지?

레이프: 바로 우리 발밑일 수도 있지.

대니는 발밑의 잔디밭을 보았다. 우리 발밑이라니, 그게 무슨 말이야?

레이프는 이를 드러내며 미소 지었다. 그러니까 우린 개가 어디로 갔는지 모른다고.

모두 사방으로 흩어져 하위를 찾기 시작했을 무렵, 뭔가가 대니의 뇌 안으로 스멀스멀 기어들어오더니, 동굴 깊숙한 곳을 지나 언덕 밑까지 하위가 지나갔을 법한 터널들 같은 모습으로 갑작갑작 파먹어 들어갔다. 분위기는 가라앉아 있었다. 다들 하위가 어딘가 멀리서 헤매고 있을 거라고 여기는 듯했다. 하위는 뚱보에 성격도 이상하고 혈연관계도 없었으니, 어느 누구도 대니를 탓하지 않았다. 그러나 한 손으로 목을 잡고 있는 메이 고모는 마치 아들을, 자식 하나를 잃기라도 한 듯 대니가 그때껏 봤던 어른들 중 가장 겁에 질린 모습이었고, 일이 얼마나 커졌는지 깨달은 대니는 그 모습에 말문이 완전히 막혀, 해야 할 말—저희가, 레이프랑 제가 그애를 꼬였어요, 그애를 동굴에 버려두고 나왔어요—을 할 수가 없었다. 그 몇 마디 말은 모든 것을 뒤엎을 것이었다. 그들이 무슨 짓을 했는지 모두 알게 될 거고, 레이프도 대니가 말해버린 것을 알게 될 것이다. 그러나 그 모든 것을 떠나, 대니의 머릿속은 텅 비어버렸다. 그래서 그는 입을 열기 전에 일 초 동안 기다렸고, 다시 일 초, 일 초, 또 일 초를 기다렸다. 그렇게 매초 기다릴수록 뭔가 날카로운 것이 대니의 머릿속을 후벼파고 들어오는 듯했다. 그리고 날이 저물었다. 아빠가 (이런 착한 녀석을 봤나 하며) 대니의 머리에 손을 얹고 말했다. 대신 찾아줄 사람은 아주 많단다, 애야. 넌 내일 시합이 있잖니.

차를 타고 돌아가는데도 대니의 몸은 녹질 않았다. 낡은 담요를 몸에 두르고 개를 무릎에 앉혔는데도 이가 딱딱 맞부딪치는 소리가 났고, 그 소리가 하도 커서 여동생이 시끄럽다고 핀잔을 주었고, 그러자 대니의 엄마가 말했다. 아무래도 탈이 났나보구나. 집에 가면 엄마가 뜨거운 목욕물 받아줄게.

대니는 그후 몇 번이고 혼자서 그 동굴로 되돌아갔다. 혼자서 언덕들을 올라 가로막힌 입구까지 가면, 마른풀들이 서걱거리는 소리와 뒤섞여 땅 밑에 있는 사촌이 길게 울부짖는 소리가 들려오는 듯했다. 안 돼 그리고 제발 그리고 도와주세요. 그러면 대니는 생각했다. 그래, 지금이야, 지금! 그리고 그동안 속으로만 삭여온 말을 마침내 입 밖에 꺼낸다는 생각에 스스로 대견한 마음이 들었다. 하위는 동굴 안에 있어요, 우리가 동굴 안에 버려두고 나왔어요, 레이프랑 제가요. 생각만 해도 해방감이 물밀듯 밀려와 기절할 것만 같았고, 그와 동시에 하늘과 땅이 자리가 바뀐 것처럼 자신을 둘러싼 기류가 바뀌는 것이 느껴졌다. 그리고 다른 인생이, 밝고 명징한 인생이, 조금 전까지만 해도 잃어버렸다는 걸 깨닫지 못했던 어떤 미래가 열리는 것 같았다.

그러나 이미 늦은 일이었다. 어떻게 생각해봐도 너무, 너무 늦었다. 사흘 후, 사람들은 동굴에서 반쯤 정신이 나가 있는 하위를 찾아냈다. 매일 밤 대니는 아빠가 그의 침실 문을 세차게 두들겨댈 거라 생각했고, 해명할 말을 미친 듯이 연습했다. 레이프가 그런 거예요, 저는 어리잖아요. 이 두 마디 말이 서로 꼬리를 물고 빙글빙글 돌았다. 레이프가 그런 거예요 저는 어리잖아요 레이프가그런거예요저는어리잖아요. 대니가 숙제를 하거나 TV를 볼 때도, 변기 위에 앉아 있을 때도 그 말들은 머릿속을 계속 빙글빙글 돌았다. 레이프가그런거예요저는어리잖아요. 급기야 인생의 모든 것이 대니가 여전히 대니 자신이며, 전과 다름없는 대니 킹임을 증명하기 위한 사실처럼 여겨졌다. 봐, 내가 한 골 넣었어! 봐, 난 친구들이랑 놀고 있어! 하지만 그는 그 상태에도 백 퍼센트 몰입하지 못했고, 그래서 다른 사람들이 믿고 넘어가주기를 바라며 그 자신 역시 상황을 예의 주시했다. 그리고 과연 그들은 믿어주었다.

이런 기만의 시간이 몇 달 하고도 몇 달이 흐른 후에야 대니는 다시금 자기 자신에 대한 믿음을 회복하기 시작했다. 그날 동굴에서 일어난 일로 입은 상처에는 딱지가 앉았고, 이후 계속되는 평범한 일상과 함께 딱지가 점점 더 두꺼워지면서 결국 대니는 발밑에서 일어난 일에 대해선 거의 잊어버렸다.

그리고 하위가 몸을 회복해 마침내 어머니 없이도 방에 혼자 있을 수 있고 다시 불을 끄고 잘 수 있게 되었을 때, 그는 변해 있었다. 외상성 사건 이후 그의 살가웠던 면모는 사라졌고, 약물에 탐닉했고, 어느 날은 총 한 자루를 사서 세븐일레븐을 털다가 잡혀서 소년원에 보내졌다.

그로부터 삼 년 후 (트럭에 태운 같은 반 여학생 둘과 함께 미시간에서) 레이프가 죽어버린 뒤, 가족 소풍도 옛일이 되었다. 그리고 가족 소풍이 다시 시작되었을 때 대니는 더는 집에 가지 않게 되었다.

그것이 제2의 기억이었다.


자, 이쯤에서 지하실인지 지하감옥인지 뭔지 모르지만 하여간 하위 소유의 성에 딸린 어딘가에서 휴대전화를 켜고 두 팔을 쳐든 채 걷고 있는 대니에게로 돌아가보자. 그는 이곳에 있는 사촌 하위를 만나러 먼 길을 왔으며, 그 이유는 현실적이었다. 돈을 벌고, 뉴욕이라는 지옥에서 빠져나오는 것. 한편으로는 궁금하기도 했다. 수년 동안 대니는 가족이라는 이름의 고속 방송기기를 통해 하위의 소식을 전해듣고 있었다.


1. 채권 트레이더

2. 시카고

3. 상상할 수도 없는 엄청난 재산

4. 결혼, 아이들

5. 서른네 살에 은퇴

이런 뉴스를 듣는 족족 대니는 거봐, 걔 잘살고 있잖아. 멀쩡하다고. 아니, 멀쩡한 것 이상이지! 라고 생각하며 가슴 철렁한 안도감을 느꼈고, 곧이어 장소를 불문하고 자리에 주저앉아 멍하니 허공을 바라보게 만드는 또다른 가슴 철렁함을 맛보았다. 자신에게 일어나야 마땅한 일이 일어나지 않아서였다. 아니면 일어나선 안 될 일이 일어나서인지도 몰랐다. 그도 아니면, 한 방 제대로 터지는 게 아닌 별 볼일 없는 일들만 잔뜩 일어나서인지도 몰랐다. 그도 아니면 별 볼일 없는 일들이 **십시일반으로** 모여 큰 건수로 터지지 않아서인지도 몰랐다.

요점은 이거다. 어쩌자고 이렇게 멀리 하위의 성까지 오게 됐는지 대니는 그 이유조차 몰랐다는 것. 내가 어쩌자고 작문 수업 같은 걸 들었지? 내 딴에는 룸메이트 데이비스 녀석한테서 벗어나는 길이라고 생각했는데, 그것 말고도 다른 이유가 있었다는 생각이 슬슬 들기 시작한다.

당신! 당신은 또 뭐야? 이 시점엔 누군가 이런 질문을 해줘야지. 글쎄, 나는 말하는 사람이다. 말하는 사람이야 늘 존재하게 마련이지만, 많은 경우, 누가, 왜 말을 하는지 우리는 알지 못한다. 우리 선생 홀리가 해준 말이다.

첫 수업 시간에 나는 막돼먹은 놈처럼 굴었다. 두번째 시간에는 빗자루를 넣어두는 벽장 안에서 작문 선생과 빠구리를 트는 놈 이야기를 써갔다. 문이 홀렁 열리면서 빗자루고 대걸레고 양동이고 우르르 탕탕 쏟아지는 바람에 둘의 민궁둥이가 전등 불빛을 받아 반짝반짝 빛났고 그렇게 둘 다 들켰다, 라고 썼다. 그걸 읽는 동안 다들 엄청 웃더니, 정작 다 읽고 나니까 조용해졌다.

좋아요, 홀리가 말했다. 의견 있어요?

아무도 의견 같은 건 내놓지 않았다.

보세요, 여러분. 우리는 레이가 자기 능력을 최고로 발휘할 수 있도록 도와줘야 해요. 그런데 이런 건 아니라는 생각이 드는데요.

더 조용해져서 결국 내가 한마디 했다. 그냥 웃자고 쓴 이야기였어요.

아무도 안 웃는데요, 그녀가 말했다.

웃었어요, 나는 대꾸했다. 아까 웃었잖아요.

당신은 그런 사람인가요, 레이? 웃음거리?

나는 생각한다. 씨팔, 이건 뭐야? 저 여자가 날 빤히 보고 있는데, 되받아 쏘아볼 수가 없다니.

그녀가 말한다. 맞아, 레이는 웃음거리야, 라고 말할 사람들이 저 밖에 얼마든지 있을 것 같은데요. 당신을 쓰레기라고 말할 사람들. 내 말이 맞나요?

그러자 여기저기서 웅성웅성 한마디씩 한다. 제법인데, 혹은 놀고 자빠졌네, 혹은 네 생각은 어때, 레이맨? 다들 내가 열받을 거라고 생각한다는 것쯤은 나도 안다. 내가 열받게 돼 있다는 사실은 나도 알고 **실제로도** 열받았지만, 정확히 그런 건 아니었다. 뭔가 달랐다.

저기 문 보이죠, 그녀가 나에게 말하고는 손가락으로 가리켰다. 그냥 지금 나가는 게 어때요?

나는 움직이지 않는다. 문밖으로 나갈 수는 있지만, 그러더라도 복도에 서서 기다려야 한다.

저기 저쪽 문은 어때요? 그녀는 이제 창문 밖을 가리킨다. 정문은 밤에도 환히 불 밝히고 있다. 꼭대기를 따라 감겨 있는 레이저 와이어*, 저격수 한 명이 배치되어 있는 탑. 아니면 당신 감방 문은 어때요? 그녀가 묻는다. 아니면 차단문은? 샤워실 문은? 식당 문은? 면회자용 출입구는? 신사 여러분은 얼마나 자주 문손잡이를 잡나요? 이게 내가 묻고 싶은 말이에요.

홀리를 보자마자 난 그녀가 한 번도 감옥에서 수업을 해본 적이 없다는 걸 알았다. 표정 때문이 아니었다. 어린애가 아니니 누워서 떡 먹기로 생각하진 않았을 것이다. 그러나 교도소에서 선생 노릇을 하는 인간들 특유의 겹겹이 둘러친 벽이 홀리에게서는 보이지 않았다. 그녀가 얼마나 긴장하고 있는지 귀에 다 들릴 정도였다. 문 이야기도 한 마디 한 마디 미리 연습한 듯했다. 그런데 환장할 노릇인 게, 그 여자 말이 옳았다. 지난번 밖에 나갔을 때, 난 매번 문 앞에 서서 다른 사람들이 문을 열어줄 때까지 기다렸다. 나 스스로 문을 연다는 게 어떤 건지 다 까먹게 된 것이다.

---

\* 칼날 같은 것이 붙어 있는 보안용 철조망.

제가 할 일은 여러분이 열 수 있는 문으로 여러분을 안내하는 거예요, 홀리는 말한다. 그러더니 자기 정수리를 톡톡 친다. 그 문은 가고자 하는 모든 곳으로 여러분을 이끌어줄 거예요. 그래서 제가 여기에 온 겁니다. 그래도 관심 없는 분이 있다면 부탁할게요. 우리를 방해하지 말아주세요. 열 명의 학생에 대해서만 수업 보조금이 지원되기 때문이에요. 그런데다 여러분과 저는 일주일에 딱 한 번 만나요. 전 여러분이 같잖은 기 싸움에 시간을 허비하게 하지 않을 겁니다.

그녀가 내 책상으로 곧장 다가오더니 내려다본다. 나는 고개를 들어 쳐다본다. 이렇게 말하고 싶어진다. 동기부여 강연이라면 내 평생 별별 개똥 같은 것까지 다 들어봤지만 이번 건 아주 오줌 지리게 만드는데? 우리 머리통 속에 문이 있다고? 이거 왜 이래. 그런데 그녀가 말하는 동안 내 가슴속에서 뭔가 뻥 터진 모양이다.

밖에 나가서 기다려도 좋아요, 그녀가 말한다. 이제 십 분밖에 안 남았어요.

난 그냥 있을 생각이다.

이제야 눈을 마주치는군요, 좋아요, 그녀가 말한다.


그러므로 그 성 지하실에서 대니가 우여곡절 끝에 한 줄기 빛을 발견하고, 그것이 문 틈새로 새어들어오는 빛이라는 것을 알아채고, 심장이 뻥 터질 것 같은 심정으로 다가가 그 문을 밀었을 때, 그리고 문 바로 앞에 불이 밝혀진 구부러진 계단이 떡하니 나타났을 때, 그 심정이 어땠을지 나는 안다. 내가 곧 대니여서, 아니면 대니가 곧 나여서, 뭐 그런 팔푼이 같은 얘기를 하려는 게 아니다. 이 모든 이야기는 한 사내가 내게 직접 들려준 이야기다. 홀리가 우리 머릿속의 문에 대해 이야기한 후 내게 심상치 않은 일이 일어났다. 그 문은 진짜 문이 아니었다. 진짜 문 같은 게 어디 있나. 그냥 비유지. 그냥 하나의 단어란 말이다. 하나의 소리. 문. 그러나 나는 그 문을 열었고, 밖으로 걸어나갔다.

# 2장

    다시 만난 하위와 대니가 어릴 적 알고 지냈던 남자아이는 완전히 동떨어진 인물은 아니었지만, 그 차이는 까마득했다. 우선, 새로운 하위는 금발이었다. 타고난 갈색 머리가 금발이 되다니, 가당키나 한 소리인가. 금발에서 갈색으로라면 몰라도. 대니가 알기로는 그랬다. 전에 함께 잔 여자들 중 반은 자기가 순수한 금발이었다고, 내가 어렸을 때 머리색이 얼마나 샛노랬는지 자긴 짐작도 못 할걸, 하고 우겨댔고, 그래서 자신의 정당한, 생득적인 상태로 돌아가기 위해 머리를 탈색하는 데 월급의 절반을 쏟아부었다. 하지만 갈색에서 금발이라니, 그런 건 들어본 적도 없었다. 확실한 해답은 하위가 머리를 탈색했다는 것이겠지만, 그의 머리는 탈색한 것처럼 보이지 않는데다 이 새로운 하위(사실 그는 더이상 하위가 아니라 하워드였다. 오늘 아침 그가 곰 같은 포옹으로 대니를 꽉 조이기 전에 꺼낸 말인즉 그랬다)는 아무리 봐도 제 머리를 탈색

할 남자 같지 않았다.

새로운 하위는 늘씬했다. 심지어 탄탄했다. 옆구리의 군살도, 계집애 같은 배 모양의 체형도 모두 사라져버렸다. 지방 흡입술? 운동? 세월? 누가 알겠는가. 그뿐인가, 피부는 구릿빛이었다. 다른 건 몰라도 그것 때문에 대니는 어리벙벙했다. 그도 그럴 것이, 소싯적의 하위는 단순히 햇볕을 쬐지 않아서라고 하기엔 이상하다 싶을 만큼 허여멀겠기 때문이었다. 그는 햇빛이 건드리려 하지 않는 사람처럼 보였다. 그런데 웬걸, 그의 얼굴과 팔뚝과 다리(하위는 카키색 반바지 차림이었다)와 손은 모두 구릿빛이었고, 심지어 부위마다 골고루 뒤덮인 황금빛 털은 틀림없는 자연산이었단 말이다, 알겠나? 어떤 미친놈이 **손등**의 털까지 탈색하겠는가.

가장 큰 변화는 몸이 아니었다. 하워드에겐 권력이 있었다. 그리고 권력이라면, 대니가 좀 안다고 할 수 있는 것이었다. 그것은 그가 뉴욕에서 다년간의 연구와 훈련과 연습을 거듭한 끝에 손에 넣은 수많은 기술 중 하나였다. 그런 기술들이 하나로 합쳐지면 대단히 전문적인 이력서를 작성할 수 있었지만, 보이지 않는 잉크로 쓰인 관계로 (예를 들어) 그의 아빠의 눈에는 백지로밖에 안 보였다. 하늘만 봐도 눈이 내릴 것을 아는 사람들처럼, 대니도 방 안에 들어서는 순간 누가 권력을 쥐고 있는지 대번에 알아냈다. 그 방 안에 권력자가 없으면 그것도 알아차렸고, 권력자가 나타나면 대부분은 그(혹은 그녀)가 입을 열기도 전에, 가끔은 문간에 발을 들여놓기도 전에 알아차렸다. 그런 다음에야 방 안에 있는 다른 사람들의 존재가 눈에 들어오고, 그들의 반응에 관심이 갔다. 다음은 하워드와 함께 그 방에 있었던 사람들이다.


   1. 앤, 그의 아내. 단정하게 손질한 윤기 흐르는 검은 머리, 삼각형의 얼굴, 커다란 잿빛 눈동자. 예뻤지만 채권 트레이더의 아내로서 대니가 예상한 것과는 다르게 예뻤다. 화장기가 전혀 없는 얼굴에 청바지와 갈색 스웨터 차림이라니, 섹시한 것과는 정반대였다. 그녀는 잿빛 돌바닥에 등을 대고 누워, 분홍색 잠옷을 입은 아기(잠옷 색깔 덕에 여자아이라는 걸 알 수 있었다)를 배 위에 올려놓고 아장아장 걷도록 잡아주고 있었다.


   2. 직원들. 젊고, 방진 마스크를 썼고, 어디서건 뭔가를 하느라 분주했고, 뭘 하는지는 모르지만 짬이 날 때마다 두 개의 회전문을 밀고 주방으로 들락거렸다. 가끔은 장비를 든 채였다. 하워드는 대니에게 그들이 일리노이 주립대학 MBA 과정을 듣고 있거나 코넬 호텔경영학교에 재학중인 학생들이라고 일러주었다. 하워드의 리노베이션 건은 그들에게 여름 프로젝트였다. 다시 말해 그들은 학과목을 이수하는 중이었다. 하지만 대니에게 그들은 기껏해야 목공 정도나 배우는 것으로 보였다.


   3. 믹, 하워드의 '불알친구'. 대니는 어젯밤에 이 친구를 만났다. 그는 대니가 둥근 계단통 안에서 하느님이나 알 정도로 긴 시간 동안 **여보세요오오오** 하고 목이 터져라 소리를 지른 끝에 마침내 나타난 사람이었다. 나중에 안 사실이지만 그곳의 문짝

이란 문짝에는 손잡이가 하나도 달려 있지 않았다. 믹에게는 어딘지 모르게 위협적인 구석이 있었다. 체구는 새총처럼 역삼각형으로 강건했지만, 피골이 상접해서 마치 근육만 발라내 납땜해놓은 것 같았다. 대니가 묵을 방으로 안내하는 내내 믹은 미소 한 번 짓지 않았다. 믹이 거대한 골동품 침대 주위에 드리운 벨벳 커튼을 걷으려고 팔을 쭉 폈을 때, 대니는 그의 두 팔뚝이 오래된 트랙 마크*로 엉망인 것을 보았다(지금은 긴소매 셔츠를 입고 있기 때문에 보이지 않는다). 믹은 하워드의 넘버 투였다. 그 둘과 함께 방에 있을 때 대니는 그 사실을 알아차렸다. 권력을 쥔 사람들은 대개 넘버 투 하나를 두고 있거나, 혹은 둘 필요를 느끼고 있거나, 혹은 이 두 가지를 합한 경우다. 그러니까, 이미 데리고 있는 사람 말고 새로운 한 명을 더 둬야 할 경우.

그게 그 방에 있던 사람의 전부였다.

방에 대한 묘사가 여전히 공백으로 남아 있다는 점만 빼면. 이 사람들은 거대한 중세풍 주방에 와 있었다. 주방에는 사람이 드나들 수 있을 정도로 커다란 벽돌 벽난로가 있었고, 거기엔 욕조 크기의 솥이 갈고리에 걸려 있었다. 벽에는 사자랍시고 조악하게 그려놓은 형체를 향해 창을 겨누고 있는 왕을 묘사한 태피스트리가 걸려 있었다. 두 개의 긴 목재 테이블과 벤치들이 놓여 있었고, 대학원생 몇 명이 거기 앉아 방진 마스크를 벗고 슬슬 빈둥거리기

---

* 마약 주사로 혈관에 상처가 나 주위가 거무스름하게 변색된 것.

시작했다. 하워드는 독일제 최신식 레인지 앞에서 커다란 팬에 가
득 담긴 달걀을 휘젓고 있었다.

다이아몬드 무늬 유리가 박힌 네 개의 작은 창문으로 산들바람
이 불어왔다. 대니는 창문을 하나 더 활짝 열고 밖으로 몸을 내밀
어, 몇 층 아래로부터 그의 얼굴까지 올라오는 풀 냄새를 들이마
셨다. 어젯밤 성벽 꼭대기에서 보았을 때는 암흑뿐이었던 그곳은
이제 울창한 수풀로 바뀌어 바닥이 보이지 않을 정도였다. 그 수
풀에서 족히 30미터 높이로 솟아오른 것이 바로 어젯밤에 대니가
본 탑이었다. 각이 지고 곧게 뻗어오른 탑은 섬뜩하게 장엄했다.

하워드는 자기가 어떻게 해서 독일의 호텔 회사로부터 이 성을
매입하게 됐는지 대니에게 이야기하는 중이었다.

하워드: 그 회사는 이 성의 삼분의 일, 아니, 그 정도도 아니지,
지금 우리 모두가 묵고 있는 남쪽 윙*에 있는 2층 방들만 개조한
다음, 이 주방과 대접견실, 두 개의 성탑 계단통을 개조했어. 그러
고 나서 자금 융통에 문제가 생겨 몇 년 동안 하다 말다 하다가 파
산 직전에 우리한테 떠넘기다시피 한 거야.

앤(누운 채로): 그쪽에서 매입한 가격의 삼분의 이에 달하는 액
수에, 성의 개조에 들어간 돈까지 더해서!

하워드: 우리로서는 나 몰라라 외면할 수 없는 계약이었잖아.
하지만 그러는 바람에 앤이 제일 좋아한 성은 포기할 수밖에 없었
지. 불가리아에 있는 건데.

_____

* 중심 건물에서 옆으로 늘인 부속건물.

앤: 아아, 진짜 예뻤는데.

그들은 초면인 사람과 말하는 것처럼 친절하게 설명하듯 대화하고 있었다. 평상시의 대니는 사교적인 편이었다. 그것도 그의 보이지 않는 기술 중 하나였다. 그에겐 사람들이 어떤 말을 듣고 싶어하는지 알아내는 레이더가 있었고, 굳이 생각할 필요도 없이 한 사람의 방식에서 다른 사람의 방식으로 곧장 전환할 수 있었다. 하지만 지금 대니의 레이더는 접혀 있었다. 그가 통신 가능 지역에서 벗어나 있거나, 가져온 접시안테나처럼 새로운 장소에 맞게 리셋되고 프로그래밍되어야 하는지도 몰랐다. 결론: 대니는 하워드와 함께 있는 것이 영 불편했다. 그러나 **불편하다는** 말은 미적지근한 말이고, 지금 대니의 심정은 미적지근한 정도가 아니라 비참했다. 그는 비참이라는 단어를 정의할 수가 없었다. 그 증세를 뭐라고 명명해야 할지도 알 수 없었다. 아는 거라면 딱 한 가지, 이곳을 벗어나고 싶다는 생각뿐이었다. 지금 당장.

대니는 이런 자신의 심정에 놀랐다. 성 개조 건에 착수하는 문제로 하워드와 몇 차례 전화 통화를 하고 이메일을 주고받을 때만 해도 모든 게 나무랄 데 없었다. 하지만 하워드의 실체가 눈앞에 현존하는 건 다른 문제였다. 오늘 아침 하워드가 방에 들어선 순간, 대니의 내면에 있던 뭔가가 얼어붙어버렸다.

하워드: 야, 이 친구 좀 보게!

대니: 너는 어떻고!

하워드: 내가 널 제대로 알아본 것 맞냐? 이 자식아.

여기까지는 서로 같은 말을 주고받았다.

야아, 진짜 오랜만이다. 얼마나 된 거야, 정말.

대니: 생각하기도 무섭다.

하워드: 알고 싶지도 않다. 폭삭 늙은 기분이 들 것 같아.

대니: 그냥 오래됐다 치지 뭐.

그다음부터 내내 대니의 머릿속에서는 단 하나의 절규가 메아리치고 있었다. 씨팔, 내가 지금 여기서 뭐 하고 자빠져 있는 거야?

하워드의 중세풍 주방 안에서 그는 어디에 서 있어야 할지 갈피를 잡지 못하다가, 결국 창문 옆에 딱 붙어 있었다. 팔의 살갗이 따끔따끔해지자 그는 희망이 샘솟는 것을 느꼈다. 그의 보이지 않는 또다른 기술(그 이력서 한번 길기도 하다)이었다. 대니는 무선 인터넷에 접속이 가능한지 아닌지 피부 표면으로 감지할 수 있었다. 대개는 이두근으로 느낌이 왔고, 그다음이 목덜미였다. 뉴욕에 살 때 끝내주게 도움이 되었던 이 재능 덕분에 대니는 인터넷을 할 돈이 없을 때에도 하루 중 언제든 공짜로 이메일을 확인할 수 있었다. 그리고 오늘 아침, 그는 거대한 중세풍 침대에서 깨어나자마자 소름이 돋듯 혹은 사지가 저리듯 그것을 감지했다. 그러나 대니는 이내 자기가 착각했음을 알게 되었다. 노트북을 열자 사용 가능한 무선 네트워크는 잡히지 않았고, 희미한 신호조차 없었다. 방 안에는 심지어 전화선 꽂을 데조차 없었다. 그는 아침식사를 끝내자마자 접시안테나를 설치할 작정이었다. 가능하다면 아까 그 탑 꼭대기에.

창문 바로 옆에 망원경이 있었다. 대니는 그쪽으로 가서 망원경의 위치를 조정하고 들여다보았다. 구멍이 숭숭 뚫린 모래 재질의 탑 표면이 그의 얼굴에서 불과 몇 센티미터 떨어져 있는 것처럼 시야에 들어왔다. 탑 모서리는 깎여나간 듯 보였다. 창문들은 작고 뾰족했다. 어젯밤에 본 붉은빛을 보려고 가장 꼭대기 창문 쪽으로 망원경을 살살 움직였지만, 설령 불이 켜져 있다 해도 지금으로서는 볼 길이 없었다.

대니: 저 탑은 뭐야?

하워드는 그 말을 듣지 못했지만, 긴 테이블 중 하나에 놓인 유리잔에 물을 따르고 있던 하워드의 불알친구 믹은 들었다. 그는 창문 쪽으로 다가와 밖을 내다보았다.

믹: 아성牙城입니다.

대니: 지하감옥이었나요?

그 질문에 믹이 처음으로 미소를 지었다. 그의 음산한 얼굴이 금 가듯 열렸고, 약에 절어 살아온 수년의 세월에도 불구하고 잘생겨 보였다.

믹: 아뇨, 지하감옥은 아니에요. 아성은 성이 침략당했을 때 모두 숨어 있는 곳이에요. 마지막 보루라 할 수 있죠. 일종의 요새랄까.

대니는 다시 망원경을 들여다보았다. 꼼짝 않고 서 있는 믹에게서 긴장감이 느껴졌다. 하워드의 넘버 투라는 사실 외에 대니가 그를 의식할 이유는 전혀 없었다. 그 자리가 꽤나 대단한 것이었음에도, 넘버 투의 자리를 꿰차는 문제에 관한 한 그가 뉴욕에서 보낸 십팔 년의 (아빠의 용어로 말하자면) **무질서와 혼돈**의 시절에 이미 끝난 것이었으니까. 권력을 쥔 사람의 바로 옆 빈자리에 비비고 들어가기를 밥 먹듯 했던 그에게 어느새 그런 행동은 두번째 천성이 되고 말았다. 하지만 이제 그는 그런 짓에서 슬슬 손을 떼고 있는 참이었다. 이런저런 관점에서 볼 때 아무 소용 없는 헛짓인데다, 막판엔 언제나 피를 보기 일쑤였기 때문이다.

대니는 아성의 꼭대기층 바로 아래층 창문에서 어떤 움직임을 포착했다. 그는 망원경을 머리카락 한 올만큼 움직이고 기다렸다. 그러자 다시 그것이, 커튼이 움직이고 옆으로 젖혀지더니 한 소녀가 시야에 들어왔다. 긴 금발의 소녀. 소녀는 눈 깜짝할 사이에 다시 사라졌다. 누구냐고 물어보기 위해 고개를 돌렸지만, 믹은 이미 자리를 뜨고 없었다.

회색 플라스틱 안면보호대에 가슴받이를 두르고 플라스틱 칼을 든 어린 남자아이 하나가 주방으로 뛰어들어왔다. 보모로 짐작되는 소녀가 아이를 따라 들어왔다. 하워드는 소녀가 노라라고 소개했다. 소녀는 백인 여성용 드레드록*을 하고 혀에 피어싱을 한 모습이었다. 소녀가 안녕하세요, 라고 말할 때 혀 위의 반짝임과 입천장에 닿는 피어싱 소리를 대니는 놓치지 않았다. 소녀는 손을 심하게 떨고 있었다. 대니는 같은 스타일의 망명자로서 동지의식을 느끼고 마음이 한없이 놓인 나머지 미소가 헤벌쭉 번지려는 것을 가까스로 참았다. 드레드록 머리를 한 소녀들이 그런 웃음을 좋아할 리가 없었다.

대니: 우리 전에 어디서 만난 적 있지 않나요?

---

* 머리카락 전체를 여러 가닥으로 갈라 땋아내린, 일명 '레게 스타일'의 머리모양.

노라: 꿈에서 본 게 아니라면 어림없죠.

그녀는 (헤벌쭉이 아니라) 살포시 미소 지으며 곁눈질로 대니를 훔쳐보았다. 노라가 본 것은 다음과 같다. 존슨스 베이비파우더를 칠해 더욱 하얗게 보이는 대니의 피부, 그리고 그 흰 피부의 상당 부분을 덮고 있는 겹겹의 검은 옷. 목 아래로 3센티미터 남짓 찰랑이는 염색한 검은 머리칼. 한쪽 귀에만 걸린 루비가 박힌 백랍 귀고리. (늘 그런 것은 아니고) 오늘은 진흙 색 립스틱을 칠한 입술. 이상은 대니가 지난 몇 년 동안 고수해온 많은 스타일 중 하나였다. 처음에는 대니도 스타일이 자신의 정수이며, 그의 내면을 온전히 표현하는 방법이라고 믿었지만, 최근에는 그것도 결국은 자신의 모습을 감추고 돌아다니기 위해 덮어쓰는 변장이나 교란물이라는 생각이 들기 시작했다. 거울 앞에 실오라기 하나 걸치지 않고 서 있으면 자신이 가장 분명하게 보였고, 그렇게 그는 여태껏 자신이 행세해온 수많은 신분의 잔재들을 볼 수 있었다. 양성애자 클럽의 홍보 일을 하던 시절 엉덩이에 새긴 스페이드 에이스 문신, 그를 조수로 고용한 사진가가 열받은 나머지 암실에서 그의 왼쪽 손등에 낸 담배 화상 자국, 일하던 닷컴회사가 주식을 상장하던 날 펄쩍 뛰어오르다가 벽에 걸린 돛새치의 지느러미에 찢긴 이마의 깊은 흉터, 돈이 필요해서 아빠에게 가는 대신 찾아간 고리대금업자에게 열쇠 뭉치로 두들겨맞는 바람에 한쪽 관자놀이에 생긴 흉터, 죽을 때까지 없어지지 않을 손목 위에 찍힌 자국, 팔 아래쪽에 생긴 끓는 기름 흉터, 피어싱 감염으로 생긴 고환의 혹, 구부러지지 않는 왼쪽 새끼손가락, 찢어진 귓불…… 대강 상상이

가지 않는가. 게다가 지금은 다리를 저는데, 대니는 이것이 평생 가지 않기를 기도할 뿐이었다. 상처들에 담긴 사연을 되짚어보는 여행길로 예전 여자친구 마사 뮬러를 안내하면서 대니는 수컷이 된 기분을 느꼈다. 딴에는 그것이 전쟁의 상처라 믿었던 그는, 마사가 '우리 불쌍한 애기'라고 하면서 그의 이마에 너무도 부드럽게 입을 맞춰주었을 때 깜짝 놀라지 않을 수 없었다. 다른 여자들에게는 지극히 정상적인 행동일지 몰라도, 마사는 절대 그런 여자가 아니었기 때문이다. 우리 불쌍한 애기. 그 바람에 하마터면 대니는 까닭도 없이 목 놓아 울 뻔했다.

남자아이가 대니 바로 옆 테이블을 칼로 세게 내리치더니 이야아아아아! 하고 소리를 질렀고, 대니는 움찔했다. 아이가 그를 올려다보았다. 당장이라도 목이 뚝 부러질 것처럼 고개를 한껏 뒤로 젖혔다는 얘기다.

아이(안면보호대에 가려진 소리로): 나는 아서 왕이시다.

대니는 대답하지 않았다. 아이가 안면보호대를 들어올렸을 때 그는 갑자기 속이 뒤틀렸다. 새하얀 피부. 부드러운 갈색 곱슬머리. 하위였다.

아이: 이 아저씨 미국말 할 줄 알아, 엄마?

그 말에 방 안의 누군가가 웃음을 터뜨렸다.

앤: 물론이지. 이 아저씨는 아빠의 사촌 대니야. 대니, 얘는 벤지예요.

벤지: 그런데 왜 말을 안 하는 건데?

또 한 번의 웃음소리. 아이가 귀엽다는 생각을 해줘야 하는 대목이었으나, 대니는 갑자기 짜증이 치밀어올랐다.

대니: 뭐라고 말해야 할지 몰라서 그런단다.

벤지: 안녕이라고 하면 되죠.

안녕, 벤지.

안녕, 대니 아저씨. 전 네 살 하고 세 달 먹었어요.

대니는 대꾸하지 않았다. 그는 아이들을 좋아하지 않았고, 그의 친구 목록에는 아이가 있는 부모라곤 올라 있지 않았다. 상대가 괜찮은 사람인지 어떤지는 중요하지 않았다. 아이가 있다는 건, 그 인간이 성난 조그만 입에 걸쭉한 물질을 숟가락으로 퍼넣는 숱한 쪼다들 중 하나라는 뜻이었다. 호주머니마다 고무젖꼭지가 몇 개씩 들어 있고, 소맷부리엔 콧물 자국이 묻어 있는데도 대니가 보기엔 모종의 쇼크 상태라고밖에 생각할 수 없는 표정, 그러니까 두 다리가 다 날아갔는데도 농담 따먹기나 하며 앉아 있는 이들처럼 얼빠진 얼굴에 행복을 떠올리고 있는 인간이라는 말과 같았다.

아이는 줄곧 대니를 뚫어져라 올려다보고 있었다. 대니는 아이에게 시선을 고정하려 했지만 소용없었다. 아이들 앞에 있으면 초조해졌다.

벤지: 아저씨는 왜 립스틱을 발랐어요?

이번 웃음소리가 가장 컸다.

앤: 벤지! 하지만 그녀도 웃고 있었다.

대니: 벤지를 보살펴주는 누나는 왜 자주색 드레드록을 했을까?

멋있다고 생각하니까 그랬죠.

거봐, 나도 그런 거야.

아저씨는 립스틱을 바른 아저씨 얼굴이 좋아요?

좋아.

벤지: 난 싫은데.

앤: 벤지, 이제 그만. 버르장머리 없이. 그녀는 몸을 숙여 아이의 얼굴을 들여다보며 말했다. 잘못했다고 말씀드려.

벤지: 싫어.

앤: 그럼 노는 시간은 끝이야.

벤지: 안 돼!

대니: 괜찮아요, 신경쓰지 마세요. 그는 대수롭지 않다는 듯 손사래를 쳤지만, 실은 화가 나서 돌아버릴 지경이었다. 벤지는 대니를 노려보았고, 대니도 이글거리는 눈으로 벤지를 내려다보았다.

하워드: 자, 여러분. 식기 전에 식사들 합시다.

믹이 창밖에서 종을 치자 그 소리가 울려퍼졌다. 더 많은 대학원생, 전부 합쳐 스무 명쯤이 쏟아져들어왔다. 다들 스토브에서 버섯을 곁들인 스크램블드에그와 토스트, 세 종류의 멜론을 받아긴 테이블로 옮겨왔다. 대니는 자기 접시를 들고 벤지, 앤, 노라, 그리고 (바라건대) 아직 스토브 앞에 있는 하워드에게서 떨어져, 대학원생들이 앉은 쪽으로 갔다. 대니는 사촌을 바라보았고, 그의 움직임과 목소리를 살피며 자신이 기억하는 하위와 연결해보려고 애썼다. 하지만 공통점이라고는 무엇 하나 발견할 수 없었다.

스크램블드에그는 그가 태어나서 먹어본 것 중 가장 맛있었다.

대니는 대학원생들을 유심히 관찰하면서 자신이 어느 연령대에 속할지 가늠해보았다. 방 안에서 가장 어리다면 좋겠지만, (지난

주에) 서른여섯이 된 입장에서 그러기는 힘들어 보였다. 이제 그는 뉴욕에서도 엄연한 성인들, 다시 말해 직장과 집이 있고 여자 친구나 심지어 배우자까지 둔 사람들이 자신보다 어리다는 걸 더 이상 부정할 수 없는 시기를 지난 터였다. 처음엔 그보다 어린 것들이 네댓에 불과했지만, 어느 날 갑자기 수백, 수천, 아니 한 세대에 속하는 연놈들이 통째로 그렇다는 사실을 깨닫고 소름이 끼쳤다. 특히나, 검은색 브래지어를 걸치고 손지갑에 색색의 콘돔을 가득 넣어가지고 다니며 남자가 침대에서 어떻게 해주면 좋은지 알고 있는 여자들이 그랬다. 그녀들이 어른이라면 대니도 어른이어야만 했다. 그 점이 가장 섬뜩했다. 어른이긴 한데, 대체 어디가 어른인 것인가? 대니의 친구들은 하나같이 어렸다. 언제나 철부지들이었다. 친구들이 결혼을 하고 하나둘 자식이 생기면서 우정이 시들해지면, 새로운 친구들이 그 빈자리를 채웠기 때문이다. 뉴욕에서의 생활이라는 게임에서 그는 늘 본능적으로 신참으로 남고자 했다. 그는 어려야만 했다. 어리지 않다면 이런 삶은 변명의 여지가 없는 미친 짓에 불과했고, 결국 그는 실패자, 낙오자, 아무것도 이뤄놓은 것이 없는 녀석으로 전락하게 될 것이다. 아빠의 말에 따르면 그랬다. 하지만 대니는 그렇게 생각하지 않으려고 했다. 그건 해로운 생각이었다.

누군가 그에게 말을 걸었다. 그의 왼쪽에 앉은 대학원생으로, 개중 나이가 들고(이 한 가지 사실만으로도 대니는 그가 좋아졌다) 관자놀이의 머리칼이 희끗한 스티브라는 친구였다. 악수를 하는 손힘이 엄청나게 셌다.

스티브: 우리와 한 팀이신가요?

대니: 아…… 그렇지 않을까 싶군요. 나는 하워드의 사촌이거든요.

스티브는 싱긋 미소를 지었다. 그러니까 혁명에 참여하시게 된 거죠? 이른바 순환의 끝에요.

대니: 호텔……을 말하시는 건가요?

네, 호텔이요. 다만…… 아직 시작일 뿐이라는 점만 빼면요.

대니: 뭘 시작하는데요?

대니가 아무것도 모른다는 사실을 알고 스티브는 멍한 표정을 지었다. 그러더니 태도가 조심스러워졌다. 그가 말했다: 하워드는 순수익보다는 다른 목표를 가지고 있어요. 우리 중엔 사회적 책임을 이행하는 사업에 관심 있는 사람이 많은데, 이 일은 그것이 이루어지는 과정을 처음부터 지켜볼 수 있는 기회죠.

대니: 여기 온 지 얼마나 됐죠?

스티브는 잠깐 생각하더니 옆 테이블에 도움을 청했다. 믹, 며칠째죠?

믹(고개도 들지 않고 즉시): 삼십팔 일.

대니: 그동안 정확히 무슨 일을 했어요?

스티브: 어, 딱 하나만 꼬집어서 말하긴 힘들어요. 그러니까…… 회의도 많이 하고, 이야기도 나누고, 사업계획에 따른 일도 했고……

목공! 누군가 이렇게 말하자 웃음이 터져나왔다.

스티브: 그래요, 목공. 이것저것 했어요. 내 말 맞죠, 믹?

믹은 음식을 우적우적 씹으며 고개를 들었다. 그의 눈은 새파랬다. 다른 대학원생들 모두가 그의 대답에 귀를 기울이고 있는 듯했다. 믹의 대답: 맞아요.

잠시 압박감이 깃든 침묵이 흘렀다.

대니: 그러니까 여러분은, 다시 말해 이곳을 물리적으로 개조하고 있는 거네요.

또 한 번의 침묵. 스티브는 믹을 바라보았다.

믹: 지금까지는 좀 산만하게 진행됐어요, 우리가 하고 있는 일들이.

하워드(스토브 쪽에서): 뭔데 그래?

하워드를 등지고 앉은 믹은 고개를 돌리지 않았다. 그 대신 커다란 목소리로 대답했는데, 대니의 귀에는 어딘가 경박하고 약삭빠르면서도, 막판에는 강경하게 내리꽂히는 것처럼 들렸다. 사촌분께서 우리가 그간 여기서 뭘 했는지 궁금해하셔서. 일이 산만하게 진행됐다고 말씀드린 거야.

하워드는 고개를 돌려 믹을 보았다. 어떻게 산만했다는 거지?

방 안의 모든 사람이 입을 다물고 귀를 기울였다. 믹은 고군분투하고 있는 것처럼 보였다. 우리가 소소한 일들을, 그것도 많은 소소한 일들을 하고 있지만, 그중에 대단한 일은 없다는 의미에서 한 말이야.

믹은 권력자를 대하는 기본원칙을 거스르고 있었다. 여러 사람이 있는 데서 그의 심기를 거슬러선 안 된다. 대니가 몇 번에 걸쳐 배운 원칙이었다.

하워드가 주걱을 든 채 테이블 쪽으로 다가왔다. 그가 어딘지 모르게 불편한 시선으로 일동을 훑어보는 순간, 대니는 무언가를 퍼뜩 감지했다. 지금의 하워드와 그가 기억하는 하위 사이에 공통으로 흐르는 무엇.

하워드: 어떤 대단한 일을 하고 싶은 건데, 믹?

믹: 오십 가지는 생각할 수 있지. 일단 성의 북쪽 윙부터 개조할 수 있어. 수영장 물을 빼고, 주위 대리석도 손볼 수 있지. 예배당을 발굴해낼 수도 있고. 묘석들 주변은 싹 정리했지만, 아직 반이나 땅 밑에 묻혀 있으니까. 그런 다음에 아성을······

하워드: 아성은 손댈 수 없어.

그 안으로 들어갈 수 없다는 건 알아. 하지만 성 밖에서 작업할 수 있지 않을까. 주변부터 치우고, 또······

아성은 손댈 수 없어, 믹.

벤지의 새되고 근심스러운 목소리가 끼어들었다: 아빠, 둘이 싸우는 거야?

믹: 난 사기를 북돋우는 법을 생각하는 거야, 하워드.

아빠, 지금—

하워드: 누구의 사기를 말하는 거지? 너?

아빠—

앤: 쉬잇. 그녀의 표정은 고통스러워 보였다. 그 모습을 보자 대니는 자신이 원인 제공을 한 것 같아 속이 켕겼다. 어느새 땀까지 흘리고 있었다.

하워드: 좋아, 알았어. 그럼 이 문제를 의논해보도록 하지. 여러

분, 여러분의 사기는 어떤가요?

침묵이 너무 오래간다고 대니는 생각했다.

마침내 대니 옆에 있던 스티브가 큰 목소리로 말했다: 좋습니다.

좋아요, 다른 테이블에 있던 누군가가 말했고, 그 뒤를 이어 정말 좋습니다, 끝내줘요, 환상적이에요, 라는 말이 잇따르더니, 이내 이 구동성으로 행복의 코러스를 이어갔다. 그렇게 계속 말하다보니 정말로 기분이 좋아지기도 했고, 무엇보다도 하워드가 안도의 표정을 짓자 계속 그렇게 말하고 또 말하고 싶어졌던 것이다.

하워드: 아무래도 너만의 문제인 것 같은데, 믹.

믹: 알았어.

아무도 옴짝달싹하지 않았다. 하워드는 뭔가를 기다리듯 그 자리에 계속 서 있었다.

마침내 입을 연 앤: 그래도, 저기, 모두가 만족하는 게 목표 아니겠어?

하워드: 딱 한 사람만 만족을 못 하고 있잖아.

아니, 그럼 저들이 한 말들을 다 믿는단 말이야? 대니는 종잡을 수 없었다. 권력이란 모름지기 고독한 법, 그것은 우주의 법칙이다. 넘버 투가 괜히 중요한 게 아니다.

믹은 죽도록 얻어맞은 꼴로 자리에서 일어섰다. 그는 접시를 들고 가서 거대한 식기세척기에 집어넣더니 반회전문을 지나 방을 나갔다. 그가 나가자 긴장감도 함께 사라졌고, 사람들은 다시 떠들기 시작했다.

벤지: 엄마, 저 아저씨 슬픈 거야? 믹 삼촌 슬픈 거야?

앤: 모르겠는데.

화난 거야?

몰라.

나 삼촌한테 갈래.

앤: 그래. 가봐.

아이는 칼 챙기는 것도 잊고 쏜살같이 방을 나갔다. 믹 삼초오오오온, 하는 아이의 목소리가 홀을 따라 울려퍼졌고, 이윽고 대답하는 듯한 소리가 들렸다.

대학원생들은 달걀을 더 먹으려고 하워드가 서 있는 스토브 주위로 몰려들었다. 그들은 믹의 말에 동감했지만, 권력을 가진 쪽은 하워드였다.

마침내 하워드가 접시를 들고 테이블에 와 앉았다. 애써 한 요리인데도, 그는 전혀 맛이 없지만 어디까지나 배를 채우려고 먹어둔다는 듯 기계적으로 떠먹었다. 누가 접시를 채가기라도 할 것처럼 식사 내내 한쪽 팔로 접시를 에워싸고 있었다. 대니는 혼란스러운 심경으로 사촌을 보았다. 지금의 모습과 전혀 어울리지 않는, 하워드의 옛 모습을 보는 느낌이었다. 앤이 벤치 위에서 미끄러지듯 다가와 한 팔로 그를 감싸안았다. 다 먹고 나자 하워드는 접시를 치웠다.

사람들이 자리를 뜨기 시작했다. 접시를 식기세척기에 집어넣은 대니는 그 자리에 선 채, 이 대목에서 자리를 뜨면 무례하게 보일까 생각했다. 하워드와 단둘이 남고 싶지 않았지만, 딱히 갈 곳도 마땅치 않은데다 여러 개의 복도와 출입구를 지나 어제 잠을 잔 방으로 돌아가는 길도 정확히 알지 못했다.

하워드: 대니, 기다려.

대니는 느릿느릿 테이블로 돌아갔다. 앤을 비롯해 노라와 네댓 명의 대학원생이 여전히 자리에 있었다. 아기는 벤치에 몸을 지탱하고 서 있었다. 입고 있는 분홍색 잠옷의 무릎께가 더러웠다.

대니는 하워드 맞은편에 앉았다.

하워드: 가족들은 잘 지내, 대니? 믹과의 언쟁으로 기운이 빠졌는지, 그의 목소리는 둔탁하고 기운이 없었다.

대니: 잘들 지내겠지, 뭐. 요새 영 볼 일이 없었어.

하워드: 난 너희 아버지가 늘 좋았는데.

대니: 그래…… 그런데 요새 날 그다지 탐탁지 않게 생각해서.

고개를 든 하워드: 어쩌다가?

젠장, 뭘 하다 이런 이야기까지 하게 된 거지? 어쩌자고 다른 사람도 아닌 하워드에게 아빠의 가슴을 한 번도 아니고 몇 번씩이나 찢어놓은 사연을 털어놓으려는 거지? 그것은 대니가 (아빠의 모교인) 미시건 대학을 마다하고 NYU에 간 데서부터 시작되었다. 도전이니 전율이니, 별 같잖은 미사여구를 갖다붙였지만, 위험천만한 건 사실이었다. '자아 탐구'란 건, 스스로 그려왔던 자신의 모습에 치명타를 가할 수도 있는 행위이기 때문이다. 그리고 결국 대니의 모습은 보통사람에도 미치지 못하는 밋밋한 것이었다. 워싱턴 스퀘어에 자리한 기숙사 방에서 여행가방을 열고 꺼내놓긴 했지만 정작 한 번도 입지 않았던 폴로셔츠처럼, 뉴욕에 던져진 그는 거의 존재감이 없었다. 그리고 연두색 스웨터 차림으로 엄마와 함께 뉴욕을 방문한 대니의 아빠는 기숙사 방 안에 서서 그물가방에 든 대니의 축구공들을 들어보며 말했다. 우린 센트럴 파크 바로 옆 호텔에 숙소를 잡았다. 일요일 아침에 여기저기 구경 다니면 될 거야.

대니: 그러세요. 그는 새로 산 부츠를 잡아당겨 신고 있었다.

긴 침묵이 이어졌다.

아빠: 안 그래도 되고.

대니: 그래요, 그럼 말죠 뭐.

아빠: 진심이냐?

아빠는 길거리에서 다른 사람과 세게 부딪히기라도 한 듯 놀라서 대니 쪽을 돌아보았다. 머리는 이미 허옇게 세었고, 털 하나 남기지 않고 말끔하게 면도한 피부는 다섯 살 아이처럼 보였다. 대니가 뉴욕에서 보낸 첫해 내내 아빠는 그렇게 끝도 없이 놀랐고, 마침내 대니가 2학년 때 NYU를 자퇴하자 놀라움은 깊고 환멸 가득한 실망으로 바뀌었다. 아빠가 더 놀랄 일이 있을까 궁금할 지경이었다.

하워드: 너랑 네 아버진 늘 사이가 좋지 않았어?

대니: 그래. 그랬지.

한때 대니도 아빠와의 관계가 다시 좋아질 거라 믿었던 적이 있었지만, 이제 그런 생각은 접었다. 그가 살면서 성취한 것은 알토, 연줄, 권력에 접근하는 법, 폭우 속에서 택시 잡는 법, 호텔 급사장을 매수하는 법, 변두리 쪽에서 멋진 신발 파는 곳을 알아내는 법(대니가 아는 모든 것은 가히 박사학위에 견줄 만했고, 한술 더

떠 그는 발이 넓은, 그것도 광범위하게 넓은 편이라 로어 브로드웨이를 걸을 때 부딪치는 모든 인간을 단 한 명도 빠짐없이 알아본다는 게 그로선 전혀 이상한 일이 아니었다. 대니처럼 클럽이나 식당의 바지사장 노릇을 오래 한 사람들에게 그런 일은 일상다반사였다. 부딪치는 작자들마다 일일이 고개를 끄덕여주거나 인사말을 건네다보면 진이 빠질 노릇이었고, 실제로 알고 지내는 사람한테만, 그렇게 따지면 사실 한 명도 없는 거나 다름없는데, 인사하자고 결심한 적도 있었지만, 정작 생까자니 가던 길에 마주치는 얼굴을 못 본 체한다는 것도 영 못할 짓이었다)까지 끝도 없었다! 이 모든 게 잘나가던 시절의 대니에겐 세상 사람들이 바라 마지않는 것, 알아야만 할 것으로 여겨졌는데, 아빠의 눈에는 결국 무용지물, 말 그대로 무용지물에 지나지 않았던 것이다. 그런 건 존재하지 않았다. 백지나 다름없었다. 그러나 대니는 그 사실을 받아들일 수 없었다. 그런 식으로 생각하면 벌레가 꼬이고, 벌레는 사람을 산 채로 갉아먹는다.

하워드: 아무튼 어젯밤엔 정말 속 터지는 줄 알았겠다, 그치? 미안해. 성문은 잠그지 않았는데, 문제는 바깥에 조명시설이 전혀 없는데다 아직 전기 배선도 안 했거든.

대니: 뭘, 괜찮아.

하워드: 그래도 네 인상이 어땠는지 궁금하네. 여기 처음 왔을 때 네가 받은 인상 말이야.

대니: 있지, 물론.

테이블 건너편의 하워드가 이쪽으로 몸을 수그리자 자리를 뜨고 싶은 생각이 굴뚝같았지만, 꾹 눌러 참았다.

하워드: 그러니까…… 성을 봤을 때 느낌이 어땠어?

바로 그 순간, 대니는 처음으로 이 새로운 사내와 그가 기억하는 꼬맹이 사이의 접점을 찾아낸 듯한 기분이 들었다. 하워드의 표정 때문이었다. 그 옛날 해적단이 사는 명왕성의 얼음 성 이야기를 지어내보라고 대니를 채근할 때처럼 눈을 감고 있었다는 이야기는 아니다. 하지만 그 얼굴에는 자신의 표정 따위는 아랑곳하지 않고, 그저 이야기를 듣고, 즐기고 싶어하는 기색이 역력했다. 대니는 이제 그 표정을 보고 기억을 떠올렸다. 안도감이 퍼지는게 느껴졌다.

그래서 대니는 하워드를 위해 이야기를 펼쳐놓기 시작했다. 형편없는 마을에서 버스를 기다리던 일, 그러다 고개를 들어 위를 쳐다본 일. 자홍빛 하늘을 등지고 선 성이 까맣게 보였던 일.

하워드는 한 마디도 빠짐없이 열심히 들었다. 그래서 어떻게 됐어? 걸었다고. 오면서 뭘 봤어?

하워드는 반바지에서 노란 수첩을 꺼내 적기 시작했다. 대니는 하나도 빼놓지 않고 다 이야기했다. 걸어올라가던 길. 언덕. 정문. 숲. 성벽. 풍경. 전에도 그와 이런 이야기를 나눈 것처럼 마음이 편했다. 둘은 몇 년 동안이나 그랬었다. 그러자 하워드에게 성 프로젝트는 처음부터 끝까지 일종의 새로운 게임이 아닐까 하는 생각이 들었다. 돈이 이 정도로 많으면 이야기 따위를 지어낼 필요도 없이, 그냥 나가서 사버리면 되는 거다.

노라가 아이를 안고 마지막으로 주방에서 나갔다. 그들이 자리를 뜨는 것을 대니는 몸으로 느꼈다. 이제 그와 하워드만 남았다.

하워드: 그래서 기어올라서 궁수벽감弓手壁龕* 안으로 들어간 거야? 끝내준다! 안에 들어가보니 어땠어?

대니: 아치형이고 물이 뚝뚝 떨어지데. 난 그게 하수구인 줄 알았어. 대니는 그때 겁이 났다는 말은 하지 않았다.

하워드: 왜, 냄새가 고약했어?

대니: 그렇다기보다는 동굴 냄새가 나더라고.

그 말이 입 밖으로 튀어나오기 0.5초 전, 대니는 하늘이 무너져도 그 말만은 하고 싶지 않다고 생각했다. 그런데 순간적으로 나와버리고 말았다. 동굴.

대니는 얼굴이 확 달아올랐다. 어쩔 수 없이 하워드를 바라보았지만, 정작 그는 창문만 뚫어져라 보고 있었다. 그의 얼굴에 햇빛이 쏟아지면서, 마치 연필로 꾹 눌러 그린 듯 깊이 팬 주름살이 두드러져 보였다. 바로 그 순간, 대니는 처음으로 있는 그대로의 사촌을 알아보았다. 두 눈은 그 시절의 슬픈 갈색 눈동자 그대로였다. 그것은 하위였다.

대니는 기다렸다. 달리 뭘 할 수 있었겠는가.

하워드: 쳇, 동굴 냄새라니, 그게 무슨 냄새인데?

그러더니 그는 대니를 바라보며 씩 웃었다. 그러자 그 표정도 사라져버렸고, 그것으로 끝이었다. 그런 일은 일어나지도 않았다는 듯 사라져버렸다. 하워드가 놓아준 것이다. 그러자 대니는 뇌

---

* 궁수가 활을 쏠 수 있도록 성벽에 파놓은 구멍.

에 산소가 밀려들어온 듯한 강한 안도감을 느꼈다. 실제로 소리내어 웃기까지 했다.

　하워드: 계속 얘기해줘야지. 나머지 이야기도 듣고 싶어.

# 3장




대니는 아침식사가 끝나면 접시안테나를 설치하러 내빼려고 했다. 두통이나 쑤셔오는 발가락, 혹은 다른 생각을 깡그리 잊게 하는 그 밖의 다른 경미한 신체적 증상들처럼, 다시 접속을 해야 한다는 생각 때문에 점점 더 마음이 불편해지고 미칠 것만 같았다. 그러나 하워드는 그에게 성을 구경시켜주고 싶어했고, 결국 대니는 힘 있는 사람들을 대할 때마다 하던 대로 했다. 그를 따라나선 것이다.

투어의 첫 순서는 중세의 성이라는 것에 대해 한 번이라도 생각해본 사람이라면 자연스럽게 예상할 만한 것이었다. 갑옷들. 오래된 램프에 그을린 벽의 자국들. 스테인드글라스 때문에 교회 분위기가 물씬 풍기는 조그만 방. 그중에서도 대니가 제일 감탄한 건 거대한 홀이었다. 홀에는 조각을 새겨넣은 기다란 탁자와 황금색 천장들보와 촛불 모양의 전구가 가득 달린 샹들리에가 있었다. 마치 다른 세기로 걸어들어간 기분이었지만, 사실 진짜라 할 만한 것은 아무것도 없었다. 독일인들이 이 방을 개조한 다음 온갖 골동품으로 채운 것이었다. 대니라면 냄새만 맡고도 그 사실을 눈치챘을 것이다. 새로 깐 카펫, 새로 칠한 페인트. 대니는 언제나 냄새에 주의를 기울였다. 사람들이 거짓말을 해도 냄새만은 진실을 말해주기 때문이다.

하워드: 이건 전부 독일사람들이 한 거야. 그리고 이제 전에는 어떤 모습이었는지 보게 될 거야.

하워드가 대니를 이끌고 거대한 홀을 지나 짧은 실외 통로로 인도하자, 시야 양쪽으로 깎아지른 듯한 경치가 들어왔다. 하워드는 열쇠로 또다른 문을 열었다. 그가 들어가라고 손짓했고, 대니는 춥고 어두운 곳으로 들어섰다. 모든 것이 쓰레기처럼 보였다. 깨진 벽, 문짝이 사라진 문, 마치 한바탕 싸움판이라도 벌어진 듯 사방에 쌓인 썩어가는 잡동사니. 냄새도 굉장했다. 녹 냄새, 곰팡내, 썩은 내. 좀전에 보고 느낀 것과는 천양지차여서 두 곳의 크기가 완전히 똑같다는 사실을 깨닫기까지 제법 시간이 걸렸다. 창문, 아치, 홀, 문. 모든 것이 대니의 방이 있는 쪽의 홀을 거울에 비친 것처럼 똑같았다. 시대만 달라 보일 뿐.

대니: 와아.

하워드는 그 자리에 서서 몸을 흔들면서 싱긋 미소 지었다. 팔십팔 년 동안 성 이쪽에 발을 디딘 사람은 단 한 사람도 없었어. 끝내주지?

용케도 매달려 있는 몇 개의 문을 밀어젖히고 방에 들어서자,

유리도 없는 창으로 바람이 들어왔다. 가구는 동물들이 박살을 내놓은 상태였다. 어떤 방에서는 수백 마리에 달하는 흰 새들이 옹기종기 둥지를 틀고 앉아 숨이 찬 듯 헐떡이는 소리를 내고 있었고, 그것들이 내뿜는 유황 같은 냄새 때문에 공기가 탁했다. 새똥이 탑처럼 여기저기 쌓여 있었고, 새털이 폴폴 날리고 있었다. 새들은 비둘기처럼 보였는데, 뉴욕에서 본 것들과는 차원이 달랐다. 털빛은 자주색이 감도는 흰색이었고, 깃털이 발 주위까지 북실북실 나 있었다.

하워드: 우린 이 새들이 틀림없이 전서구傳書鳩의 후예라고 보고 있어. 전쟁 때 편지를 날랐을 거야.

하워드의 불안하고 우울하던 기분은 온데간데없었다. 그 정도가 아니라, 약에 취한 듯 낯선 모습이었다. 성 때문이었다. 성의 모든 정경이, 모든 소리가 그를 흥분케 하고 전율시키는 듯 보였다. 그는 성과 사랑에 빠졌고, 좋아 미칠 지경이었다. 그러나 대니는 폐허가 된 방들의 모습에 우울해졌다. 둘러보기가 무섭게 배 속에 쿵 하고 내려앉듯 우울해졌다. 극히 일부는 옛 모습 그대로 남아 있었다. 스탠드 형 옷걸이에는 남성용 모자가 여전히 걸려 있었고, 뿌연 거울 옆에는 유리 단지가 뚜껑이 열린 채 놓여 있었고, 장갑 한 짝이 서랍 밖으로 비어져나와 있었다. 쟁반 위에는 포도주 병과 유리잔 하나가 놓여 있었는데, 안에 달라붙은 갈색 찌꺼기들이 동그랗게 말려서 떨어지려 하고 있었다. 모든 것을 갉아 먹어치우는 벌레의 소리가 발밑에서 들려오는 것만 같았다.

대니: 여기 누가 살았어?

하워드: 폰 아우스블링커라는 가문이 살았지. 이 성에서 대를 이어 구백 년 동안 살았어. 잠깐이라도 생각해봐, 구백 년이라니. 아무리 생각해봐도 가늠이 안 되지.

대니: 그런데 왜 떠난 거야?

하워드: 애들이 죽어버렸다는 게 첫번째 이유지. 하지만 아무래도 돈 문제가 제일 크지 않았나 싶어. 이 정도 규모의 건물을 유지하려면 돈이 얼마나 들지 상상도 못 하겠어. 그래도 난 요령을 금세 터득하는 편이니까.

옆방에 놓인 중세 골동품들에 비하면, 이 방들의 버려진 물건들은 그나마 현대적이라 할 수 있었다. 요새처럼 현대적이라는 뜻이 아니라, 너그럽게 봐줘서 그렇다는 뜻이다. 타자기와 재봉틀도 있었지만 그래 봤자 구형 수동 모델인 태곳적 유물이었다. 마치 오래전 과거가 완전한 형상을 갖추고 있다가, 오늘 그가 가까이 다가서면서 망가지기 시작해 지금의 황폐한 지경에 이른 것 같은 묘한 인상을 주었다.

복도가 어둠에 잠겨 있어서 대니는 벽에 걸린 구식 전화기를 지나칠 뻔했다. 검은 원뿔 모양의 수화기가 수화기대에 걸려 있었다. 쏜살같이 달려든 대니는 움켜쥔 수화기를 귀에 가져다대고 눈을 질끈 감으며 귀를 기울였다. 그것은 생명의 깜박임, 접선이 되면서 튀는 불꽃 같은 반향이었을까? 혹은 아무것도 아니었을까. 그 미미한 기척을 통해, 깜박이라는 말조차 과할 정도로 깜박하는 찰나의 순간, 대니는 자신이 때를 놓치고 있음을 깨달았다. 지금 즉시 다시 접속해야 했고, 그러지 않으면 끔찍한 일이 일어날 것이었다. 머리가 박살나고, 방에 물이 차오르고, 커다란 회전톱날이 그의 등뼈를 톱질해들어갈 것이다. 근 삼십 초 동안 대니는 완전히 정신이 나가 있었다. 머릿속에는 오로지 하워드에게서 도망쳐 접시안테나를 설치해야 한다는 생각뿐이었다.

하워드: 왜 그래?

대니는 조심스럽게 수화기를 내려놓았다. 아무것도 아니야. 괜찮아. 그는 그렇게 애써 자기 자신을 다스렸다. 뉴욕에서 보낸 십팔 년의 세월이 그를 단련시킨 것이다.

복도 맨 끝에는 지붕에 난 구멍들로 햇볕이 들어와 주변을 따스하게 데우고 있었다. 그리고 지붕이 없는 방이 있었다. 예전엔 침대였던 연분홍빛 뭉텅이 위로 탁 트인 하늘이 눈에 들어왔다. 이제 그것은 양치식물이 자라는 밭뙈기였다. 방은 실내와 실외 사이의 어중간한 상태로 존재하고 있었다. 나무 한 그루가 벽을 뚫고 들어와 있었고, 다람쥐들이 썩은 깔개 너머로 급강하 폭격을 하듯 뛰어내렸다. 그것들이 종이반죽을 뭉쳐놓은 것처럼 보이는 덩어리 위에서 몸싸움을 벌이자 작은 나뭇조각들이 튀어올랐다. 조각 하나가 부츠를 때렸고, 대니는 그것을 집어올렸다. 퍼치지 게임*판에서 떨어져나온 조각이었는데, 색이 불그스름하게 바래 있었다.

대니: 이런 데를 다시 손본다니, 장난이 아니겠는데.

하워드: 말도 마. 사실 몇 군데는 그냥 내버려둘까 싶기도 하고.

---

* 인도 주사위 놀이.

대니가 뒤를 돌아보았다. 진심이야?

당연하지. 추억을 자극하잖아. 이건…… 역사야. 알아듣지?

대니는 알아듣지 못했다. 그럼 인부들은 언제 부르려고?

하워드는 웃음을 터뜨렸다. 너도 그애들이랑 똑같은 말을 하네. 아니, 애들이라고 하면 안 되지. 그래, 학생들. 내 **직원**들. 그 사람들은 지금 당장 일을 벌였으면 하지. 나도 처음엔 그랬는데, 요새 와서 좀 진득해졌어.

대니: 무슨 뜻이야?

하워드: 좀 두고 보겠다는 뜻이야. 적시타를 칠 때까지 기다리는 거지. 너도 알겠지만, 난 몇 년 동안 사람으로는 못 할 짓에 상상도 할 수 없는 헛짓까지 해가며, 돈이 돈을 벌고, 그 돈이 또 돈을 벌어서 탑을 쌓아도 될 정도로 벌었지. 그러면서 기분이 안 좋기만 했다는 뜻은 아니야. 돈이 따르면 언제나 기분은 째지는 법이지. 하지만 깡패새끼들도 할 수 있는 게 채권 거래라는 짓이야. 내가 그렇게까지 한 이유는 하나였어. 서른다섯에 완전히 손을 씻어도 될 정도로 모아보자, 그리고 남은 인생 동안 하고 싶은 건 다 하고 살자, 라고 마음먹었거든.

대니: 멋진데.

하워드: 그리고 정말 그렇게 했지. 이것들(그는 전선에 간신히 매달려 있는 죽어버린 조명기구와 둘둘 말려 푹 꺼진 마룻바닥에 놓여 있는 벽지를 가리켰다), 이런 것들이 바로 그런 짓거리로 나날을 보내는 세월 내내 내 머릿속을 떠나지 않았던 것들이지. 그러니 머리에 피도 안 마른 것들이 뭐라 하건 휩쓸리는 일은 절대

없을 거야.

대니: 이 호텔.

그래.

대니: 하지만 이건 호텔 이상이야.

하워드가 미소 지었다. 네가 알아주니 기분 좋다.

그들의 머리 위에 드리운 나뭇가지들 사이로 새들이 복작거리고 있었다. 그것들은 한때는 누군가 드러누워 이불을 덮고 눈을 감았겠지만 이제는 양치류만 무성한 연분홍색 뭉텅이 위로 잔가지와 이파리들을 떨어뜨렸다.

하워드: 아무튼 이제 밖으로 나가자. 정원을 보여줄게.

대니는 밖으로 나가게 된 것만으로도 감읍할 지경이었다. 그는 하워드를 따라 어두운 복도를 다시 지나 나선형 계단을 내려갔다. 조명이 없고 거무스름한 물이 새어나오고 있다는 점만 빼면, 어젯밤 그가 오도 가도 못한 채 갇혀 있던 그 계단과 비슷했다. 하워드는 손전등을 가지고 있었고, 그들은 천천히 걸음을 옮겼다. 아래층으로 내려가면서 대니는 벽마다 알지 못하는 언어로 낙서가 적혀 있는 것을 보았다. 맥주 캔과 콘돔, 불에 타다 남은 찌꺼기들도 있었다.

대니: 누가 이렇게 해놓은 거야?

하워드: 동네 애들. 몇 년 동안 파티를 벌였더라고. 여기 아래쪽 방도 몇 개 털었는데, 겁이 나서 그랬는지 더 안쪽까지는 들어오지 못했더군. 우리한텐 다행이지.

맨 밑으로 내려가서야 비로소 약간의 빛이 보였다. 계단은 어느 방에서 끝나 있었는데, 그곳은 공사중이었다. 벽에 비계飛階가 설치되어 있고 나무 바닥이 일부분만 깔려 있었다. 두 짝의 오래된 유리문이 바깥을 향해 나 있었다.

하워드: 그 독일인들의 주머니가 완전히 비어버린 게 바로 여기쯤이야. 그가 유리문을 확 열어젖히자, 바닥의 유리 조각들이 짤그랑댔다. 대니는 앞장서서 아침 내내 내려다보던 시원한 녹음의 바다 속으로 들어섰다.

하워드: 이 성에 일하는 사람들이 있었던 시절엔 여기 바깥에 빵 굽는 화덕이랑 마구간, 기사들이 잠을 자는 막사가 있었어. 나중에 포석을 뜯어내고 전부 합쳐서 하나의 거대한 정원을 만든 거야. 조경에, 과수원에, 분수까지 전부 다. 잘 보면 이 밑에 묻혀 있는 게 아직도 많이 보여.

뭔가가 묻혀 있다는 말은 맞았다. 겹겹의 짙은 그늘을 뚫고 지나가려는 듯 햇빛이 맹렬했지만 땅은 여전히 차갑고 검었고, 깨진 조개껍데기 같은 흰색 물체로 길 표시를 해놓은 듯한 자국이 희미하게 남아 있었다. 대니는 하워드를 따라 그 길 중 하나를 내려가, 화석화된 나무들과 물때가 앉아 녹색으로 변한 깨진 조각상들, 회색 꽃들이 온통 뒤덮다시피 한 벤치를 지났다.

하워드: 이제, 내가 처음 보고 단번에 나가떨어졌던 곳이 나올 거야. 그걸 보자마자 생각했어. 여길 사고 말겠다고.

그들은 사이프러스들로 이루어진 일종의 벽이 서 있는 지점에 이르렀다. 그것은 높고 견고했으며, 한때는 매끈했는지 모르지만 이제는 여기저기 속이 삐져나온 거대한 쿠션처럼 보였다. 최근에

베어낸 듯 보이는 틈새로 하워드를 따라 들어간 대니가 반대편으로 간신히 몸을 빼고 나오자, 햇빛이 얼굴에 와 닿는 게 느껴졌다. 그는 얼룩무늬 대리석이 깔린 빈 공간에 서 있었다. 한가운데에 폭이 13미터는 너끈히 돼 보이는 둥근 수영장이 있었다. 수영장 물은 검었고, 더껑이가 앉아 걸쭉했다. 처음엔 잘 몰랐지만, 금세 고약한 냄새가 코를 찔렀다. 금속과 단백질과 피가 범벅이 된 듯한, 땅속 깊숙이 묻혀 있던 뭔가가 공기와 만나면서 나는 냄새였다.

수영장 건너편에서는 믹이 바닥에 무릎을 꿇은 채, 긴 솔 같은 것으로 바닥을 문지르고 있었다. 그는 고개를 들지 않았다.

하워드: 수영장이 있는 바로 이 자리엔 원래 탑이 있었어. 둥근 탑. 저기 가장자리에 깨진 돌멩이들 보이지? 탑 안에는 우물이 있었는데, 탑이 무너지고 난 다음 사람들이 그 폐허 위에 수영장을 만든 거야. 멋지지? 아무튼 걔들은 여기서 빠져 죽었어.

대니: 빠져 죽다니, 누가? 그는 악취 때문에 콧물을 흘리고 있었다.

폰 아우스블링커 가의 쌍둥이. 오누이인데, 열 살이었지. 무슨 일이 일어난 건지는 아무도 몰라. 그가 대니를 흘깃 보았다. 알레르기야?

냄새 때문에.

내 코는 원래 엉망이라. 뭐, 복 받았다는 생각을 할 때도 가끔은 있어.

그들은 느릿느릿 믹에게 다가갔다. 웃통을 벗어부치고 열심히 솔질을 하는 그의 온몸은 땀에 젖어 있었다. 몸 한번 끝내줬다. 대니가 수백 년 동안 개인 트레이닝에 몸 바친다 해도 그의 발치도 못 따라갈 것이다. 믹이 그들을 곁눈질했다.

하워드: 솔을 쓰니까 세제로 하는 것보다 낫군.

믹: 응, 이것 좀 봐. 그는 자리에서 일어나 얼룩 한 점 없이 하얗게 빛나는 바닥의 일부를 보여주었다.

하워드: 이야.

믹: 전체가 다 이렇다고 상상해봐.

하워드: 혼자서 다 할 생각은 하지 마. 도움을 좀 받으라고.

아까 주방에서 있었던 불화의 뒤끝은 고사하고, 언제 그런 일이 있었냐는 식이었다. 대니는 자신의 불안한 상태 때문에 상황을 부풀려서 생각했던 게 아닌가 싶어졌다. 아니면 이 사람들은 매일 이러고 지내나?

하워드: 대니한테 쌍둥이에 관해 얘기하던 중이었어.

믹이 냉랭하고 텅 빈, 사람을 불안하게 하는 시선으로 대니를 쳐다보았다. 마치 잘못된 일은 무엇이든 대니에게 책임이 있다는 식이었다. 씨팔, 어쩌라고? 대니는 눈을 마주쳐서 믹을 한번 내려다봐주려고 했지만, 믹은 다시 바닥을 문지르고 있었다.

대니: 쌍둥이 이야기는 독일인들한테 들은 거야?

하워드: 일부분은. 하지만 대부분은 (하워드는 길게 숨을 내쉬고 시선을 멀리 돌렸다) 이곳에 사는 일가의 여자한테서 들었어. 그 여자한테서 내게로 구전되었다고 볼 수도 있지. 그 여잔 남작 부인이야. 저기 탑, 아성이라고 부르지, 거기 살아. 이 성에서 가장 오래된 곳이야.

하워드의 시선을 따라가니 그것이 있었다. 숲 위로 우뚝 솟아올라, 한낮의 태양빛에 순백색을 발하는 아성이.

대니: 저기 한번 올라가보고 싶은데. 그는 접시안테나를 생각하고 있었다.

하워드가 파안대소했다. 믹, 너도 들었어?

믹이 고개를 끄덕였다.

하워드: 나도 너를 저기로 안내하고 싶은 마음이 굴뚝같아. 그런데 대니, 아쉽지만 남작부인이 말이야, 어떻게 말해야 되나, 우리 프로젝트를 전적으로 지지하는 게 아니라서……

대니: 그 여자 젊지, 그렇지? 예뻐?

믹과 하워드가 서로 쳐다보다가 소리내어 웃기 시작했다.

하워드: 무슨 근거로 그렇게 생각했어?

대니는 대답하지 않았다. 그들의 웃음에 부아가 치밀어올랐다.

하워드: 그러니까 그 양반은……

믹: 진짜 엄청나게 늙었지.

하워드: 이 사람아, 나이를 얘기해줘야지. 불어버려.

믹: 아흔여덟. 그쯤 됐을걸.

하워드: 그런데 아흔이 넘은 걸로는 안 보여. 그 말이 끝나자 둘은 또 와자하니 웃음을 터뜨렸다. 대니는 아성을 바라보며 그때 창가에서 보았던 소녀를 떠올렸다. 하워드와 믹은 그녀를 분명 알지 못하는 것 같으니, 눈에 흙이 들어간다 해도 그들에게는 말하지 않을 작정이었다.

마침내 하워드가 진정하고 눈물 젖은 눈가를 비벼댔다. 미안,

대니. 하지만 너도 우리가 그 여편네 때문에 지금까지 어떤 일을 겪었는지 알면……

믹: 게다가 아직 끝난 것도 아니잖아.

하워드: 암, 어림도 없지. 웃음이 잦아들자 그는 두 손으로 머리칼을 쓸어올렸다.

믹: 난 여전히 저곳에 손대는 일에 착수해야 한다고 생각해. 그 바깥만이라도. 왜 그 여자가 쥐락펴락하게 놔두는 거야?

하워드: 그 말도 일리가 있군. 생각해봐야겠어.

믹은 다시 대리석을 솔로 문질러대며 바닥을 닦아냈다.

하워드가 대니 쪽을 돌아보았다. 그래. 이제 슬슬 감이 와?

대니: 감?

이곳에 대해서.

아니, 이제 막 구경하기 시작했는데 뭐……

하워드: 물건이니, 건물이니, 방이니, 그런 거 말고, 느낌이 있어야지. 이 모든…… 땅 밑에서부터 치고 올라오는 역사 말이야.

그는 강렬한 눈빛으로 대니를 보고 있었다. 그러나 정작 대니가 느낀 건 치고 올라오는 역사가 아니라, 권력을 쥔 자가 대니 하나만 예의 주시할 때마다 어김없이 느끼는, 수건으로 얼굴을 후려맞은 듯한 기분뿐이었다.

하워드: 내 말이 무슨 뜻인지 보여줄게. 믹, 잠깐 가만있어. 자, 들어봐.

믹이 솔질을 멈추었다. 하워드가 대니의 양어깨를 붙잡았다. 그의 손힘은 아플 정도였지만, 정작 대니가 놀란 건 그의 손에서 뿜

어져나오는 뜨거운 열기였다. 그가 반바지 차림인 게 새삼 이해가
됐다.

하워드: 저 소리 들려? 벌레 소리, 새소리도 들리지만, 그런 소
리 말고. 그 뒤에 존재하는 것, 들려? 뭔지 알아? 웅웅 울리는 소
리랑 비슷하지. 하지만 딱 그 소리는 또 아니거든.

하워드의 손에서 흘러나온 열기가 대니의 재킷을 적시고 셔츠
를 적시는 걸로도 모자라 그의 팔까지 적셨다. 그 전까지는 춥다
고 느끼지 못했는데, 아까 성의 무너진 쪽으로 들어선 다음부터
내내 추웠다는 것을 비로소 깨닫게 되었다. 대니는 귀를 기울였지
만 아무 소리도 들리지 않았다. 그러나 그것은 그가 익히 알고 있
는 단순한 정적과는 다른 종류의 정적이었다. 정적이라는 것이 대
개 일상의 소음에 찍힌 빈 점처럼 일시적으로 소리가 정지된 상태
라면, 지금 이 정적은 눈보라가 휩쓸고 지나간 직후의 뉴욕에서나
들을 법한 먹먹함이었다. 아니, 그보다 더 고요했다.

하워드: 이걸 잃고 싶지 않아. 이 성이 이것에 관한 곳이면 좋겠
어. 그냥 빤한 휴양지가 아니라. 하워드는 대니의 어깨를 놓아주
었다. 하워드의 팔뚝과 목에는 핏줄이 불거져 있었다. 대니는 무
슨 말인지 알아듣는 게 신상에 좋다는 것을, 하다못해 알아들은
시늉이라도 해야 한다는 것을 깨달았다.

대니: 호텔이 침묵에 관한 곳이길 바란다고?

어떤 의미에서는 그래. TV도 없어야지, 이건 당연한 거고. 게다
가 전화기도 없앨 생각이야.

**앞으로 계속?**

그렇게 할 수 있다면.

그러니까…… 어디 조용한 데 같은 걸 말하는 거야? 사람들이 와서 요가 같은 걸 하는?

아니지, 그건 아니야.

믹: 나는 이제 좀……

하워드: 아, 그래. 일해.

믹은 다시 솔질을 시작했다. 그는 쉴새없이 몸을 놀려야 직성이 풀리는 타입이 분명했다. 완벽한 넘버 투였다.

하워드: 중세를 생각해봐, 대니. 이 성이 지어졌을 즈음일 거야. 사람들은 끊임없이 유령을 보고 허깨비에 시달렸어. 예수가 자기들과 저녁식사를 같이 하고, 천사와 악마들이 이리저리 날아다닌다고 믿었지. 요새는 그런 걸 보는 사람이 없어. 왜? 예전엔 그런 게 있었지만 이젠 없어져서? 설마. 중세인들이 다 멍청했기 때문에? 그럴 리가. 그들의 **상상력**이 더 왕성했기 때문이야. 내적인 삶이 풍요롭고 기상천외했던 거라고.

(하워드는 틈도 주지 않고 떠들고 있지만, 나라도 틈을 내서 독자 여러분에게 알려야겠는데, 대니는 하워드의 말을 듣고 있지 않았다. 전화가 어쩌니, 전화가 없을 거라느니 등등의 말을 듣고야 비로소 대니는 한 시간 남짓일까, 자신이 너무 오랫동안 현실에서 유리되어 있었음을 깨달았다. 그 정도 시간이 지나고 나니 앞으로 시간이 얼마나 더 흐를지, 그다음엔 또 얼마나 흐를지 상상하기가 어렵지 않았다. 아무리 북새통에서 뒹굴었다 한들 그 사람이 거기서 떨어져나오자마자 있었는지조차 모르게 순식간에 잊혀져버린

다는 걸 대니는 경험으로 알고 있었다. 모든 것이 변경되고 움직이고 재조정되는 판에 어느 한 사람의 자리가 보전될 리 없었다. 그런 식으로 사라져버린다는 건 대니에게 죽는 것보다 더 끔찍했다. 죽어버렸다면야, 어쩔 수 없다. 하지만 산 채로 보이지도, 닿을 수도, 찾을 수도 없게 된다는 건, 가위에 눌렸던 예전의 경험처럼 한자리에서 옴짝달싹하지 못하고, 죽은 것 같고, 다른 사람들도 모두 그가 죽었다고 여기지만 정작 그 자신은 모든 상황을 여전히 느끼고 들을 수 있는 거나 마찬가지였다. 대니는 한창 이런 생각에 빠져 있다가, 문득 하워드가 뭔가 중요한 말을 하고 있음을 깨달았다. 마치 묶여 있다가 풀려나기라도 하듯, 말들이 사촌의 입에서 터져나오고 있었다. 그래서 대니는 귀 기울여 듣기 시작했다.)

하워드: 상상력! 날 살린 것도 바로 그거야. 어릴 때 나는 뚱보에 입양아에 친구도 거의 없었어. 하지만 나는 다른 세상을 상상했어. 내 현실과는 전혀 상관없는 다른 삶을 머릿속에 그렸어. 그리고 중세인들은 어땠게? 한평생 지저분한 동네 한구석만 보고 살아야 하는데다. 애새끼들은 감기 한 번에 뒈지질 않나, 서른 살밖에 안 됐는데 이는 세 개만 남고 다 빠져버려. 그런 현실을 떨쳐내려면 뭐든 해야지, 안 그러면 비참과 권태에 찌들어 졸도할 지경이었을 거야. 그러니 예수를 불러내서 같이 저녁밥을 먹기라도 해야 했던 거야. 그래서 구석마다 마녀와 잡귀들이 숨어 있었던 거고, 하늘을 보면 천사가 보였던 거지. 그런 의미에서 내 생각은⋯⋯ 내, 내 계획, 아니, 내⋯⋯

믹: 사명. 하지만 그는 바닥 문지르는 일은 멈추지 않았다.

내 **사명**은 그런 것들을 되살리는 거야. 사람들이 자신이 만들어낸 상상 속에서 관광할 수 있게 해주는 거. 부탁인데 **디즈니랜드** 같다고는 말하지 마. 그건 내가 이야기하는 것과는 완전히 반대되는 거니까.

대니: 그런 말 할 생각은 없었어.

하워드: 세상 사람들은 권태에 시달리고 있어. 시체나 다름없다니까! 쇼핑몰에 가서 사람들 얼굴 좀 보라고. 난 몇 년 동안 주말마다 쇼핑몰로 차를 몰고 가서, 그냥 한자리에 앉아 사람들을 지켜보면서 그게 뭔지 알아내려고 했어. 뭐가 빠진 거지? 저들에게 필요한 게 뭐지? 다음 단계는 뭘까? 그러다가 알아냈지. **상상력**. 우린 상상의 세계를 만들어내는 능력을 잃어버린 거야. 우린 그런 일을 엔터테인먼트 산업에 하청으로 줘버리고는 그 곁에 둘러앉아 그들이 우리 대신 하는 것만 바라보며 침을 질질 흘렸던 거야.

하워드는 왔다갔다하고, 돌아서고, 두 팔을 휘저었다. 바닥을 부드럽게 솔질하는 믹의 모습이 그 배경을 채웠다.

대니: 그러니까 네 생각은 사람들이 그런 걸 하겠다고 돈까지 낼 거라는 거야?

말투가 무례했지만 하워드는 환영하는 눈치였다. 질문 한번 잘했어! 사업적 관점에서는 그 질문 말고 달리 할 게 없지. 대답은 언제나 똑같아, 대니. 우리가 얼마나 잘해내느냐에 달려 있어.

그 우리라는 것에 대니도 포함되는 걸까? 그는 확신할 수 없었다. 하워드와 믹은 형제 같았다.

저기 왔네!

사이프러스 틈새를 비집고 햇빛 아래로 나온 것은 앤이었다. 갈아입은 긴 초록색 치마가 나뭇가지에 걸리는 바람에 그녀는 멈춰서서 치마를 걷어내야 했다. 소매 없는 검은색 윗옷 아래로 그녀의 어깨가 눈부실 정도로 희게 도드라졌다.

앤: 자기야, 벤지를 읍내에 데려가기로 하지 않았어?

하워드: 아이고, 지금 몇 시지? 대니에게 구경 좀 시켜준다는 게 이렇게 돼버렸네.

믹이 셔츠를 꿰어입으며 자리에서 일어섰다. 나는 이제 가볼게. 벤지한테 아빠 금방 온다고 할까?

하워드: 몇 분 안에 간다고 해줘. 고마워.

믹은 공구가방을 들고 사이프러스 쪽으로 향했다. 처음에 적의에 찬 눈길로 쳐다본 후로 그는 대니에게 눈길 한 번 주지 않았다. 믹이 떠나자 앤이 눈을 감고 기지개를 켰다.

앤: 햇볕을 쪼이니 좋네요. 제대로 일광욕을 할 만한 곳을 어디 한 군데라도 찾을 수가 있어야 말이죠. 그래, 대니, 우리의 이 작은 왕국에 대해 어떻게 생각하세요? 공작령이라고 해야 하나? 아님 장원? 아무튼 간에 말이에요.

하워드: 남작령이라고 해야지. 그가 공허한 웃음을 터뜨렸다.

앤: 맞다.

대니: 멋져요. 하지만 저는 — 저는 호텔 문제에 대해서는 아직 확실히 감이 안 잡혀요. 제 말은, 누군가 방을 예약하고 온다고 해봐요. 그다음에는요? 다음에는 어떤 일이 일어나는 거예요?

둘 다 금방 대답하지 못했다.

앤: 내 생각을 말씀드려도 돼?

하워드: 그렇게 해.

앤: 한 여자가 혼자서 이곳으로 여행을 와요. 여자는 불행해요, 마음의 문을 닫아버렸어요. 결혼생활이 위기에 이르렀을 수도 있고, 혼자일 수도 있죠. 아무튼 그녀는 자기 자신도 느끼지 못할 정도로 멍하니 죽어 있는 상태예요. 그래서 그녀는 체크인을 하고 짐을 방에 놓고 나와 정원을 거쳐 이 수영장까지 와요. 이유는 모르지만, 저는 늘 이런 일이 밤에 일어난다고 상상해요. (앤은 말을 하면서 수영장 가장자리로 몇 걸음 다가섰다. 그녀의 검은 머리가 햇빛을 받아 자줏빛으로 빛났다.) 그리고 수영장 물은 온통 빛을 발하고, 당연히 깨끗하고, 따뜻해요. 따뜻해야만 해요. 밤이 되면 여긴 항상 추우니까. 심지어 여름에도 그렇죠. (앤은 두 팔을 새하얀 V자가 되도록 머리 위로 쭉 뻗으며 몸을 곧추 펴고는 눈을 감았다.) 그러자 그녀에게 뭔가 변화가 생겨요. 물속에 들어간 것이 변화를 일으킨 거예요. 그녀를 일깨운 거죠. 수영장 밖으로 나오자 여자는 다시금 강해지는 걸 느껴요. 인생을 다시 살아볼 마음이 생기는 거죠.

앤은 두 팔을 내리고는 어색해하는 대니를 향해 미소를 지었다. 그는 거참, 수영장에 바라는 것도 많다, 고 생각했지만 입 밖에 꺼내어 말하진 않았다. 그러고 싶지 않았다. 기이하게도 앤이 말하는 동안 자기도 모르게 사로잡혀 있었던 것이다.

하워드: 내가 이 수영장을 어떻게 생각하는지 알아? '상상의 수

영장'이지. 물속에 뛰어들면 펑, 하고 상상력이 풀려나는 거야. 할리우드도, 네트워크도, 라이프타임 TV*도, 〈배너티 페어〉**도, 중독성 강한 뭔 놈의 비디오게임도 아닌, 다시 찾은 자기만의 것. 자신이 이야기를 꾸며내고, 자신이 이야기를 들려주면서, 사람들은 해방되는 거야. 원하는 건 뭐든 할 수 있지. 그는 대니를 향해 돌아섰다. '상상의 수영장'. 네 생각은 어때?

대니는 몇 가지를 생각하던 중이었다.


1. 입을 열면 열수록 하워드가 병신 같아진다는 점. 힘깨나 있는 자들 중 태반이 병신인데, 이유는 대니도 모른다. 그렇다면 앤도 병신인가? 믹은? 대학원생들은 말할 것도 없다. 여기 모인 것들이 죄다 병신일 수 있나?

2. 이야기를 듣고 있자니, 이 호텔은 대니가 상상하기에 지옥과 가장 닮은 곳이라는 점.

3. 접시안테나를 설치해야만 한다는 점.


대니: 아무래도 나는──

하워드: 얘기해.

네가 나한테 원하는 게 뭔지 모르겠어. 그러니까 이건 정말이지…… 어마어마한 계획인데다, 너한테는 이미 계획과 관련해서

---

* 영화와 드라마를 방영하는 미국의 TV채널.
** 문화, 패션, 정치를 다루는 미국의 유명 잡지.

일하고 있는 사람들이 많은데 뭐 더 필요한 게 있을까 싶네.

하워드가 손목시계를 흘끗 봤다. 앤, 당신이 벤지를 데리고 읍내에 나가고, 내가 나중에 합류하면 좋을 것 같지 않아?

앤: 내가 바라는 게 뭐냐고 묻는 거야, 아니면 그러라고 나한테 시키는 거야?

대니: 하워드, 그만 가봐, 그게 좋겠어. 내 스케줄이…… 아니, 물론 내 스케줄이라는 게 있을 리 없지만.

아니야. 여기 있어야겠어. 미안해, 여보.

앤: 괜찮아. 보게 되면 봐.

그녀는 신속히, 조용히 떠났다. 그녀의 초록색 치마가 사이프러스 틈새로 사라졌다. 침묵이 접착제처럼 대니의 귀에 들러붙었다. 하워드는 솔질한 대리석 바닥에 한 발을 비벼댔다. 다시 대니를 바라보는 그의 표정은 진지했다.

하워드: 내가 너에게 뜻을 제대로 전달하지 못했어. 빠진 게 좀 있어.

대니: 그게 뭔데?

하워드: 나도 몰라. 알아내려고 애쓰는 중이야. 자, 같이 좀 걷지. 같이. 성벽에 올라갈까? 꼭대기에서 보면 경치가 죽여줘.

대니는 당연히 꼭대기에 올라가고 싶어 죽을 지경이었다. 접시 안테나 때문이었다. 그는 하워드를 따라 사이프러스의 또다른 틈새로 들어섰다. 나무들로부터 10미터쯤 떨어진 곳에, 어젯밤에 대니가 기어올랐던 것과 비슷한 무너진 성벽이 나타났다. 하워드는 곧장 성벽으로 뛰어올라가더니, 반바지와 등산화 차림으로 숫염

소처럼 올라갔다. 대니는 숨을 몰아쉬며 뒤따라 오르면서도, 미끄러운 부츠에 벨벳 코트 차림이 행여 우스워 보이지 않을까 신경쓰였다. 사실 그럴 필요는 없었다. 하워드는 그를 보고 있지 않았다. 자기 눈앞에 펼쳐진 광경만 주시하고 있었다.

성벽은 마치 샌드위치처럼 두 개의 돌판 사이에 수많은 콘크리트 잡석들로 채워져 있었지만, 그 돌들은 어제 대니가 걸었던 성벽과는 다르게 부서져내렸고, 허방을 디뎌 발목을 접질리지 않으려면 외벽 돌판을 붙잡아야 했다. 고로, 접시안테나는 물 건너간 일이었다. 그래도 경치는 대단했다. 등 뒤에는 어젯밤에 본, 계곡이 내려다보이는 절벽이 펼쳐져 있었고, 성벽 안쪽의 왼편은 건물들로 이루어진 덩어리가 가로막고 있었다. 그 바로 위가 아성이었다. 저 아래 보이는 검은 수영장은 지표면에 구멍이 뚫리며 생겨난 분화구처럼 보였다.

하워드: 대니, 난 이 모든 정경을 보고 있고 또 경외심을 느끼고 있지만 여전히 그 밖에 있어. 내가 찾지 못한 입구가 있을 거야. 그런데도 난 병신같이 어딜 봐야 하는지도 모른다고.

그런 게 있다는 건 어떻게 아는데?

하워드가 고개를 돌려 그를 보았다. 느낄 수 있어, 바로 여기로. 하워드가 주먹으로 자기 배를 푹 들어갈 정도로 내려치는 바람에 대니는 말문이 막혔다. 그건, 나도 그게 뭔지는 몰라. 지도. 단서. 열쇠. 어쩌면 물건이 아닐 수도 있어. 그저 생각으로만 존재할 수도 있어.

대니: 다른…… 사람들도 똑같이 느껴?

하워드: 그들도 뭔가 느껴. 그런데 참을성이 없어. 내가 자기들을 이끌고 확실한 방향으로 가주기를 바라는데, 난 그럴 수가 없어. 사면초가야. 그렇게 말하면서 먼 곳을 향하는 하워드의 시선을 따라가니 아성이 보였다.

대니: 그게 저기 산다는 노부인하고도 관련 있어?

그럴 수도 있지. 가끔은 아성 자체가 그것이라는 생각도 해. 그 옛날 저것은 이 성의 심장부였지. 그런데 난 저기에 손도 못 대고 있어. 어쩌면 완전히 다른 것일지도 몰라. 하지만 난 답을 원해. 이건 해결을 봐야 할 일이야. 그 때문에 난 내 결혼생활을 걸었고, 사람들을 죄다 이리로 데려왔어. 내가 가진 모든 것이 여기 이 성 안에 있다고. 그러니까 해결을 봐야 돼. 해결하지 않으면 안 된다고.

그는 절박하지는 않지만, 여유 있다고도 할 수 없는 표정으로 대니를 돌아보았다. 뭔가에 굶주린 표정이었다. 하워드에겐 바라는 것이 있었다.

대니: 오늘 아침에 망원경으로 보는데, 누가 저기 있더라고. 저 아성에 말이야. 젊은 여자였어.

하워드: 저기에 젊은 사람은 없어.

내가 봤다니까. 금발이고 예뻤어. 젊은 여자였다고, 하워드. 바로 저기 저 창가에 있었어.

대니가 아성을 가리키는데도 하워드는 쳐다보지 않았다. 그는 대니를 보고 있었다. 그는 오랜만에 미소를 짓고 있었다.

하워드: 이렇게 빨리 효과를 보다니, 대단한걸.

무슨 소리야?

하워드의 얼굴이 달아올라 있었다. 여기 오는 사람은 다 겪는 일이야. 내가 제일 먼저 겪었어. 앤이랑 함께. 성에 들어선 지 한 시간도 채 안 돼서 내 지각기능이 흔들리고 헛갈리는데, 꼭 꿈을 꾸는 것 같더라니까.

하워드의 말에 대니는 몸이 싸늘하게 굳는 것을 느꼈다. 그러니까 내가 환영을 본다는 거야?

남작부인은 살아 있다기보다는 시체라고 해야 어울릴 정도로 늙은 쭈그렁 할망구야. 그리고 이 성에 다른 사람은 한 명도 없어. 그러니까 내 말은 그게, 네가 망원경을 봤을 때 일어난 일이, 바로 이 호텔이 죽어라 밀고 나가야 할 길이라는 거야. 아무렴! 펑! 네가 해낸 거야.

대니: 그렇구나.

그의 안에 있던 벌레가 몸을 펼쳤다. 별 같잖고 가소로운 얘기 (하워드 녀석이 대니의 머리를 가지고 놀고 있었다)를 들은 것뿐인데, 벌레라는 놈이 수면 상태에서 깨어난 것이다. 평소 대니는 그것에 꽤 잘 버티는 편이었고, '네가 한 시간 동안 주황색 자동차를 네 대나 봤다고 해서 잠복근무중인 짭새들이 네 아파트를 급습하려는 건 아니야'라고 말해주거나 '네가 스타벅스를 막 지나치는 찰나에 창가에 앉아 있던 남자의 웃음소리를 들었다고 해서 그 자식이 전날 밤 네 여자친구와 잔 건 아니야'라고 말해줌으로써 다른 사람들 안에 기생하는 벌레까지 진정시키는 재주도 있었다. 그러나 다른 사람들은 물론이고, 대니조차 벌레를 완벽하게 퇴치할 수는 없었다.

하워드: 대니, 네가 내 말을 안 믿는 게 뻔히 보인다. 하지만 탓할 생각은 없어. 그냥 나랑 같이 지내보는 거야. 마음을 열고.

알았어.

하워드는 자신의 영지를, 45미터마다 서 있는 둥근 탑들을 이어주는 두꺼운 외벽과 그 안에 무성하게 자라난 야생 목초지와 무리지어 서 있는 성채들을 굽어보았다. 여기저기 할 것 없이 심하게 깨지거나, 무너지거나, 혹은 금세 무너질 지경이어서, 모든 것을 땅으로 되돌리려는 중력의 압박이 몸으로 느껴질 정도였다. 대니에게는 이 모든 것이 미친 짓거리, 망할 게 뻔한 모험으로 여겨졌다.

하워드: 몇 주 전에 내가 식구들이랑 얘길 했거든, 대니. 그런데 네가 뉴욕에서 좀 곤란한 일에 휘말렸다고 하더라.

이젠 일가친척들이 그에 대해 이러쿵저러쿵 떠들어대고 있다는 이야기였다. 하지만 어차피 대니도 이미 아는 사실이었다.

그 말을 들으니 감이 딱 오더라. 걜 데려오자. 직감만 믿고 밀어붙인 거야. 너도 절박하고, 나도 절박하고. 그러니까 딱 맞는 부분이 있을 거야. 하지만 이 얘긴 해둬야겠다. 난 지금까지 모든 결정을 그런 식으로 내렸어. 그렇긴 해도, 내 이 경악스러운 직감이 없었으면 이만큼 돈을 모으는 건 어림도 없었을 거야.

대니: 내 직감은 나를 만신창이로 만드는 데 톡톡히 일조했지. 그렇다면 날 여기로 오게 한 네 직감과 이곳에 오겠다고 한 내 직감이 맞장 뜨게 된 거로군.

하워드가 소리내어 웃었다. 웃음의 원인을 제공한 사람의 마음이 뿌듯할 만큼 거침없고 유쾌한 웃음이었다. 대니는 벌레가 긴장을 풀기 시작한 걸 느꼈다.

하워드: 그런데 뭣 때문에 맞장을 떠? 내가 이기면 너도 이기는 거야.

# 4장

 

 

 

내가 알고 싶은 건 말이야. 수업 시간에 내가 글을 읽고 나자 톰톰이 말한다. 그 광대놈들 중에 넌 누구냐는 거야.

광대? 나는 눈을 가늘게 뜨고 그를 본다. 톰톰에게 광대는 민감한 주제이다. 그의 입에서 그 단어가 나오다니, 나는 놀란다.

아님 병신들이라고 해야 하나? 그가 말한다.

진정하세요. 홀리가 말한다. 병신들이라는 말 자체 때문이 아니라—그 정도만 해도 정중한 거지—내가 쓴 글에 대해 그가 그렇게 말해서이다. 홀리가 정한 규칙에서 다른 사람의 작품을 존중합시다는 모든 신체적 접촉을 금합니다보다 우선이다. 그녀가 죄수들을 가르쳐본 경험이 전무하다는 걸 암시하는 또다른 증거다.

톰톰을 좋아하는 놈은 단 한 놈도 없지만, 그 정도로는 그의 머리털 한 올도 설명해주지 못한다. 톰톰은 자기를 좋아하는 사람이 아무도 없다는 것을 즐기는 놈이다. 그래야 이 세상이 거대한 똥덩어리에 지나지 않는다는 그의 지론이 옳은 것이 되기 때문이다. 내 생각에 톰톰은 누군가 자기를 좋아해주는 것보다 자기 말이 옳은 쪽을 더 좋아할 인간이다.

나는 도마뱀붙이 덕분에 그라는 인간에 대해선 익히 알고 있었다. 이곳에는 재소자들이 파충류 알에 조명을 쬐어 새끼 도마뱀을 부화시키고, 그걸 애완동물 가게에 내다 팔 수 있을 정도까지 키우는 '파충류 프로그램'이라는 게 있다. 톰톰은 우리의 도마뱀붙이 담당이다. 도마뱀붙이는 중간 정도의 크기에, 눈이 시릴 정도로 선명한 초록색이다. 톰톰은 도마뱀들을 끈으로 목줄을 매어 밖으로 데려가서는 운동장에서 뛰놀게 한다. 그리고 놈들의 반짝이는 작은 머리통을 일일이 문질러 닦아주고, 비늘로 뒤덮인 입술에 입을 맞춘다.

한 일 년 됐나, 퀸스라는 이름의 무시무시한 놈이 톰톰의 도마뱀붙이들이 놀고 있는 앞뜰까지 걸어가서 부츠 발로 한 놈의 머리통을 제대로 짓이겨버린 적이 있었다. 그 시절 나는 하릴없이 주저앉아 손 하나 까딱하지 않았었다. 왜 그러고 있었냐고 누가 물어보면 절망, 나태, 자괴감, 치졸한 밀고자 노릇 등등, 질문자가 누구냐에 따라 내 대답은 달랐다. 그날 나는 톰톰에게서 18미터 남짓 떨어진, 철망 울타리 너머의 벤치에 앉아 있었다. 톰톰 입장에서는 그날 퀸스가 짓밟아버리겠다고 작정한 것이 한낱 도마뱀붙이 한 마리뿐이었다는 사실에 대해 무릎 꿇고 앉아 하느님께 감사기도를 바쳐도 시원치 않으련만, 퀸스가 가버리기가 무섭게 그의 표정은 난생처음 본다 싶을 정도로 뒤틀리고 일그러졌다. 마치 그의 머리통이 부츠에 눌려 으깨어지기라도 한 것 같았다. 입술이 안으로 말려들어가 검은 구멍처럼 쩍 벌어진 입에서는 아무 소리도 나지 않았다. 처음에는 그가 발작이나 심장마비를 일으킨 줄 알았지만, 이내 나는 세상에 자기 말고는 아무도 없다고 생각하는 사람만이 느끼는 통렬한 고통을 목격하고 있음을 깨달았다.

바로 그때, 톰톰이 울타리를 통해 나를 보았다. 그 짧은 순간 나는 생각했다. 이제 나는 죽었구나. 만약 그가 진짜 범죄자였다면 내가 찍소리도 못 하고 죽었을 거라는 사실은 두말하면 잔소리다. 그러나 톰톰은 범죄자가 아니라, 도마뱀만 좋아하고 나머지는 증오해 마지않는 메스암페타민* 중독자였다.

이 글에 나오는 병신들 중 하나가 나라고 누가 그래? 나는 이제야 톰톰에게 묻는다.

글쎄, 이 이야기가 하나부터 열까지 모조리 꾸며낸 건 아닐 거 아냐?

다 내가 지어낸 거야, 나는 말한다. 홀리도 그렇게 생각해주길 바라면서. 아니면 전부 다 어떤 작자가 나한테 들려준 거라고. 그러니 내가 아니라 그 친구한테 박수쳐주는 게 어때?

어느 누구도 이딴 걸 지어낼 수는 없어, 톰톰이 말한다. 너무 병신 같잖아.

광대 옷을 입고 은행에 들어가 세 사람한테 총질하는 것만큼 병신 같겠어? 햄샘이 말하자 여기저기서 킬킬거리는 웃음소리가 들

---

* 각성제인 필로폰의 원 명칭. 흔히 메스라고 부른다.

려온다. 햄샘과 나 사이에는 한 가지 재미난 사실이 있다. 우린 친구지만 거의 한 마디도 이야기를 나누지 않는다는 것이다. 그래서 친구인 건지도 모르지만.

좆까, 똥자루 같은 새끼. 톰톰은 말은 이렇게 하지만 귀가 분홍빛으로 달아오른다.

나는 **똥자루 같은 새끼**라고 받아적는다.

그만, 홀리가 날카로운 목소리로 햄샘에게 경고한다. 우리의 전과 이야기는 안 하기로 했죠, 그렇죠? 그러나 톰톰을 바라보는 그녀를 보니 속으로 광대 옷? 하고 생각하는 게 분명하다.

피의사실이겠지요, 우리의 전속 만물박사 앨런 비어드가 말한다.

우리의 전과? 톰톰은 홀리에게 미소를, 도마뱀 같은 미소를 짓는다. 방금 그렇게 말했어요? 우리의 전과라고?

나쁜 뜻은 아니었어요, 라고 홀리가 말한다. 그녀가 빠르게 감을 잡아가고 있다는 건 인정해야겠다.

나는 질문에 꿀 먹은 벙어리 시늉을 하고, 질문을 하고, 웃고, 기지개를 켜고, 손가락 마디를 꺾는 등 그녀가 날 봐주길 바라는 마음에 별별 짓을 다 했다. 나는 매주 읽을거리를 가져가고, 내가 그것을 읽어주고 나면 그녀는 의무감에서 나를 보긴 하는데, 정작 그녀의 시선은 나에게 와 닿지 않는다. 내 옆이나 뒤, 심지어 나를 통과해 다른 곳을 보는 것이다. 아무래도 내가 작문 선생과 빠구리 트는 놈에 관한 글을 쓴 것 때문에 긴장한 모양이다. 그래서 나는 그녀에게 자기야, 그 여자는 자기가 아니야, 됐지? 라고 말하고 싶어진다. 그 작문 선생은 진짜 금발에, 두말하면 잔소리지만 나이는 서른 미만이고, 눈가에 주름도 없고, 스물네 시간 내내 스니커즈 초콜릿바나 빨고 다니는 사람은 꿈도 못 꿀 굴곡진 몸매에 드레스까지 입고 있었다고. 그 말들을 듣긴 한 거야? 그리고 그녀에게선 딸기향이 났어. 아님 망고. 아님 감초. 뭐, 여튼 그랬다고. 감방에 들어와 있으면 모든 게 바뀌어버리지. 바깥세상이라면 너무 흔해빠져서 눈에 들어오지도 않는 것들이 여기 들어오면 생각지도 못한 마력적인 용도가 생겨 금은보화로 변한다고. 부러진 펜은 문신 기구야. 플라스틱 빗은 연장, 즉 칼이 되지. 두어 개의 자두알과 한 조각의 빵이 있으면 다음 주엔 술을 마실 수 있다는 이야기야. 쿨에이드* 한 팩은 염색약이고, 통풍구는 전화기야. 전등소켓 안에 클립 두 개를 넣고, 여기에 연필 한 자루만 있으면 담뱃불을 붙일 수 있어. 그리고 홀리 같은 여자는, 바깥세상에선 사람들이 얼굴 한번 보겠답시고 고개를 들 일도 없겠지만, 여기서는 공주라고.

당신은 좋은 사람이 아니야. 톰톰이 그녀에게 말한다. 내 생각엔 당신도 여기 있는 놈들만큼이나 죄 많은 인간이야.

그건 네 생각이고. 햄샘이 말하자 몇몇 치들이 동의의 표시로 책상을 두드린다.

홀리는 톰톰에게 미소를 짓는다. 그녀의 눈썹은 색이 흐리고, 눈동자는 충혈되어 있다. 코는 길고 뾰족한 편이다. 입술은 근사하다. 그것만큼은 인정해주지. 립스틱을 칠하지 않았는데도 선이

---

* 미국산 탄산음료.

뚜렷하고 부드럽다. 그녀는 절대 립스틱을 칠하는 법이 없다. 아니, 화장이라는 걸 일절 하는 법이 없다. 나는 그녀를 꼼꼼하게 뜯어본다. 나와 눈을 마주치는 일이 일절 없는 상황이니까 가능한 일이다. 톰톰이 그녀도 죄 많은 인간이라고 말하자, 그녀의 얼굴에 주름살 비슷한 것이 잡힌다. 그때 나는 전에 미처 보지 못한 어떤 것을 발견하지만, 그건 어디까지나 내가 눈치채지 못했던 것일 뿐 언제나, 첫날부터 존재했던 것임을 이내 깨닫는다. 고통.

어디, 당신은 뭔 죄를 저질렀는지 들어봅시다, 홀리 T. 패럴. 톰톰이 말한다.

그녀는 여전히 미소 짓고 있다. 댁이 상관하실 바가 전혀 아니거든요, 톰. 그녀가 답한다.


그렇게 하루가 간다. 다른 날들도 그렇게 흘러간다. 바라는 것은 몇 주건, 몇 달이건, 몇 년이건 그렇게 흘러가서 감방에서 지내는 시간이 악몽을 꾼 듯 지나가버리고 진짜 삶으로 되돌아가는 것이지만, 이 안에서 지내는 시간이 늘어나면 늘어날수록 도리어 예전의 삶이 꿈처럼 여겨지기 시작한다. 물론 나도 돌아가고 싶은 마음이 굴뚝같지만, 같은 꿈을 두 번이나 꿀 리 있겠는가.

이곳에서 변하는 것은 아무것도 없다. (모든 복도의 중앙에 그려진 노란 선의 오른쪽으로만 걸어서) 내가 맡은 유지보수 일을 하러 425걸음, 거기서부터 밥 먹는 데까지 320걸음, 밥 먹는 데서 D블록까지 132걸음. 열한시 소등, 다섯시에 첫번째 점호, 그리고 그후, 오후 네시에 감방 안에서 선 채로 받는 것까지 포함해 네 번의 추가 점호. 일주일에 세 번 역기 운동. 일 년에 네 번 영치품을 받을 수 있지만, 나는 그보다 못 받는 편이다. 하나 있는 피붙이마저 멀리 떨어져 살고 있어서 내 영치품은 언제나 내가 직접 주문한다.

내 감방은 이렇게 생겼다. 가로 1.8미터에 세로 3미터. 두 개의 강철 침상이 벽에 못으로 고정되어 있고, 그 위에 정원용 의자 몇 개에서 해진 쿠션을 떼어다가 테이프로 칭칭 감아놓은 듯한 매트리스가 놓여 있다. 위쪽 침상을 좋아하는 사람은 한 명도 없다. 서로 아래쪽을 차지하려고 해서 칼부림이 날 정도지만, 나는 가로 13센티미터 세로 61센티미터인 창밖으로 보이는 광경이 죽여주기 때문에 위쪽 침상을 좋아한다. 특수 유리라서 바깥의 사물이 탁한 잿빛으로 흐릿하게 비쳐 보이는데, 우리의 위대한 탈옥을 애초부터 좌절시키려는 조처이거나, 아니면 진짜로 밖이 보이는 창문을 우리에게 제공한다는 게 너무 친절한 짓이다 싶어 그렇게 한 건지도 모른다. 그런데 이건 알아야 한다. 홀리의 두번째 수업 후 내 머릿속의 문이 활짝 열렸던 그때, 침상에 앉아 창문을 바라보다가 갑자기 무엇 하나 거치적거리는 것 없이 앞마당을 똑바로 볼 수 있게 되었다는 것 말이다. 콘크리트와 울타리와 신선한 공기를 들이마시는 놈들이 훤히 보였다. 나는 진짜로 고함을 질렀다. 하지만 곧 자제했다. 급작스럽게 움직이거나 소리를 냈다간 룸메이트인 데이비스한테 찍히니까.

요새도 몇 시간이고 침상에 버티고 앉아 예의 그 잿빛 형체들이 오락가락하는 것을 본다. 행여 그들한테 들키기라도 하면 두 번

다시 창밖을 볼 수 없게 되기라도 할 것처럼 숨죽이며 지켜보다가 몇 가지 건진 것이 있다. 앨런 비어드가 턱수염 터럭을 뽑을 때의 특징, 햄샘이 침팬지처럼 걷는다는 사실. 체리가 아무도 없을 때 울타리 쪽으로 돌아서서 울부짖는다는 것. 톰톰이 도마뱀붙이들을 자기 귀 뒤에 올려놓고 동여맨 뒤통수의 머리채까지 기어올라가게 한다는 것. 텔레비전을 보는 것보다 낫다.

허구한 날 뭘 그렇게 보는 거야? 데이비스가 묻는다.

아무것도 안 봐.

그럼 왜 그러고 있는 건데?

내가 뭘 하건 왜 신경쓰는데?

네가 뭘 하건, 나는 발톱의 때만큼도 신경 안 써.

다행이네. 나는 그렇게 계속 내다보고, 데이비스는 계속 왔다갔다한다. 요만한 공간에서 왔다갔다한다는 건 창문 쪽으로 한 발짝 갔다가 다시 한 발짝 물러서면서 나를 본다는 뜻이다. 데이비스는 청소 담당이라서 늘 왔다갔다한다. 그가 감방 복도를 쓸고 대걸레질을 해주는 덕에 교도관은 우리 감방을 털지 않는다. 그래서 그는 침상 아래의 공간, 공식적으로 반은 내 것인 그곳에 온갖 것들을 비축해둘 수 있다. 뭘 쌓아놓는지는 그놈 말고는 아무도 모를 거다. 의외로 연장 자루나 밀수품, 폭탄 같은 게 있을지도 모른다. 그는 빨간색과 흰색 체크무늬 테이블보를 매트리스 밑에 깔고 바닥까지 드리워 침상 아래의 잡동사니들을 가려놓았다. 난 한 번도 그 테이블보를 들춘 적이 없지만(곁에만 가도 데이비스는 미친 개가 된다), 그 안에 뭐가 있는지는 궁금하다.

내가 이렇게 묻는 데는 다 이유가 있어. 그가 말한다.

뭘 묻는 건데?

네가 보고 있는 것.

그래서, 묻는 이유가 뭔데?

네가 답을 해주면, 나도 답을 해주지.

내 대답은 아무것도 아니다야. 난 아무것도 안 보고 있어.

씨팔, 아무것도 안 본다는 게 말이 돼?

너야 보는 게 있겠지, 데이비스. 하지만 난 **진짜로** 아무것도 안 본다니까.

그래? 시간 한번 정말 병신처럼 때우는구나.

데이비스의 눈에는 내가 감방에 와서 하는 모든 짓이 금쪽같은 시간을 낭비하는 짓이다. 그는 하루 중 단 일 분도 허투루 쓰는 법 없이 시간표를 짜놓았다. 미친놈, 모르긴 해도 창문 얘기로 날 갈굴 생각으로 미리 오 분을 비워놓았을 것이다. 처음 감방을 함께 쓰게 되었을 때, 놈은 자기계발이니, 성장이니, 달성이니, 나 스스로 똥창 밖으로 기어나오라느니 일장연설을 늘어놓고는, 어느 순간 내게 그러는 것이 부질없는 짓이라고 결론을 내렸다. 그런데 웃기는 대목은, 내가 한 주에 하룻밤만이라도 놈한테서 벗어나고 싶은 마음에 홀리의 수업에 등록했다는 것이다. 그리고 수업을 시작한 후로 모든 것이 다르게, 더 밝고 더 민감하고 좀 괴상하게 와닿는데, 꼭 병이라도 걸린 기분이다.

데이비스는 나를 미치고 환장하게 만드는 프로젝트를 나름 진행중이다. 그래 봐야 녀석에게 호락호락 당해줄 생각은 없지만.

그는 매일 감방에서 팔굽혀펴기를 최소한 칠백 번씩 한다. 좋아서 운동하겠다는 데야 뭐랄 생각은 없지만, 그래도 칠백 번이라니? 설령 체육관처럼 어마어마하게 넓은 곳에서 듣는다 해도 부담스러울 정도의 투덜거림과 억수같이 흘리는 땀과 끙끙대는 소리와 (막판 백 번을 남겨두고는) 살려달라는 울부짖음의 연속이다. 하물며 이렇게 쥐덫보다 좁아터진 곳이면 숫제 공포영화를 찍는 셈이다. 내가 데이비스를 덮치려고 하는 통에 녀석이 늑대처럼 울부짖는다고 생각한 딴 감방 녀석들이 야유를 보내는 건 둘째치고, 그 소리 자체가 죽음이라는 말이다.

그런데 우리의 창문이 똑바로 보이기 시작한 바로 그즈음, 데이비스의 운동이 내게 사뭇 다르게 다가오기 시작했다. 그것은 그의 말에 귀를 기울이던 도중에 일어났다. 팔굽혀펴기를 하느라 목소리가 떨리고 맥이 빠질수록, 우리가 매일 떠들어대는 평범한 말들 사이로 그가 소싯적에 썼던 묵은 말들이 섞여 나오는 것이었다. 깡패니, 딜도니, 똥걸레니, 네 깔치니 등등, 이젠 기억도 가물가물한 시절의 유산 같은 말들. 데이비스의 소싯적 말투를 일단 접수하고 나자 사방에서 그 말들이 들려왔다. 하긴 이곳은 말의 막장이니까. 왕년의 삶의 시곗바늘이 멈췄을 때 걸려든 말들은 이곳에 처박히게 된다. 그래서 싸움이라도 시작되면 나는 전처럼 피하지 않고 함께 몰려가서 예의 그 유령 같은 말들이 나타나기를 기다린다. 봉, 상병신, 새끈한데, 라는 말을 들었고, 짭새, 유대인 종자들, 나치 새끼들, 깜둥이, 떡대, 개판 오 분 전, 쭉정이, 애자, 깔치 아들, 그리고 암초*, 선녀**, 노는 데 환장한 놈, 깔쌈한 놈, 강냉이 털기라는 말도 들었다(이곳의 무기수들은 궁둥이에 철심을 박은 놈부터 틀니를 한 놈까지 다양해서, 살살 부추기기만 하면 바워리***에서 뺑이치던 시절 얘기도 해준다는 점을 잊지 마시라). 나는 이런 말들을 잡아채 머릿속에 가두어둔다. 각각의 말들은 하나의 삶이 오롯하게 기록된 DNA를 지니고 있기 때문이다. 그 말이 딱 들어맞고, 너나없이 사용하는 말이기 때문에 그 뜻이 통하는 삶을 말이다. 나는 그 말들을 저장하고, 홀리가 우리 모두 써야 한다고 해서 쓰게 된 일기장을 펼쳐 일일이 적어둔다. 그리고 이유는 모르겠지만, 은행에 저금해둔 돈을 떠올릴 때처럼 뿌듯해진다.

다음번 수업에서 내가 다시 글을 읽자, 멜이 가장 먼저 말을 꺼낸다. 좀처럼 입을 열지 않는 녀석인데, 놀라운 일이다. 햄샘은 자리에 없다.

해줄 말이 있긴 한데, 멜은 말한다. 사실 이건 문젯거리라고 해야 할 것 같네요, 홀리 선생님.

말해버려요, 홀리가 말한다.

멜은 헛기침을 하더니 말한다. 뭐, 격식 차려서 말하자면, 다음 이야기가 어떻게 되는지 궁금해진달까요.

홀리는 멜이 할 말이 더 남았으리라는 생각에 기다리다가 더는 말이 없자, 그가 말한 문제가 **무엇인지** 이해하고는 미소 짓는다.

---

\* 담배를 의미하는 속어.

\*\* 여성 역할을 하는 남자 동성애자를 지칭하는 속어.

\*\*\* 뉴욕 맨해튼 남쪽의 거리 이름. 싸구려 술집과 여관들이 밀집해 있는 곳.

그녀는 말한다. 멜, 그건 좋은 거네요. 그러니까 이 이야기에 끌린다는 말이죠?

아뇨. 멜은 말한다. 그건 좋은 게 아니에요. 그는 가늘게 색색거리는 목소리, 매주 비대하게 불어나는 몸과 비례하는 고혈압성 목소리를 가졌다. 꿀꿀이죽만도 못한 걸 먹고 어떻게 저 지경이 될 수 있는지 나로서는 알 길이 없다. 그는 말한다. 그러면 심란해지니까 좋지 않다는 거예요.

멜을 심란하게 해서 좋을 건 없다. 그는 뚱뚱하고 멍청한데다 위험하기까지 하다. 듣자하니, 그는 비타민C를 흡입하면 큰일 난다는 누군가의 말만 믿고 비타민C 삼백 알을 빻아 마누라의 옷과 베개에 뿌려서 그녀를 죽이려 했다고 한다.

**심란하다**는 말의 정의가 뭔가요, 멜. 홀리가 말한다.

그러니까 제 안에 심란한 감정이 생긴다는 건 말이죠, 텅 빈 느낌 같은 거, 무슨 일이 일어날지 알고 싶어서 애가 타는데, 그런데도 모르니까 기분이 상하는 거, 그러니까 레이가 나한테 일부러 숨기고 말하지 않으려는 것처럼 말이에요. 그러면 전 열이 뻗치기 시작하는 거죠. 말이 험해서 죄송해요, 홀리 선생님.

듣고 보니 멜이 말하는 건 **기대**한다는 뜻이네요. 홀리가 말한다. 그건 문제가 아니죠, 멜. 그건 작가의 존재 이유이자 이상理想이에요.

제가 심란한 걸 좋아하지 않기 때문에 문제라니까요. 멜이 말한다. 그가 말이 없어지면 그건 진담이라는 뜻이다. 어떻게 되는지 말해줘, 레이.

홀리는 못 믿겠다는 듯 웃음을 터뜨린다. 멜, 그런 걸 요구하면 안 되죠. 공정하지 않아요.

레이가 날 기다리게 하는 게 공정하지 못한 거예요.

톰톰은 내 옆에 앉아 있다. 무슨 꿍꿍이로 매주 그 자리만 고수하는지 알 수가 없다. 톰톰은 한참 몸을 비비 꼬고 안절부절못하다가, 마침내 내 쪽으로 몸을 돌리며 말한다. 야, 레이. 말해봐, 뭔 일이 일어나는데? 거기 있었잖아, 안 그래?

나는 그를 바라보며 미소 짓는다. 톰톰의 신경을 긁으면 왜 고소해지는지는 나도 잘 모르겠다. 너무도 쉬운 일이라서일까.

봐, 레이는 말 안 할 거야. 톰톰이 말한다. 말을 하느니, 저렇게 똥을 처먹은 것처럼 고소한 표정만 짓고 있을걸.

저놈 말본새 좀 보게, 죄송합니다. 체리가 말하고는 앨런 비어드와 함께 웃기 시작한다.

나는 공책에 써넣는다. **똥을 처먹은 것처럼 고소한 표정.**

멜은 웃지 말라는 뜻으로 손을 휘휘 젓는다. 다음에 어떻게 되는지 나한테 얘기 안 해줄 핑계 같은 건 없어, 레이. 그렇게 말하는 그의 목소리는 프라이팬에서 녹아 흐르는 버터 같다. 그는 말한다. 지금 내가 느끼는 대로 말하자면 말이야, 만약 네가 말 안 하면 나에 대한 모욕으로 받아들일 거야.

멜 개인을 모욕하려는 의도는 눈곱만치도 없다. 그는 칫솔대를 바닥에 대고 갈아 송곳 모양으로 만들어 홀리안 산체스라는 놈을 찌른 후 석 달 동안 독방에 있었다. 산체스는 운이 좋았다. 멜이 흥분해서 칫솔대를 거꾸로 잡았으니 말이다.

그런데도 내가 말을 시작한 건 멜의 기분을 풀어주기 위해서가 아니었다. 홀리를 위해서, 그녀가 날 봤으면 하는 마음에서였다. 감방에 들어와 있으면 사람들은 도로 젖먹이가 되고 만다. 배구 시합의 판정 때문에 서로를 죽인다. 밥이고 똥오줌이고 뭐고 닥치는 대로 집어던진다. 눈을 씻고 봐도 달리 집어던질 게 없으니 어쩌겠나? 쥐뿔도 없는 신세에, 안 그런가? 나는 홀리의 관심이 필요하다. 그뿐이다. 그게 필요한 거다.

말 못 할 거 있나, 뭐. 다음 장면에서 대니는 가지고 온 접시안테나를 설치하고 전 여자친구 마사 뮬러에게 전화를 걸어.

좋아. 멜이 말한다. 그래, 뭐라고 말하는데?

얘기 안 해도 돼요, 레이. 내 시야 왼편에서 홀리가 말한다.

나는 멜에게 말한다. 중요한 건, 대니는 마사에게 돌아가고 싶은데 마사의 마음은 그렇지 않다는 거야.

**무슨 말을 했는지** 들려줘. 멜이 말한다. 지금 네가 지껄이는 건 내 귀엔 소음으로 들릴 뿐이야.

홀리는 잠자코 있지만 기분이 좋은 건 아니다.

알았어. 나는 멜에게 말한다. 그들은 이런 말들을 해. "안녕, 마사. 나 대니야…… 그래, 잘 도착했어. 여기 고성에 사촌이랑 다른 사람들이랑 같이 있는데 당신 생각이 나서……" 내 얼굴로 와 꽂히는 뜨거운 반응에도 불구하고, 나는 말을 이어간다. "내가 바라는 건 우리가 서로…… 내가 쭉 바랐던 건 우리가—" 이것 보라, 나는 말을 더듬는데다 한 마디도 제대로 입 밖에 꺼내지 못할 지경이 되고, 놈들은 환장한 듯이 웃어댄다. 홀리도. 아무렴, 그녀도 웃음을 주체하지 못한다. "우리 다시 잘해보면 어떨까 하고—"
아, 씨팔, 나는 신음을 내지른다. 발작을 일으킬 것 같고, 쪽팔려
죽을 지경이라서. 더는 못 하겠다, 멜.

멜만은 웃지 않고 있다. 괜찮은데. 그는 말한다. 아, 씨팔 전까
지는.

그럼 넘어가. 나는 말한다. 아, 씨팔. 글에다 아, 씨팔이라고 쓰진
않을 테니까.

멜은 무표정하고 못돼먹은 작은 눈으로 계속 나를 쳐다본다. 그
리고 제 고양이한테 말을 걸듯 내게 말한다. 레이, 전에 묘사를 할
때는 말이야. 그때 넌 분위기 같은 게 있었어. 그런데 지금 너는
그냥 그런 시늉을 하는 게 다야. 진심이 담겨 있지 않아. 인마, 이
젠 더이상 묘사를 안 하고 있어. 그 엿 같은 짓 때문에 내가 심란하
단 거야. 말이 험했다면 죄송해요, 홀리 선생님.

이야기가 계속 빙빙 돌기만 하네요. 홀리가 말한다. 다음으로
넘어가죠.

멜이 그래도 된다고 하기 전까진 누구도 다음으로 넘어갈 수 없
다. 그가 나를 바라본다. 계속 얘기해, 레이.

다 했어. 나는 말한다. 광대한테 물어보는 게 낫겠네. 난 톰톰
쪽은 아예 보지도 않는다.

멜이 뭐라고 중얼거리지만, 그 소리는 나비의 날갯짓처럼 내 귀
에 들리지 않는다. 홀리가 책상 쪽으로 한 걸음 다가선다. 그녀는
언제나 거기에 비상 스위치가 달린 펜던트를 놓아둔다. 감방에 들
어오는 사람은 누구나 목에 걸고 다니는 펜던트다. 홀리는 매주

교실에 들어오자마자 펜던트를 벗어 책상 위에 올려놓는데, 우릴 믿는다는 것을 보여주려고 그러는 것 같다. 지금 그녀는 망설인다. 버튼을 누르면 수업은 끝이다. 그녀는 어떻게든 수업을 하고 싶어한다. 척 보면 안다. 그녀에겐 한 사람 한 사람이 소중하다.

자리에 앉아요, 톰. 홀리가 말한다. 톰이 지금 서 있기 때문이다.

다리 좀 펴려는 건데요. 톰톰은 그렇게 말하고는 예의 도마뱀 같은 흉물스러운 미소를 지으며 홀리를 바라보고, 나는 그녀가 지금 입고 있는 벙벙한 배기팬츠 때문에 더욱 왜소해 보인다고 생각하는데, 바로 그 순간, 이런 차림새를 통해 그녀가 사내처럼, 심지어 소년처럼 보이고, 그녀 스스로도 그렇게 느낀다는 사실을, 그렇게 여성성을 숨겨버림으로써 자신이 약하다는 생각을 하지 않으려 한다는 사실을 알아차린다. 톰톰이 내 쪽으로 몸을 홱 돌렸을 때는 이미 늦었다. 홀리는 펜던트 근처에도 가지 못했고, 멜 역시 뚱보치고는 잽싸게 일어서 있다.

이 문제를 해결할 방법은 백 가지쯤 된다. 심지어 지금처럼 모두가 행동을 취하는 순간에도. 폭력이 벌어지는 방식은 이렇다. 느리고 조용하게 문이 열리고, 갑자기 상황을 움직이고 재배치하거나, 혹은 그것을 종료할 여지가 사방에 생겨난다. 아니면 다 끝나고 나서야, 그때 일이 다르게 풀렸더라면 얼마나 좋았을까 하고 돌이켜볼 때 그렇게 보이는 건지도 모르겠다. 어쨌든 멜과 톰톰이 몸을 움직이는 와중에도 신호가 떨어지길 바라며 나를 노려보고 있는 걸 알지만, 나는 아무런 빌미도 내주지 않는다. 내가 그걸 원하고 있기 때문이다. 내 안의 뭔가가 날 이 방향으로 끌어당기고 있다. 내가 그 헤아릴 길 없는 마음의 조화를 감지하고 있을 때 멜이 두 손으로 내 책상을 들어 휙 뒤집었고, 그 바람에 나는 바닥에 머리를 짓찧고 눈을 감은 채 누워 있다. 눈앞이 온통 깜깜해지면서 시커먼 배경 위로 전기 스파크 같은 게 튀어오른다. 내가 뭔가를 일으켰고, 실제로 지금, 그것이 일어나고 있다. 그리고 그게 뭔지는 나로서도 알 길이 없다.

홀리는 겁을 먹었다. 그런 냄새가 난다. 그녀가 무릎을 꿇고 앉아 한 손을 내 머리에 얹는다. 그녀의 피부가, 그녀의 손바닥과 가느다랗고 따뜻한 손가락들이 내 이마에 와 닿는 게 느껴진다. 그 손가락들이 달려 있는 것은 몸, 제 안에서 생명을 뿜어내는 몸이다. 홀리 패럴. 그녀의 손이 내 머리에 닿아 있다. 그토록 하찮은 것, 머리에 얹은 손이 이렇게 중요할 수 있다니, 이곳이 돌아가는 괴상하고 끔찍한 이치란 게 바로 이런 식이다.

나는 할 수 있는 한 오래 버틴다. 그러다가 눈을 뜨고 그녀를 바라본다. 그녀도 나를 바라본다. 근심에 차 충혈된 온화한 눈. 엷은 파란색이다.

드라마는 이만하면 됐어요. 그녀는 말한다. 일어나요. 그리고 그녀는 입구의 교도관들을 만나러 간다.

그날 수업은 일찍 막을 내렸다.

# 5장

마침내 하워드가 시내로 나갔다. 그가 안 보이자 대니는 자신이 잠을 잤던 방까지 더듬더듬 돌아가 접시안테나와 그 주변기기들을 챙긴 후, 정원을 지나 둥근 수영장까지 질질 끌고 갔다. 그는 수영장 주변을 빙빙 돌면서 어느 지점에 접시안테나를 세워야 저 화창하니 파란 타원형 하늘을 정확히 조준할 수 있는지 알아내려고 했다. 혼자 있게 되자 대니는 비로소 내리쬐는 태양이 더없이 쨍쨍하고 뜨거우며, 사방이 붕붕거리며 날아다니는 벌레 천지라는 것을 깨달았다. 수영장을 둘러싼 대리석판들 사이로 잡초들이 비집고 자라나, 대리석판들이 마치 물 위에 떠 있는 것처럼 울퉁불퉁 올라와 있는 것도 눈에 들어왔다. 수영장 바로 옆에는 대리석 벤치가 하나 있었고, 그 맞은편에는 입 부분에 바짝 말라버린 수도꼭지가 달려 있는 두상頭像 조각이 있었다. 대리석 뱀들로 뒤덮인 성난 머리통을 보고 대니는 그것이 메두사임을 알았다.

잠시 뒤면 전화를 연결할 수 있을지도 모른다고 생각해서인지 이제 수영장에서 나는 고약한 냄새가 거슬리지 않았다. 위성전화가 무슨 수로 대니의 후각에 영향을 미칠 수 있겠는가, 라고 묻는 사람이 있을지도 모르겠다. 대니는 뉴욕으로 옮겨온 이래로 온갖 곳에서 살아왔다. (다른 사람의 집일 경우에는) 근사한 집에도 있어봤고, (그 자신의 집일 경우에는) 돼지우리에서도 살아봤지만, 어딜 가도 고향집처럼 편하게 느껴지질 않았다. 꽤 오랫동안 대니는 이 점이 마음에 걸렸는데, 이 년 전 어느 여름날 워싱턴 스퀘어를 가로지르며 눈보라가 몰아치는 마추픽추에 있는 친구 잭과 휴대전화로 통화하던 그는 불현듯 (쾅!) 깨달았으니, 그것은 바로 그 순간 그가 진정한 자기 집에 있다는 사실이었다. 물도 나오지 않는 분수대 안에 서서 음담패설을 늘어놓는 코미디언들에게 박장대소하는 흔해빠진 관광객들이 떼거지로 몰려 있는 워싱턴 스퀘어가 아니라, 생전 가본 적 없는 페루가 아니라, 동시에 그 두 곳 모두가 그의 집이었다. 어딘가에 있으면서도 딱 그곳에 있지 않은 것, 그런 상태가 대니의 집이었다. 그리고 그런 상태가 번듯한 아파트를 얻는 것보다 쉽다는 건 두말하면 입만 아플 뿐이었다. 그에게 필요한 것은 오로지 휴대전화, 혹은 아이액세스*, 혹은 둘 다, 혹은 지금 있는 곳이 어디건 무작정 떠서 당장, 지금 당장 어딘가로 가버리겠다는 계획뿐이었다. 어느 한 곳에 있으면서 다른 곳을 **생각**하면 집에 있는 것처럼 마음이 편안해질 수 있었고, 그래서 곧 전

---

* I-access, 모바일 인터넷 솔루션을 제공하는 시스템.

화가 연결될 거라고 생각하자 수영장의 고약한 냄새도 이미 옛일처럼 여겨져 참을 만하게 된 것이다.

메두사 근처의 한 지점을 찍은 대니는 작업을 시작했다. 엔지니어는 아니었지만, 매뉴얼대로 따라하니 작업을 끝마칠 수 있었다. 먼저 물리적 장치부터 세팅했다. 지금은 접혀 있는 긴 우산처럼 보이는 접시안테나에, 삼발이, 키패드, 그리고 십 년 전의 휴대전화처럼 무겁고 뚱뚱한 전화기까지. 그런 다음 프로그래밍을 시작했고, 국가번호 오류, 외국인 교환원, 그가 모르는 언어로 녹음된 메시지 같은 막다른 길에 봉착할 때마다 다시 돌아갔다. 그래도 버틸 만했다. 그는 뭔가를 듣고 있었고, 누군가와 연결되어 있었다. 그리고 일흔두 시간에 달하는 절대고립 끝에 맛보는 기쁨에 대니는 잦은 장애에도 내내 미소를 띠었다.

한 시간 후, 대니는 음성사서함을 체크한 지 너무 오래됐을 때마다 어김없이 나타나는 탄산가스 포화 증상으로 반은 몽롱한 상태로 뉴욕의 사서함 비밀번호를 입력하고 있었다. 새로운 메시지가 뜰 때마다 그의 심장은 무언가에 가 닿으려는 듯 쭉쭉 늘어났다. 그리고 메시지를 확인하는 순간마다 등 떠밀리는 듯한 실망감을 맛보았다. 엄마로부터. 지금 어디니? 진부하기 짝이 없는 그 목소리에는 이골이 나서, 이젠 자책감조차 들지 않았다. 수금원이 남긴 메시지는 두 마디, 아니, 한 마디 만에 알아듣고서 지워버렸다. 스파이인 여동생 잉그리드(그렇지 않다면 그녀가 방문한 지 채 하루도 안 돼서 부모님이 그가 지배인으로 있었던 식당이 '조폭들의 소굴'이라는 사실을 알아냈을 리 없다)가 그냥 뭐 하고 사는

지 궁금해서라는 메시지를 남겼다. 그럼 그렇지. 한 다스는 되는 친구들이 술집과 파티와 클럽에 대한 보고를 남겼지만, 그중 건수가 될 만한 것은 없었다. 그 건수라는 것이 정확히 뭔지는 대니도 잘 몰랐다. 그가 아는 것은, 자신이 거의 언제나 끝없이 계속되는 기대 속에서 살아왔다는 것이다. 어느 날이건 어느 때건 모든 것이 달라질 것이고, 세상이 뒤집힐 것이고, 지금까지의 모든 이변과 반전과 난관이 결과적으로는 성공으로 이어지면서 자신의 온 생애가 완벽한 성공담이 될 거라는 기대였다. 예상조차 못 했던 일이 느닷없이 일어나면서부터 시작될 수도 있다. 이를테면 잊고 있던 여자가 어느 날 갑자기 뜬금없이 전화를 해올 수도 있고, 친구가 돈을 자루로 퍼담을 기발한 아이디어를 가지고 찾아올 수도 있고, 일면식도 없어서 아직까지는 그냥 어떤 사람이라고만 해야 할 누군가가 그와 얘기 좀 하고 싶다며 나타날 수도 있었다. 실제로 그런 메시지들 때문에 대니는 말 그대로 머리가 펑펑 돌았지만, 막상 전화를 걸어 진상을 알아보면 결국 더 많은 프로젝트와 가능성과 계획에 관한 용건들에 지나지 않았고, 모든 것은 전과 다름없이 차갑게 식어버렸다.

대니는 뉴욕의 음성사서함이 새로 산 휴대전화로 곧바로 연결되도록 조정했다. 그런 다음 음성사서함을 새로 설정하고, 전화를 걸기 시작했다. 잭, 태미, 쿠스, 하이파이, 도널드, 눈, 카밀라, 윌리. 주로 메시지를 남겼다. 가능한 한 많은 사람들에게 새 전화번호를 남기고, 오랫동안 연결되지 못하는 동안 비대해진 압박감에서 벗어나는 것이 포인트였다. 그중 오분의 일과는 실제로 통화가 됐고, 대략 다음과 같은 대화를 나누었다.

대니: 별일 없냐.
친구: 대니 보이. 너 돌아왔냐?
대니: 좀 있다가. 좀 있다가 갈 거야.

돌아가는 비행기표도 없는 마당에 거짓말이었지만, 사람들의 머릿속에서 늘 선두를 차지하고 중심인물로 머무르려면 설령 멀리 있어도 늘 지척에 있는 것처럼 구는 게 상책이라는 걸 그는 알고 있었다. 족히 사흘 치는 되는 가십을 따라잡는 동안 그는 가십 언저리에서 새어나오는 뉴욕의 아우성에 몸을 적셨다. 그 소리는 수영장과 숲과 윙윙거리는 주변음에 대응해 완벽한 균형을 이루었다. 그는 집에 있는 것이었다.

마사 뮬러의 직장으로 전화를 걸기 전, 그는 잠시 뜸을 들였다. 먼저 어느 정도 마음의 준비를 하고 싶었다.

마사: 제이콥슨 씨 사무실입니다. 지상 통신선을 통한 덕에 그녀와의 통화는 조금 전까지 한 것들 중 가장 또렷했다. 그녀의 꺼끌꺼끌한 목소리가 어찌나 그윽하고 부드럽게 들리는지 마치 그의 머릿속에 들어앉아 말을 하는 것 같았다.

그는 말했다: 마사.

그녀는 목소리를 낮추었다: 자기, 어디 멀리 간 거야?

암, 아주 먼 곳이지.

오늘 아침에도 그놈들이 차를 몰고 우리 집에 왔었어. 검은 링

컨이었어. 난 당신이 떠났다고 말했어.

그놈들한테 정확히 뭐라고 한 건데? 한 마디도 빼놓지 말고 말해봐.

'그는 떠났어. 그러니까 씨팔, 나 좀 내버려둬.' 뭐 이런 식이었어.

나라면 그런 놈들한테 씨팔이라는 말은 안 했을 거야.

빨리도 말해준다.

그러니까 뭐래?

'쌍년', 이랬나. 내 말이 끝나자마자 차창을 올리더라고.

대니: 살 떨렸겠네. 그렇게 생각하니 대니는 재미있었다.

마사는 코웃음을 쳤다. 내가 스물두 살이고 금발이라면 살 떨렸겠지.

그녀는 마흔다섯 살이었고, 그때까지 대니가 관계를 가진 여자들 중 최고령이었다. 그는 현금인출기 앞에 줄을 서 있다가 그녀를 보고 버스 정류장까지 따라갔다. 처음엔 어디까지나 그녀에게서 풍기는 향수 냄새 때문이라고 생각했는데, 나중에 알고 보니 그녀는 향수를 뿌린 게 아니라 팬티 속에 신선한 세이지*를 넣은 것이었다. 그녀의 빨간 머리에는 새치가 듬성듬성 섞여 있었다. 삼 주 전, 그녀는 그들이 함께 찍은 사진들이 기괴하다면서 그에게서 매몰차게 등을 돌렸다. 그런 후에도 그들은 몇 번 더 관계를 가졌다. 침대에서 마사는 격렬하고 음란했다. 마사가 저리 가, 짐승

---

* 꿀풀과의 식물로, 약이나 음식 등에 넣는 허브로 쓰인다.

같은 새끼, 라고 말하면 돌진해달라는 뜻이었다.

대니: 마사—

됐어.

그녀가 제대로 짚은 것이었다. 대니는 그 말을 하려던 참이었다. 그리고 했다. 사랑해.

됐다고 했지.

당신도 날 사랑하잖아.

그 사랑 식어가는 중이네요.

마사가 담배에 불을 붙이는 소리가 들렸다. 그녀는 오랫동안 비서이자 배우로 살아왔다. 십오 년 동안 몸담았던 회사에서 사내 금연을 결정했을 때도 그녀는 계속 담배에 불을 붙였고, 회사에서 해고당하자 그것을 기회로 필립 모리스에서 일자리를 얻었다.

마사(담배연기를 내뿜으며): 그건 사랑이 아니라 성적인 망상 같은 거야.

대니: 그게 사랑이야.

마사: 싫증났다는 걸 인정해, 대니.

당신한테?

이런 이야기를 하는 것에.

대화는 으레 섹스로 이어졌다. 대니는 자신이 어느새 이를 갈고 있음을 깨달았고, 바로 그 자리에서 그녀의 까끌까끌한 목소리를 들으며 자위를 할 수도 있을 것 같았다. 그러나 저 썩은 물구덩이가 눈에 들어오자 곧 그런 욕구는 사라져버렸다.

대니: 싫증났다니, 그 반대야. 난 영원히 당신을 사랑할 거야.

그는 마사를 사랑했다. 그녀는 얄밉고 자신만만하게 보이는 얼굴에, 온몸은 보이지 않는 솜털에 뒤덮여 있었다. 그녀는 그가 전에 함께 잤던 여자들─모델이거나, 모델 못지않은 여자들(모델이 되고 싶은, 모델이 될 뻔했던, 모델이었으면 좋을, 모델이냐는 소리를 들었다는, 모델이 아니라서 다행이라는 등등의), 팝콘과 피망을 잔뜩 먹어 팽팽한 얼굴에 대니가 돈 벌 계획에 대해 이야기할 때마다 감탄하며 고개를 끄덕이던 여자들(반면 마사는 좋은 시절을 왕창 들이붓고 나서야 그게 헛지랄이었다는 걸 알게 될걸, 그러니 지금 당장 병신 짓이라고 인정하고 손 털어, 라고 말해주었다)─을 몽땅 갖다준다 해도 바꿀 수 없는 여자가 되었다. 그랬다, 판박이처럼 똑같은 여자들이 우글거리는 북새통에 있던 대니가 무슨 기적이 일어났는지 마사 같은 여자를 건진 것이다.

마사: 무릎은 좀 어때?

아파.

병원엔 가봤어?

그럴 짬이 나야 말이지.

우두둑 하는 소리가 장난이 아니던데.

언제 그랬다고. 난 기억에 없어.

그 뚱보가 당신에게 헤드록 걸고 딴 놈이 당신을 짓밟았을 때─

알았어, 됐어. 그런데 마사─

나 끊는다.

안 돼!

균형이 흔들리기 시작했다. 집에 있다는 것은, 몸무게가 똑같은 아이 둘이 시소를 타고 있는 것처럼 서로 다른 장소에 균등하게 있다는 것을 의미한다. 지금 있는 곳에만 있는 게 불완전한 상태라면, (휴대전화로 통화하던 중에 열받은 나머지) 지금 있는 곳에 아예 있지 않는 것은 너무나도 위험한 일이었다. 달리는 자동차들 앞으로 뛰어드는 거나 매한가지였다. 그런데다 대니는 점점 열받고 있었다. 그는 서성대기 시작했다.

마사: 내 나이 마흔다섯이야. 젖가슴이 처지고 있어. 그런데 고양이들이나 키우고 자빠졌다고! 내 나이 여자들은 시험관아기도 안 된다더라. 난자 쪽 문제라나. 그렇다면 난 절대 애를 못 가진다는 뜻이거나, 가져봐야 내 자식은 아니라는 뜻이야. 그런데 남자들은, 특히나 젊은 남자들은 자기 씨 뿌릴 데가 없어서 안달복달한다고. 대니, 너라고 별수 있겠어. 생물학적인 사실인데 말이야.

대니: 하지만 당신은 아이를 원하지 않잖아! 나도 마찬가지고! 당신이 아이를 못 가지니까 아이 생길까봐 걱정 안 해도 돼서 나는 얼마나 좋은데. 나한테는 더 잘된 거라고!

마사: 이제야 실토하는군.

대니: 얘기를 할 쯤이 나야 말이지. 이제 와서 겨우 얘기하네. 지금은 얼마든지 시간이 돼!

마사: 하지만 넌 아직 애야.

대니는 가만히 서 있었다. 아무리 들어도 질리지 않을 말을 듣게 된 것이다. 그가 기다리고 바라 마지않던 말을. 지금 그 말을 마사한테 들으니 쇠꼬챙이에 꿰뚫리는 기분이었다. 대니는 다시

서성대기 시작했고, 이내 뭔가에 발이 걸리는 바람에 균형을 잃었다. 젠장, 어떤 곳에 서 있는지 깜박했는데, 정신을 차리고 보니 썩은 내가 진동하는 수영장이 음흉하게 그를 올려다보고 있었다. 그는 그곳을 향해 넘어지고 있었다! 대니는 반대편으로 미친 듯이 허우적대다가 간신히 대리석 위로 뛰어올랐지만, 그 바람에 온몸의 무게가 왼쪽 어깨에 실려 우지끈 넘어지고 말았다. 아파서 눈물이 찔끔 솟았다.

작은 목소리: 왜 그래, 대니? 몇 미터 안 되는 곳에 떨어진 휴대전화에서 들려오는 마사의 목소리였다. 대니는 마비되지 않은 오른팔을 더듬어 휴대전화를 잡았다. 머리 위로 짙은 색 사이프러스와 파란 하늘이 미친 듯이 빙빙 돌고 있었다.

마사: 무슨 일이야? 괜찮아? 그녀의 목소리는 겁에 질린 것 같지는 않았지만, 그래도 걱정이 실려 있었다. 그러나 너무 아파서 기뻐할 겨를도 없었다.

괜찮아. 그는 씨근거렸다. 땀 때문에 겨드랑이와 사타구니가 따끔거렸다. 그는 앉은 채로 몸을 질질 끌어 움직였다.

마사: 말해봐. 무릎 때문에 그래?

그녀는 그를 걱정하고 있었다, 분명했다. 마사에 대한 기대를 접으려는 순간에, 마사를 포기하려는 순간에 꼭 발견하게 되는 사실이었다. 그걸 깨달으면 대니는 금세 마사와의 불화를 깨끗이 잊었다. 지금 대니는 잡다한 것들은 모두 점점 희미해져가고 오직 그곳에 실재하는 것만 보이는, 참으로 명징한 순간 중 하나를 맞이하고 있었다. 마사와 함께 있는 자신이 보였다. 마음이 차분히 가라앉았다. 그때 전화가 합선을 일으키기 시작했는데, 처음엔 보고도 몰랐지만 이내 (아, 씨팔, 이라는 말이 절로 나왔으니) 거무튀튀한 수영장 속으로 위성접시가 가라앉고 있는 모습이 눈에 들어왔다.

대니(울부짖으며): 안 돼!

대니는 펄쩍 뛰어올라 접시를 향해 돌진했다. 벌써 접시의 반이 물속에 잠겼다. 발을 헛디디면서 접시를 발로 차서 빠뜨린 게 분명했다. 아니, 혹시 발에 걸린 게 그것 아니었을까? 수영장 가장자리에서 접시까지는 너무 멀어서 그냥 손으로 건져낼 수가 없었다. 그래서 대니는 대리석 바닥에 납작 엎드려, 상체를 수영장 물 위로 가능한 한 길게 뻗은 다음, 엉덩이에 힘을 꽉 주고 양손의 두 손가락으로 접시 가장자리를 붙잡은 뒤, 허리를 굽히거나 고개를 숙이지 않도록 하면서 살살 잡아당겼다. 그러자 냄새가 그를 에워쌌다. 그냥 썩어가는 냄새가 아니라 푹 썩은 후의 냄새, 곰팡이로 가득한 빈 공간의 냄새. 퀴퀴한 꽃가루 냄새, 고약한 입 냄새, 몇 년 동안 열어본 적 없는 냉장고 냄새, 썩은 계란이나 젖은 양털 냄새, 여섯 살 때 키웠던 고양이 폴리가 새끼를 낳은 후에 배출한 태胎 냄새, 치과의사가 드릴로 갈아서 처음 열어젖힌 충치 냄새, 버티 증조모가 턱에 간肝 퓌레를 질질 흘리던 노인요양소에서 나던 냄새, 학교 근방의 다리 아래 쌓여 있던 인분으로 짐작되던 오물 더미에서 나던 냄새, 엄마 방 욕실 세면대 아래 있던 쓰레기통 냄새, 학교 식당에 처음 들어섰을 때 맡은 냄새까지, 그를 조금이나마 역겹게 했던 이 모든 냄새들이 수영장 위로 몸을 숙인 그의 얼굴에 총체적으로 / 한꺼번에 몰려왔다. 예전에 한두 번 그 냄새들을 맡았을 때, 그는 정상적인 삶이란 게 얼마나 가늘고 얄팍한가 하는 생각에 잠깐이나마(금세 잊어버리긴 했어도) 잠겼다. 그 얄팍함의 끝을 향해 더듬어가면, 그의 삶과는 생판 다른, 거대하고 괴이하며 어둠침침한 무언가가 느껴졌다.

대니는 눈을 질끈 감고 입으로 숨을 쉬려고 했다. 상체를 장대처럼 꼿꼿이 유지하기 위해 등 근육이 움찔움찔 떨릴 정도로 힘을 주었고, 긴 손가락을 젓가락처럼 이용해 접시를 집어올리려 했다. 하지만 이미 수영장 물이 접시 안에 들어차 일이 쉽지 않았다. 손을, 두 손을, 머리를, 몸 전체를 물속에 담근 채로 그것을 건져올려야만 하는데, 대니는 그럴 수가 없었다. 냄새가 그러면 안 된다고 말하고 있었다. 안 돼, 저리 가, 이런 냄새라면 사람 죽이고도 남을 거야.

그래서 대니는 물속에 들어가지 않았다. 물을 건드리지도 않았다. 그래서 접시는 사라지고 말았다.

코가 꽉 막히고 몸이 부들부들 떨리는 가운데, 대니는 다시 대리석 위에 몸을 뻗었다. 그리고 휴대전화를 발견하고 집어들면서, 요금 체납으로 전화가 끊기기 전에 잠시 유예기간을 주듯 요행이나 기적이나 은총 같은 것이 내려와 마사가 아직 전화를 끊지 않았을지도 모른다는 생각을 했다. 웬걸. 전화는 불통이었다. 연결된 상태에서 막힌 곳에 들어가서 불통이 된 게 아니라―현재의 무음 상태와 비교하자면 그 정도는 천사들의 노랫소리처럼 들렸을 것이다―이전으로의 회귀이자, 그 어떤 것, 어떤 장소, 어떤 사람에게도 닿지 않는 그런 상태였다.

대니: 뭐야! 안 돼! 이러면 안 돼! 이게 대체 무슨…… 안 돼! 연결해달라고— 안 된다고!

대니는 웅크렸다가, 펄쩍 뛰어올랐다가, 빙빙 돌았다가, 두 주먹으로 머리를 내리치는 등, 눈앞에 벌어진 상황을 받아들이지 못하는 사람들이 보이는 부질없는 행동을 그대로 해 보였다. 부츠로 잡초를 짓밟고, 몇 년간 한 번도 휘둘러본 적이 없던 팔을 휘둘러 전화기를 사이프러스 숲에 내던졌다. 그런 동작 하나하나가 새로이 머릿속을 헤집어놓은 생각에 대한 대니의 답변인 셈이었다. 그는 1500달러의 보증금을 날려버렸다. 신용도는 완전히 만신창이가 되었다. 마사 뮬러와는 연락이 되지 않는다. 수신 전화를 알려주던 뉴욕 음성사서함도 죽어버렸다. 이메일은 건드리지도 못하고 있었다. 대니 자신은 어느 구석인지도 모를 곳에 옴짝달싹 못하고 처박혀, 움직이거나 숨 쉬는 것만큼이나 절실한 커뮤니케이션의 흐름으로부터 차단되었다. 그 정도로까지 간절한 이유가 대체 무엇이었을까? 제너럴 모터스의 운영자라도 되는 것도 아니고. 맞는 말이다. 대니에겐 딱히 할 일도 없었고, 이렇다 할 전망도 없었다. 그래도, 이렇다 할 수 있을지도 모르는 그 많은 전망들은? 그가 마음에 품고 있는 것도 결국 그것이었다.

마침내 대니는 마음을 가라앉히고 휴대전화를 찾기 시작했다. 사이프러스를 헤집는 사이 재킷에는 더 많은 보풀이 일고, 살찐 작은 새들이 놀라 꽥꽥 소리를 지르며 달아났지만, 그럴수록 플라스틱으로 된 그 묵직한 애물단지가 점점 더 소중하게만 여겨지는 것이었다. 어떻게든 손에 넣지 않으면 안 되는 성유물聖遺物처럼. 그리고 옳거니, 마침내 대니는 두 개의 나뭇가지 사이에 걸린 그 것을 찾아냈다. 그는 흐느껴 울고 싶은 심정이었다. 다시 한번 휴 대전화를 귀에 갖다대고 싶은 심정을 억누를 길이 없었다.

어디선가 들려온 목소리: 포기해요. 망에서 벗어난 곳이에요.

사이프러스 벽 입구를 지나 수영장 쪽으로 다가오고 있는 사람 은 유모인 노라였다. 반가운 마음이 드는 이유가 그것이 노라여서 인지, 그저 다른 누군가를 만났기 때문인지 대니는 알 길이 없었 다. 대니는 호주머니에 휴대전화를 찔러넣었다.

노라: 겁줄 생각은 없었는데.

겁난 것처럼 보여요?

그래 보여요.

노라는 수영장 가장자리로 다가가 메두사의 머리 건너편에 놓 인 대리석 벤치에 앉았다. 대니가 그녀를 따라가자, 그녀는 카멜 담배 한 개비를 권했다. 대니는 사양했다. 자신이 나약하게 느껴 졌지만, 노라가 그걸 눈치챌 길은 없었다. 그리고 노라가 그 사실 을 알 리 없다는 생각을 한 지 일이 분이나 지났을까, 대니는 자신 이 대책 없이 약한 건 아니라고 느끼기 시작했고, 그렇게 또 일이 분이 지나자 대책 없이 약한 건 아니라는 생각에 약간 기운이 나 기 시작했다. 내가 일이 분이라고 말했지만, 사실은 일이 분이 아 니라 일이 초쯤이었다. 딱 일 초 정도였는지도 모르겠다. 불현듯 전보다 기분이 나아졌다는 것을 알아차리는 데 걸리는 시간으로 는 적당한 시간이다.

노라: 시차 때문에 피곤하진 않아요?

대니: 그랬다 안 그랬다 해요.

그녀는 담배를 길게 한 모금 빨았다. 음식을 먹듯이 담배를 피우는 부류였다. 아까 손을 떨었는데 멈춘 걸 보니 약을 먹은 모양이었다. 담배가 약인지도 모르지. 군복 바지에 끈으로 묶는 검정 부츠, 중간 사이즈의 가슴이 훤히 들여다보이는 주름 장식이 달린 블라우스.

대니: 이런 말 하긴 뭣하지만, 유모처럼은 안 보여요.

노라: 부탁인데, 육아 전문가라고 불러주세요.

석사?

그녀는 웃었다. 박사예요. 메리 포핀스*에 관한 논문을 썼어요.

대니: 우산**이 남근을 암시한다, 뭐 그런 건가요? 어디서 그런 말을 주워들었는지 대니 자신도 전혀 생각나지 않았지만, 그 말이 얼결에 입 밖으로 튀어나왔다. 그리고 노라가 미소 짓는 것을 보자 대니는 안 그래도 이미 나아지기 시작하는 기분이 조금 더 나아지는 것을, 자신의 심리 상태가 선善의 지극히 낮은 심급에 오르는 것을 느꼈다.

노라: 미혼의 유모라는 설정을 드러내는 페미니즘적 암시.

대니: 진짜 줄 알았네.

휩쓸리지 마요.

---

* 마법사 메리 포핀스가 부유한 가정의 유모가 되어 아이들을 환상의 세계로 인도한다는 내용의 동화로, 뮤지컬 영화로도 만들어졌다.
** 메리 포핀스가 하늘을 날기 위해 들고 다니는 우산.

왜요? 당신 거짓말쟁이예요?

그녀는 반쯤 피운 담배를 손가락으로 퉁겨 수영장에 버렸다. 담배는 한순간 수면 위에 떴다가 가라앉았다. 그녀가 말했다. 난 사실을 좋아하지 않아요.

대니: 난 명사를 좋아하지 않아요. 동사도 싫어. 형용사는 최악이고.

노라: 아뇨, 부사가 최악이에요. 그는 쾌활하게 말했다, 그녀는 희망적으로 생각했다, 이런 거.

대니: 그 여자는 대책 없이 꿍꿍댔다.

노라: 그는 뻣뻣하게 달렸다.

대니: 그래서 여기에 온 거예요? 모든 부사를 뉴욕에 남겨두고 벗어나려고?

내가 뉴욕 출신이라고 누가 그래요?

그럼 아니에요?

노라는 고개를 갸웃했다. 기억력에 문제라도 있어요?

아, 맞아. 사실을 싫어한댔지.

노라: 아무튼, 부사로부터 도망칠 길은 없어요. 부사는 완전 짐승이라니까.

대니: 그 여자는 간절히 고백했다.

노라: 부사는 우리 머릿속에 박혀 있어요.

그 여자는 절망적으로 울었다.

노라: 그런 식으로 글을 쓰는 사람이 아니면 좋겠네요.

대니: 난 글 따위는 안 쓰는데.

노라: 난 끝내주는 작가인데.

그녀는 뻐기면서 말했다.

노라: 뻐기면서가 아니고, 사실에 입각하여.

대니: 아, 잘난 척하려고 예외를 만드시겠다?

노라는 담배를 한 개비 더 꺼내 불을 붙였다. 대니는 자기가 이겼다고 생각했다. 대화, 농담, 지금 이걸 뭐라고 부르건 간에, 그는 노라와 함께 그걸 하고 있었다. 대니는 기쁨의 영양주사를 맞는 기분이었다. 그녀와 연결되는 것 같은 기분이었고, 그러자 자신의 문제가 곧 노라의 문제가 되기도 한다는 생각이 들었다. 그러니까, 만약 방금 위성접시가 썩은 물이 그득한 수영장 속으로 가라앉았다는 사실에 그녀가 질겁하지 않는다면, 그것은 결국 그리 사달 날 일이 아닐지도 모른다는 얘기다. 아니, 그런 일은 일어난 적도 없다고 볼 수 있을지 모른다. 사실 대니가 여기까지 하나하나 다 생각한 건 아니고, 그냥 기분이 더 좋아진 게 전부였다. 조금 전까지 행복 1단계에 올라 있었다면, 지금은 3단계까지 비약했다고 할 수 있었다. 그리고 최근에 줄곧 기분이 좋지 않았기 때문에(사실 개똥 같은 기분이었다), 행복 1단계에서 3단계까지 올라선 기분은 직행 엘리베이터를 타고 수십 층을 멈추지 않고 올라 꼭대기층까지 다다랐을 때 배 속이 울렁거리는 것과 비슷했다.

대니: 그래, 하워드 밑에서 일하니까 좋아요?

하워드는 천재예요.

그녀는…… 아이러니컬하게 말했다?

하워드는 아이러니를 초월한 사람이에요. 그의 경이로운 면 중 하나죠.

농담하는 거라고 말해줘요.

노라: 난 하워드에 관해선 농담하지 않아요. 진짜로.

대니는 여전히 믿지 못해 그녀를 빤히 바라보았다. 그가 상상에 대해 하는 허섭스레기 같은 말을 전부 믿는다고요? 상상의 수영장?

그가 어디까지 이야기했죠?

대니: 아무짝에도 쓸모없는 이야기라는 걸 알 정도까진 들었어요. 전화기도 안 놓는다고요? 기가 막혀서.

노라는 아마도 처음으로 그의 얼굴을 정면으로 바라보았다. 언제나 그 사람을 질투했나봐요?

그는 할 말을 잃었다.

그렇다고 비난하는 건 아니에요.

대니: 얼씨구, 잠깐만, 잠깐만…… 숨 좀 돌리고. 갑자기 그는 말하기가 힘들었다. 그러니까 — 그 친구가 고등학교 때 어땠는지 당신도 봤어야 한다고요.

노라: **고등학교?** 당신한테는 고릿적 얘기 아니에요?

대니는 노라에게 꺼지라고 말하고 싶었다. 그러나 대신 숨을 천천히 들이마셨다. 그러니까 일종의 숭배인가? 하워드가 당신의 스승이나 뭐 그쯤 되는 거요?

꺼져요.

그건 내가 당신한테 하고 싶은 말이었지만 난 안 했다고.

모험이란 걸 좀 해봐요, 대니.

대니: 꺼져.

좋았어요.

이거 싸우는 건가? 우리 지금 싸우는 건가요?

노라: 우린 못 싸워요. 서로를 잘 모르니까.

그렇다면 이 대화를 뭐라고 정의할 건데요?

노라는 자리에서 일어섰다. 차이에 대한 인식이라고나 할까요.

대니: 차이 같은 건 없어요. 우리는 같은 부류예요, 거의.

슬슬 겁나기 시작하네요.

난 평생토록 당신을 알고 지낸 것 같은데요.

노라: 무슨 말인지 알겠어요. 하지만 그건 환상이에요.

그녀가 자리를 뜨고 싶다는 듯 사이프러스 숲 쪽으로 가자, 대니는 호치키스 심을 삼킨 것처럼 배 속을 찔러오는 통증을 느꼈다. 혼자 있고 싶지 않았다.

대니: 그건 환상이에요, 라고 그녀는 수줍게 말했다?

노라: 그녀는 솔직하게 말했다.

설마. 불길하게.

당신은 편집증 환자예요. 무관심하게.

대니: 차갑게?

차갑게는 아니고.

흠, 따뜻하게도 아니고.

노라: 딱하게. 사실상.

정말?

노라: 가야 돼요. 그리고 그녀는 떠났다.

노라가 가고 오 분이 채 못 돼서 태양도 함께 사라져버렸다. 태양이 숲 너머로 뚝 떨어지기가 무섭게 곧바로 수영장과 주변의 모든 것이 어둑해졌다. 그 변화는 일식에 버금갈 정도로 대단했다. 그런데다 빛만 변한 게 아니라 분위기까지 암울하게 변해버렸다. 모든 것이 갑자기 어둠에 휩싸이고, 머리 위 푸른 하늘이 아득하게 멀어져 작아지고, 수영장이 더욱 검은 빛깔을 띠고, 벌레들이 잠잠해지고, 살갗이나 머리칼에 더는 온기가 느껴지지 않아서 그런 게 아니라, 그곳의 분위기가…… **암울했다**. 대니는 방금 전까지 노라가 앉아 있던 벤치에 앉아 무릎에 팔꿈치를 괴고 두 주먹으로 턱을 받친 채 올려다보았다. 숲 위로 떠오른 아성이 오렌지색 햇빛에 물들어 있었다. 대니는 그곳에, 햇빛 밝은 곳에 올라서서 아래를 내려다보고 싶어졌다.

　그리고 그곳 창문 중 하나에서(맞나?) 대니는 아까 그 소녀를 또 본 것 같았다. 그는 허리를 펴고 앉아 눈을 비볐다. 과연 그랬다! 이렇게 멀리 떨어진 거리에서 확실히 식별할 수는 없었지만, 분명히 그녀는 얼굴에 햇빛을 받으며, 황금빛 머리를 반짝이며 그곳에 있었다. 그러더니 곧 사라져버렸다.

　시차 때문에 머리가 깨질 것 같았다. 혹은 대니가 생각하기로는 그랬다. 하지만 시차 때문만은 아니었다. 지난 삼십 분 동안 그는


　1. 접시안테나
　2. 여자친구
　3. 이 성 밖에 있는 모든 인간들과의 연결고리

을 잃어버렸기 때문이었다. 그래서 대니는 두 다리가 잘려나간 듯한 기분이었고, 그쯤 되자 등받이 없는 벤치에 앉아 있거나 그냥 주저앉아 있을 기력도 없었다. 그는 대리석 위에 배를 깔고 엎드려 양팔로 얼굴을 괴고 물을 바라보았다. 그가 바라보는 쪽에는 더껑이가 떠 있지 않아서 나무들과 하늘이 축축하고 어둑한 그림처럼 떠올라 있었다. 털투성이 다리의 벌레들이 물 위를 붕붕 오갔다. 대니의 의식이 점차 가물가물해지면서 선잠에 빠지려는 순간, 누군가 뭔가를 던진 것처럼 물 위에 파문이 일더니 수면 위에 비친 영상이 움직였다. 대니는 그 자리에 엎드린 채로 자신이 움직일 필요도 없이 영상의 주인공이 스스로 모습을 드러내기를 기다렸지만, 누군가가 모습을 드러내거나 인사를 건네는 일은 일어나지 않았다. 그는 재빨리 손을 짚고 일어나 앉았다. 파문이 시작된 지점인, 메두사 머리 옆쪽의 물을 건너다보았지만 아무도 없었다. 아무것도. 대니는 시선을 사이프러스의 벽 위쪽으로 천천히 돌려, 누군가 그 뒤에, 그 안에 숨어 있는 건 아닌지 유심히 지켜보았다. 잠시 후 반대편을 보았을 때, 그가 앉아 있던 쪽 바로 건너편에서 뭔가 빠르게 움직였다. 그러더니 커다란 덩어리가 물속으로 떨어진 듯, 혹은 물 밑에서 뭔가 솟구쳐오른 듯 물이 움직였다.

씨팔, 뭐야?

대니의 배 속 어딘가에서 벌레가 몸을 펼치며 잠에서 깨어났다. 어느 놈이 그를 엿먹이고 있는 걸까? 그는 자리에서 일어나 아주 천천히 360도를 돌며 그를 둘러싼 사이프러스의 검은 고리를 지켜보았고, 그와 동시에 어디선가 우드득, 바스락 하는 발소리가 나지 않을까 주의 깊게 귀를 기울였다. 바람이 거세어졌고, 낙엽들이 부스럭거리며 대리석 위로 몰려왔다가 수영장 안으로 쏟아졌고, 한동안 더껑이 위에 머물다가 가라앉기 시작했다. 그러나 어디에도 인기척은 전혀 없었다.

그리고 그때, 메두사의 머리 근처를, 딱 정확히 그것은 아니고 그 근처를 보는데, 대니의 시선 한쪽에 순간 그것이 다시 보였다. 수영장 가장자리의 사람, 혹은 사람 그림자 같은 두 개의 형체. 그것들은 갈라졌다가, 곧 뒤섞여 하나가 되는 듯 보였다. 아니면 하나가 사라진 건지도 모른다. 그것은 진짜 사람이 아니었다. E에 취해갈 때, 허공을 훑는 자신의 손가락 끝에 꼬리가 달린 것처럼 보이듯, 머리를 속이고 눈을 속이는 종류의 것이었다.

대니는 수영장을 돌아 메두사 머리 쪽으로 다가가 가만히 서서 귀를 기울였지만, 아무리 생각해도 그를 엿먹일 사람은 없었다. 그를 엿먹이고 있는 건 그 자신이었다. 수면부족 증상이란 게 약에 취했을 때와 어쩌면 그렇게 비슷한지, 대니는 늘 감탄했다. 몸이 노곤해지는 건 재미가 없다는, 커다란 차이점 하나만 빼면. 대니는 기분이 더러웠고, 무릎에 힘이 하나도 없었고, 땀이 나는데다 추웠다. 그리고, 뭔가 더 있었다. 몸이 따끔거렸다. 팔, 목덜미, 두피 전체가 따끔거리는 것이, 누가 머리털을 위로 잡아당기는 것만 같았다. 뉴욕의 대로 한복판에서 이렇게 따끔거리기 시작하면 대니는 바닥에 쭈그려앉거나 벽에 기대어 노트북을 열었으니, 열에 아홉은, 아니, 스물에 열아홉, 백에 구십구는 그가 찾아다니는 무선랜 서비스가 연결되기 때문이었다. 그것은 대기를 통해 감지되는 하나의 가능성이었다. 지금 대니가 느끼는 것도 그와 똑같았다. 대니는 연결망을 교란하거나 그 바깥으로 벗어나지 않도록, 호주머니에서 휴대전화를 아주 조심조심 꺼냈다. 그리고 기도문에 필적할 말들을 머릿속에 떠올리며 마사의 전화번호를 눌렀다. 그는 마치 환지幻肢*를 느끼듯, 바깥세계를 느꼈다. 따끔따끔, 간질간질하게, 그의 몸과 다시 하나가 되려는 듯 그것이 고통을 가해왔다. 그러나 휴대전화는 통화권을 탐색할 뿐이었다. 탐색하고 또 탐색하는 동안 대니는 기다렸고, 그렇게 탐색하다보면 이 공백 사이 어딘가의 틈에 도달할 거라고 생각(기도)했다. 그렇게 휴대전화만 뚫어져라 바라보며 기다렸지만, 결국 그의 희망은 바닥을 드러냈다. 그는 상실감 때문에 또 한 번 무너졌으나, 이번에는 소리를 지르지도, 발길질을 하지도 않았다. 그저 너무도 간절히 바란 나머지, 그 간절함의 힘이 바라던 것을 이루게 하지는 못한다

---

* 신체의 한 부분. 예를 들어 사지를 절단한 후에도 없어진 부위가 여전히 있는 것처럼 느끼는 지각이상이나 동통 등의 감각.

는 사실, 상황을 되돌리지는 못한다는 사실을 납득하지 못할 뿐이었다.

죽는다는 게 이런 거지. 대니는 생각했다. 누군가에게 말을 하고 싶어도 할 수 없는 것.

그는 휴대전화를 치워버렸다. 손으로 얼굴과 눈을 문지르고 머리칼을 훑어올렸다. 도망치고 싶었다. 검은 수영장에서, 따끔따끔한 감촉에서, 그 모든 것에서.

사이프러스의 숲을 건너 정원으로 돌아가자, 정원이 뚜껑처럼 그를 덮어쌌다. 그곳에 있으니 밤 같았다. 그는 나무뿌리에 걸리면서도 간신히 넘어지지 않고 몸을 가누었다. 그는 시선을 고정한 채 계속 나아갔지만, 그 방향은 성 쪽이 아니었다. 그는 아성을 향하고 있었다.

# 6장

아성에 가까이 가면서 대니는 또다시 소녀를 보았다. 해질 무렵이라 긴 석탑의 꼭대기는 분홍빛으로 물들어 있었다. 소녀는 뾰족한 창문 앞에 서 있었는데, 금발의 여자들을 멀찍이 떨어져 바라보면 으레 그렇듯, 매력적이었다.

15미터 정도 떨어져서 본 남작부인은 그랬다.

가까이 다가가서야 대니는 그녀가 소녀가 아니라 성인 여자라는 것을, 게다가 대니 또래의 여자들(그런 여자들이야 애들이고)과도 다르다는 것을 알아차렸다. 그러니까, 대니가 어렸을 적에 봤던 친구 엄마들(다른 말로 하면, 지금 대니의 또래)과 비슷했다. 청록색 민소매 드레스를 입은 여자의 두 팔은 길고 희면서 어깨 쪽으로 갈수록 완만하고 부드러운 선을 그렸고, 정성껏 매만진 듯 보이는 금발이 머리 아래에서 나부꼈다. 가장 멋진 건 그녀가 손을 흔들고 있다는 사실이었다. 그녀는 그를 초대하고 있었다.

9미터 정도 떨어져서 본 남작부인은 그랬다.

성채 안으로 들어갈 길이 묘연했다. 1층에 문 같은 건 일절 없었고 성 외벽을 휘감고 올라가는 비좁은 계단이 전부였는데, 계단에는 난간도 없는데다 대니가 숲 밖으로 나오면서부터 바람이 거세어지던 참이었다. 장막처럼 뒤덮인 구름을 뚫고 비행기가 치솟아오르듯 바람이 급작스레 세졌다. 해가 지는 참이라 지평선은 걸쭉한 분홍빛으로 물들었다.

대니는 계단을 따라 성 외벽을 끝도 없이 빙빙 돌다가, 마침내 조각 장식이 있는 문에 이르렀다. 문을 여니 비좁은 돌계단이 위아래로 뻗어 있는 어두운 공간이 나타났다. 먼지와 고인 물 냄새가 났다. 바로 정면에 문이 하나 더 있었는데, 수세기 전에 버려진 것처럼 묵직하고 두꺼웠다. 그 문을 밀어 열자 정사각형의 방이 나왔다. 묵직한 커튼이 쳐져 있고 불 켜진 양초들이 그득한 방은 사방이 황금색이었다. 방 안 전체가 황금색이어서 마치 환상 속 왕의 방을 보는 것 같았다. 그곳에 들어서면서 대니는 몸이 두둥실 떠오르는 듯한 흥분을 맛보았다.

방에는 벽 한가운데마다 창문이 하나씩, 그러니까 전부 네 개의 창문이 있었다. 그중 한 창가에 놓인 의자 위에 여자가 서 있었다. 여자는 저무는 햇빛에 온통 휩싸여 있어 제대로 보이지 않았지만, 대니는 그녀가 생각했던 것보다 나이가 많다는 것을 알 수 있었다. 그 여자의 생김새라고 여겼던 몇몇 특징은, 이제 와서 보니 아까 대니가 멀리서 보았을 때 짐작한 나이였을 때 그 여자가 자연스럽게 지녔을 생김새, 혹은 한때만 누렸을 생김새와 비슷해 보이도록 화장한 것에 지나지 않았다.

여자가 입을 열었다. 창문이 말을 안 듣네. 남자 같은 목소리였다. 담배도 많이 피우고 소리도 많이 지른 남자 같은 목소리로, 억양을 제대로 알아맞혀본 적이 한 번도 없는 대니의 귀에도 독일쪽 억양처럼 들렸다.

4미터 정도 떨어져서 본 남작부인은 그랬다.

대니가 한 걸음 한 걸음 다가설수록 부인은 늙어갔다. 금발이 하얗게 세고, 피부가 무너져내리고, 드레스는 꽃이 피었다 시들어가는 과정을 저속 촬영한 듯 부풀어올랐다가 축 처졌다. 여자의 옆까지 다가가니, 여자가 스스로 서 있다는 게 믿기지 않을 정도였다. 그러나 정작 여자는 하이힐을 신은 채 커튼봉과 씨름하고 있었다.

60센티미터 정도 떨어져서 본 남작부인은 그랬다.

대니: 조심하세요! 창문이 바깥쪽으로 갑자기 열리기라도 하면 여자는 화분처럼 밑으로 떨어질 게 분명했다.

남작부인(쇳소리 나게 웃으며): 난 당신이 생각하는 것보다 힘이 세. 키가 굉장히 크군. 의자 없이 이 창문을 고칠 수 있을 것 같은데.

대니는 여자를 부축해 의자에서 내려오게 했다. 여자의 손이 닿았을 때, 인피人皮로 만든 한없이 부드러운 주머니 속에 작은 나뭇가지들과 전선이 떠다니는 듯한 촉감에 대니는 몸을 움츠렸다. 토끼의 귀나 배, 혹은 그보다 훨씬 더 부드러운 토끼의 부위를 만지는 듯한, 생전 처음 느껴보는 감촉이었다. 여자의 눈은 성난 빛이 떠도는 검은색이었고, 입술은 노부인으로서는 기괴하다 싶을 정도로 크고 육감적이었다. 이마는 높았고, 아래턱에는 보조개가 있고, 숱이 많은 흰 머리칼 사이로 아직 사라지지 않은 옅은 금발이 보였다. 여자는 누군가 역겨운 사람을 뿌리치듯 느닷없이, 성급하게 움직였다. 소매가 길어서, 그에게는 두 손 말고는 아무것도 보이지 않았다.

대니에겐 의자가 필요 없었다. 커튼봉을 올려다보니 봉을 받치는 까치발이 벽에서 거의 떨어질 지경이고 나사못들도 오래돼서 들쑥날쑥했다. 집수리엔 젬병인 대니라고 해도 이 정도는 처리할 수 있었다.

대니: 드라이버 갖고 계세요? 망치는요?

남작부인: 있을 리가 있나. 필요한 공구는 직접 갖고 오게.

대니는 여자를 돌아보았다. 이 여편네가 지금 뭐라는 거야? 하마터면 이 말이 입 밖으로 튀어나올 뻔했다.

남작부인: 공구 하나 안 들고 다니는 잡역부가 어디 있대?

대니는 못해도 여자보다 30센티미터, 아니, 그 이상으로 클 듯 싶었다. 그는 몸을 쭉 펴고 내려다보았다. 여자의 시선이 두 개의 다트처럼 그에게 날아와 박혔다.

대니: 부인 눈에는 제가 잡역부처럼 보입니까?

남작부인: 모든 사람이 나한테는 잡역부로 보여. 그러더니 여자는 그냥 웃는 걸로 끝날 수도 있고, 혹은 기침 섞인 발작으로 번질 수도 있는 걸걸한 웃음을 터뜨렸다. 그제야 대니는 알아차렸다. 여자는 자기 자신을 연기하고 있었다. 하나의 캐릭터를. 그는 그런

유형의 사람을 좋아했다. 그런 사람들은 상대가 어떻게 응수해줬으면 좋겠는가에 대해 꽤 많이 말하는데다, 대니가 미리 선수를 쳐서 그들이 원하는 대로 화답해주면 그를 좋아했다.

대니: 잡역부와 제일 거리가 먼 사람이 있다면 바로 접니다.

남작부인은 뼈만 남은 부드러운 손을 뻗었다. 그 손이 다시 와 닿는다고 생각하니 대니는 초조해졌다. 그래서 그 손을 쥐거나 흔들기보다는, 거의 숨이 끊어질 지경에 처한 연약한 존재에게 하듯이 잠시 들고 있었다. 여자의 온몸이 다 이렇게 물렁물렁할까 싶었다. 거기까지 생각이 미치자 속이 살짝 메스꺼워졌다.

남작부인: 나는 폰 아우스블링커 남작부인이라네. 이 성과 눈에 보이는 모든 영지가 내 소유야. 그녀는 창밖을, 수천 미터에 달하는 검은 숲 위로 뻗은 일몰의 빛을 힐끗 보았다.

대니: 읍내도요? 그도 덩달아 연기하고 있었다.

당연히 읍내도. 읍과 성은 수백 년 동안 공생관계였지. 당신의 이름은?

대니: 대니, 대니 킹입니다. 하워드 킹의 사촌입니다. 병신같이 이곳이 자기 것이라고 생각하는 친구 말입니다.

그거라면 이미 대가를 받았어. 그래서 지금 그가 내 영지 안에서 사는 거고. 그게 미국의 방식이지.

대니: 미국에 대해 뭘 아시는데요?

남작부인은 눈을 가늘게 떴다. 미국인과 결혼해 사십삼 년을 산 나야. **앨 챈들러**―이름을 말하다가 여자는 기침을 하기 시작했고 간간이 숨까지 헐떡였다―골프 챔피언이었지.

앨 챈들러, 앨 챈들러…… 대니는 기억해내려는 듯 그 이름을 되뇌었지만, 어디까지나 연기중일 뿐이었다. 들어본 이름인지 아닌지는 일 초도 지나기 전에 알 수 있다. 앨 챈들러라는 이름은 한 번도 들어본 적이 없었다.

그러는 동안 그들은 창가에 서 있었다. 대니는 왼쪽에 위치한 성들의 여러 모서리와 창 안으로 비쳐드는 햇빛을 볼 수 있었다.

대니: 부인과 앨 챈들러 씨는 미국에서 사셨나요?

당연히 그랬지. 남편이 살아 있었던 사십삼 년 동안 거기 살기도 하고 안 살기도 했어. 지금은 내 아이들이 거기에 살지. 투손, 게인즈빌, 애틀랜타. 그애들은 당신보다 더 미국인다워. 내 아들들은 여름에 반바지를 입어. 반바지를 입은 유럽인은 절대 못 볼걸, 절대로! 남자들이 야외에서 그렇게 다리를 드러내다니…… 볼썽사나운 천출들이나 하는 짓이지.

대니: 반바지 입은 유럽인이라면 엄청나게 많이 봤는데요.

분명 진정한 남자라고는 할 수 없겠지.

그게 무슨 말도 안 되는 소립니까?

남작부인은 미소 지었다. 여기 앉게. 그녀는 손가락 하나를 들어 구석 벽난로 옆에 놓인, 작은 방에 비해 커 보이는 부드러운 의자 두 개를 가리켰다. 벽난로 안에서 통나무 두 개가 타고 있었다. 대니가 자리에 앉자, 먼지와 노인 몸에서 풍기는 듯한 냄새가 피어올랐다. 남작부인은 몸을 앞으로 기울여 앙상한 무릎에 팔꿈치를 괴고는, 대니의 얼굴을 꿰뚫을 것처럼 주시하다가 말했다. 당신 동성애자로군. 동성애-자라고 발음하면서.

내가요?

화장을 했잖아.

아. 그는 웃음을 터뜨렸다. 이건 그냥 스타일이에요.

화장을 했는데도 사람들이 당신을 동성애자라고 생각하지 않는다고?

그렇게 생각하는 사람들도 있겠죠.

정신이 똑바로 박힌 남자라면 그런 건 못 참을 거야.

정신이 똑바로 박힌 남자라면 앨 챈들러를 말씀하시는 건가요? 왠지 그는 그 이름을 말하는 게 좋았다.

앨은 동성애자를 좋아하지 않았지만, 그 사실을 완벽하게 숨겼어. 신사였으니까. 그게 어떤 의미인지 당신이 이해할 거라는 생각은 안 들지만.

맞습니다, 전혀 모르겠네요.

미국엔 존재하지 않는 거야.

사실, 저는 동성애자들이야말로 미국의 신사들이라고 생각하는데요.

남작부인의 아름다운 입술이 소싯적 사람깨나 홀렸을 게 분명한 모양으로 벌어지면서 미소를 띠었다. 그렇게 상상만 했을 뿐인데, 그 모습이 정말 눈앞에 보이는 것 같아 대니는 우습게도 몸을 떨었다.

남작부인: 자신만만하군. 그래서 한 분야에서 분명 일가를 이뤘겠고.

그러려고 노력하는 중이죠.

흐음, 그렇다면 당신은 바보가 아닌가 싶은데.

우리 아빠를 만나면 같이 하실 얘기가 참 많겠어요.

과연 그럴까.

대니는 손목시계를 보았다. 줄곧 가야 된다고 생각했지만, 성 말고는 돌아갈 곳이 없다는 사실이 떠올랐고, 그런 생각을 하자 왠지 쫓겨난 듯한 기분이 들었다. 그러자 자기 옆에 앉아 있는 이 노부인을 보는 것도 왠지 위안이 되었다. 그녀는 척추가 막대기라도 되는 양 꼿꼿이 세우고 앉아 그를 주시하고 있었다.

대니: 성이 부인 소유라니, 무슨 뜻인가요?

내가 여기서 태어났다는 뜻이지. 나는 이곳의 식기장과 서랍과 돌 하나하나, 모든 홀과 모든 문을 알고 있어. 지금 내 혈관에 흐르는 폰 아우스블링커 가문의 피는 선대先代로 여든 세대나 이어졌고, 그분들이 이 성을 지었고, 이곳에서 살았고, 싸웠고, 또 죽었다는 뜻이야. 이제 그들의 육신은 재가 되어 흙과 나무와 지금 이 순간에도 우리가 마시고 있는 공기의 일부가 되었어. 그리고 나도 당연히 그 모든 분들과 하나야. 그분들은 내 안에 있어. 그들은 곧 나야. 우리는 결코 분리될 수 없어.

대니: 여기서 태어나셨다고요?

내가 분명히 그렇게 말했는데, 아닌가?

그랬죠. 다만…… 대니는 하워드가 그 부분에 대해 말하지 않은 것에 놀랐다. 그러니까 부인은 이곳의 모든 것들이 — 전에 어땠는지를 아신다는 거죠.

지금처럼 볼썽사나운 난파선 꼴은 아니었어, 내 장담하지. 이곳은 아름다웠어. 완벽했어.

그렇다면 부인은 그 모든 세월을 보내고 다시 돌아오신 거고요.

당연히 돌아왔지. 앨 챈들러가 세상을 떠났으니 당연히 그래야 하고말고.

그러니까 부인은, 뭐라고 해야 하지, 어느 날 불쑥 다시 나타나신 겁니까?

맞아, 하인들과 같이. 성은 버려져 있었어. 여기 와서 정착하는 데만 몇 년이 걸렸다. 그리고 또 몇 년이 지났을 때, 독일인들이 와서 호텔을 짓더니 나더러 나가라더군. 그래서 난 그 사람들에게 말했지. 절대 이곳을 떠나지 않겠다고. 내가 곧 이 성이라고. 이곳에서 구백 년 동안 살아온 모든 사람이 곧 나라고. 그건 소유권의 차원을 넘어서는 것이라고. 자명한 이치라고.

그 모든 세대를 생각하니 대니의 가슴에 와 닿는 것이 있었다. 뉴욕에 도착한 첫날부터 하루하루가 지나 오늘 지금 이 순간까지 살아오면서, 고작 실낱같은 흐름에 엮여 하루, 하루, 또 하루 살다 보면 어느새 수많은 세월이 흘러가 있다는 사실이 가끔 생각해봐도 도무지 믿기지가 않았다. 그런데 그런 세월도 남작부인이 말하는 세월에 비하면 아무것도 아니었다. 수세기! 생각만으로도 그는 전율을 느꼈다.

대니: 그래서 독일인들이 어떻게 했지요?

그야 물론 날 내보내려고 했지. 소환장을 보내질 않나, 별별 말도 안 되는 짓을 하다가, 결국엔 경찰까지 부르더군. 난 경찰이 성에 못 들어오게 막았어. 경찰이 날 숲까지 끌고 가서 목을 따버릴까 두려웠어. 하지만 나는 창문에 서서, 바로 저기 저 창문에 서서 그들에게 말했어.

남작부인이 휘청거리며 소파에서 일어나자, 대니도 부인을 따라 다른 창가로 갔다. 그녀는 빗장을 끄르고 창문을 밀어젖혔다.

밖을 봐. 그녀의 말에 대니는 창밖으로 몸을 내밀었다. 태양은 빛을 다해 저물어가다가 하늘 낮은 곳에 오렌지빛 얼룩만 남기고 물러갔다. 정원은 아성의 발치에서 출렁이는 검은 바다처럼 보였다. 정원에선 퀴퀴하고 들척지근한 냄새가 났지만, 어딘지 알 수 없는 곳에서 불어오는 신선한 바람이 거기에 뒤섞여 있었다. 창문 바로 옆, 아성의 외벽 갈고리에 하얀 밧줄이 매여 있었다. 밧줄은 탑 밑바닥까지 쭉 늘어져 숲 속으로 자취를 감추었다.

대니(뒤쪽을 향해): 저 밧줄은 뭡니까?

남작부인: 바구니가 매달려 있는 줄이야. 읍내 사람들이 나에게 필요한 음식과 물건들을 가져와. 나이든 사람들은 아직도 우리 가문을 기억하고 있지. 내가 바구니에 필요한 물품을 적어서 넣으면 그 사람들이 다음에 올 때 그걸 가져와.

다시 창 안쪽으로 돌아왔을 때, 대니는 세수를 한 기분이었다. 그렇다면 여기 서서 독일인들한테 말씀하셨단 말이에요?

남작부인: 그 사람들은 저 숲 아래 떼 지어 서 있었어. 내가 그들에게 말했지. 그녀는 창밖으로 머리를, 그리고 상체까지 내밀더니 대니가 미처 눈치채기도 전에 밤하늘을 향해 까마귀가 울어대는 듯한 소리로 말했다. 나는 아직 남작부인이다. 너희에겐 무의미할지 몰라도 사실이다. 작위는 지금도 실재한다. 그것은 수백 년의 역사를

버텨왔다.

남작부인의 두 발이 바닥에서 들려 있었다. 두 다리는 소리를 지르려고 힘을 주는 바람에 굽혀져 있었고, 뼈만 앙상한 발뒤꿈치에 신발이 대롱대롱 매달려 있었다. 대니는 행여 그녀가 기우뚱하면 엉덩이께를 붙잡을 셈으로 가까이 다가갔다.

남작부인(쉰 목소리로): 난 그들에게 말했어. 너희는 노부인 하나를 상대하는 게 아니다. 너희는 나를 있게 한 모든 사람, 왕들과 백작들, 샤를마뉴 대제, 정복왕 윌리엄, 아라곤의 군주 페르디난도, 루이 14세를 상대하는 것이다. 그녀가 몸을 빙그르르 돌려 대니를 보자, 대니는 자기가 너무 가까이 와 있음을 부인이 눈치챌까봐 뒤로 펄쩍 물러섰다. 물론 당신한테도 이런 얘긴 무의미하겠지. 미국에는 귀족 혈통 같은 건 존재하지 않고, 당신네 미국인들은 죄다 잡종이니까. 당신 가문의 옷장에서 가장 오래된 건 1955년산 테니스 라켓 정도겠지만, 내 성 지하실엔 13세기의 석관이 있어. 유럽인들은 이 말이 무슨 말인지 알지. 내 얘긴 내가 그들보다 신분이 높다는 거야.

자신도 모르게 대니의 얼굴에 미소가 번졌다. 남작부인이 괴짜라서가 아니었다. 그는 오히려 괴짜를 좋아하는 편이었다. 그보다는, 그녀가 해준 이야기 덕분에 그의 머릿속이 왕과 기사와 말을 타고 전투를 벌이는 사내들로 가득해져서였다. 대니에겐 늘 책이나 게임 속에만 존재하는 비현실적인 것이었지만, 여기 이 부인에게는 그 모든 것이 몇 년, 몇 시간, 몇 분의 가느다란 흐름으로 연결되어 있었다. 대니의 마음은 그 사실에 허기를 느끼듯 동했다.

그 느낌은 **육체적인** 것이었다. 더 알아야만, 계속 그녀의 말을 들어야만 직성이 풀릴 것 같았다.

그래서 독일인들이 어떻게 했는데요? 부인이 소리 지르는 동안 그냥 저 아래 가만히 서 있던가요?

남작부인은 몸을 다시 창 안으로 들이고는 쭉 폈다. 그녀의 목덜미에서 핏줄이 벌떡였다. 귀부인은 절대 소리를 지르는 법이 없어. 난 분명하게, 조용히 이야기했어.

대니: 그게 통했나요?

흥, 말도 안 되는 개조를 시작하더니, 공사가 끝날 무렵엔 내가 죽었으면 하는 눈치더군. 하지만 난 그들보다 더 오래 살아남았어. 예의 축축한 웃음소리가 드문드문 남작부인의 몸속 깊숙한 곳에서 흘러나왔다. 아니, 부인의 몸속이 아니라 그녀 아래에서, 아성에서 울려나오는 것처럼 느껴졌다. 남작부인은 다시 벽난로 쪽으로 가서 앉았다. 내내 소리를 질러서 그녀의 몸은 떨리고 있었다. 대니는 부인의 의자 옆에 섰다.

대니: 그 사람들이 여기로 들어와 부인을 내쫓지 않았다니 대단한데요.

날 내쫓아? 남작부인의 얼굴이 충격과 분노로 일그러졌고, 대니는 부인이 발작이라도 일으키는 게 아닌가 싶었다. 그녀는 비틀거리며 두 발로 다시 일어섰다. 그러고는 창밖을 보며 고래고래 소리를 질러대느라 칼칼해진 목으로 꺽꺽대며 말했다. 아성은 성에서도 가장 높고 튼튼한 곳이라서, 성벽에 금이 가면 모두 이곳으로 도망을 왔지. 이 성은 구백 년 동안 항복한 적이 없어. 그런데 지금 그 사람들이 왜 날 쫓아내지 않았냐고 말하는 건가?

대니: 알았어요, 알았어요.

만약 그들이 그런 짓을 시도할 정도로 머저리였다면, 그들이 계단에 올라왔을 때 머리에 끓는 기름을 부었을 거야. 바로 그럴 때 쓰려고 욕조 한가득 기름을 보관하고 있지. 또 손대기만 해도 화상을 입어 불구가 되는 그리스의 불*의 재료도 갖고 있어. 역사가들은 아직도 그리스의 불의 재료가 뭐였는지에 대해 설왕설래하지만, 현조부玄祖父가 증조부에게, 증조부가 아버지에게, 아버지가 나에게 물려주신 제조법이 있어. 그렇게 계속 전해내려온 거지.

알았네요.

나에겐 무기도 있어. 두말하면 잔소리지. 칼, 큰 활, 석궁, 고양이까지. 고양이란 건 시정잡배들 사이에선 파성퇴라고 불리는 물건이야. 그리고 당연하지만, 권총도 있어. 당신 사촌한테 그렇게 전해도 돼.

제 사촌요? 대니는 퍼뜩 놀랐다. 하워드를 까맣게 잊고 있었다니. 그러고는 얼른 바보 연기를 선보였다. 제 사촌도 부인이 여기서 나가길 바라나요?

당연히 그렇겠지, 아닌가? 남작부인은 가식적인 미소를 지었다. 하지만 당신 사촌은 그 독일인들보다는 똑똑하더군. 내가 쓸모가 있다는 걸 알아. 부인은 몸을 낮추어 의자에 앉았다.

---

* 비잔틴 제국 시대에 그리스인들이 사용한 해전용(海戰用) 액체 화기로, '로마인의 화약'이라고도 했다.

대니: 어떤 점에서 쓸모가 있는데요?

이 아성의 지하엔 독특한 지하감옥이 있어. 고문기구들만 잔뜩 들여놓은 방이지. 당신 사촌이 그걸 관광객들에게 보여준다고 상상해봐! 하지만 그걸 어떻게 찾아야 하는지 그는 전혀 몰라. 그리고 이 성에는 그런 게 어마어마하게 많아. 터널이니, 복도니…… 이 성 아래와 그 주변에 도시 하나가 통째로 있는데, 당신 사촌은 백 년을 쏟아부어도 그걸 찾아낼 수 없어. 그러니 내가 떠나버리면 그는 모든 걸 잃게 되는 셈이야. 몇 세대에 달하는 지식과 비밀이 사라져버리는 거지. 되돌릴 길이 없는 거야.

남작부인의 목소리는 달라져 있었다. 다른 누군가를 소리쳐 부르며 다가가려 하는 목소리였다. 부인은 대니가 아니라 하워드에게 이야기하고 있었다. 그러자 대니는 마치 오래된 그림들과 천으로 덮어놓은 가구들 옆의 그림자 진 벽에 사촌이 기대서 있는 것처럼 느껴졌다.

대니: 그러니까 부인과 하워드가 협상을 해야 한다는 얘기군요. 그래서 당신이 온 것 아닌가?

저요? 아뇨. 전— 전 그냥 지나가다가 부인이 보여서……

그러나 대니는 더이상 그렇다고 확신할 수 없게 되었다. 하워드는 왜 아성에 왔던 거죠?

남작부인은 대니의 얼굴에서 불과 몇 센티미터 안 되는 거리까지 몸을 내밀었다. 발뒤꿈치에 의지하고 있는 부인의 몸이 흔들거렸다. 대니는 그녀에게서 입 냄새가 날까봐 겁이 덜컥 났지만, 막상 맡아보니 메마르고 살짝 달콤한 냄새만 날 뿐이었다.

남작부인이 말했다. 당신의 사촌과 나는 협상할 게 아무것도 없어. 카드는 어디까지나 내 손안에 있으니까. 이 말도 사촌에게 하는가.

그녀는 대니에게 미소를 지어 보였다. 혈혈단신에 힘 하나 없는 쭈그렁 괴짜 할멈 주제에 직접 파성퇴를 휘두르기라도 할 작정인 것처럼. 아무리 봐줘도 손가락 하나 까딱 못 할 게 뻔하건만, 그녀는 자신이 강하다고 믿고 있었고 그 생각만으로 얼마간이나마 진짜로 강해진 것이다. 그 점이 대니는 놀라웠다. 실제로 그런 것을 본 건 처음이었다.

대니: 분명 원하는 게 있으시군요. 누구나 그렇죠.

당신 사촌이 줄 수 있는 건 없어. 그랬다면 내가 요구했겠지. 그 점은 당신도 확실히 알겠지. 자, 하던 얘기는 잠시 미뤄두고 와인이나 한잔 할까?

좋죠. 대니는 적잖이 즐기고 있었다. 오랜만에 맛보는 기분이었다.

그는 남작부인을 도와 와인을 가져오겠다고 말했지만, 남작부인은 그의 손을 찰싹 치며 거절했다. 부인의 뾰족한 구두 굽이 돌계단에 또각또각 부딪히는 소리가 들려왔다. 대니는 벽난로에 장작을 더 넣고 기다렸다. 하워드와 남작부인에 관한 생각이 머릿속에서 점차 형상을 잡아가기 시작했지만, 그것이 무엇인지 알아차리는 데는 시간이 좀더 걸렸다. 그러다 비로소 알게 되었다. 하워드가 그를 여기까지 오게 한 이유, 다시 말해 그가 해야 할 일. 남작부인을 내쫓기 위해서였나? 하워드가 부탁하면 당장 그러겠다고 말할 거라는 건 두말하면 잔소리였다.

저녁식사를 알리는 종소리가 울렸지만, 대니는 미처 듣지 못했다. 밖은 해가 완전히 져서 어두웠다. 남작부인은 돌아올 기미가 없었다. 영원히 돌아오지 않는대도 이상할 건 없다고 대니는 잠시 스치듯 생각했다.

초조해진 대니는 의자에서 일어나, 방 모서리 주위에 놓인 가구들을 덮은 천을 슬쩍 들춰보았다. 오래된 하프시코드 한 대. 백 개쯤 되는 상아 서랍이 달린 커다란 물건. 황금 테를 두른 거울 하나. 제대로 알아보기 힘든 그림 한 점. 대니는 호주머니에 들어 있던 손전등을 꺼내 켜고 그림을 비추었다. 소년과 소녀. 창백한 피부, 밤색 눈동자, 같은 아이에게 다른 옷을 입혀놓은 듯 똑같이 생긴 두 얼굴. 귓불 가까이에서 굽이치는 검은 머리칼. 소년은 반바지에 자주색 벨벳 코트 차림으로 나무 몸통에 기대 있었고, 소녀는 똑같이 벨벳으로 만든 드레스를 입고 소년 곁에 서 있었다. 두 팔은 소년의 목에 두르고 있었다. 남작부인이 오더니 대니 옆에 서서 거친 숨을 몰아쉬었다.

남작부인: 처음에 우리는 이 아이들이 도망쳤다고 생각했어. 하지만 결국 수영장의 물을 빼고 보니, 얘들이 바닥에 누워 있었어. 서로 끌어안은 채. 그게 이 그림의 사연이야.

이 이야기, 전에 들은 건데. 어디서 들었더라? 이윽고 대니는 기억해냈다. 수영장에 빠져 죽은 쌍둥이. 우리, 라고 부인은 말했다. 남작부인을 돌아본 대니는 부인의 입이 쌍둥이의 입과 똑같다는 사실을 깨달았다. 한없이 늙은 그녀의 얼굴과 마찬가지로, 아이들의 앙증맞은 얼굴에도 뜬금없다 싶을 정도로 크고 육감적인 입술이 있었다. 그녀는 이 아이들의 동생이 분명했다.

대니: 부인보다 나이가 많았나요?

남작부인: 네 살 정도. 부인은 지쳐 보였다. 대니는 그녀가 투사지만, 싸울 대상이 없으면 무기력해지는 게 아닐까 생각했다.

대니는 그림을 유심히 보았다. 아이들의 정확한 자세를 파악하기가 쉽지 않았다. 마치 그들이 천천히 움직이고 있기라도 한 듯. 눈으로 알아차리기 힘들 정도로 매우 느렸지만, 그림에서 전등불을 거두는 순간, 그는 그들이 자세를 바꾸는 것을 똑똑히 보았다.

남작부인: 와요, 와인을 따라줄 테니. 벽난로 앞, 법랑을 입힌 테이블 위에 무덤에서 파내온 것처럼 보이는 병 하나가 놓여 있었다. 아빠의 와인 저장고에서 가지고 왔지. 남작부인이 말했다. 저장고는 아직 손상 없이 처음 상태 그대로야. 어디에 있는지 오직 나만 알아.

그 말도 전해드리죠.

그래. 그녀는 그렇게 말하고 웃음을 터뜨렸다.

대니도 웃었고, 병을 보았다. 1898년 부르고뉴산 와인! 대니는 와인 전문가가 아니지만, 1898년 부르고뉴산 와인이라니, 1960년부터 묵힌 스테이크나 다름없었다. 부패했다는 것조차도 까마득히 오래전의 일일 것이다. 존재하지 않는다는 게 더 맞는 말이었다.

하지만 잔에는 정말 와인처럼 보이는 액체가 담겨 있었다. 대니는 잔을 들어 냄새를 맡았다. 곰팡내, 젖은 나무 냄새. 잔은 얇은 수공품이었으며, 바닥에 색색의 기포가 보였다. 대니는 한 모금

마셔보았다. 정말이지 듣도 보도 못한, 뭐라고 말하기 힘든 맛이었다. 부패해서 코를 찌르는 악취와 용케 부패하지 않고 살아남은 달콤하고 신선한 맛이 뒤섞여 있었다. 대니는 신선한 맛이 부패한 맛에 씻겨 없어지기 전에 몸에 받아들일 셈으로 허겁지겁 서둘러 잔을 비웠다. 일 분이 지난 후 그는 더 많은 와인을 잔에 따랐고, 남작부인의 잔에도 그렇게 했다. 좋은 맛이 사라져버릴지 모른다는 생각에 그는 또다시 벌컥벌컥 들이켰으나, 맛은 변함이 없었다. 대니는 꿀꺽꿀꺽하는 소리를 내지 않으려고 조심했다.

대니: 그래, 무기를 들고 이 아성을 공격한 사람이 없었나요?

남작부인: 물론 있었지, 많았어. 가장 볼만했던 게 타타르 족이었지. 역사가들 말로는 그들이 비스와 강*을 건넌 적이 결코 없다고 하지만, 그건 망상이야. 일단의 타타르 족이 백마를 타고 와 이성을 에워싸더니, 공병들을 시켜 땅 밑에 불을 놔서 동쪽 성벽을 무너뜨렸어. 타타르 족이 성 안으로 밀려들어왔을 때, 우리는 여덟 달은 충분히 버틸 만큼의 식량을 챙겨 여기 아성으로 들어와 문을 걸어잠갔어. 나의 선조 바티스테 폰 하게도른께서 성벽 내부로 이어지는 지하 터널을 통해 비밀 수비대에서 기사들을 데리고 오셔서 타타르 족의 공급선을 끊자, 그들은 독 안에 든 쥐 신세가 됐지. 그리고 이십사 일 만에 그들을 물리쳤어.

남작부인은 반짝거리는 눈으로 대니를 보았다. 와인은 바닥을 드러냈다. 다 마셔버린 것이다. 남작부인이 부드러운 의자에 등을

---

* 폴란드를 남북으로 흐르는 강.

기대자, 허옇게 센 황금빛 머리칼이 벨벳 커버 위에 펼쳐졌다. 내가 이 아성 안에서 안전하다고 느끼는 이유가 그거야, 알겠어?

알겠어요. 과연 대니는 제대로 납득했다. 남작부인은 그의 생각을 자기 쪽으로 끌어당기는 자기장과도 같았다.

자리에서 일어나니 와인의 취기가 확 오르는 게 느껴졌다. 대니는 느낌이 이상했다. 눈치들 채셨나? 이 표현 때문에 골치를 썩는 중이다. 나는 계속해서 대니는 느낌이 이상했다, 라고 말해왔다. 그리고 지금 대니는 느낌이 이상했다. 그렇다면 그간 대니가 느낀 그 모든 이상한 기분과 지금의 이상한 기분은 도대체 얼마나 다른 것일까? 음, 그 차이는 다음과 같다. 그간 느낀 이상한 기분이 평온하고 쾌적한 것과 반대였다면, 지금 느끼는 이 이상한 기분은 평온하고 쾌적하다는 뜻이 되겠다. 대니는 평온하고 쾌적한 기분이었지만, 졸리기도 했다. 혹은, 깨어 있는 상태가 아닌 것만 같았다. 그의 뇌가 몸에서 떨어져나가 의자를 벗어나더니 남작부인을 따라 문 쪽으로 향했다.

대니: 우리 지금 어딜 가는 거죠? 자신의 목소리가 들렸다. 그러나 자신이 한 말 같지가 않았다.

남작부인: 지붕을 보여달라고 했잖아, 아닌가?

한밤중에 성벽에서 지붕을 본 후, 대니는 줄곧 그곳에 올라가보고 싶었다. 그가 그 말을 부인에게 한 걸까? 그는 부인을 따라 다시 육중한 문 밖으로 나왔다. 그가 아성에 처음 들어왔을 때 보았던, 한 줄로 이어진 비좁은 계단을 부인이 오르기 시작하자 그도 따라갔다. 그들은 몇 개의 문을 연달아 지나, 아성에서 가장 높이

올라갈 수 있는 것보다 더 높이 올라간 게 아닌가 싶을 정도로 높은 곳까지 갔다. 계단은 위로 갈수록 좁아지더니, 급기야 대니의 어깨가 양쪽 벽에 닿을 정도로 좁아졌다. 지나가려면 옆으로 몸을 틀지 않으면 안 될 지경이었다. 마치 근육과 피부 사이를 쥐어짜는 듯했다. 남작부인이 자꾸만 멈춰 서서 숨을 몰아쉴 때마다, 그녀의 가슴속 축축한 동굴에서 그르렁대며 울려나오는 바람 소리가 들렸다.

마침내 그들은 작은 천장문을 지나 아성의 지붕으로 올라갔다. 지붕은 좀전에 그들이 앉아 있던 방과 크기와 형태가 똑같은 석단이었다. 지붕의 가장자리는 대니가 성벽 꼭대기에서 본 대로 사각형의 톱니 모양이었다. 그 외에는 사방이 하늘, 웅대하게 펼쳐진 하늘이었다. 하늘엔 이제껏 한 번도 본 적 없을 정도로 많은 별들이 쟁여넣기라도 한 듯 빽빽했는데, 하늘에 대고 끼얹은 것처럼 엄청나게 많아서 흡사 쓰레기 처리장 같았다. 가히 외설적이라 할 만한 광경이었다.

대니는 하늘을 쳐다보았다. 호주머니 한쪽에 뭔가 들어 있는 것 같아서 꺼내보았다. 휴대전화였다. 그간 잊고 있었다. 물끄러미 휴대전화를 바라보던 그는 버튼을 눌러 수천 킬로미터 떨어진 나라에 사는 사람들과 통화를 한 게 언젯적 일인가 싶어 새삼 놀랐다. 그것은 마치 수조兆 개에 달하는 별들 중 하나를 큰 소리로 불렀을 때 그 별이 답해주는 것과 같은 기적처럼 여겨졌다.

휴대전화를 든 대니는 그 기적이, 모든 것이 끝났음을 알았다. 그는 별세계에 와 있었다.

그는 휴대전화를 힘껏 던져버렸고, 그 바람에 어깨와 팔꿈치에서 우두둑 꺾이는 소리가 났다. 휴대전화는 어둠 속으로 곧장 날아갔다. 떨어지는 소리는 들리지 않았다.

남작부인: 소원은 빌었나?

그녀는 건너편에 서서 그를 주시하고 있었다. 그 목소리는 남자처럼 걸걸했지만, 문득 대니가 고개를 돌려 바라보니 그녀는 삼십 년, 아니, 그보다 더 젊어져 있었다. 드레스 밑의 젖꼭지는 단단했고, 처음에 본 새하얀 팔도 돌아와 있었다. 이런 모습의 그녀를 다시 보게 되기를 바랐음을 대니는 깨달았다. 이 순간이 오리라는 걸 그는 알고 있었다.

그가 한 걸음 한 걸음 다가설 때마다 그녀는 젊어졌고, 마침내 그녀의 머리칼이 길고 새하얀 목 주위에서 황금빛을 띠며 풍성해졌다. 대니는 그녀의 두 손을 잡고, 그 부드럽고도 부드러운 살집 속의 뾰족한 뼈마디 하나하나를 느꼈다. 그는 그녀를 지그시 밀어붙이며, 수백 년 동안 사람들이 디뎠을 반질반질하고 평평한 돌 위에 조심스레 뉘었다. 입을 맞추었을 때 그녀의 입에서 아까 마신 와인 같은 맛이 났다. 그는 그 달콤한 마지막 맛을 좇아 게걸스럽게 들이켰다.

# 7장

불타는 탑에 갇혀 있는 꿈을 꾼다. 눈을 뜨자 얼굴 바로 앞에 손전등이 있는데, 너무나 가까워 그 작은 전구의 열기가 느껴질 정도다. 눈이 부셔 손전등 뒤에 어떤 놈이 있는지 알아볼 수 없지만, 목소리를 들으니 내가 어디에 있는지 기억난다. 놈은 데이비스다.

야, 네 번호 땄다. 그가 나에게 말한다. 그럼, 방금 따냈어.

그는 전에도 그 말을 한 적이 있다. 네 **번호 땄다**. 이미 적어뒀어.

내 번호는 첫날부터 알았댔잖아. 나는 그에게 말한다.

데이비스는 손전등을 살짝 거두지만, 그것은 여전히 내 눈을 비추고 있다. 그는 내 피부 밑에 뭔가 보고 싶은 것이 숨어 있다는 표정으로 나를 보고 있다.

아니야, 첫날에는 몰랐어. 그가 말한다. 어제도 몰랐어. 하지만 지금은 아니까, 이렇게 뇌사 상태에 빠진 것처럼 쇼하는 건 공식적으로 이제 쓸모없는 짓이야.

데이비스가 무슨 소리를 하는 건지 나로서는 알 턱이 없지만, 이런 상황에는 이골이 났다. 어제 이후로 무슨 일이 일어난 건데? 내가 묻는다.

그가 몸을 숙이자 나는 불빛에서 해방된다. 불빛이 시야에 초록색의 큰 잔영을 남긴다. 침상 가장자리 너머로 굽어보니, 데이비스는 등을 구부린 채 제 침대 밑에 처박아둔 온갖 잡동사니를 가린 테이블보 밑을 뒤적이고 있다. 다시 일어선 그의 손에는 타이핑을 한 종이 뭉치가 들려 있다. 종이들이 손에서 미끄러져 바닥으로 떨어지기 시작하자, 나는 황급히 한쪽 팔꿈치로 몸을 지탱하고 다른 손을 뻗어 매트리스 아래를 헤집으며 원고가 넣어둔 자리에 그대로 있는지 확인한다. 실수였다. 데이비스가 손전등을 떨어뜨리더니 내게 헤드록을 걸어온다.

그거 내 거야? 나는 쥐어짜는 듯한 목소리로 간신히 말한다.

네 이름이 적혀 있더라. 그가 말한다. 그는 벌써 팔에 힘을 빼고 있다. 헤드록은 그에겐 그냥 하나의 반사작용일 뿐, 특별한 의미는 없다. 몸을 움직일 수 있게 된 나는 머리맡 바로 아래 매트리스에 손을 쑤셔넣는다. 원고는 없다. 속이 타기 시작하지만 티를 내지는 않는다.

그걸 다 읽었어? 나는 그에게 묻는다.

그렇게 놀랄 건 없잖아. 네가 자는 동안 침대에서 다 읽었어. 내 시간을 활용한 거지. 그리고 놀랐어. 야, 충격에 사로잡혔다고, 형제. 그게 절대 진리야. 너도 시간을 활용하는 법을 알게 되었더군.

형제?

그가 뇌주자 나는 허겁지겁 숨을 들이마신다. 데이비스의 땀에 젖은 두 손 때문에 내 머리칼까지 젖었다.

그건 내가 쓴 게 아니야. 나는 두 가지 이유에서 그렇게 말한다. 하나는 내가 그 원고에 대해 전전긍긍한다는 걸 데이비스가 아는 게 싫어서이고, 다른 하나는 나를 겨누듯 바라보고 있는 그의 시선을 딴 곳으로 돌리고 싶은 마음에서다.

내뺄 생각은 마시지. 데이비스가 말한다. 네 행동에 책임을 지라고! 그러나 데이비스는 책임이라는 말을 평상시의 목소리로 발음하지는 못한다. 그러려면 소리를 질러야 한다.

아가리 닥쳐! 옆방의 루이스가 소리친다.

내 말은 그건 내가 지어낸 이야기가 아니라고. 나는 부드러운 어조로 말한다.

데이비스는 콧방귀를 뀐다. 분명 네가 지어낸 건 아니지.

내 원고는 바닥 곳곳에 흩어져 있고, 컴퓨터 이용 시간이 돌아오려면 다음 주까지는 기다려야 한다. 새로 타이핑한 원고에서 한 페이지라도 빠지면 내일 홀리에게 제출할 수가 없다. 그 싸움이 있고 나서 시작한 일이다. 앨런 비어드가 기후변화에 관해 쓴 기나긴 글을 읽느라 수업 시간을 온통 잡아먹었는데, 수업이 끝나고 나가기 전에 홀리가 내 책상 옆으로 와서 레이, 라고 불렀다. 그녀는 날 보고 있지 않았다. 싸움이 일어난 후에도 여전히 날 바라보지 않지만, 이젠 달라졌다. 이제는 눈을 마주친다는 게 너무 은밀한 것으로 여겨져서 둘 다 서로를 보지 않기로 약속이라도 한 것처럼 느껴졌다. 나로서는 그런 일이 일어난다면 방 안에 둘만 있을 때이길 바랄 뿐이고, 이런 곳에서는 그게 불가능하다는 건 두 말하면 잔소리다. 쉬는 시간에 다른 놈들이 우르르 몰려가 홀리를 에워싸고 자기들의 알량한 작품을 챙기려 할 때, 나는 복도로 나선다.

홀리가 내 원고를 보더니 말했다. 주세요.

나는 원고를 갖다 바친다. 그녀는 원고를 가방 안에 쓱 집어넣었고, 그다음 주가 되자 (여전히 내 얼굴은 보지도 않은 채) 원고를 나에게 돌려주었는데, 한 페이지도 빠짐없이 아주 아름다운 초록색 펜으로 메모가 되어 있었다. 좋아요! 그리고 끝? 그리고 이 뒤로 얘기가 더 나오는지? 그리고 이 부분은 주의, 시각이 좀 가차 없는 듯? 그리고 이상함, 그리고 좋은 긴장감, 그리고 조금 더? 그리고 조금 더? 그리고 이 뒤로 이야기가 더 있는지? 그리고 그래요! 그리고 대단해요! 그리고 이거예요, 아주 좋아요! 감옥에 있는 내겐 이런 말들이 거의 섹스 이야기나 진배없었기 때문에 기분이 좋았다는 이야긴 굳이 할 필요도 없다. 난 내 역할이나 그녀의 평가 같은 건 거들떠보지도 않는다. 뭔 상관인가? 내가 원하는 건 더 많은 평가를 받는 것이고, 더 많은 평가를 받는 유일한 방법은 더 많이 쓰는 것이기 때문에, 매주 그녀의 그래요와 좋아요와 멋져요를 있는 대로 얻어내기 위해 노력한다. 그냥 되는대로 지껄이는 게 아니라, 글로 뭔가를 빚어내려고 무진장 노력한다.

내가 원하는 건, 실제로 내가 꿈꾸기까지 한 건 그녀의 손을 잡는 것이다. 그 싸움 직후 내 이마에 와 닿던 느낌, 메마르고 서늘했던 손가락들의 감촉을 나는 간직하고 있다. 더 노력하면, 그녀의 손이 어떤 표시라도 남긴 듯 여전히 와 닿는 것을 느낄 수 있다. 홀리가 나에게 원고를 넘길 때, 나는 손가락을 그녀의 손가락에 미끄러지듯 닿거나, 혹은 단 일 초라도 좋으니 스치기라도 해보려고 애쓴다. 그러면 그녀가 내 이마를 만졌을 때와 같은 방식으로 그녀의 몸을 느낄 수 있을 것이다. 그런 행운은 일어나지 않는다. 이곳에서 그녀의 손을 잡는다는 건, 바깥에서 그녀와 섹스를 하는 것에 맞먹는다.

데이비스가 또 헤드록을 걸어올까봐 나는 천천히 침상에서 벗어난다. 쭈그리고 앉아 바닥에 흩어진 종이들을 줍기 시작한다. 데이비스와 내 젖은 머리통 때문에 원고 한 장이 젖어, 홀리의 초록색 잉크가 번져 있다. 휴지로 물기를 닦아낸다. 그러는 내내 나는 데이비스의 침상 옆에 쭈그리고 있는데, 그 밑에 숨겨둔 게 뭔지는 내 알 바 아니지만, 평상시 데이비스는 마치 개처럼 그곳을 지킨다. 그러나 지금 그는 내가 속임수를 부리는 마술사라도 되는 듯한 표정으로 나를 주시하고 있다.

널 보라고. 그가 말한다. 여기 있는 몇 달 동안 넌 세상 어떤 것에도 관심이 없는 것처럼 굴었지.

최대한 종이들을 주섬주섬 모은 다음, 나는 원고를 순서대로 정리해서 세어본다. 페이지 수가 맞지 않으면 다시 손을 봐야 하고, 문제를 해결해야 한다. 안 그러면 다른 일은 아무것도 할 수 없다는 것을 알기에 내 심장은 미친 듯이 요동친다.

45페이지가 없네. 나는 그에게 말한다.

데이비스가 내 말을 못 들은 것처럼 굴어서 나는 그의 얼굴에 대고 말한다. 45, 데이비스. 45페이지. 찾아야 한다고.

널 좀 봐. 그가 말한다. 녀석은 무슨 사랑에라도 빠진 것 같다. 그 험악한 얼굴이 강아지처럼 양순해 보인다. 그는 내 쪽으로 고개를 갸웃하며 눈을 반짝인다.

그만 좀 봐. 나는 그에게 말한다. 사랑에 빠진 데이비스라니, 그다지 보고 싶은 꼴이 아니다.

진정해. 그가 말한다. 네 유령 이야기는 원래대로 복구될 거야.

유령 이야기? 뭔 개소리를 지껄이는 거야? 내가 말한다.

주머니쥐 흉내* 따윈 집어치워, 그가 말한다. 주머니쥐 흉내라는 단어가 귀에 들어오지만, 없어진 종이 문제가 성가셔서 신경쓸 겨를이 없다.

모은 종이들을 내 침상에 올려놓고, 바닥에 쭈그리고 앉아 45페이지를 찾기 시작한다. 이만한 크기의 방 안에 종잇장 하나가 들어갈 만한 곳은 그리 많지 않지만, 변기 뒤와 세면대 아래, 창가 위쪽을 더듬어 찾아본다. 이 이야기에 유령은 안 나와. 나는 데이비스에게 대답한다.

아, 그러셔? 그렇다면 사람들은 어디에 있는 건지 이야기해봐.

나는 그를 올려다본다. 무슨 사람들?

데이비스가 침상 위에 올려둔 원고 뭉치를 붙잡고 흔들자, 종이들이 펄럭펄럭 나부낀다. 이 사람들. 그가 말한다. 눈에 보이고,

---

* 원문은 'play possum'으로, 주머니쥐가 적의 공격에 죽은 체하는 것에서 유래한 '시치미 떼다'라는 뜻의 숙어이다.

말소리도 들리고, 누군지도 알지만, 이 방엔 없는 사람들. 이 구역엔 없다고. 이 감방에도, 이 도시에도, 이 나라에도 없고, 너랑 내가 있는 이 세상엔 없다고. 다른 세상에 있다고.

나는 생각한다. 만약 저 종이 뭉치에서 단 한 장이라도 더 빠져나간다면 데이비스의 머리통을 퍽 하고 터질 때까지 두 손으로 옥죌 거라고. 하지만 내가 한 말이라곤 야, 왜 그래뿐이었다. 그게 전부였다.

데이비스가 자기 얼굴 밑에 손전등을 갖다댄다. 손전등 불빛에 드러난 그의 모습은 불빛의 각도와 땀, 그의 두 눈 때문에 궁둥이부터 목까지 덜덜 떨릴 정도다. 그것들은 유령이야, 형제. 그가 말한다. 산 것도 아니고, 죽은 것도 아니지. 그 사이 어딘가에 있는 거야.

두 손과 두 발을 바닥에 디딘 채로는 그를 쳐다볼 수가 없어서 나는 자리에서 일어선다. 그 말은 거기 나오는 아무 이야기에나 다 갖다붙일 수 있지, 나는 말한다.

이제야 내 노래를 불러주는군, 형제.

형제니 뭐니 하는 말은 도대체 뭐야? 언제부터 내가 너랑 형제였냐?

데이비스가 말한다. 형제 이상이지, 우린 한마음이야.

그 말은 그가 하는 최고의 찬사다. 내가 너에게 일급비밀을 하나 알려주지. 네가 내 형제라는 거야. 오직 이 방 안에서만 통용되는 거지만.

그가 허리를 굽히더니 침상 밑 공간을 덮은 빨간색과 흰색 체크

무늬의 테이블보를 걷어올린다. 손전등을 비추자, 그 밑에 처박혀 있던 온갖 쓰레기들이 훤히 들여다보인다. 컵 여러 개. 플라스틱 포크들. 샤워꼭지 하나. 머스터드 봉지들. 신문지 꾸러미. 손톱 솔 하나. 병뚜껑 잔뜩. 고무줄 뭉치. 비닐봉지들. 오래된 전화번호부. 청량음료 캔 여러 개. 꼭 햄스터 둥지 같다. 다만 데이비스는 키가 188센티미터에 벤치프레스를 삼백오십 번 할 수 있고 이 감방에 있은 지 일 년이 넘었으니, 이 둥지는 만 마리의 햄스터가 만들어 낼 만한 둥지라 하겠다. 그 꼭대기에 흰 종이 한 장이 놓여 있다. 나는 그것을 잡아챈다. 45.

머릿속에 사태의 두서가 잡힌다. 나는 자리에서 일어나 45페이지를 제자리에 끼워넣은 후 원고 뭉치를 매트리스에 대고 탁탁 두드려 모서리를 가지런하게 정리한 다음, 내 머리맡 쪽 매트리스 밑에 밀어넣는다.

데이비스는 제 둥지 속을 이리저리 헤집고 있다. 스케이트보드 바퀴 두 개와 아이들이 쓰는 파티용 종이 모자와 작업 지침서, 허가서 등등 교도소의 서류양식 한 뭉치가 나오는데, 죄다 밀매품이다. 약솜뭉치들과 조류 관찰 안내서 같은 것도 보인다. 마침내 그는 주황색으로 칠한 마분지 상자 하나를 꺼낸다. 신발상자 정도의 크기로(칠 아래로 아디다스 로고가 보이는 걸 보니 원래는 신발상자다), 그가 뚜껑을 들어올려서 나도 그 안을 들여다보았지만 먼지뿐이다. 솜 부스러기, 머리카락, 털. 별별 색깔의 먼지 덩어리들이 빽빽하다. 수많은 먼지 뭉치들이 모이고 모여서 하나의 커다란 덩어리를 이루고 있다. 데이비스가 상자를 내 턱 밑으로 불쑥 내

민다.

잘 들어. 그가 속삭인다.

나는 데이비스가 무슨 말을 하길 기다리며 귀를 기울이지만, 데이비스도 눈을 감는 걸 보니 그도 귀를 기울이고 있는 모양이다. 지금 이 순간, 이 성 안은 전에 없이 고요하다. 적막이 느껴지지만, 더 귀를 기울이면 기울일수록 적막은 녹아버리고, 들리는 건 철제 침상 위에서 숨쉬는 사내 412명의 복작거리는 소리뿐이다. 또한 배경음으로 잡음이 들려온다. 웅웅 울리는 그 소리는 거의 들리지 않을 정도이지만 분명히 존재한다. 종일 철컹대며 닫혔던 수많은 문과 자물통 소리의 남은 진동인지도 모르겠다.

이건 흔해빠진 라디오가 아니야. 데이비스가 나에게 부드럽게 말한다.

나는 그를 바라본다. 라디오?

혁명을 마주할 준비를 하시라. 데이비스가 말한다.

상자의 한쪽 면에 다이얼들이 있다. 그러니까 데이비스는 다른 기계에서 망가진 다이얼들을 모아다가 마분지를 뚫어 거기에 박은 것이다. 그가 집중을 하는 것처럼 눈을 가늘게 뜨고 다이얼들을 이리저리 돌리기 시작한다. 됐다, 그가 속삭인다. 기다려봐. 저소리! 들려? 좋아, 내가 주파수를 맞춰주지…… 지금 그 여자가 다가오고 있어. 들어봐, 아주 또렷이 들리잖아. 들려? 그의 말이 어찌나 징글맞게 실감나는지, 나는 지금 우리 앞에 놓인 물건이 먼지 구덩이나 다름없는 신발상자라는 걸 잊지 않으려고 그가 돌려대는 망가진 다이얼 꼭지들을 계속 바라본다.

너의 이 라디오에서 지금 나오고 있는 게 뭔데? 내가 묻는다.

데이비스가 나를 본다. 알면서, 형제. 이제 와서 모른 척하지 말라고.

알았어, 나도 알아. 그래도 말이나 해보라고.

죽은 자들의 목소리잖아. 데이비스가 말한다. 그 생각에 다소 잠긴 그의 얼굴이 부드러워졌다. 그는 말한다. 그 모든 사랑, 그 모든 고통, 너와 나뿐 아니라 형제, 모든 사람들, 이 아름다운 초록별에 발을 디뎠던 모든 사람들이 느낀 모든 감정 말이야. 인간이 죽는다고 어떻게 그런 것들이 전부 다 사라질 수 있지? 그럴 수는 없지. 그러기엔 너무 거대해. 또 너무나 강렬하고 너무나…… 영원해. 그래서 인간의 귀에는 들리지 않는 다른 주파수대로 자리를 옮기는 거야. 그런데 수천 년이 흐르도록 그 누구도 그 주파수대를 찾아내는 기술을 찾지 못했어. 어쩌다 한 번 실수로라도 걸려든 거라면 모를까. 소리는 여기저기서 삑삑대는데, 계속 이어지거나 규칙적으로 들려오는 게 아니거든.

그런데 네가 마침내.

이 물건이 마침내. 그 말과 함께 그는 먼지 구덩이 상자를 들어올렸다. 요새 내가 붙잡고 사는 게 바로 이거야, 형제. 내가 이 기계를 개발했다고! 디자인도 하고, 필요한 부품들을 차근차근 찾아내고. 조립하고, 테스트하고, 수정하고, 더 테스트해보고, 그렇게 해서 마침내, 보라! 정말로 작동이 되는 원형을 내 힘으로 만들어냈다고!

그의 눈이 어린 소년처럼 빛을 발한다. 첫날부터 지금까지 데이비스를 미친놈이라고 부르긴 했지만, 그가 진짜로 **미쳤다**는 사실, 다시 말해 또라이라는 사실은 줄곧 잊고 있었다. 진짜 미친놈. 자기가 유령과 이야기할 수 있는 기계를 만들어냈다고 생각할 정도로 미친놈.

데이비스가 말한다. 그 표정 뭔지 알아. 지금 이렇게 생각하고 있지. 데이비스 영감이 뭐 하고 자빠진 거지? 무슨 마법사 행세라도 하려는 건가? 그런데 생각해보라고, 형제. 신기술은 언제나 마법과도 같지. 톰 에디슨이 1877년에 양철 축음기를 틀었을 때 사람들이 그걸 진짜로 믿었을 것 같아? 천만의 말씀! 복화술이라고 떠들어댔지. 부두교라고. 어떤 기계로도 그런 건 할 수 없다고 생각했으니까. 마르코니*와 라디오도 마찬가지지. 사람 목소리가 한 곳에서 다른 곳으로 둥둥 떠다니는데, 사람들이 그런 걸 잘도 믿었겠다. 이봐, 지금 이것도 마찬가지야. 기술을 이해하지 못하면 불가사의하게 보이는 거야. 하지만 네가 엔지니어라면, 하나에서 열까지 모든 과정을 거쳐서 무언가를 만들어낸다면, 거기에 불가사의란 없는 거야.

그가 상자를 내밀자, 나는 뚜껑을 열고 다시 그 안을 들여다본다. 그런 얘기들을 듣고 나니 뭘 기대하고 봐야 하는 건지 종잡을 수가 없어졌다. 뭔가 다른 것 정도겠지. 그러나 상자 안은 아까와 비교해 달라진 게 조금도 없다. 한 가지, 먼지 구덩이 속에 있는 것들을 가려낼 수 있게 됐다는 점만 빼면. 타버린 성냥개비 하나.

---

* Guglielmo Marconi, 무선전신을 처음으로 발명한 이탈리아의 과학자.

빨대 포장지 조각 하나. 죽은 거미 한 마리. 반쪽만 남은 파란 단추 하나. 스크램블드에그로 짐작되는 덩어리 하나. 깨진 타일 조각 하나, 핀 하나. 큼지막한 담배필터 한 뭉치. 산더미 같은 털뭉치. 머리, 가슴, 음부에 났던 털들로, 대개 어두운색이지만 드문드문 밝은 빛깔도 섞여 있다. 하얗게 센 털들도 있다. 그 사이사이에는 먼지가 들어차 있었다. 돌가루, 모래, 가루, 부스러기, 모래나 유리처럼 반짝거리는 물질, 회반죽 같은 덩어리의 일부, 실오라기보다 가는 작은 섬유. 먼지의 90퍼센트가 죽은 피부세포라는 이야기를 들은 적이 있다. 데이비스가 상자 안에 모아둔 먼지는 전부 합치면 사람 한 명은 족히 만들 분량이었다.

이미 세상을 떠난 저 밖의 모든 사람들 중에서, 나는 말한다. (그와 좀더 놀아주지 못할 이유도 없다. 안 될 게 뭔가? 내가 더 잃을 게 뭐가 있겠는가.) 네가 듣고 있는 게 어떤 존재의 목소리인지 어떻게 알지?

거 좋은 질문이네. 데이비스는 그렇게 말하더니, 내 등을 토닥여주기까지 한다. 사실은 말이지, 지금 이 순간 나는 조정은커녕 손 하나 까딱할 수도 없어. 옛날의 CB 라디오*랑 비슷해서, 그곳에 뭔 일이 일어나건 상관없이 특정 시간에 무작정 연결되는 거지. 무릇 새로운 발명에는 몇 년간의 세심한 개량이 필요한 법이야. 생각만 해도 끔찍하지, 알렉산더 그레이엄 벨이 최초로 전화

---

* 일반 시민이 사용할 수 있도록 허용한 주파수대의 라디오로, 미국에서는 자동차에 장착해 전화처럼 사용한다.

기를 연결했을 때, 전화선은 모두 공용이었다고. 사적인 대화 같은 건 일절 못 했어! 지금 우리 앞에 놓인 이것은 시작일 뿐이야. 하지만 거대한 시작이지. 결국엔 다른 발명가들도 참여하게 될 테고, 그들도 나름대로 개량과 변형의 과정을 거칠 거야. 그리고 지금으로부터 백 년 후에, 견학을 온 수많은 아이들이 박물관 유리 진열장 너머로 옛 시절의 이 오래된 원형을 보며 얼마나 후진 물건이냐고 웃어대겠지.

네가 엔지니어였다니 금시초문인데, 나는 데이비스에게 말한다. 놀려댈 생각으로 한 말인데, 말해놓고 보니 겁나게 진지하게 들린다.

데이비스는 낄낄댄다. 우린 서로를 잘도 속여넘긴 셈이지! 그간 너나 나나 우연히 같은 곳에 오게 되었다는 것 말고는 공통점이라곤 눈곱만큼도 없다고 생각했는데, 이제 보니 둘 다 똑같은 짓을 하고 있었던 거야. 바로, 유령을 불러모으는 것. 우린 서로 발맞춰 나아가고 있는 거야, 형제. 쌍둥이 같은 존재라고.

너무 앞서가진 마.

그리고 우린 이제 막 시작한 거야. 이 기계로 무엇을 손에 넣을 수 있는지 넌 믿지 못할 거야. 듣기만 해도 눈알이 튀어나올걸.

그러면서 그는 나에게 미소를 지어 보이는데, 이제껏 본 인간의 머리통 중에 그보다 더 하얀 이가 달린 머리통이 있다면 내 손에 장을 지지겠다. 우리, 우리라니. 제 헛소리를 믿으라는 권고이자 초대인 셈이다. 데이비스가 제 '라디오'에 귀를 가져다대고 눈을 감은 채 고개를 끄덕이는 모습을 유심히 보는데, 퍼뜩 이런 생각이 내 머릿속을 스친다. 이 작자의 말이 진짜가 아니라고 어떻게 장담하지? 오케이, 이건 마분지를 뚫어 다이얼 몇 개를 달아놓은 먼지 구덩이 신발상자일 뿐이지만, 정말로 작동이 되면 어쩐다? 데이비스가 말한 대로 정말 작동이 되면? 그 찰나의 순간, 나는 믿는 척하다가 그대로 믿어버리는 쪽으로 직행하고 만다. 그러는 척하다가 어느새 믿게 되다니, 말이 되는 소리인가. 척하는 것과 믿는 것은 정반대인데. 무슨 조화인지 모르겠다. 이런 곳에 처박혀 있어서 그런가보다. 묵은 과일이 일주일 후에는 술이 되고, 칫솔로 목을 딸 수 있고, 여자의 손을 잡는 게 그 여자와 몸을 섞는 거나 마찬가지이니, 체모로 가득 찬 상자가 라디오가 되지 말란 법이 없다. 이곳에서는 그게 진실인지도 모른다.

아니면 이 모든 건 결국 홀리에게서 시작되었을지도 모른다. 여러분도 문이라는 한 마디 말이 실제로 걸어서 통과할 수 있는 것이라고 믿게 된다면, 그래서 나처럼 그 문을 지나 계속 나아갈 수 있다면, 세상 그 어떤 것도 다 받아들일 수 있을지 모른다.

이런 걸 어떻게 만드는지 나한테 가르쳐주려는 거야, 데이비스?

아, 레이, 아니야, 그는 해명한다. 난 특허가 나길 기다리고 있는걸. 실제로 청사진이 보이기 전까지는 비밀에 부쳐야 한다고. 하지만 너한텐 비밀이 아니야, 형제! 넌 언제고 원할 때 써도 돼.

고마워. 나는 말한다.

중요한 건 작업에 착수하자는 거지! 우리의 시간을 잘 활용해보자고.

일! 시간! 활용! 그는 단어 하나하나를 힘주어 외친다. 같은 구역의 사내들이 벽을 쾅쾅 두드리고 고함을 지르기 시작한다. 데이비스의 귀에는 들릴 것 같지도 않지만.

어떤 일을 할 생각인데? 나는 그에게 묻는다.

데이비스는 한동안 나를 쳐다본다. 밤새 나를 바라보던 바로 그 표정, 그러니까 그가 고대하는 또다른 무언가가 있는데, 내가 그의 시야를 가로막고 있기라도 한 듯한 표정이다. 나는 그 표정에 슬슬 적응이 되어가고 있다.

여기 얼마나 더 있어야 하지, 레이? 그가 나에게 묻는다.

이제 시작일 뿐이지. 내가 대답한다. 지금은 딱 재미있는 대목이지. 여기서 다 채우고 나면 다른 곳에서 재판을 받게 돼 있어.

내가 나간 뒤에, 데이비스는 자신의 라디오를 톡톡 두드리며 말한다. 나랑 연락하려면 이게 필요할 거야. 하지만 난 못 기다려, 레이. 못 기다린다고.

데이비스는 먼지 구덩이 상자를 꽉 움켜잡는다. 광기 어리고 지쳐빠진 그의 얼굴에 생기가 넘친다.

나는 말한다. 나도 낄게. 정작 그게 무슨 의미인지는 나 자신도 알지 못한다.

이미 끼워줬어. 데이비스가 말한다. 처음부터 쭉. 우리가 이런 대화를 한 것도 다 그래서야.

# 8장

정신이 들었을 때, 대니는 자신이 어디에 있는지도 알 수 없었다. 방은 오랫동안 방치되어 여기저기 부서진 물건들이 쌓여 있고 거미줄까지 얽혀 있어서, 오십 년 동안 아무도 발을 들여놓지 않은 다락방처럼 보였다. 그는 침대 위에, 난생처음이라고 할 정도로 더없이 부드러운 시트를 덮고 누워 있었다. 그 이유는 시트가 오래되었기 때문인데, 여기서 오래됐다는 말은 대니의 발을 덮은 부분이 바스러질 정도로 오래되었다는 뜻이다. 그는 알몸이었다. 옷은 어디로 갔는지 아무리 봐도 찾을 수가 없었다.

대니는 기분이 더러웠다. 그것도 다종다양하게 더러워서, 가령 머리가 아팠다거나 배가 아팠다라고만 하면 틀린 말이 되는 것이, 더러운 기분이 어디까지나 그의 머리나 배에서만 비롯된 것으로 들릴 소지가 있기 때문이다. 지금 그는 머리, 배, 가슴, 손, 목, 얼굴, 무릎, 눈, 발 할 것 없이 몸 구석구석이 전부, 한꺼번에 아팠다. 숙취라는 말은 명함도 못 내밀 정도였다. 어느 한구석도 빠짐 없이 어떤 방식으로든 아프거나 상태가 좋지 않아서, 평소의 그라면 어디인지 모르는 방의 낯선 침대에서 발가벗은 채 깨어났을 때 (이 정도 일이야 대니로서는 한두 번 겪은 일도 아니었지만) 십초 안에 취했을 행동, 즉 자리에서 눈썹 휘날리게 벌떡 일어나는 데 실패했다. 기분이 너무나 거지 같아 고개를 들기도 힘들었다.

방 안은 침침했지만 조그만 창 밖으로 비치는 태양은 밝아 보였고, 새들도 재잘재잘 쪽쪽거리고 있었다. 그 모든 광경에 대니는 자신이 뭔가를 놓쳤고, 너무 늦은 것 같은 기분이 들었다. 어딘가 가야 할 곳이 있고, 전화를 걸어야 할 사람들이 있고, 깜박 잊고 참석하지 못한 행사가 있는 것만 같았다. 평소라면 그런 생각이 들기 무섭게 얼른 침대에서 뛰어내려 상황을 제대로 수습하려 했겠지만, 지금은 고약한 기분 때문에 마비된 상태였다. 그제야 그는 접시안테나를 떠올렸다. 전화를 걸어야 할 사람들도, 참석할 행사 같은 것도 없었다. 당분간은 전무했다.

그래도 여기까지는 호재라 할 만했다. 아니, 악재에 비하면 적어도 꽤 괜찮다고 생각할 만했다. 악재란 대니의 머릿속을 빠르게 훑고 지나가는 장면들이었다. 남작부인 손의 감촉, 그녀의 걸쭉한 웃음소리, 그녀의 입, 그림 속에서 내려다보던 쌍둥이. 그중 어떤 것도 정말로 무서운 것은 아니었고 사실 눈곱만큼도 무섭지 않았지만, 그 결과를 돌이켜보니 새삼 무시무시하게 여겨졌다. 그 대목—즉 그 결과—을 곱씹고 있자니, 마치 자신을 독살하려 했던 음식에 대해 생각하고 있는 것처럼 느껴졌다. 대니는 정말로 남작부인과 잤을까? 머릿속에 남은 장면들에 근거해보면 아무래도 그랬다, 라고 대답해야 할 것 같았다. 그때는 꿈을 꾸고 있다고 생각했다. 그때 일어난 모든 일들과 대니 사이에는 뿌연 막이 하나 끼어 있었다. 그러나 이제 그 막도 불타 없어지고 나니, 그의 머릿속에 떠오르는 장면들은 야만적이리만큼 생생하고 욕지기가 솟을 만큼 실감났다. 그리고 그 장면들 속에는 대니 자신이 있었다. 처음에는 조금도 떠오르지 않았던 것까지 하나하나 기억이 났다!

대니는 눈을 질끈 감았다. 그리고 미동도 않고, 두 귀와 머리통 구석구석까지 동원해 소리에 귀 기울이며 이 방에, 특히 이 침대에 자기만 있는 게 확실한지 알아내고자 했다. 그러나 소리는커녕 다른 존재의 기운조차 느껴지지 않았다. 대니는 눈을 번쩍 떴고, 누군가를 보거나 존재를 감지하게 되면 곧장 멈출 생각으로 고개를 반대편으로 천천히…… 천천히…… 돌렸다.

침대에는 대니 혼자였다. 안도감이 밀려왔다. 아무도 없다, 할렐루야! 그는 간신히 팔꿈치를 짚으며 몸을 지탱했다. 그러나 왔다 간 사람이 있었다. 낡은 누런 베개에는 옴폭 팬 자국이 있고, 그 베개가 있는 쪽 시트는 박물관에 보관된 옛날 옛적 옷가지처럼 갈기갈기 찢겨 있었다. 시트 가장자리를 따라 기다란 초록 줄기의 꽃들이 수놓여 있었는데, 대니가 건드리자 바스러져버렸다. 색 바랜 초록색 벨벳 침대커버 밑이 어쩐지 심상치 않아 보여 대니는 자기 옆쪽의 커버와 그 아래 시트까지 걷어보았다. 시트 위에 잔여물이라고 할 만한 뭔가가 있었다. 먼지인지 재인지, 아니면 나방 몸통 부스러기인지 알 수 없는 거친 잿빛 가루가 13센티미터 정도 길이로 쭉 깔려 있었다.

그제야 대니는 침대에서―쿵―나가떨어졌다. 기분이 더러운 것 같았다가, 이제는 **진짜로** 더러워졌다. 자신을 나가떨어지게 만든 것을 배 속으로부터 게워내고 싶어 그는 침대에서 가장 가까운 뾰족한 창문 쪽으로 가서 토했다. 속에 든 것도 없었다. 마지막으로 식사다운 식사를 한 건 어제 점심이었다. 다시 방 안으로 돌아섰을 때 그는 부들부들 떨고 있었다.

오줌이 마려워서 죽을 것 같았다. 가슴 높이까지 올라오는 창문 밖으로 몸을 내밀고 두 팔 두 다리를 부들부들 떨어가면서 해결을 해볼까도 생각했지만, 다른 방법을 택하고픈 마음이 절로 절실해졌다. 오른쪽을 보니 좁다란 문이 하나 있고 문 뒤 석판 벽에 구멍이 하나 뚫려 있었는데, 지금 이 냄새는 틀림없이 그 구멍 너머 아래쪽에서 풍겨오는 듯했다. 빙고. 뿐만 아니라 이제 보니 수돗물이 나오는 조악한 돌 싱크대도 있었다. 대니는 싱크대에 오줌을 눈 다음 수돗물에 손을 씻고, 머리도 감았다. 얼음보다 겨우 1~2도 높은 물 온도 덕분에 그날 눈을 뜨고 난 이후로 가장 기분이 나아졌다. 이 말은 너무너무너무 더러웠던 기분이 약간은 나아졌다는 뜻이고, 그래서 그는 내친김에 몸이 떨리다 못해 이가 딱딱 부딪칠 정도가 될 때까지 벌거벗은 몸뚱이에 물을 끼얹었다.

안 좋은 무릎 때문에 다리를 절뚝거리며 그곳을 빠져나왔을 때, 대니는 오래된 중국식 칸막이 위에 자신의 바지가 걸려 있는 것을 발견했다. 집어던진 것이 걸린 듯한 그 꼴을 보고 대니는 생각하지 마, 라고 대놓고 큰 소리로 외쳤다. 자기 바지가 2미터 정도 날

아가는 장면 혹은 순간이 또렷하게 떠올라서였다. 생각하지 마. 그
냥 입어. 대니는 젖은 다리를 바지 속에 꿰어넣었다. 셔츠와 재킷
과 속옷과 양말도 방 안 사방에 흩어져 있었다. 전부 집어던진 것
처럼 보였다. 생각하지 마. 그냥 입어(속옷만 빼고. 속옷은 재킷 주
머니에 쑤셔넣었다). 대니는 생각을 억누르는 기술을 터득해왔다.
그럴 때면 그는 마음속에서 생각이 하나씩하나씩 지워지는 광경
을, 생각이 뇌에서 떨어져나가 디지털 파일이 사라지듯 기억을 남
기지 않고 사라지는 광경을 떠올렸다. 그러나 가끔은 그렇게 사라
져버린 것들이 여전히 남아 그의 주변을 그림자처럼 어릿어릿 떠
도는 게 느껴지기도 했다.

　대니는 몇 분 만에 옷을 전부 입었다. 부츠만 빼고. 침대 근처에
는 보이지 않았고, 어딘가 밑에 처박힌 건 아닌가, 저절로 굴러가
거나 자신이 내던진 건 아닌가 하는 생각에(생각하지 마) 침대 너
머로 가 가구 밑도 살펴보았지만, 자몽 크기의 먼지 뭉치 말고는
아무것도 보이지 않았다. 이리저리 찾아 헤맬수록 심장이 오그라
드는 느낌이었다. 그것은 대니에게는 행운의 부츠였고, 그가 가진
유일한 부츠였다. 지난 몇 년간 수도 없이 수선을 하고 밑창을 가
느라 들인 돈만 해도 새 부츠 대여섯 켤레는 족히 살 수 있을 정도
였지만. 그 부츠는 그가 처음 뉴욕에 도착한 후 곧바로 자신이 스
스로 생각하던 존재(대니 킹, 정말 잘난 놈)가 아니라는 사실을 깨닫
고, 자신의 다른 모습을 찾겠다는 마음으로 활활 타오르 길거리를
헤매다가 사게 된 신발이었다. 로어 브로드웨이에서 우연히 발견
했는데, 어느 가게였는지는 기억이 나지 않는다. 아마 지금은 없

어졌을 것이다. 가격은 그가 감당할 수 있는 선을 훨씬 웃돌았지만, 그 시절만 해도 돈이 모자라면 아빠한테 기댈 수 있었다. 가게에 들어갔을 때 음향장치에서 통통 튀는 댄스 비트가 쿵짝쿵짝 흘러나왔다. 이후 십팔 년 동안 가게에서, 클럽에서, 식당에서 줄곧 듣게 되어 이제는 거의 의식하지 않게 된 음악이었다. 그러나 가게에 갔던 그날, 그는 자신이 세계의 비밀스러운 맥박을 향해 다가가고 있는 것처럼 느꼈다. 그 부츠를 신고 거울 앞에 서서 비트에 맞춰 몸을 움직이는 자신의 모습을 보던 그는 불현듯 앞으로의 삶, 자신의 미래의 모습이 섬광처럼 지나가는 것을 보았다. 격렬하고, 신비롭게. 대니는 흥분해서 이를 빠드득 갈면서 생각했다. 나는 이런 부츠를 신는 놈이야. 말하자면 그 부츠는 그가 자신에 대해 처음으로 자각하게 된 계기였다.

한편으로 대니는 이곳을 빠져나가고 싶었다. 행운의 부츠를 찾건 못 찾건, 지금 바로 이 아성과 남작부인과 그가 생각하고 싶지 않은 모든 것으로부터 달아나고 싶었다. 하지만 성에 오면서 샌들 말고는 여분의 신발도 가져오지 않은 마당에, 맨발로 달려나가봐야 언제고 부츠를 아쉬워하며 다시 찾고 싶어할 게 뻔했다. 여길 다시 오다니, 지금 버텨서 부츠를 찾아내는 것보다 훨씬 더 괴로울 것이다. 그래서 대니는 버티고 앉아 사방을 둘러보았다. 처음엔 마구잡이로 방수천을 들추고, 의자를 뒤집고, 종잇장과 원장元帳, 나달나달한 노란 리본으로 묶은 편지 뭉치가 잔뜩 쌓인, 다리가 가느다란 책상 위도 살펴보았다. 그러다가 결국에는 허섭스레기들을 구역별로 순서를 정해 한 군데씩 차례로 찾아보았다. 그렇게 이리저리 찾다가 머릿속에 퍼뜩 남작부인이 떠오르기라도 하면, 배 속이 온통 뒤집힐 것만 같았다. 은제 스탠드에 걸린 두 개의 보석반지. 희누르스레한 머리칼이 잔뜩 껴 있는 상아 빗. 유리잔 물속에 담겨 있는 틀니. 새록새록 생각이 날 때마다 대니는 구역질이 치밀어올랐고, 도망치고 싶은 충동에 시달렸다. 그런데도 도망치지 않았기 때문인지, 애써 생각하고 있지 않았던 것들이 그의 머릿속을 일제히 짓눌러오는 게 느껴졌다.

생각이 틀니까지 미쳤을 때 대니는 방을 나섰다. 머릿속이 뿌예지는 두통이 서서히 시작되고 있었다. 문을 나서니 바로 비좁은 계단통이 나왔고, 거기 모퉁이에 창문이 하나 있었다. 대니는 창문을 밀어 열고 고개를 쑥 내밀었다. 그는 탑 꼭대기층에 있었다. 아래에 있는 숲이 까마득하게 보였다. 아성의 이쪽 면은 성을 등지고 있어서 눈에 들어오는 것은 성의 외벽뿐이었고, 그 너머로 대니가 첫날 밤에 여행가방을 들고 기어올랐던 비탈진 초록 언덕이 보였다. 언덕 밑에는 그가 버스를 기다렸던 읍내의 일부가 보였다. 빨간 지붕들과 교회의 뾰족탑 등 읍내의 정경이 너무나 근사해서 대니는 깜짝 놀랐다. 전에 버스를 기다릴 때 본 읍내는 더럽고 어두컴컴했다. 일광 때문에 달라 보이는지도 몰랐다.

읍내에서 고함 소리가 들려왔다. 아마 아이들 소리 같았다. 뉴욕에서는 그런 와글거리는 소음이 자나 깨나 들려오기 때문에 아무 소리도 들리지 않는 것이나 다름없었다. 그 소음이 대니를 세상 저편으로 흡입기처럼 빨아들여, 비록 얼마 되지도 않는 거리였지만 그쪽에 더 가까워지게 해주었다. 읍내에 내려가면 당연히 인터넷 카페가 있을 것이다. 아니, 최소한 휴대전화 가게라도 있을 것이다. 그런 생각이 엄청난 양의 카페인처럼 대니의 뇌를 강타했다. 가야 했다, 읍내에 내려가야 했다. 그러나 망할 놈의 부츠를 찾아야 그의 주위를 어슬렁대는 찝찝한 절망, 아직 그를 덮친 것은 아니지만 너무나 가까이 와 있는 이 절망에서 탈출할 수 있을 것이다.

다시 발길을 돌려 방으로 돌아온 대니는 문밖에 가지런히 놓여 있는 부츠를 발견했다. 어젯밤 지붕에서 내려온 후에 벗어던진 게 분명했다(생각하지 마). 부츠를 보자 대니의 눈에 눈물이 고였다. 환각 속에서 헤매다 정신을 차린 기분이었다. 그래서 잠깐이나마 부츠를 얼굴에 갖다대기까지 했다. 그러고는 부츠를 신고 아래층으로 내려갔다.

한 층 내려가자 또다른 창문이 나왔다. 읍내는 보이지 않았지만, 목소리들─아까부터 들리던 목소리들─은 더 커졌다. 그러니까 결국 그것은 읍내에서 나는 소리가 아니라 아성 밖에서 사람들이 떠들어대는 소리였고, 다시 말해 대니가 이곳을 떠날 수 없다는 뜻이었다. 사람들에게 발각되지 않고 빠져나갈 길이 전혀 없기 때문이었다. 그가 남작부인이랑 잤다는 사실을 하워드가 알아내기 전에 선수를 쳐야 하는데, 그러기 전에 남작부인과 다시 맞닥뜨릴 가능성이 컸다.

계단을 따라 한 층 더 내려가서도 대니는 멈추지 않았다. 그곳은 처음 들어갔던 곳이고, 남작부인과 함께 와인을 마신 바로 그 옆방에(생각하지 마) 혹여 그녀가 아직도 있을지 몰라서였다. 한

층 더 내려가자 마지막 창문이 나왔고, 계단은 그 너머의 암흑 속으로 구불구불 뻗어 있었다. 대니는 손전등을 켜고 아래쪽을 비춰봤지만, 암흑은 전등불마저 집어삼켜버렸다. 대니는 어둠 속을 계속해서 나아가고 싶은 충동을 느꼈다. 읍내로 가고 싶은 마음 못지않게 깊고 강렬한 충동이었지만, 실상은 달랐다. 그 반대였다.

계단에는 사람 발 크기의 움푹 팬 자국들이 나 있었다. 대니는 그 자국 안에 발을 디디며 내려가기 시작했다. 진흙 냄새를 풍기는 공기가 가슴속에서 묵직하고 시원하게 느껴졌다. 진흙이 몸속에 들어와 그를 아성의 더 깊숙한 곳으로 밀어붙이는 듯했다. 계단 모퉁이에 막 도착했을 때, 그는 위쪽 창문을 통해 아까의 목소리들을 다시, 이번에는 좀더 분명하게 들었다. 그 목소리들 때문에 집중력이 흐트러진 대니는 다시 되돌아 올라가 그 목소리의 임자를 확인하려고 했다.

창문은 나무들의 꼭대기에서 위로 4미터 정도 높은 자리에 나 있었고, 나뭇가지 사이로 드문드문 어떤 장소가 보였다. 아래쪽에는 목에 분진 마스크를 건 믹과 대학원생 두 명이 서 있었다. 그들의 대화가 띄엄띄엄 들려왔다.

믹: ······여기에서 시작하면······

여학생: ······차단을 하······

남학생: ······그렇게 많지가 않······

셋은 웃음을 터뜨렸다. 믹은 줄곧 아성을 쳐다보았지만 대니가 있는 위쪽이 아니라, 대니의 아래쪽, 즉 나무 아래를 보고 있었다. 다른 누군가가 거기 있는 게 분명했다. 하워드? 대니는 고개를 확 뒤로 젖혀 창 안으로 숨었다. 그러나 이윽고 빛 속으로 걸어들어오는 사람이 있었고, 그것은 앤이었다. 가슴에 찬 주머니 비슷한 것에 딸아이를 담아 안고 있었다.

그들은 또 한 번 웃었다.

앤: 차양 좀 치지 그래요?

그녀는 아이처럼 높고 선명하며 살짝 날카로운 목소리로 말했다. 대니는 창밖으로 몸을 내밀었다.

믹: ……저격수를 고용하죠.

더 큰 웃음소리. 믹은 코미디언 행세를 하고 있는 모양이었다. 날씨가 따뜻한데도 긴소매 옷을 입고 있었다. 짙은 머리칼을 뒤로 모아 가죽끈으로 동여맸고, 얼굴엔 땀이 흐르고 있었다. 땅바닥엔 널빤지들이 쌓여 있었다. 대학원생들은 자리를 뜨려는 모양이었다.

여자: ……점심식사 때까지요?

앤: 사십오 분.

남자: 그럼 저희는……

믹: 하지 말자……

더 큰 웃음소리. 대니는 현재 시각이 열두시 십오분이라는 것을 알게 되었다. 머리통에 구멍이 나는 게 아닌가 싶을 정도로 햇살이 강한 것도 그래서였다. 대니는 이 망할 곳을 잽싸게 벗어나 점심식사 시간에 맞춰 갈 수 있도록 사람들이 얼른 꺼져버리기를 바랐다. 어질어질한 데는 여러 이유가 있겠지만, 허기가 일조하고 있는 것만큼은 의심할 여지가 없었다.

믹: 잠깐.

소리가 분명하게 들려왔다. 믹은 대학원생들을 뒤따라 발길을 돌리려 하는 앤에게 말을 걸었다. 아기는 잠들었는지 고개가 한쪽으로 나른하게 처져 있었다. 앤이 돌아섰다. 그녀는 노란색의 반팔 블라우스를 입고 있었다. 그녀의 뺨은 햇빛에 타서인지, 혹은 그냥 더워서인지 붉게 익어 있었다. 검은 머리칼 때문에 햇볕을 더 많이 흡수한 것이리라.

앤: 뭐요?

믹: ……당신에게 말할……

그들은 그대로 서 있었다. 둘 다 아무 말도 하지 않는 듯 보였다.

믹: ……들어가면 절대로……

앤이 웃었다. 그게 누구 잘못인데요? 내가 나타날 때마다 사라지는 주제에?

믹이 뭐라고 말했지만 대니에게는 들리지 않았다. 믹의 얼굴에는 미소가 가셔 있었다. 앤 역시 심각했다.

앤: 기분이 좋지 않은가봐요.

믹: ……여태껏 계속……

앤: 그래요, 그건 나도 알아요.

믹: ……궁금한 게…… 나를 이 지경으로……

앤은 뒤로 조금 물러섰다. 믹, 이 문제는 이성적으로 해결해야 돼요. 그건 알죠?

그때 대니의 마음속에 있던 뭔가가 자리를 비켰다. 대니는 언제고 남작부인이 비틀대며 등 뒤의 계단을 내려올지도 모른다는 생각에, 믹과 앤이 얼른 가주길 기다리면서 그들의 대화를 반쯤 건성으로 듣고 있었다. 그는 생각했다. 잠깐. 지금 이 얘긴 뭐야? 심지어 그가 본 것은 들은 것보다 훨씬 더 심각했다. 저 둘이 얼마나 바짝 붙어서 있는가 말이다. 좀처럼 떠나지 않는 앤과 믹의 저 비참한 표정이라니.

앤: 진담이에요. 이건 이겨내야 할 일이에요. 안 그러면 우리 힘으로는 걷잡을 수 없는 문제가 생길 거예요.

믹: ……아직도 그 생각 하나요?

앤: 안 해요! 안 하려고 의식적으로 노력한다고요!

믹: (들리지 않음).

앤: 좋아요, 하지만 어제 일이 아니에요! 현실에서 육 년은 긴 세월이에요. 나한테 애도 생기기 전이었다고요!

믹: ……정확히…… 어느 것 하나 빼놓지 않고……

앤: 이런 얘기는 그만 듣고 싶어요.

믹은 두 손을 호주머니에 집어넣고 바닥을 내려다보았다. 대니는 앤이 떠날 거라고 생각했지만, 앤은 그러지 않았다. 앤은 아기의 머리를 두 손으로 감싸쥐고는 눈을 감았다. 그리고 대니는 도청이라도 하듯이 앤의 생각을 읽었다. 도망치고 싶지만 도망칠 수가 없어. 이 문제를 해결하고 정리하고 싶어. 안 그러면 뻥 터져버릴 테니까. 그랬다간 하워드가 알게 될 거야. 그러니까 믹과 앤이 육 년 전에 같이 잔 사실을 알게 될 거라는 뜻이다. 상황이 이해가 가기 시작했다.

앤이 믹에게 가까이 다가갔다. 그녀는 아기의 머리 너머로 믹을 올려다보며 말했다. 그냥 그이한테 말하자고요.

아주 잠깐, 믹은 미동도 하지 않았다. 이윽고 그가 말했다. 무슨 소릴 하는 거예요? 대니로서는 믹이 지금까지 한 말 중 처음부터 끝까지 제대로 들은 유일한 말이었다. 믹의 입술은 새하얗게 질려 있었다.

앤: 그이는 강한 사람이에요. 그러니 받아들일 수 있을 거예요. 한동안은 힘들겠지만, 결국 좋아질 거라고 생각해요.

믹: 안 돼. 안 돼. 안 돼. 안 돼. 안 돼. 내 말 듣고 있어요? 알았어요!

믹은 미쳐 날뛰고 있었다. ⋯⋯내가 목을 긋고 말지⋯⋯ 내가 농담하는 것 같아요⋯⋯?

앤: 알았어요, 진정해요. 그냥 해본 말이에요.

믹: 절대로⋯⋯ 내 눈에 흙이 들어가도⋯⋯ 어떻게 당신이 그런⋯⋯ 믿을 수가⋯⋯

아, 좀 닥쳐요, 믹.

믹은 입을 다물고 앤을 바라보았다.

앤: **당신이 나더러 어떻게 하라고 해, 그럼. 내가 어떻게 했으면 좋겠어?** 당신이 계속 이렇게 연기를 하면서 바둥거리다보면 결국 그이가 알아챌 거라고. 그리고 내가 장담하는데, 그렇게 되면 더 힘들어질 거야.

믹: 말해선 안 돼.

나라고 좋아서 말하겠다는 줄 알아? 웃기지 마! 죽으면 죽었지 그러고 싶지 않아. 좀 봐, 자는 아기를 품에 안고 당신이랑 이런 얘기나 하고 있다니, 말도 안 돼.

믹: ……소리 좀 죽여.

앤은 울기 시작했다. 대니는 충격 속에서 그 모습을 유심히 바라보았다. 보고 들은 것이 믿기지가 않았다. 이런 장면을 보고 들을 수 있다는 게 믿기지 않았다. 대니의 마음속에서 따로 떼어놓을 수 없는 반응들이 한 덩어리가 되어 들끓었다. 그는 다음과 같이 느꼈다.


1. 제 아내와 절친한 친구한테 속다니, 하워드가 안됐군.

2. 하워드의 인생도 제가 생각한 것만큼 완벽하진 않은 걸 보니 고소한걸.

3. 그러니까 하워드가 더 안됐는걸. 누군가의 인생이 완벽하지 않다는 걸 알게 되면, 안됐다는 마음은 더 쉽게 찾아드는 법이지.

4. 이런 이야기를 죄다 보고, 듣고, 아는 입장이 되다니, 거참 짜릿한데.


그리고 이 마지막 감정—알고 있다는 생각이 주는 짜릿한 맛—은 이 성에 발을 들인 순간부터 살얼음판을 걷는 듯했던 대니의 안에 다시 무언가를 불러들였다. 머리를 굴릴 줄 안다는 것, 그것은 주변 정황을 파악한 끝에 자신이 어디에 어울리는지 깨닫게 해주는 그의 능동적 면모 중 하나였다. 그 덕분에 대니는 지금껏 살아 있을 수 있었다. 세계가 움직여 그를 중심으로 다시 재배치되면서 대니는 예전의 자신을 되찾았다. 단순히 아는 게 아니라, 다른 사람들보다 더 많이 알게 되었다는 뜻이다. 다른 이들이 한두 가지나 겨우 볼 수 있을 때, 자신은 모든 연관관계를 꿰뚫게 되었다는 뜻이다. 정보. 이것이 대니를 살렸다, 과연! 몇 년이 지나도 그것은 유효했다. 그가 정보를 써먹어서가 아니었다. 그런 경우, 다른 누구도 아니고 정보를 흘린 당사자만 패가망신하기 때문에 오히려 위험했다. 그러나 그저 아는 것만으로도, 모든 사람들이 어떤 처지인지 아는 것만으로도 권력이 생겼다. 그리고 대니에게는 그 모든 것을 하나로 뭉뚱그려 말할 수 있는 단어가 있었다. 단 한 마디. 알토.

믹이 앤의 손을 잡았다. 이제부터 진짜배기가 나오겠군. 대니는 생각했다.

믹: (들리지 않음).

앤(흐느끼며): 난 다만…… 정말 오랫동안 여기 오길 꿈꾸었는데, 막상 와보니 이건…… 요새 잠도 통 못 자요.

앤은 선 채로 울고, 믹은 그녀의 손을 잡고 있었다. 이윽고 앤이 울음을 그치고 얼굴을 훔쳤다. 아기의 머리에 입을 맞추고 손목시계를 보았다.

믹: ……혹시 내가……면 더 나을지……

앤: 그래요. 하지만 당신은 떠날 수 없으니까, 그 얘기는 해봐야 아무 소용 없어요.

워워, 이건 뭔 소리? 대니는 생각했다. 떠날 수 없다고?

믹: (들리지 않음).

앤: 나도 그렇게 생각해요. 지금 흘러가는 정황으로 볼 때, 그건 무시무시한 생각이에요. 하지만 당신이 여기 있고, 이젠 돌이킬 수가 없어요.

대니의 마음이 소용돌이치고 있었다. 왜 믹이 떠날 수 없다는 거지? 그래야만 할 마땅한 이유라도 있나?

믹: (들리지 않음).

앤: 사과는 하지 않아도 돼요. 난 다 큰 여자고, 자청해서 이 꼴이 되어버린 걸요. 난 다만 — 빠져나갈 길을 못 찾겠어요.

앤은 믹에게서 손을 빼려고 했다.

해가 방향을 바꾸자 그들의 얼굴이 보이지 않았다. 믹이 앤에게 뭔가 설명하려 하고 있었지만, 목소리를 낮추는 바람에 웅얼대는 소리뿐이었다. 대니는 한 마디도 알아들을 수가 없었다. 앤은 말 없이 듣고만 있었다. 대니는 창밖으로 몸을 좀더 슬며시 내밀었다. 바야흐로 내막과 생각할 쨈과 사건의 패턴을 포착하려는 참인데, 아직 거기서 의미를 도출해내지 못하고 있었다. 그것은 그에게서 한 발 더 떨어져 있었다. 대니는 두 발을 바닥에서 떼고 배로 몸의 균형을 잡고 있었다. 두 팔은 앞쪽에서, 두 다리는 뒤쪽에서 허우적댔다. 그는 바깥으로 몇 센티미터 더 몸을 내밀었다. 그래도 너무 멀었다.

바로 그때, 대니는 알아차렸다. 자신이 물리적 세계의 중심인 중력을 무시했으며, 무게중심이 창문 바깥쪽으로 기울어져 있음을. 중력은 이제 그를 아래로 밀어댔고, 그나마 그의 몸을 고정시켜주는 것은 돌로 된 창문틀에 닿은 바지뿐이었다. 하마터면 비명을 지를 뻔했지만, 가까스로 꿀꺽 삼켰다. 양손으로 창문 주위를 허우적허우적 더듬어대면서 붙잡을 곳을 찾다가, 어떻게든 중력 이 다시 그의 편이 되어주길 바라는 마음에 돌 창틀 위에서 몸을 미친 듯이 들썩이고 엉덩이를 씰룩대며 뒤로 밀었다. 순간이긴 했 지만 될 것 같다는 생각이 들어서 몸의 힘을 조금 빼며 밀어넣기 시작했지만, 바지가 문제였다. 돌이 그의 바지를 붙잡고 늘어졌 고, 잠시 후 다리에 땀이 흐르더니 옷까지 땀에 젖어 미끄러워지 기 시작한 것이다. 아니, 미끄러워진 것은 그 자신인지도 몰랐다. 아무튼 대니는 떨어지고 말았다. 쿵. 손쓸 방법이 없었다. 그는 미 끄러지고 곤두박질치면서 소리소리 질렀다. 창밖으로 머리부터 곤두박질치는데 소리 지르지 않고 배길 놈 있으면 나와보라고 해!

그는 두 발을 있는 힘껏 구부려 발가락을 갈고리처럼 창틀에 건 채 간신히 추락을 막았다. 최소한 지금 이 순간만은 그 상태로 매 달려 있다. 믹과 앤이 비명을 질러댔다.

믹: 저게 누구지?

앤: 나도 몰라. 혹시—하워드 사촌 아니야? 대니, 대니예요?

대니는 대답하려고 했지만, 배에 하도 힘을 주고 있어서 한 마 디라도 했다가는 두 발에서 마지막 남은 에너지가 빠져나가버릴 것 같았다.

믹: 맙소사, 저 친구가— 허어. 알았어요. 내가 올라갈게요. 꽉 잡고 있어요, 대니. 내가 곧장 그리로 올라가서…… 그의 목소리 가 아성의 모서리 주변에서 희미하게 사라졌다.

앤: 꽉 잡아요, 대니! 믹이 금방 올라갈 거예요. 그대로 버티고

있어요.

대니는 에너지란 에너지는 한 방울도 남김없이 두 발에 쏟아붓고 있었다. 발을 창틀에 건 채로 버티느라 온몸이 부들부들 떨렸지만, 아직 그대로 매달려 있을 수 있다는 건 두말할 여지가 없었다. 필요하다면 한 시간이라도 똑같은 자세로 매달려 있을 수 있었다. 문제는 발을 **지탱하기**엔 역부족일 듯한 부츠였다. 조금이라도 미끄러지면 발이 부츠에서 쑥 빠질 것 같아 죽을 맛이었다. 부츠가 너무 컸다. 몇 년 동안 줄곧 신어서 늘어난 건지도 모르고, 대니의 발이 작아진 건지도 모르고, 양말이 너무 얇은 건지도 모르고, 아니면 원래부터 이렇게 컸는데 지금껏 전혀 눈치채지 못한 것일 수도 있었다. 물론 대니는 그렇게 생각하지 않았다. 처음 샀을 때만 해도 부츠는 발에 맞춘 것처럼 완벽하게 맞았다. 이 부츠를 산 것도 그래서였다. 마치 운명처럼, 그를 위해 특별히 맞춘 듯한 이 부츠를 신으면 미래를 만날 수 있을 것만 같았다. 바야흐로 대니의 머리는 온몸의 무게가 한꺼번에 쏠려 납덩어리 같았고, 땀에 젖어 한 번 쑥 미끄러진 발이 신발 밖으로 서서히 빠져나오기 시작했다. 이윽고 마지막으로 무시무시하게 미끄러지면서 대니는 부츠와 영영 이별했다.

2부

# 9장

노라: 죽고 싶어서 그랬어요? 아니면 당신 원래부터 진짜 못 말리는 사고뭉치라서 그런 거예요?

그녀는 대니 곁에 앉아 있었다. 눈을 떠보니 그는 알지도 못하는 곳에 드러누워 있었다. 이젠 그런 곳에서 눈을 뜨는 게 습관이 되려는 모양이었다.

대니: 대체 여기가 어디지?

노라: 당신 방이에요.

대니는 화들짝 놀랐다. 내 방? 눈앞이 온통 뿌예서 주위를 둘러봐도 잘 보이지 않았지만, 몇 초 지나자 처음 성에 왔을 때 잠을 잔 골동품 침대 위의 목조 캐노피를 알아보았다. 드높은 돌벽과 누워 있는 그의 발 너머로 주황색 얼룩처럼 보이는 벽난로도. 그리고 창문도. 창밖이 깜깜한 걸 보니 밤이 된 모양이다. 그의 눈이 어떻게 된 게 아니라면.

그러나 어찌 된 쪽은 그의 눈이 아니라 머리였다. 눈에 보이는 모든 게 녹아내릴 듯 물컹물컹한 것이 몇 년 전 상용했던 진통제를 먹은 것 같았다. 하지만 지금 그런 걸 먹고 취했을 리는 없고. 그런 의문이 든 순간, 그는 아까 눈을 뜬 순간부터 계속 어른거리던 것이 무엇인지 깨달았다. 증상이 둔해져서 깨닫는 데 시간이 좀 걸렸던 것이다. 그것은 통증이었다. 두통 같은 것이 아니라(지금 느끼는 이 통증에 비하면 두통 같은 건 마스터베이션이라 해도 좋을 정도였다), 머리에 **중상**을 입어 생긴 통증이었다. 고통이 샘솟는 머리 부위에 손을 대보고 나서야 대니는 머리에 붕대가 칭칭 감겨 있는 것을 알았다.

그러자 모든 기억이 한꺼번에 돌아왔다. 부츠에서 발이 미끄러지는 것을 맨 처음 느꼈을 때와 비슷하게 기억의 이류泥流*가 밀려오고 있었다. 제길, 그는 약에 취한 상태였다.

대니: 대체 뭔 약을 먹여서 내가 이렇게 맛이 간 거죠?

노라는 어깨를 으쓱했다. 뭔 주사를 놓던데요?

노라의 소소한 한 마디 한 마디는 길고 배배 꼬인 튜브를 타고 올라가서야 비로소 대니의 뇌에 도달할 수 있었다. 그런 다음, 대니의 대답 역시 그의 뇌에서 뻗어나온 또다른 긴 튜브를 타고 내려가야 그의 입에 도달할 수 있었다. 주사라는 말이 그 기나긴 튜브를 타고 올라와 도달했을 때 대니는 펄쩍 뛰었다. (또 한 번 오랜 과정을 거친 끝에) 그는 말했다. 무슨 주사?

---

*산사태나 화산 폭발 때 산허리를 따라 격렬하게 이동하는 진흙의 흐름.

노라: 잘은 몰라요. 그 의사도 이 동네 사람들이 쓰는 해괴한 언어로 말을 해서.

대니: 하워드는 그 의사 말을 알아듣나요?

아뇨. 그런 말을 알아듣는 사람은 한 명도 없어요.

대니는 가까스로 팔꿈치를 짚고 몸을 일으키는 데 성공했다. 지금 무슨 말을 하는지 아무도 못 알아먹는 작자가 나한테 주사를 놨다는 말인가요?

진정해요. 탑에 사는 노부인, 남작부인 있잖아요. 그 여자가 통역을 해주었어요.

여기? 이 방에서? 그 생각을 하니 대니는 환장할 지경이었다.

아니, 아니에요. 그 여자는 탑을 절대 안 떠나요. 문도 안 열어주는 걸요. 그래서 의사가 하워드랑 같이 밖에 서서 창문 쪽으로 소리를 지르면, 남작부인도 소리를 질러 하워드에게 통역을 해줬어요.

대니는 몸을 뒤로 기대고 눈을 감았다. 상황 판단을 하기가 너무 버거웠다. 갑자기 노라가 팔짝 뛰어오르며 대니가 덮고 있는 담요를 잡아당겼다.

노라: 안돼자지마요! 자지마요! 다시 자려고? 자면안돼요!

대니는 눈을 떴다. 뭐 잘못 먹었어요? 왜 그래요?

노라는 자기 손목시계를 들여다보았다. 그녀의 두 손이 다시 떨리기 시작했다. 노라가 벨트에서 뭔가를 풀어 들자, 수신기 잡음 같은 소리가 들렸다.

노라(기계에 대고): 그가 깼다. 오버.

치직거리는 목소리: 얼마나 됐나? 오버.

노라: 십 분. 오버.

치직거리는 목소리: ……지금 간다.

노라는 미소 지었다. 대니가 이제껏 기다리던 미소였다. 그녀의 삐딱한 태도와 드레드록과 사람 눈을 빤히 보는 시선과 사실에 대한 증오를 일소하고, 그녀를 교외 출신의 예쁘장한 소녀였던 옛 모습으로 돌려놓는 미소였다. 그러나 대니는 그녀의 미소를 보지 못했다. 그의 두 눈은 — 찰떡처럼 그녀에게 들러붙었다, 라고 표현하고 싶은데 사실 그보다 더하면 더했지 덜하진 않았다. 그의 눈은 노라의 손에 들린 무전기에 접합되었다. 무전기를 보았을 때 대니의 심정을 어떻게 하면 제대로 설명할 수 있을까? 단식농성을 하는 사내의 눈앞에 구운 쇠고기가 담긴 쟁반이 지나가는 것 같았다고 하면 될까? 섹스에 굶주린 감방 죄수가 〈허슬러〉 지에 실린 기다란 특별 페이지에서 봉을 붙잡고 자위중인 누드모델을 보는 기분 같았다고 하면 될까. 이런 표현으로도 영 성에 차지 않으니, 대신 대니의 몸에 어떤 변화가 일어났는지 이야기해보겠다. 그의 입에는 군침이 고였고, 배 속은 꾸르륵거렸고, 목은 뭐가 걸린 듯 메었고, 코끝은 찡하니 아팠고, 눈에는 눈물이 그렁그렁했다. 그리고 그는 긴 신음을 내뱉었다.

노라: 왜요? 왜 그래요? 대니에게 황급히 다가오는 노라의 드레드록이 찰랑찰랑 흔들렸다.

그거…… 뭐예요? 그의 머리가 쾅쾅 울리기 시작했다.

그거 무전기잖아요. 그러니까— 혹시 하워드가 벌써 통신을……

대니의 머릿속에서 어떤 미친놈이 문을 두들겨대기 시작했다. 문짝은 그놈을 막기엔 역부족이었다.

대니: 그거 어디서 난 거예요? 그냥 하나의 기억이거나 꿈인지도 모른다. 무전기를 들고, 거기에 대고 말을 하고, 그것을 통해 상대의 목소리를 듣는. 그 생각만으로도 배 속이 물로 꿀렁꿀렁 차오르는 느낌이었다.

그러자 정말로 그것을 갖고 싶다는 강렬한 욕구가 치밀어올랐고, 자신은 현재 그것을 갖고 있지 못하다는 사실 때문에 신경이 한층 더 날카로워졌다.

노라: 여기 사람들은 다 갖고 있는데요. 그래야 서로 연락을 취하지, 여기서 이것마저 없으면 아무런⋯⋯

미친놈이 문을 더 세차게 두드려대는 바람에 노라의 말이 묻혀버렸다.

노라: 하워드가 당신한테 무전기를 안 줬다니, 의외──

꽝, 꽝, 꽝. 문은 꽝꽝대고, 대니는 정신을 잃고 말았다.


내 말 들려? 대니. 대니?

대니는 눈을 떴다. 제일 먼저 눈에 들어온 것은 천장, 검은 들보들이 가로지른 드높은 천장이었다. 그다음에는 하워드가 침대 옆에 서 있는 것이 보였다.

하워드: 다행이다. 깨어났으니 천만다행이야. 그는 손목시계를 보았다. 오케이. 아홉시 사십팔분. 마지막으로 얼마나 오래 깨어 있었지? 하워드가 누구한테 말을 하는가 싶었는데, 노라였다. 그

녀는 하워드 뒤에 서 있었다.

노라: 십삼 분이요.

이봐, 또 정신줄 놓은 건 아니지?

대니: 깨어 있어.

하워드는 달라 보였다. 무엇 때문인지는 알 수 없었지만, 하워드는 예전 모습처럼 좀더 친근하게 느껴졌다. 아니면 대니 쪽에서 비로소 이 새로운 하워드에게 적응한 건지도 몰랐다.

하워드(노라에게): 대니에게 말을 좀 시켰나?

노라: 네. 그러니까 대화를 나눴죠.

하워드: 스트레스를 준 건 아니지?

노라: 그런 것 같진 않은데요. 노라는 꾸밈없는 말투로 대답했다. 반어적이거나 비꼬거나 알쏭달쏭한 기미는 전혀 보이지 않았다. 마치 흑백사진으로 변하는 컬러사진을 보는 듯했다.

대니: 대체 뭔 짓거리들이야?

하워드: 좋은 질문이야. 멋진 질문이야, 대니. 창밖으로 떨어졌던 건 기억나?

대니는 고개를 끄덕였다.

하워드: 글쎄, 떨어지다가 나무에 걸렸어. 하늘이 도운 거야, 이 친구야. 얼마나 다행이었는지 강조해봤자 별 도움은 안 되겠지만, 그래도 얼마나 놀랐는지 알아? 나무에 워낙 세게 부딪혀서 정수리 부분이 여기저기 찢어지는 바람에 몇 바늘 꿰맸어. 내상에 관해서라면, 그러니까 머리 내부의 문제는 의사가 장담하기로 그저 좀 심한 뇌진탕이라고 하더군.

대니: 영어는 한 마디도 못하는 의사 말이야?

하워드는 얼굴을 찌푸렸다. 그래, 최고의 명의라고 소문난 사람이야. 파리에서 공부했다지, 아마. 하지만 외국어 문제는 악몽이야. 두말하면 머리만 아프지. 어쨌거나 그 문제도 나름 해결했어. 뇌가 붓지 않게 그 의사가 주사를 놔줬어. 내 생각엔 처음 하루가 중요한 것 같아. 그래서 이렇게 삼십 분마다 널 깨우는 거야. 계속 잠만 자다가는, 뭐라더라, '과도 수면증'이랬나, '과다 수면증'이랬나. 이 부분은 통역이 잘 안 된 것 같은데 그래도 90퍼센트는 장담할 수 있는 게, 의사 말로는 코마가 아니라 벗어날 수 없을 정도로 깊은 잠을 자는 상태에 빠질 거라고 했거든.

노라: 꿈 얘기도 하셔야죠.

하워드: 맞다, 고마워. 의사 말이 꿈을 많이 꿨는지 물어보라고 하던데.

대니: 안 꾼 것 같은데.

하워드: 그래야지. 정말 다행이다. 왜냐하면 과도 수면증인지 과다 수면증인지에 걸리면 이상한 꿈을 많이 꾼다는 거야. 자기가 잠을 자고 있는지 깨어 있는지도 알 수 없을 정도로, 현실이랑 똑같은 꿈을 꾼대. 아무튼 네가 꿈을 안 꿨다고 말하니 정말 다행이다.

하워드는 대니 쪽으로 몸을 수그리고 그의 얼굴을 뚫어져라 들여다보았다. 이를 막 닦았는지, 하워드의 숨결에서 강한 민트향이 풍겼다. 하워드의 이마 선을 따라 땀방울이 송골송골 맺혀 있는 것을 보고 대니는 하워드의 얼굴에 떠오른 새로운 감정이 공포라는 사실을 알아차렸다. 하워드는 겁을 내고 있었다.

하워드: 어쨌든 네가 앞으로 두 시간 동안 계속 깨어 있으면, 삼십 분마다 확인하는 것도 그만이야. 부상을 입고 열다섯 시간 내에 그렇게 될 수 있으면, 그러니까 (그는 손목시계를 보았다) 이제 아홉 시간 지났는데, 우리가 더 조치를 취할 필요가 없다는 거지.

대니: 무슨 조치를 더 취한다는 거야?

하워드: 음, 비행기에 태워서 병원에 보내 뇌 스캔을 하는 거지.

하워드는 별일 아니라는 듯 무덤덤하게 말했지만 도리어 속내를 들키고 말았다. 하워드는 대니가 심각하게 다쳤을까봐, 죽을 정도로 만신창이가 됐을까봐 겁이 났던 것이다. 하지만 정작 당사자인 대니는 두렵지 않았다. 오히려 그 반대에 가까웠다. 마치 하워드의 두려움이 그를 보호해주고 있는 듯, 걱정해야 할 부분은 그에게 모두 일임한 듯. 아니면 그냥 약에 너무 취해서인지도 모르고.

하워드: 하지만 이렇게 금세 괜찮아질 거라고 예상했던 건 아니야. 의사도 마찬가지고. 그러니까, 이렇게 깨어 있는 게 벌써 (또 한 번 손목시계를 확인하더니) 십 분이 다 됐네. 아주 쌩쌩해 보이는데.

대니: 아주 쌩쌩해.

하워드: 다행이야, 다행이야.

잠시 침묵이 흘렀다. 대니는 자신을 에워싼 것들이 썰물처럼 물러가면서 노곤해지는 것을 느꼈다. 그는 눈을 감지 않으려고 애썼다.

하워드: 그래서, 아 참, 너한테 묻고 싶은 게 있어, 대니. 좀 미묘한 문제야. 하워드가 노라를 힐끗 쳐다보자 노라는 창가로 갔다. 하워드는 대니가 누운 침대에 두 팔꿈치를 괴면서 바짝 다가왔고, 민트향 나는 그의 숨결이 대니의 콧구멍 속을 가득 채우며 간질였다.

하워드: 나는—— 나야 뭐, 벌써 이런 얘길 꺼낼 생각은 전혀 없지만, 의사 말이 네게 스트레스가 되지 않는 한도 내에서 계속 말을 걸어야 한다고 해서. 그러니까 혹시라도 스트레스를 받는다 싶으면 꼭 얘기해줘. 그렇게 할 거지, 대니?

당연하지.

지금 스트레스 받고 있는 건 아니고?

대니는 그 문제에 대해 생각해보았다. 누가 도끼로 해골을 마구 찍어 쪼갠 게 아닐까 싶은 느낌은 있었지만, 그건 스트레스하고는 조금 다른 얘기였다. 아니야.

하워드: 그럼 물어볼게. 거기서 떨어진 일 말인데, 그거…… 그거 사고인 거 맞지?

이 질문을 대니의 뇌까지 전달하는 튜브는 유독 긴 듯했다. 대니는 창밖으로 몸을 내밀고 있는 노라를 보고 담배를 피우는 건가 생각했다. 그녀의 엉덩이가 예쁘다는 것도 알게 됐다. 하워드의 질문이 마침내 대니의 뇌를 때렸을 때, 대니는 웃음을 터뜨렸다.

대니: 자살할 생각으로 그런 거라면 몇 층은 더 올라갔어야 하지 않았겠어? 아니, 더 좋은 방법이 있지. 그냥 뉴욕의 어느 지붕에서 뛰어내렸다면 시차에 시달릴 일도 없지 않았겠어?

좋아, 좋아. 그 말을 들으니 마음이 놓인다. 그래도…… 내가 말한 건 정확히 그런 뜻은 아니야.

대니는 고개를 저었다.

물론, 네가 기본적인 대답은 했다고 생각해. 하지만 어떤 방식으로든— 네가 창밖으로 떨어지게 일조한 사람은 아무도 없었어?

날 민 사람이 있었냐는 뜻이야?

아니면 뭐, 툭 건드렸을 수도 있고.

대니: 남작부인?

억지처럼 들리는 건 아는데, 그래도— 너 남작부인을 만난 거지, 맞지?

대니는 그 느닷없는 질문에 허를 찔렸다. 그는 새것이라는 점만 빼면 남작부인의 초록색 침대보와 비슷한 자줏빛 벨벳 침대보 아래로 솟아오른 자신의 무릎을 보았다. 얼굴에 뭔가 뜨거운 게 끼얹어진 느낌이었다. 하워드는 대니의 그 표정을 보고 그렇다, 는 대답으로 받아들인 것 같았다.

그럼 너도 알겠네. 그 여자는 진짜 투사야. 어디가 한계인지 종잡을 수도 없다니까.

대니는 웃음을 터뜨렸다. 가슴에서부터 올라오는 그 초초한 웃음은 도저히 멈춰지지 않을 것 같았다. 그러다 웃음이 멈췄다. 정말로 남작부인이 나를 밖으로 민 건 아닐까, 하고 자문하는 순간이었다. 그가 아무것도 느끼지 못할 정도로 그녀가 감쪽같이 민 건 아닐까? 그 거미 다리 같은 손으로 살짝 쳐서 중력을 그의 적으로 돌려놓은 건 아닐까? 심지어 발에 와 닿는 그 가볍고도 가벼운 감촉을 그가 느꼈던 건 아닐까?

얼빠진 생각이었다. 약 때문에 머릿속이 뒤죽박죽이었다.

대니: 그 여자가…… 네가 그 여자를 아성에서 내쫓으려 하니까 그랬다는 거야?

하워드: 응, 내가 그러고는 있지. 그래, 그 여자는 거길 떠나지 않을 거야. 그 여자랑 둘이서 오 분 정도 애길 했는데 그 여자 말이, 내가 자기를 가두고 목을 딸 거라나. 그런 말을 내 면전에 대고 하더라고. 하지만 그 여자가 정말로 겁을 내는 것 같지는 않았어. 다 전략인 거지. 내 쪽에서 먼저 어떤 일을 저질러주길 바라는 거야. 그래야 자기도 어떻게든 받아칠 수 있을 테니까. 그런데 그 어떤 일이 뭔지는 나도 모르겠어.

대니: 아성에는 무기도 있어.

벽난로 불을 줄곧 바라보던 하워드가 고개를 홱 돌려 대니를 보았다. 무기?

대니: 큰 활, 석궁, 파성퇴, 사람 머리에 붓는 기름, 뭐 그런 것들. 원래 이 얘기는 제대로 써먹을 때가 올 때까지 비밀로 간직하려고 했지만, 얻어맞은 것 같은 하워드의 표정을 보니 입을 다물고 있기가 어려웠다. 하워드가 이미 남작부인과 자신에 대해 의심하고 있으리란 예상과 달리 아예 그런 가능성조차 짐작하지 못했다는 사실을 대니는 알아차렸다. 머릿속에 떠올린 적조차 없는 모양이었다. 그리고 남작부인과 자는 일 따윈 상상조차 못 하는 사람 옆에 있으니, 대니는 어쩌면 그 일이 정말로 일어난 게 아니었을지도 모른다는 생각마저 들었다.

하워드: 무기들을 봤어?

대니: 아니. 하지만 그 여자가 지하실에서 아주 이상한 와인을 가져다줘서 마셨어.

하워드는 의자 등받이에 기대더니, 지금까지와는 딴판인 표정으로 대니를 바라보았다. 대니로 하여금 업계에 몸담고 있던 시절을 떠올리게 만드는 표정이었다. 끝내준다, 대니. 진심으로 하는 말이야. 여기 온 지 이틀도 안 됐는데 내가 전혀 몰랐던 이야기를 해주고 있잖아. 정말…… 멋져. 노라, 지금까지 얼마나 버텼지?

노라는 아직도 창가에 있었다. 그녀가 손목시계를 보았다. 사십오 분 다 돼가요.

하워드는 의자를 박차고 일어났다. 죽여주는데! 이건 정말 대단한 거라고, 대니. 지금까지 버틴 것 중에서 가장 길어. 이런 식으로 계속 가는 거야, 알았지? 버틸 수 있을 때까지 지금 상태를 유지하자고.

여기서 잠깐, 누구든 나서서 말해야 할 때다. 네 페이지 전에는 대니가 깨어 있은 지 십 분이 다 됐다고 했는데, 지금은 사십오 분이 됐다고? 누굴 놀리시나? 그 네 페이지에 걸쳐서 이 사람들이 말한 내용을 내가 한 마디도 빼지 않고 다시 말할 수 있는데, 그렇게 해도 오 분이 넘지 않을 거다. 다시 말해 대니가 깨어 있는 시간은 아무리 많이 쳐줘도 십칠 분밖엔 안 된다. 그래도 진정하시라, 독자 여러분. 여러분은 두 가지를 잊고 있다. (1) 지금까지 모든 사람이 한 말은 전부 긴 튜브를 타고 가야만 대니의 뇌에 전달될 수 있다는 것, 대니가 대답한 말 역시 같은 과정을 거쳐 그의 입에 도달한다는 것. 그리고 (2) 내가 여기에 쓰지 않은 게 있는데, 이 방 안에서 다른 일들도 벌어지고 있었다는 것이다. 그 일을 다 쓰려면 아무리 해도 페이지가 부족할 텐데, 물론 그 내용은 말할 필요도 없이 하품이 절로 나오는 일들뿐이다. 가령, 하워드는 자리에서 일어나 벽난로의 불을 이리저리 뒤적였다. 노라는 창문을 닫았다. 하워드는 머리를 긁적이고 새하얀 손수건으로 코를 풀었다. 노라는 다른 사람에게 할 말이 있어서 복도로 나갔다가 다시 돌아왔다. 무전기에서 치지직 소리가 나자, 하워드는 버튼을 이리저리 눌러서 아예 꺼버렸다. 이런 것 하나하나가 다 시간에 포함되었기 때문에, 한 시간이라고 말할 수도 있는 것들을 사십오 분이라고 기술한 것이다. 그편이 실감날 것이기 때문에.

하워드: 대니? 깨어 있는 거지?

대니는 눈을 감았다. 미지근하고 달콤하고 욱신욱신한 피로감이 밀려와 그를 감쌌다. 뭔가 몸에 해롭다는 것을 알게 되면 바로 그런 점 때문에 더 원하게 되는 법이다.

민트향의 폭격. 하워드가 그를 덮쳐오고 있었다. 안 돼, 눈 감지 마, 대니. 널 위해서야. 노라, 저기 난로에 장작 한 덩이만 넣어줄래? 대니, 눈떠.

대니는 하워드의 무전기에서 나는 치지직 소리를 들었다. 그는 무전기를 만져보고 싶었다. 그래서 눈을 뜨려고 했다. 나 그거 만져봐도⋯⋯

하워드: 대니? 씨팔! 또 기절했어.

대니: 나 그거⋯⋯

다시 정신을 차렸을 때, 대니는 눈을 감은 채로 있었다. 사람들의 목소리가 들리고 다른 소음도 들려왔다. 마치 우연히 단축번호를 잘못 눌러 사람들의 발소리가 바삭바삭한 무언가를 씹는 소리처럼 들리고 말소리는 물 흘러가는 소리처럼 들리는데, 그 와중에 목소리를 알아듣고 상대의 이름을 몇 번 소리쳐 부르지만 결국 짜증이 나서 끊어버릴 때처럼. 하지만 대니는 그런 식으로 끊어버릴 수가 없었다. 그래서 그냥 누운 채로 여보슈니 몸서리친다느니 꺼져니 하는 따위의 말들을 듣고 있는데, 갑자기 귀 바로 아래 목 부분이 칼로 찌르듯 아팠다. 대니는 눈을 부릅떴다. 모든 것이 흐릿한 가운데, 주사기를 들고 사라지는 잿빛 수염의 남자가 분명히 보였다.

그리고 주위가 조용해졌다. 대니는 혼자라고 생각했지만, 고개를 돌려보니 아까 하워드가 앉았던 의자에 하워드의 아이인 벤지가 있었다. 아이는 빨간 물고기 무늬가 그려진 긴팔 잠옷을 입고 있었다. 잠을 자다 일어났는지 검은 머리칼은 헝클어져 있었다.

벤지: 아팠어요?

대니는 아이를 바라보며 초점을 맞췄다. 아이의 잠옷 무늬 때문에 정신이 없었다. 큰 물고기가 작은 물고기를 잡아먹고 있는 건가? 아니면 그냥 다 똑같은 물고기들인가?

대니: 아팠냐고? 창문에서 떨어진 거?

벤지: 아뇨, 주사.

아니, 기분 좋던데.

벤지는 대니가 농담하고 있는 건지 아닌지 모르겠다는 듯 얼굴을 찌푸렸다. 그러다가 입을 열었다. 있잖아요, 어른들이 나한테 창틀에 올라가면 안 된다고 했거든요. 위험하니까.

나도 앞으로 명심할게.

벤지: 아저씨 엄마도 아저씨한테 그렇게 말한 적 있어요?

있을걸.

아저씨는 이제 집에 가야 돼요?

내가 왜 집에 가야 되는데? 이제 막 왔는걸.

벤지: 아저씨 집은 아파트예요?

응. 주로 아파트에서 살았는데, 지금은 집이 없어. 이 집 저 집 떠돌아다녀.

미친 거 아니야? 어쩌자고 애한테 이런 얘길 하고 있는 거지? 대니는 아이에게서 벗어나게 도와줄 사람이 없는지 찾아보려고 침대 위에서 옴죽거리며 주위를 둘러보았다. 여기저기 둘러봤지만, 방에는 그들 둘 말고는 아무도 없었다. 창문으로 바람이 불어들어와 돌벽에 걸린 태피스트리를 흔들었다.

벤지: 아저씨, 부인 있어요?

없어.

우리 엄만 우리 아빠 부인인데.

그래, 그건 눈치챘다.

아저씨, 개 있어요?

없어.

고양이 있어요?

나는 동물 안 키운다. 됐지?

그럼 기니피그는 있어요?

나 좀 살자! 버럭 소리를 지르자 벤지는 깜짝 놀란 표정을 지었
다. 대니는 그쯤 하면 아이가 입을 다물 줄 알았다.

벤지: 애들은 없어요?

대니는 이를 갈며 천장의 들보만 노려보았다. 아니, 없다. 다행
스럽게도.

아이는 한참 동안 말이 없었다. 그러다가 또 입을 열었다: 그럼
있는 게 뭐예요?

대니는 대답을 하려고 입을 열었다. 나한테 있는 게 뭐지?

벤지: 내가 말했잖아요. 그럼 있는 게—

그 말 들었다, 들었어.

있는 게 뭐예요?

아무것도 없다. 됐냐? 하나도 없어. 이제 아저씨 눈 좀 붙이자.

벤지가 가까이 다가왔다. 대니는 아이의 얼굴에서 일종의 차가
운 호기심이 섞인 연민을 읽었다. 어른에게서는 나타나지 않는 표
정이다. 그들은 그런 것을 어떻게 숨기는지 배워서 알고 있다.

벤지: 아무것도 없어서 슬퍼요?

아니, 안 슬퍼.

그러나 그는 슬펐다. 슬픔이 갑자기 밀려와 대니를 집어삼켰다.
그는 자신을 돌아보았다. 머리가 깨진 채 어디인지도 알 수 없는 곳
한복판에 나자빠져 있는 자신을. 아무것도 가진 게 없는 녀석을.

벤지: 아저씨 울어요?

대니: 미쳤니?

눈물이 보여요.

이건 그냥…… 머리가 아파서 그래. 너 때문에 아프다.

어른들도 가끔 울어요. 나는 우리 엄마가 우는 것도 봤는데.

나 좀 자자.

벤지는 대니를 빤히 바라보았다. 대니는 눈을 감았다. 귓전에 아이의 숨소리가 들렸다.

벤지: 아저씨도 어른이에요?

탕. 탕. 탕.


대니. 대니. 대니. 대니. 대니.

또 하워드였다. 대니는 눈을 떴다. 아이는 여전히 거기 있었다, 하워드의 무릎에 앉아.

하워드: 좋아. 다시 사업 얘길 해야지. 넌, 음—— 꽤 오랫동안 정신을 못 차렸다고, 대니.

벤지: 아저씨 깨어 있었는데.

하워드: 벤지 말이 내가 밖에서 의사랑 이야기하는 사이에 깨어 났다면서. 그런데 노라도 여기 있었는데, 노라 말로는 아니라고 하고.

대니가 노라를 보자 그녀는 벽에 걸린 태피스트리로 눈길을 돌렸다. 그러니까 그녀는 그러면 안 되는데도 자리를 비웠고, 그 사실을 하워드에게 들키고 싶지 않은 것이다. 평소의 대니라면 노라가 곤경에 처한 것은 물론이요, 발뺌을 하려면 자기에게 신세를 져야 한다는 사실을 그녀에게 전달할 방법을 찾아냈을 것이다. 그러나 지금 그는 어느 것 하나 생각할 여력이 없었다.

대니: 의사는 영어를 못 한다고 알고 있는데.

하워드는 눈알을 굴렸다. 통역자가 있어. 누구게? 그 덕분에 계속 고래고래 소리를 질러야 하게 생겼지만. 어쨌든 의사가 말하길, 그 양반 이번에는 진짜로 강조해서 말하던데, 네가 깨어 있는 게 중요하대. 대니는 하워드의 미소 뒤에 감춰진 긴장감을 읽었다.

아이가 대니를 바라보고 있었다. 그러자 또다시 슬픔이 밀려왔다. 도대체 어쩌다 빈털터리 신세가 된 걸까? 늘 그런 신세였나? 정말로 가진 게 아무것도 없나, 아니면 머리를 다쳐서 가진 게 아무것도 없다고 생각하는 걸까?

하워드의 벨트에 달린 무전기에서 치지직 소리가 났다.

대니: 나 그것 좀 봐도 돼, 하워드? 그거…… 아…… 대니는 손가락으로 가리켰다.

하워드: 이거? 얼마든지. 하워드는 놀랐다가 궁금해하는 표정으로 무전기를 대니의 손에 쥐여주었다. 전화기, 아니면 블랙베리, 아무튼 그런 종류의 기기와 비슷한 감촉이었다. 손에 쏙 들어오는 크기, 고무로 된 키패드, 통화거리를 느낄 수 있는 가벼운 몸체에 비해 묵직한 내부 부품.

대니는 버튼을 눌렀다. 치지직. 이 얼마나 아름다운 소리인가! 대니의 슬픔은 몇 초 지나지도 않아 쪼그라들더니 순식간에 말라버렸다. 진짜로 슬펐던 게 아니라는 생각이 들 정도였다. 정말 그랬다면 이렇게 빨리 사라질 수는 없을 것이다. 처음엔 슬픔에서 벗어났다는 생각만으로도 안도했는데, 일이 분 사이에 그 안도감이 기쁨으로 비약하다니. 그는 가진 것 하나 없는 처지가 아니었다, 그는 **모든** 걸 가졌다. 자신이 가진 모든 것과 다시 접촉하기만 하면 됐다.

하워드: 무슨 소리가 들려?

대니는 미소를 지었다. 그냥 치지직거리는 소리지 뭐.

하워드: 난 그런 기계보다는 네 두뇌를 더 믿는데.

대니는 하워드를 힐긋 쳐다보았다. 하워드의 무릎에 앉아 있는 아이는 잠이 쏟아지는지 쿠션을 댄 팔걸이에 머리를 기대고 있었다.

하워드: 하긴 네 머리에 필적할 정도가 되긴 했지, 암. 요새는 기계들이 정말 작아지고 사용하기도 정말 편해. 거의 텔레파시를 사용하기 전 단계에 와 있다고 해도 될 거야.

대니: 거기 **진짜로** 있는 사람들하고 이야기하는 거라는 사실을 빼면 거의 그렇다고 할 수 있겠지. 그들의 소리를 듣는 거니까.

하워드가 웃었다. 그들은 거기 없어, 대니. 거기가 어딘데? 그 사람들이 어디에 있는지는 너도 모르는 거야.

대니는 고개를 돌려 그를 바라보았다. 대체 뭔 말을 하려는 거야?

내 말은, 기계 같은 건 집어치우라는 거야. 갖다버리라고. 네 머리를 믿으라고.

내 머리로는 전화를 못 거는데.

왜 못 걸어? 원하는 사람 누구하고도 이야기할 수 있어.

이놈이 지금 진심으로 하는 이야기인가? 그럴 리가 없지. 대니는 몸을 일으켜 앉으며 정신을 바짝 차렸다. 그럼 존재하지 않는 사람하고도 얘기할 수 있다는 거야? 길거리의 미친놈처럼?

하워드가 가까이 몸을 수그렸다. 그리고 대니에게 비밀이라도 알려주듯 나직한 목소리로 말했다. 거기엔 아무도 없어, 대니. 넌 혼자야. 그게 현실이야.

혼자? 그 반대야. 난 이 좆같은 세상 구석구석에 사는 인간들을 알아.

하워드의 무릎에 앉아 있던 벤지가 움찔했다. 아빠, 아저씨가 방금 욕했어.

그러나 하워드는 대니만 바라보고 있었다. 그도 정신을 바짝 차리기 시작한 듯했다. 기계 따위가 너한테 뭘 주는데? 그림자, 육체가 거세된 목소리들뿐이지. 로그온을 하면 찍히는 활자와 사진들. 그게 다야, 대니. 넌 사람들에게 둘러싸여 있다고 생각하겠지만, 그건 네가 만들어낸 허깨비라고.

뭐 그런 개똥만도 못한 얘기가 다 있나.

내 말은, 네가 대장이라고! 네 마음의 힘을 믿어봐. 그 힘은 네가 생각하는 것보다 더 많은 것을 이룰 수 있어. 아니, 그 이상의 엄청난 능력이 있어!

그런 얘기라면 대니는 잘 알고 있었다. '동기부여 강연'이다. 아빠가 그를 완전히 포기하기 전, 대니는 몇 개월에 한 번씩 그런 강연을 이골이 나게 들었다. 강연의 메시지는 언제나 똑같았다. 여러분의 인생은 어이없다. 쓰레기다. 그러나 내가 말한 대로 하면, 되돌릴 길은 아직 있다.

대니는 사촌 가까이 몸을 수그렸다. 그리고 그의 면전에 대고 말했다. 하워드, 내 말 들어. 나는 기계가 좋아. 기계를 사랑해. 기계 없이는 못 살아. 그리고 그럴 생각은 추호도 없어. 까놓고 말할까. 네 호텔 같은 곳에서 더도 말고 딱 일 분만 버티라고 하면, 씨팔, 차라리 내 불알 두 쪽을 잘라내고 말 거야.

하워드: 좋았어! 더 잘됐어.

어째서?

그렇다면 네가 진리를 깨달았을 때 그만큼 더 많은 것을 얻게 된다는 뜻이니까.

좆까, 하워드.

아빠—

대니: 너 진짜 나 열받게 하는데, 뭔 이유라도 있어서 이러는 거야?

하워드: 네가 계속 깨어 있어야 하니까. 이제껏 버틴 것 중에 지금 가장 오래 버티고 있는 거야.

대니는 분노가 끓어오르는 것을 느꼈다. 분노는 그의 아래쪽, 사타구니 부근 어딘가에 고이고 있었고, 대니는 정말로 시트 밑이 들끓어오르는 것을 느꼈다. 목소리가 목구멍 위쪽에서 흘러나왔다. 내 두뇌니 상상력이니 하는 데 관심 없어. 나는 **현실에 존재하**는 것들이 좋다고, 알았어? 실제로 일어나는 일들.

현실이라는 게 뭔데, 대니? 리얼리티 TV가 현실이야? 인터넷에 뜬 신상고백이 현실이야? 말 자체는 현실이지. 그걸 글로 쓴 **사람**이 있으니까. 하지만 그것 외에는, 질문 자체가 말이 안 돼. 네가 휴대전화로 통화하는 사람이 누구야? 결국 넌 좆도 모르는 거야. 우린 초자연적인 세계에 살고 있어, 대니. 유령들에 둘러싸여 살고 있는 거라고.

그건 네 얘기고.

난 지금 우리 둘 모두의 얘길 하고 있는 거야. 구닥다리 의미에서의 '현실'이란 이제 과거의 것이야. 지나갔다고, 상황종료. 네가 그토록 사랑해 마지않는 그 모든 기술이 싹쓸이해버렸어. 내가 하고 싶은 말은 거참 시원하다는 거야.

대니는 분노가 머리끝까지 치밀어올랐다. 이런 미친 새끼를 봤나. 그와 그가 가진 모든 것을 격리시키더니, 그걸로도 성에 안 차 이제 와서 그에게 그런 건 존재하지 않는다고, 그가 꾸며낸 것에 지나지 않는다고 훈계질을 하다니! 그것도 사뭇 즐기는 듯 싱글거리면서. 이 개새끼가 진짜!

대니는 가만 누워 있을 수 없었다. 일어서야 했다. 하워드가 미처 알아차리기 전에 한 발을 침대 옆에 떨어뜨리고 두 발로 디디려 했다. 그러자 하워드가 한 손을 대니의 가슴에 얹으며 제지했다. 하워드는 무척이나 부드러운 목소리로 말했다. 기다려, 기다려, 안 돼, 친구. 너무 흥분했어. 아이는 여전히 하워드의 무릎 위에 앉아 있었다.

대니는 하워드의 손을 뿌리치려 했지만, 몸을 반밖에 일으키지 않았는데도 머리가 빙글빙글 돌기 시작했다. 하워드가 그의 양어깨를 손으로 붙잡고 다시 천천히 뉘어주었을 땐 거의 안도감마저 들었을 정도였다.

하워드: 일어나면 안 돼, 이 친구야. 넌 아직 회복되지 않았어. 그리고 내가 — 내가 지나쳤어. 미안해, 대니. 너한테 계속 말을 시킨다는 게 너무 많이 나가버렸네.

대니는 토할 것만 같았다. 떨리는 숨을 길게 내쉬었다. 방 안은 쥐 죽은 듯 고요했다.

하워드: 괜찮아? 정신 놓은 건 아니지? 하워드가 맥박을 재려는 듯 손가락 두 개를 대니의 팔목에 얹었다.

하워드? 벤지?

앤이었다. 그녀가 파란색 목욕가운을 걸치고 걱정 어린 표정으로 문간에 서 있었다. 목소리엔 졸음이 가득했다. 벤지 방에 갔다가 애가 없어서 기절하는 줄 알았어.

하워드는 한 팔로 아이를 안아올린 채 그녀 쪽으로 다가갔다. 아이는 원숭이가 나무줄기에 매달리듯 제 엄마에게 달라붙었다. 아이에게서 놓여난 대니는 한숨 놓았다.

하워드: 잠깐 내 말동무를 해주고 있었어. 그랬지, 다 큰 아들?

앤: 지금? 이 오밤중에?

그래, 대니가 잠들지 못하게 하려고. 그러고는 대니가 알아들을 수 없는 나직한 목소리로 앤에게 뭐라고 말했다.

앤의 눈에 초점이 되살아났다. 그녀는 하워드에게 아이를 다시 넘겨주고 대니가 누워 있는 쪽으로 다가왔다. 침대에서 바로 일어나 왔을 텐데도, 그녀는 화창한 햇빛 아래에서 수영장에 뛰어든 한 여자가 새 삶을 살게 된 이야기를 하던 그때의 모습과 똑같았다.

앤: 아, 대니. 좀 어때요?

대니: 코마는 떨쳐낸 상태예요. 지금까지는.

하워드: 코마가 아니라니까. 제발 그 말은 하지 마. 과도 수면증, 아니, 아, 과다 수면증.

대니와 앤의 눈이 마주쳤다. 그녀도 두려워하고 있었지만, 하워드와는 좀 달랐다. 앤은 대니가 죽을까봐 겁을 먹은 게 아니라 그가 무슨 말을 할까봐 두려워하고 있었다.

그러자 모든 기억이 되살아났다. 먼저 자기가 창문에서 떨어지게 된 전반적인 정황이 기억났다. 잊고 있었던 건 아니지만, 약 때문인지 시간을 구불구불 거슬러 올라가면서야 겨우 생각이 나기 시작했다. 대니의 머릿속을 차지한 그 기억은 하워드의 인생 한복판에 간단히 구멍을 내고도 남을 만한 사실이었다. 그런 사실을 알고 있다고 생각하니 책임감이 느껴졌다.

아까 느꼈던 슬픔처럼, 하워드에 대한 분노도 순식간에 말라버렸다. 대니는 묘한 안도감 속에 떠다니고 있었다.

하워드: 노라, 지금 몇 시지?

노라: 한시 오십사분이요.

하워드: 잠깐, 뭐라고? 그는 고개를 돌려 노라를 보았다.

노라: 두 시간도 더 지났어요. 거의 두 시간 반은 되었을 거예요.

하워드가 고함을 질렀다. 그래, 그래! 대니, 네가 해냈어! 해냈다고, 이 친구야!

그가 덮치다시피 대니를 끌어안았다. 대니의 온 인생을 통틀어 가장 따스한 것으로 기억할 만한 포옹이었다. 하워드의 상체가 대니의 상체를 뒤덮자, 그 몸의 온기가 대니의 갈빗대 사이로 스며들었고, 그의 심장을 감쌌다. 얼떨떨한 대니는 몸을 일으켜 사촌에게 매달려 있었다.

하워드가 다시 일어섰을 때 그의 눈가는 젖어 있었다. 그는 팔뚝으로 눈물을 훔쳤다. 씨팔, 걱정했다니까. 이제사 말하는 건데, 대니. 나 정말 너 때문에 얼마나 많이 걱정했는지 몰라.

벤지: 아빠 지금 씨팔! 씨팔! 이라고 했지!

앤: 벤지! 하워드!

그러나 앤은 웃고 있었다. 사람들 모두, 심지어 복도에 있다가 들어온 게 분명한 몇몇 대학원생까지도 웃고 있었다. 환성을 지르고, 하이파이브를 하고, 난리도 아니었다. 그러나 오직 앤만은 여전히 수심에 차 있었다. 그 눈만 봐도 대니는 알 수 있었다. 그녀는 마치 햇빛에 눈이 부신 것처럼, 눈을 가느다랗게 뜨고 있었다.

대니는 피곤했다. 너무나 피곤했다. 묵은 피로가 파도처럼 밀려와 분노가 차 있던 자리를 메웠다. 피곤이 엄습하면서 양쪽 눈알이 뒤로 돌아가는 것 같았다. 대니는 눈을 질끈 감았고 그대로 기절했다.

# 10장

　　우리 조원들과 함께 펜스 안쪽으로 6미터 되는 지점에 묻힌 배관을 파내고 있는데, 작은 황갈색 스바루 한 대가 길을 따라 달려오는 게 눈에 띈다. 주간州間 고속도로와 교도소를 이어주는 길이다. 그 길은 외부 펜스와 나란히 나 있지만, 그 사이에 두 겹의 철망 울타리에 레이저와이어까지 있어서 멀리서는 누가 운전을 하고 있는지 제대로 보이지가 않는다. 내가 왜 저걸 보고 있는지 모르겠다. 하지만 사실 이건 다 헛소리다. 우리는 언제나 보고 있지 않은가.

　　목요일은 면회금지라 주차장은 직원 차량들을 빼면 텅텅 비어 있다. 스바루가 멈춰 서더니 자리를 찾아 주차를 한다. 홀리에 대해 생각할 이유는 전혀 없다. 목요일에는 수업이 없다. 그리고 지금 난 그녀 생각을 하고 있지도 않다. 그런데 어찌 된 일인지 스바루의 문이 열릴 즈음 나는 거기서 홀리가 나오기를 기다린다. 그리고 그녀가 나온다.

그녀는 담배를 피우고 있다. 내가 받은 첫번째 충격이다. 나는 대개 손과 머리칼과 숨결의 냄새를 통해 그 여자가 담배를 피우는지 아닌지 알아맞힐 수 있는데, 홀리의 경우는 전혀 눈치채지 못했다. 흡연은 고약한 버릇이다. 특히 여자들에게는. 아주 섹시한 여자라면 거의 안타까운 경우다. 그러나 차 밖으로 나와 햇빛을 피하느라 손차양을 만들며 담배를 길게 한 모금 피우는 그녀의 모습은 그리 나쁘지 않다. 외려 더 인상적이다. 이제껏 담배를 피워왔는데 내가 그걸 몰랐다니.

두번째로 충격을 받은 건 그녀의 옷차림 때문이다. 늘 걸치던 헐렁헐렁한 옷이 아니라, 무늬가 있는 짙은 색깔의 롱스커트에 직장 여성들이 많이 입는 연초록색 블라우스를 입고 있다. 신발도 약간 굽이 있어서 무게중심이 발가락 쪽으로 살짝 쏠려 있다. 그리고 풀어헤친 머리칼이 뜨거운 바람에 흩날리고 있다. 그녀는 마지막 한 모금을 빨아들이고, 꽁초를 신발로 밟아 끈다.

내부 펜스와 외부 펜스 사이의 노는 공간에 깔린 새하얀 잡석들은 물론이요, 눈부신 와이어를 통해 그녀를 바라보느라 눈이 슴벅슴벅 아프다. 잡석이 흰색인 건 어쩌다 이물질이 그곳에 발을 들이면 눈에 확 띄게 하기 위해서다. 여기서 이물질이란, 이를테면 꼭대기까지 나선형으로 감은 레이저와이어에 용케 동맥이 찍히지 않고 9미터 높이의 첫번째 펜스를 넘어갈 수 있는 모든 수감자 되시겠다. 외부 펜스 아래 땅 밑에는 6미터 벽이 파묻혀 있다. 배관을 제외하면 뚫고 나갈 수 있는 것은 아무것도 없다.

아는 사람이야, 레이? 교도관 젠킨스가 묻는다.

레이가 알고 싶어하는 사람이겠죠, 엔젤이 대답한다.

제 사촌이에요. 내가 말하자 그들은 잠시 진짜인가 하는 얼굴로 나를 보다가 이윽고 젠킨스만 빼고 모두 웃음을 터뜨린다.

일해, 안 그러면 딱지 뗀다. 젠킨스가 말한다. 진담으로 하는 말이다. 이 교도소에서 젠킨스만큼 딱지를 많이 떼는 교도관도 없다. 이건 전혀 과장하지 않은, 있는 그대로의 사실이다. 우리는 그를 '딱지녀'라고 부른다.

부식된 주 배관을 파내자, 물이 새고 표면이 빵 껍질처럼 일어난 배관장치가 송장 냄새를 풍기며 모습을 드러낸다. 주말까지는 전부 교체할 것이다. 나는 출입허가소를 계속 주시하고 있다. 면회가 없는 날이니까 홀리는 그 건물에서 평상시보다 좀더 빨리 나올 것이다. 반대편으로 나온 그녀가 교도소 건물을 향해 9미터쯤 걸어가면, 바로 그때 펜스의 방해 없이 그녀를 다시 볼 수 있을 것이다.

이 분이 지나자 당연히 홀리가 다시 나온다. 출입허가소에서 교도소 로비로 이어지는 길 한쪽에는 원예교실에서 가꾼, 무슨 난리라도 난 것처럼 꽃들이 만발한 꽃밭이 있다. 그 꽃들을 보기 위해서인 걸까, 홀리가 걸음을 늦춘다. 그런데 생각해보면 그건 아니다. 바깥세상에 나가면 사방이 꽃 천지인데. 그보다는 교도소 건물에서 나는 속 뒤집힐 듯한 냄새를 들이마시기 싫어서 걸음을 늦추는 것이리라. 내가 그 냄새를 여러분에게 말로 표현할 재주가 있다면 작문 수업 같은 걸 들을 필요가 없었겠지. 내 능력으로는 그 냄새를 이루는 몇 가지를 대는 것이 전부다. 담배, 살균제, 땀, 음식, 오줌. 이 성분들이 서로 뒤섞이면 각각의 냄새들을 그냥 한데 모은 것보다 훨씬 독한 악취가 나서, 처음 그 냄새를 맡게 되면 그런 것을 몸 안에 들이느니 차라리 숨을 안 쉬는 편이 낫겠다고 생각하게 된다. 그래도 한 시간쯤 지나면 냄새를 더는 의식하지 못하게 되는데, 내 생각엔 그게 더 죽을 맛이다. 그렇기 때문에 홀리는 꽃밭 앞에서 발길이 느려지고, 그 덕에 나는 면회도 없는 날 그녀가 그곳을 지나가는 바로 그 순간에 우연히도 그녀와 같은 곳에 있게 되는 엄청난 행운을 일이 분 동안 얼떨떨한 기분으로 만끽한다. 기회라는 건 무엇일까? 그것은 약에 취해 붕 뜬 기분, 어딘가 다른 곳에 와 있는 느낌, 혹은 그것이 무엇이었든 간에 몇 주 전 홀리의 수업을 처음 들었을 때부터 내 안에서 시작되어 지금 이 순간까지 나를 이끌어온 어떤 것일 터이다. 햇빛이 화창한 날 꽃밭 옆 통로를 걸어가는 그녀를 바라보는 이 순간까지. 그걸 뭐라고 말해야 할지 나는 알지 못한다.

놈들이 맛있겠다느니 달콤하다느니 끄트머리 한 자락도 좋으니 저기다 얼굴을 좀 들이박았으면 좋겠다느니 주절거리는데, 그 말들이 내 귀엔 어찌나 나긋한지 말이라기보다는 바스락거리는 소리로 들릴 정도다. 심지어 젠킨스조차 듣지 못한다. 강간범인 레드와 파블로는 아무 말 없이 눈으로만 그녀를 좇는다. 홀리는 우리 쪽을 보고는 그와 동시에 발걸음이 무섭도록 빨라져, 로비 안으로 휙 사라져버린다. 그래서 나는 홀리가 꽃밭을 걸어서 지나가던 모습을 처음부터 머릿속에 다시 그려보려 하지만, 눈에 들어오는 것은 우리 자신뿐이다. 국방색 작업복에 공급품인 작업화를 신고 악취가 코를 찌르는 구덩이를 파는 일곱 수감자. 키가 30센티미터는 더 큰 레드를 빼면 나머지 여섯 놈은 특징도 없는 얼굴이다. 짜릿했던 기분이 속절없이 금세 사라져버리는 바람에 나는 동맥이라도 베인 것처럼 머리가 띵해진다. 나는 방금 파낸 구덩이 가장자리에 주저앉는다.

일어서. 딱지녀가 말한다. 왜 그러고 자빠졌어?

나는 일어선다.

삽 들고 땅을 파라. 명령이다. 명령대로 하지 않으면 곧바로 딱지를 떼겠다는 투다. 젠킨스에게 그런 행복을 안겨줄 생각은 눈곱만큼도 없다.

내 손에 들린 삽이 흙 속에 들어갔다 나온다. 생각을 해야 한다. 생각을 하면 지금 이 기분을 벗어날 수 있다. 그러나 생각을 할 수가 없다.

아프냐? 젠킨스가 말하고, 나는 그의 심중을 읽는다. 젠킨스는 지난달의 코비스 건을 떠올리고 있는 것이다. 교도관이 쉬는 시간을 주지 않아서 코비스는 라미네이팅 기계 위에서 뻗어버렸다. 그리고 심장마비로 그 자리에서 사망했다.

나는 말한다. 네, 교도관님. 아파요.

나도 아픈데. 레드가 말한다.

우리 다 아파요, 교도관님. 엔젤이 말한다. 너무 아파서 못 파겠어요.

그래도 우리는 계속 파고 있다.

정신병자 한 다스, 그게 바로 너희야, 젠킨스는 이렇게 말하더니 제 말이 자못 우습다는 듯 미친 듯이 웃어댄다.

다음 수업 시간에 보니 홀리는 평소와 똑같다. 헐렁한 옷, 뒤로 넘긴 머리. 쉬는 시간이 되자 평소처럼 사내놈들이 그녀의 주의를 끌려고 몰려든다. 평상시라면 나는 복도로 나가지만 오늘은 주위를 어슬렁거린다. 기다린다.

마침내 햄샘과 나만 기다리게 되었는데, 햄샘은 자기 바로 뒤가 나라는 것을 알고는 자리를 내주더니 나가버린다. 소싯적에 햄샘과 나는 형제 같은 사이였다.

홀리가 나를 향해 미소 짓는다. 몇 주 전에 멜이 나를 바닥에 패대기친 이후로 서로 마주 보는 것은 오늘이 처음이다. 기분이 묘한 게, 마치 발가벗은 기분이다.

무슨 생각 해요, 레이? 그녀가 묻는다.

이렇게 그녀가 나를 똑바로 보고 있으니 무슨 말을 꺼내야 할지 도통 모르겠다. 마침내 나는 그녀에게 말한다. 당신을 봤어요. 목요일에. 여기 들어오는 걸.

나도 당신을 봤어요. 그녀가 말한다.

거짓말. 내가 말한다.

땅을 파고 있던데요.

너무 놀라 나자빠질 지경이다. 게다가 홀리 바로 앞에 서 있는데, 손을 내밀면 닿을 정도로 가까이 있는데도 그녀에게선 여전히 담배 냄새가 나지 않는다. 그 비슷한 냄새조차 나지 않는다.

나는 말한다. 그게 나라는 걸 어떻게 알았어요?

얼굴을 보면 알죠. 그녀가 말하고, 우리는 둘 다 웃기 시작한다. 웃으면 웃을수록 더 웃긴다.

복도에서 누군가 언성을 높이는 떠들썩한 소리가 들려온다. 그 덕분에 우리 둘만 남아 있는 이 교실 안이 더 조용하게 느껴진다. 일 분, 또 일 분이 지나도 교실 문이 벌컥 열리지 않는 것 또한 기적이다.

얘기 좀 하고 싶어요. 나는 말한다.

지금 하고 있지 않나요?

내 말은 댁을 더 알고 싶다는 뜻이에요. 당신 얘길 듣고 싶어요.

찰나이지만, 홀리의 얼굴에 지난번에 보았던 고통이 솟구쳐오르는 게 보인다. 아뇨, 그러고 싶지 않을 걸요. 그녀가 말한다.

왜 그렇죠?

그녀는 내가 한 말에 대해 생각한다. 그래 봐야 재미없고 복잡하기만 할 테니까요.

난 상황을 더 복잡하게 만들고 싶어요.

그녀는 말한다. 그럴 거라고 생각했어요. 내가 해고되길 바라는 거죠.

당신은 다른 일도 하잖아요. 옷을 잘 차려입어야 하는 일.

노코멘트. 그녀는 이렇게 말하지만 방금 전의 미소를 되찾는다.

당신 결혼했어요? 내 말에 그녀가 곧바로 대답하지 않는 것을 보고 나는 말한다. 이혼. 아니면 별거. 그리고 '복잡하다'는 건 애들을 말하는 거죠. 적어도 둘, 내 생각엔 셋은 될 것 같은데.

216 칩

그녀의 얼굴을 덮고 있던 것이 벗겨지더니, 한순간이나마 그녀의 모습이 적나라하게 드러난다. 겁에 질린 듯 보이는 얼굴이.

그녀는 말한다. 당신 사기꾼이죠? 그래서 여기 온 거죠? 사람들 등쳐먹은 죄로.

사기꾼은 이런 데서 썩지 않아요, 내가 말한다. 더 좋은 데로 가지.

그럼 당신은?

난 살인죄로 왔어요.

거짓말.

진짜예요.

홀리는 입을 다문다. 마침내 그녀가 다시 입을 열었을 때는 미소가 사라진 지 오래다. 그런 말로 내 관심을 끌 수 있다고 생각했다면 한참 잘못 짚은 거예요.

내 질문에 대답이나 해요. 나는 말한다. 그러나 내 가슴은 바짝 긴장한다. 그렇게 말하면 정말 홀리가 관심을 가질 거라고 믿었던 걸까? 잘 모르겠다.

홀리는 서류철을 열더니 그 속을 들여다본다. 홀리. 내가 부르지만 그녀는 고개를 들지 않는다. 바로 그때, 우리가 이야기를 나누는 동안 언제든 지체 없이 열렸어야 했다는 듯, 벌컥 문이 열린다. 쉬는 시간은 끝났다.

나는 내 자리에 가서 앉는다. 가슴이 죄어온다.

처음으로 톰톰이 글을 써왔다. 손으로 직접 쓴 팔십여 페이지의 원고다. 홀리가 곧바로 그 정도로 긴 원고를 여기서 전부 읽을 수는 없다고 말하자, 톰톰은 삐친 표정을 짓는다. 이윽고 그는 뭔가 구구절절 변명하는 듯한 징징대는 콧소리로 원고를 읽기 시작한다. 목소리는 후졌고, 신경을 잔뜩 곤두세운 채 묘하게 읽는데다 자기가 쓴 글씨도 제대로 읽지 못해 자꾸 멈추는데, 글씨는 또 어찌나 큰지 두세 문장마다 페이지를 넘기느라 나도 처음 얼마간은 제대로 귀에 들어오지 않는다. 다른 사람들도 다 마찬가지다. 그러다가 마침내 이런저런 내용이 귀에 들어오기 시작한다. 남부 오지의 여름, 가난한 가족, 너무 많은 자식들, 엄마가 세 살배기 아들에게 끓는 물이 담긴 주전자를 엎는 바람에 아들의 한쪽 팔은 자라다 만다. 홀리와 대화를 나누고 난 이후의 나처럼 끔찍하다. 상황은 갈수록 최악으로 꼬여간다. 나는 이야기를 들으며 내가 지금 어디에 있는지조차 잊어버린다. 소년은 자라서 크리스털 메스*에 손을 댄다. 이야기는 소년이 처음 절도를 저지르면서 한 노인의 팔을 비틀어 세 동강을 내자마자 끝난다.

톰톰이 읽기를 멈춘다. 그러고 보니 써온 원고를 전부 읽었다. 아무도 입을 열지 않자, 톰톰은 신경질적으로 웃으면서 말한다. 너무 지루해서 그만 읽으라는 말도 못 할 정도였나, 그런 거야?

홀리는 벽에 걸린 시계를 보고 자기 손목시계를 들여다본다. 그녀의 눈빛이 자다 깬 것처럼 흐릿하다. 그녀는 말한다. 좋아요, 이 글에 대해 얘기해보죠.

앨런 비어드가 언제나 하던 레퍼토리로 입을 연다. 개연성이 부

---

\* 메스암페타민 가루를 가리키는 별칭.

족하다는 것이다. 놈은 개연성 중독자라 할 수 있는데, 이 때문에 어떤 글도 성에 차지 않는다. 아니면 자기가 개연성이 무엇인지 알고 있음을 홀리에게 알리고 싶은 건지도 모른다.

체리가 말한다. 그 글 슬펐어, 톰톰. 정말 너무, 너무 슬퍼진다.

멜이 말한다. 이야기에 좀더 유머가 있어야겠는걸, 티티. 이건 시급한 문제야. 하다못해 농담 한두 개라도 좋으니 뭔가 재미가 있어야지.

계속 이런 식이다. 홀리는 이런저런 질문을 던져 주의를 환기시킨다. 어느 대목에서 개연성이 필요하다는 거죠? 그리고 '이야기를 들어서 슬퍼진다면' 그게 정말로 나쁜 건가요? 그거야말로 우리가 왜 책을 읽는가, 라는 물음에 대한 답이에요. 그런 그녀를 보면서 나는 홀리와 내게 주어진 그 길고도 아름다운 쉬는 시간을 이용해 내가 진심으로 하려고 했던 것, 해야만 했던 것, 할 필요가 있었던 것을 톰톰이 이루었음을 깨닫는다. 그는 홀리와 통한 것이다.

마침내 홀리가 전 포기예요, 라고 말하자 우리는 모두 그녀를 바라본다. 그녀는 맨 앞줄 책상 쪽으로 바짝 다가선다.

제가 여러분에게 제대로 가르쳐드리지 않은 탓에 지금 우리가 들은 이야기가 좋은 이야기라는 것, 강렬하고 정직하고 감동적인 이야기라는 것을 여러분이 깨닫지 못했다면, 전 이 세상에서 가장 형편없는 선생일 거예요. 빈말이 아니에요. 여러분이 이 사실을 깨닫지 못한다면 우리가 지금 여기서 뭘 하는 건지 저는 모르겠어요.

그녀는 그 자리에 서서 기다린다. 누구 하나 입도 뻥긋하지 않는다. 적어도 한 사람은 그 말을 듣고 기뻐했을 거라고 여러분은 생각할지도 모르겠다. 누구긴, 톰톰이지. 그런데 그렇게 생각했다면 여러분은 톰톰이라는 인간을 모르는 것이다. 홀리가 말을 마치자 톰톰이 고개를 돌려 나를 본다. 왜 아무 말이 없어, 레이?

몰라, 나는 말한다. 이유가 꼭 있어야 하나?

이 글을 쓰느라 온 마음과 영혼을 좆빠지게 쏟아부었어. 그러니 너한테서 뭔가 살 떨리는 평가를 기대해도 된다는 생각 안 드냐?

나를 바라보는 홀리의 시선이 느껴진다. 내가 말을 한다면, 어느 누구도 들을 수 없는 그 말들을 쏟아낸다면, 즉 톰톰이 살 떨리는 천재이고 대단한, 대단한 작품을 썼다고 말한다면, 그것으로 홀리와 나 사이에 있었던 불미스러운 일은 사라져버릴 것이다. 지금 그 말들은, 바로 그 말들은 내 목구멍에 걸려 있다. 그러나 한편으론 너무 멀리 있다.

톰톰도 나를 주시하고 있다. 한 서른 살쯤 되지 않았나 싶은데, 메스 중독자들이 으레 그렇듯 이가 반이나 빠져서 얼굴이 푹 꺼져 있다. 여전히, 지금 이 순간 그는 희망으로 가득 부풀어올라 마치 여덟 살짜리 아이처럼 안절부절못하는 눈빛을 하고 있다. 이유는 모르지만, 내가 뭐라고 한마디만 해도 그는 그대로 녹아버릴 것이다. 어떻게 해서 내가 톰톰에게 그만한 힘을 발휘하게 됐는지 모르겠다. 그런 건 추호도 바라지 않는데, 그렇다고 그냥 포기할 수도 없다.

일 초 또 일 초 시간이 흘러간다. 상황이 어떻게 돼가고 있는지 나는 안다. 늘상 일어나는 일이니까. 뭔가 좋은 것, 내가 원하는 것, 내가 필요로 하는 것을 내게 줘보라. 나는 그걸 갈아 먼지로 만들어버리고 만다.

톰톰의 눈에서 빛이 사라져버린다. 좆까, 레이. 그는 이렇게 말하고 다시 돌아앉는다. 그의 굽은 척추가 셔츠 위로 두드러진다. 홀리는 눈을 내리깐다.

난 좆된 거다. 나도 안다.

밤이 되자 나는 침상에 누워 글을 써보려고 애쓴다. 홀리는 내 원고를 받지 않고 교실을 나갔지만, 다음 주가 되면 전과 같아질 거라고 좋은 쪽으로 생각한다. 그런 식으로 해결할 수 있을지도 모른다. 나도 톰톰처럼 그녀와 통할 수 있을지 모른다.

나는 침상에 드러누워 있기만 한다.

데이비스가 TV라도 보고 있는 것처럼 아래쪽 침상에서 부스럭거리고 낄낄댄다. 문제는 TV는 없고 '라디오'만 있다는 것이다.

가끔 그가 머리를 비쭉이 내밀고는 묻는다. 뭐 안 좋은 일 있어?

없어. 나는 대답한다.

그런데 왜 그렇게 자빠져 있는 건데? 배 속에서 화산이라도 폭발했어?

그냥.

그냥이라는 건 없어. 이유는 늘 있는 법이야.

톰톰에게 하지 않은 말이 아직도 내 안에, 내 목에 갈고리처럼 걸려 있다. 말을 꺼내지 않으면 죽을 것 같다.

데이비스가 자리에서 일어서더니 내 얼굴을 본다. 어디 아프냐? 그래서 그래? 나에게 잘해주려고 애쓰는 게 느껴진다. 그러나 데이비스는 누가 조금이라도 약한 모습을 드러내는 걸 못 참는 성미다.

그래, 나는 말한다. 아픈 거야.

아, 그래. 그럼 네가 빨리 낫기를 기원해보자고.


다음 날 아침 여섯시, 우리는 걸어서 식당으로 간다. 평소 데이비스는 식당 근처에 얼씬도 하지 않는다. 그는 매점에서 한가득 사다 쌓아놓은 해물라면으로 연명한다. 그런 데이비스도 팬케이크가 나오는 날에는 궁둥이를 재게 놀려 식당으로 간다. 팬케이크 싫어하는 놈 있으면 나와보라지.

식당은 거대한 공장처럼 하늘을 면한 천장에 긴 창문들이 뚫려 있어서 동이 트면 창가가 붉게 물든다. 그곳에는 특유의 악취가 있다. 찜판에서 피어오른 야채 찌는 냄새가 바닥에서 올라오는 암모니아 냄새와 뒤섞이고, 오늘 같은 경우에는 가짜 메이플 시럽의 달달한 냄새까지 가세한다.

모든 테이블엔 의자가 네 개씩만 놓여 있는데, 인원이 적어야 싸움이 일어날 확률도 적어서인 모양이다. 우리 테이블엔 데이비스와 나 단둘이다. 식당 안에는 사내놈들이 가득한데도 그릇 긁는 소리만 가득 울려퍼질 뿐이다. 데이비스와 나는 말없이 먹기만 한다. 오 분도 안 돼 다 끝낸다.

쟁반을 반납하려고 줄을 서는데, 톰톰이 팬케이크를 받으려고 기다리는 모습이 보인다. 양쪽 어깨에 도마뱀붙이가 한 마리씩 붙어 있고, 한 놈은 그의 셔츠 단추 사이를 기어다니고 있다. 이가 다 빠진, 마약을 끊은 톰톰의 얼굴 바로 옆에 환한 빛깔의 앙증맞은 얼굴들이 붙어 있는 걸 보니 가슴이 뻐근하다. 지금이라도 그에게 가서 그의 글이 좋았다고 말해야 하지 않을까 싶다. 너무 늦었다 해도. 홀리가 알게 될 가능성이 전혀 없다고 해도.

그러나 내가 미처 뭔가 행동에 옮기기도 전에 톰톰이 내 쪽으로 오기 시작한다. 그는 빠르게 걷고 있지만, 나는 딴생각을 하느라 그 사실을 알아차리지 못한다. 쟁반을 든 채로 자리에 멍하니 서 있다가, 사람들이 길을 내주기 시작하면서 비로소 무슨 일이 일어나고 있는지 눈치챈다. 순간 시간이 일직선으로 쭉 뻗으면서 입을 쩍 벌리고, 나는 톰톰의 텅 빈 눈을 보며 생각한다. 어떻게 눈치채지 못했지? 저 도마뱀붙이한테 홀리기라도 했나? 그리고 이윽고 뭔가가 달라지고, 이 모든 것이 전에 일어났던 일인 듯, 이미 알고 있는 것처럼 느껴진다. 흡사 이 일을 기다려온 것처럼.

톰톰이 한 팔로 내 목을 휘감더니 다른 팔로 내 배에 연장을 꽂는다. 그 동작이 어찌나 신속한지, 다 끝난 뒤에도 나는 여전히 쟁반을 들고 있다. 일 초 후, 데이비스가 하루에 칠백 번 팔굽혀펴기를 하는 사람답게 야만인처럼 그에게 달려든다. 그는 톰톰을 허공에 번쩍 들어올리더니 3미터쯤 떨어진 테이블 위로 내던진다. 그러나 톰톰에게는 지원군이 있다. 그와 같은 감방에서 지내는 세 녀석이 데이비스의 양팔과 머리에 연방 주먹을 날리고, 급기야 교도관이 그들을 끌어낸다. 나는 배를 불로 지지는 것 같은 고통을 느끼면서 이 모든 광경을 지켜보고 있다. 연장은 아직 내 배에 꽂혀 있다. 뽑아보려다가 안 뽑혀서 내버려둔다. 피가 울컥울컥 솟아나와, 두 손을 대고 막아보려 한다. 그러다 힘이 빠져서 바닥에 쓰러진다. 말들이 쏟아져나오기 시작하고, 듣고 싶고 기억해두고 싶다. 눈을 질끈 감는다. 촌뜨기, 그리고 술에 쩐 새끼, 그리고 또라이, 그리고 타짜, 그리고 성질 급한 새끼. 말들은 나뭇가지에서 떨어지는 나뭇잎처럼 내 주위를 떠다니고, 나는 잔디에 드러누운 어린 아이처럼 그것들이 내 쪽으로 내려오는 모습을 지켜본다. 헛소리, 그리고 조이스틱, 그리고 똥차, 텅 비다, 그리고 복되다, 그리고 메리 크리스마스. 그리고 트리 꼭대기에 별 다는 거 누구 차례지? 올해는 폴리가 하기로 했어. 아냐, 폴리는 집에 갔어, 폴리네 식구들이 와서 데려갔잖아, 운 좋은 새끼, 아니, 사실 그렇다곤 할 수 없지, 그놈은 개과천선했어, 알잖아, 그놈은 그냥 제 할 일을 한 건데 왜 너한텐 그게 힘든 일인지 모르겠다, 레이, 왜 너도 그 녀석처럼 잘하지 못하는 거지, 네가 글러먹은 놈이라서 그런가. 그래, 그럴지도 몰라, 아니면 집에 가고 싶지 않아서 그런가, 집이 여기보다 더 안 좋을 수도…… 목소리들, 오래된 목소리들이 들려오고, 나는 그 목소리들이 어디서 들려오는 건지 어리둥절한데, 여기서는, 이곳에서는 들을 수 없는 목소리들이기 때문이다. 이윽고 데이비스가 라디오를 창문을 향해 들어올리더니 다이얼을 돌리고 주파수를 맞추는 모습이 보인다. 나는 생각한다. 정말이네! 저놈 말이 맞았어! 기술이 통하잖아! 데이비스가 나에게 윙크를 하고, 나도 그에게 윙크를 한다. 나에게도 그 소리들이 들리니까. 들리고말고. 망할 놈의 세월이 흐르고 또 흘렀지만, 그 목소리들이 사방팔방에 존재한다는 것을 나는 알게 된 것이다.

# 11장


대니는 한밤중이 되어서야 깨어났다. 방 안에는 그 말고는 아무도 없었고 성은 고요했다. 몇 시나 됐는지, 얼마나 오랫동안 잠을 잤는지 전혀 알 길이 없었다.

대니는 침대에서 내려와 창가로 갔다. 하늘에는 커다란 구름들이 움직이고 있었지만, 서서히 구름을 벗어난 달이 스포트라이트처럼 환하고 둥근 빛을 비추기 시작했다. 아래쪽 정원은 깜깜했다.

한동안 창가에 서 있던 대니는 문득 두통이 사라져버렸음을 깨달았다. 침대 위 땀에 젖은 시트에 벗어던진 옷처럼, 그것은 사라져버렸다. 붕대도 없어졌을 것 같다는 생각에 머리를 만져봤지만, 붕대는 여전히 그대로 머리 윗부분에 칭칭 감겨 있었고 약간 축축했다. 그래도 대니는 기분이 좋았다. 좋은 것 이상이었다. 성에 온 이후로 이렇게 힘이 넘치고, 상쾌하고, 정신이 명료하게 깨어 있었던 적이 없었던 것 같았다. 어떻게 이렇게 기분이 좋을 수가 있지? 푹 잔 덕분에 시차로 누적된 피로가 가신 건가?

사실을 말하자면, 대니는 기분이 너무나 좋아 방 안에만 있기가 힘들 정도였다. 밖에 나가서 저 달빛 아래를 거닐고 싶었다.

잠시 부츠를 찾던 그는 얼마 안 가 그것을 잃어버렸음을 기억해냈다. 신발은 아성에, 모르긴 해도 그가 떨어진 창문 아래에 있을 것이다. 그는 대신 샌들을 신었다. 맨발에 와 닿는 공기가 상쾌했다.

무전기를 찾아 침대를 살펴봤지만 없었다. 하워드가 도로 가져가버린 것이다.

복도의 촛불 모양 조명들은 아직 그대로 켜져 있었다. 어느 방이 누구의 방인지, 어느 문이 나가는 문인지 전혀 알 수 없었지만, 왼쪽으로 나아가 복도 모퉁이를 돌자 첫날 하워드와 함께 내려갔던 계단과 아주 비슷해 보이는 나선형 계단통이 나왔다. 맨 위에는 형광등이 달려 있었지만, 계단이 굽이져 있어서인지 내려갈수록 빛이 희미해졌다. 다행히 대니에게는 손전등이 있었다.

이제 와서 보니 그때의 그 계단이 아니었다. 첫날 하워드가 안내했던 계단은 아래쪽이 절반 정도 개조되어 있었는데, 지금 이 계단은 1.2미터 높이의 쓰레기가 잔뜩 쌓여 있었다. 썩은 침낭, 새카맣게 타고 남은 잔해, 찌그러진 깡통들, 담배꽁초들. 그걸 보자 예전에 친구 앵거스를 빼내려고 찾아갔던 마약굴이 떠올랐다. 쓰레기 소굴을 헤치고 나아가자 문이 나타났다. 밖으로 나가는 문이 틀림없었다. 맨발 위로 뭐가 기어올라오는 듯해서 내려다보니, 기름을 바른 듯 반질반질한 곤충의 껍데기가 보였다. 으악! 대니는 발길질을 해서 묵직한 벌레들을 허공으로 날려보낸 다음, 곧장 문을 밀어젖혀 정원으로 나섰다.

시원한 공기가 그를 에워쌌다. 대니는 꽃향기가 감도는 공기를 가슴 가득 들이마셨다. 불어오는 바람에 비의 조짐이 느껴졌고, 구름들이 빠르게 스쳐 지나가 달이 번득번득 빛났다. 나와 보니 그가 있던 곳은 어떤 탑 안이었다. 대니는 고개를 뒤로 젖히고 하늘을 향해 완만하게 굽은 탑 꼭대기와 그 끝의 사각 톱니를 올려다보았다.

문득 발밑을 내려다보니, 발이 허연 게 꼭 유령 같은 꼬락서니였다. 당연한 말이지만 부츠가 필요했다. 지금 당장.

머리 위를 뒤덮은 나뭇가지와 나뭇잎 사이로 보이는 아성은 하늘을 등진 채, 길고 검은 직사각형으로 서 있었다. 꼭대기층 근처의 창문에 주황색 조명이 깜박였다. 불이었다. 그것을 등대 삼아 나아가는데, 끝도 없이 그를 가로막는 것이 있었다. 덤불, 굵은 나뭇가지, 돌멩이, 덩굴. 아픈 다리가 샌들 때문에 더욱 맥을 못 추었고, 그런 것들이 발을 건드릴 때마다 미칠 것 같았다. 전에는 어떻게 이런 걸 신고 돌아다녔지? 벌거벗고 돌아다니는 거나 마찬가지네.

그래도 대니는 기분이 좋았다. 좀 지나치지 않나 싶을 정도였다. 기분 좋은 게 달갑지 않아서가 아니라(그걸 마다할 사람이 어디 있겠는가?), 자신이 이렇게 기분 좋아질 수 있다는 게 내심 믿기지 않아서였다. 어이없을 정도로 쉬운 일이었다. 그래서 그것 때문에 대니는 한편으로 조금 걱정이 됐다. 뭔가 나쁜 일이 일어날 것만 같아 동요되는(기분이 좋은데도!), 어딘지 모르게 불안한 심정이었다.

마침내 아성에 도착한 대니는 두 손을 돌벽에 대고 성채가 아닌 다른 방향을 면한 쪽, 즉 앤과 믹이 있던 쪽으로 더듬으며 나아갔다. 저기, 저 맨땅 한가운데에 기다리고 있었다는 듯 놓여 있는 것은 분명 행운의 부츠 한 짝이었다! 너무 쉽잖아! 대니는 부츠를 집어들어 안쪽에 코를 들이박고는 향긋한 가죽 냄새를 맡았다. 오래전 이 부츠를 샀을 때, 대니는 침대 머리맡에 부츠를 놓아두고 잤다. 그래서 잠들기 전 마지막으로, 그리고 잠에서 깨어났을 때 처음으로 맡는 냄새는 부츠의 가죽 냄새였다. 그땐 그 냄새가 얼마 안 가 사라질 거라고 생각했지만, 그렇지 않았다. 아니, 그러기는커녕 십팔 년이 지났는데도 여전했고, 그 사실에 감탄하던 대니는 가끔 자신이 그 냄새를 상상하는 건 아닌가 생각할 정도였다.

대니는 왼쪽 샌들을 벗고 맨발에 부츠를 신었다. 그러고 나니 아픈 오른쪽 다리가 부츠를 신은 왼쪽 다리보다 4센티미터 정도 짧아져서, 그는 어쩔 수 없이 절뚝거리며 다른 쪽을 찾아 헤매기 시작했다. 아성 발치부터 시작해 믹과 앤이 이야기를 하던 나무 밑까지 샅샅이 뒤졌다. 그뿐이랴, 부츠가 떨어져 있을 리 만무한 아성의 귀퉁이까지 손으로 더듬고 손전등으로 구석구석 비춰보았다. 하지만 없었다. 대니는 나머지 한 짝이 떨어졌을 만한 곳을 가늠해보려고 자기가 떨어졌던 창문을 올려다보았다. 다섯번째, 혹은 여섯번째쯤 쳐다봤을 때, 눈에 뭔가 들어왔다. 갈고리처럼 생긴 검은 형체가 창문 가장자리에 걸려 있었다. 대니는 비루한 손전등을 위로 향하고 눈을 가늘게 뜬 채 어둠 속을 주시했다.

믿을 수가 없었다. 오른쪽 부츠는 아직도 거기에 걸려 있었다.

대니는 부츠를 향해 돌멩이를 던졌지만 근처에도 못 갔다. 이번에는 좀더 큰 돌멩이를 들어 던졌고 제대로 맞혔는지 텅 소리가 났지만, 부츠는 여전히 요지부동이었다. 그는 기다란 막대기를 들어 위쪽을 마구 두들기다가 유리를 호되게 후려치고 말았다. 유리창이 산산조각 나서 유리 조각이 요란하게 쏟아질 거라는 생각에, 그리고 남작부인이 거위처럼 꽥꽥댈 거라는 생각에 대니는 그 자리에 얼어붙었다. 하지만 아무 일도 일어나지 않았다. 남작부인이 악의적으로 그의 부츠를 거기 내버려둔 채 창문을 닫은 게 분명했다. 아니면 키가 너무 작아서 부츠를 못 봤을 수도 있다. 어쨌거나 부츠를 떨어뜨릴 정도의 돌멩이를 던졌다간 유리를 너끈히 깨버릴 것이고, 그렇게 되면 남작부인을 불러내게 될 것이다. 됐네요. 낮에 사다리와 긴 막대기를 가지고 다시 오는 게 좋을 것 같았다.

대니는 여전히 왼쪽 부츠를 신은 채 왼쪽 샌들을 손에 들고 아성에서 떠났다. 성치 않은 다리로 걷는 것도 모자라 한쪽 발에만 부츠를 신고 있는 게 좋을 리 없지만, 정상적으로 걷기를 아예 포기하고 다리를 절게 내버려두니 버틸 만했다. 물론 사람들 앞이라면 그럴 수 없었을 테지만.

대니는 나무가 무성하게 우거진 정원으로 돌아왔다. 달은 완전히 자취를 감추었고, 대기는 묵직하니 폭풍우가 몰려올 듯했다. 땅바닥이 무른 게 느껴졌다. 대니가 손전등을 비추자, 빛줄기 주변으로 터널을 이룬 나뭇가지들이 보였다. 자신의 주위를 에워싼 정원의 무게와 부피가 몸으로 느껴졌다. 살아 있는 것으로 빽빽한 동시에 텅 빈, 죽은 느낌.

몇 분을 그렇게 절뚝거리며 가던 대니는 문득 걸음을 늦추었다. 그는 성으로 돌아가고 있는 것일까? 그는 몇 달이나 그 자리에 있는 기분이었다. 아성으로 갈까? 남작부인이 도사리고 있는 한 어림없었다. 그럼 성 외벽으로? 너무 멀어서 도저히 못 갈 것 같았다. 말이 나왔으니 말이지 한쪽 발엔 부츠, 다른 발엔 샌들, 거기에 병신이 다 된 무릎으로 무슨 수로 성벽을 기어올라간단 말인가.

대니는 걸음을 멈추었다. 가고 싶은 곳은 아무 데도 없었다. 그렇게 생각하니 좋았던 기분이 슬슬 사라지기 시작했다.

걸음을 멈춰 사위가 급작스레 고요해진 가운데, 근처 덤불에서 뭔가가 딱 하고 꺾이는 소리가 들렸다. 대니는 얼어붙어서 귀를 기울였다. 바람이 나뭇가지를 스치는 서걱서걱 소리가 났고, 새들인지 쥐들인지가 부스럭거리는 소리가 났다. 그리고 그 모든 소리의 이면에, 그 소리를 둘러싸고, 뭔가가 있었다. 대니가 다시 움직였을 때 그것도 움직이는 소리가 들렸다. 정원에 뭔가가 있었다.

대니는 가슴속이 응결되듯 차가워지는 것을 느꼈다. 공포.

대니의 심장이 방망이질하며 깨어났고, 아드레날린이 비강을 말끔히 씻어내렸다. 그는 절뚝거리면서 최대한 빨리 걸었다. 왼쪽 부츠를 벗고 다시 샌들을 신어야 하는 게 아닌가 싶었지만, 멈추고 싶지 않았다. 행운의 부츠와 떨어지고 싶지 않았다.

그는 수영장을 생각했다. 수영장은 사방이 탁 트여 있으니, 그런 곳에서라면 주위를 어슬렁대는 게 대체 뭔지, 누구인지 알아볼 수 있을 것이다. 정면승부도 가능할 것이다. 대니가 수영장에 가고 싶어하는 이유는 하나가 더 있었다. 위성접시가 그 안 어딘가에 처박혀 있기 때문이었다. 그는 그것과 가까이 있고 싶었다.

목적지가 생겼다는 것만으로도 어느 정도 자신을 추스를 수 있었다. 그는 수영장 쪽이 아닐까 싶은 방향으로 절뚝절뚝 걸었다. 들려오는 소리를 막기 위해 일부러 소리를 내며 걸었지만, 여전히 그의 뒤편에서 정원을 헤치며 움직이고 있는 그것을 듣고 느낄 수 있었다. 대니는 자신의 모습을 살피고는 소름이 끼쳤다. 절름발이에 머리는 부상을 당했고, 오른발은 누구라도 손을 뻗으면 바로 붙잡을 수 있을 만큼 큼지막하고 허연 발가락들을 드러낸 채, 생면부지의 인간들이 우글거리고 이름도 모르는 나라에 있는 성 밖의 썩은 정원에서 비틀거리고 있는 남자. 아무 선택권도 없이, 인생의 막장에 선 남자. 대니가 보기로는 바로 그랬다. 그는 가진 게 아무것도 없는 남자였다. 안 그랬다면 왜 여기까지 왔겠는가.

다시 한번 찬 기운이 불어닥쳤다. 대니는 혼잣말을 했다. 정신 똑바로 차려. 정신. 똑바로. 차리라고.

벌레가 몸속으로 파고드는 방식이 바로 이렇다. 그런 생각에 자신을 내주면 벌레는 안으로 기어들어와 속을 파먹기 시작하고, 아무것도 남지 않을 때까지 절대 멈추지 않는다. 스스로를 약하고 힘없는 놈이라고 생각하기 시작하면, 다른 사람들 모두가 이구동성으로 정말 그런 놈이라고 말하게 되는 건 시간문제다. 대니는 그런 경우를 이미 목격한 바 있다. 세월이 이 성을 좀먹은 방식과 똑같이, 벌레는 사람들을 먹어치운다. 천장에 구멍을 뚫고, 벽을 갉아먹고, 마루청 밑 이곳저곳에 길을 뚫어놓는다. 문에 니스 칠을 하고 벽마다 가짜 초를 달아 완벽하게 개조를 마친 복도 바로 밑에 수천 마리의 벌레가 몇 층에 걸쳐 우글댈 때까지.

대니는 냄새만 맡고도 곧 수영장에 도착하리라는 걸 알았다. 고약한 악취가 실린 바람이 사이프러스 벽을 뚫고 다가와 얼굴을 간질이고 머리칼을 흩날리자, 그는 걸음을 멈추었다. 자동적인 반응이었다. 그렇게 멈춰 서서 불결한 바람을 얼굴에 맞고 있는데, 사이프러스 숲 속에서 뭔가가 움직이며 가죽이 긁히는 것 같은 소리가 났다. 대니는 머리털이 쭈뼛 곤두서면서, 붕대를 둘둘 감아 감각이 사라진 두피 속까지 당겨지는 느낌이었다. 갈비뼈 속에서 심장이 터질 듯이 쿵쾅댔다. 두피가 팽팽히 당겨지며 근질거렸지만, 그는 꼼짝도 못 하고 서 있기만 했다. 오직 눈만 움직일 뿐이었다. 그는 도망치지 않을 작정이었다. 이건 다 머릿속 조화일 뿐이야. 벌레들이 들어오려고 난리를 치는 것뿐이라고.

대니는 휴대전화를 찾으려고 호주머니에 손을 뻗었다. 통화를 하고픈 마음이 너무도 간절한 나머지, 현실적 상황(가령 휴대전화가 없다든가 하는)마저 아랑곳 않게 된 것이다. 그것은 뇌의 욕구, 갈 곳도 부여잡을 것도 없는 대니의 두개골에서 벗어나려 하는 뇌의 욕구였다. 그는 손가락을 호주머니 깊숙이 찔러넣었고, 그 바람에 호주머니 천에 구멍이 났다. 그러나 휴대전화는 없었다. 그러자 어딘가에 닿고자 하는 욕구는 방향을 바꾸어 곧장 대니를 향해 돌진해왔고, 그 결과 두통이 되살아났다.

대니는 사이프러스 벽의 입구를 발견하고는 얼른 그곳을 뚫고 들어갔다. 거기 수영장이 있었다. 둥글고, 고요하고, 검은. 상상의 수영장. 어둠 속에서 보니, 수영장의 색은 오직 그 안의 것들 때문에 검어 보인다고 하기는 어려웠다. 거센 바람에 나뭇잎들이 수영장 가장자리의 대리석판 위를 굴러다녔다. 어디선가, 아마도 하늘에서 내려온 듯한 빛이 새하얀 대리석 위에 반사되어 수영장 주위는 방금 눈이 내린 듯 은은히 빛났다. 탁 트인 곳에 다다른 대니는 조심스럽게 고개를 돌려 사방 구석구석을 보았다. 아무도 없었다. 가슴이 진정되었다.

두려움이 가시고, 무엇보다 아무것도 아닌 걸 가지고 겁먹었다는 생각에 마음이 놓이면서 혈행이 느려지고 졸음이 몰려왔다. 그렇다고 안전한 건 아니었다. 벌레는 여전히 대니의 몸속으로 기어들어오려 하고 있었고, 그것은 분명한 사실이었다. 그는 그 징후를 알고 있었다. 벌레에 속수무책인 체질이라면 미리 조심을 해야 한다. 어쩌다 벌레가 들어올 경우를 대비해, 건드릴 수 없는 강력한 근거지에 몇 가지 핵심요소들을 박아둬야 한다. 이제껏 대니는 자신의 심장이 강력한 근거지라고 생각했지만, 이젠 그것을 부를 더 좋은 말이 생겼다. 아성. 그의 안에 존재하는 그만의 아성. 성이 침공당할 때를 대비해 보물을 숨겨두는 곳. 그의 아성에는 어떤 것을 숨겨야 할까? 거기에 생각이 미치자 대니의 머릿속에는 지난 십팔 년간의 우정부터 시작해 여자친구들, 득의양양했던 순간들, 그가 넘버 투로서 떠받든 힘 있는 사람들까지 모두 한꺼번에 폭풍우가 몰아치듯 줄줄이 떠올랐지만, 그래도 없으면 못 살 것 같은 존재를 생각해보니 딱 하나뿐이었다. 마사 뮬러. 그녀가 그를 사랑한다는 사실. 대니는 살아 숨쉬는 존재라도 되듯 그 사실을 두 손으로 붙잡고 있다가 갈비뼈 안쪽의 상자에 넣은 다음 상자를 봉하는 자신의 모습을 그려보았다. 그러자 공포가 물러갔다. 이제 안전한 것 같았다. 힘없고 기진맥진했지만 안전했다. 마사가 이성에 있는 한, 벌레는 들어올 수 없을 것이다.

대니는 자리에 앉아야 했다. 시차로 인한 후유증 때문이 아니었다. 그럼 무엇 때문일까? 머리가 아파서겠지. 다리를 절어서일 수도 있고. 그는 수영장으로 다가가, 전에 앉았던 벤치에 무너지듯 주저앉았다. 그는 물을 바라보았다. 깨끗한 쪽의 수면은 하늘이나 대리석의 빛이 비쳐 은빛으로 빛나고 있었다. 더러운 쪽도 은빛이기는 마찬가지였지만, 그 질감이 기름때가 낀 깔개 같았다. 대니는 수영장 물을 빤히 바라보면서 깊은 숨을 들이마셨다. 하늘에서 빛의 파동이 일었다. 먼 곳에서 천둥이 치는 듯했다. 그러더니 수면이 일렁였다.

물결이 일었다. 돌멩이를 던지거나 물고기가 헤엄칠 때 이는 잔 물결이 아니라, 뭔가 좀더 커다란 것이 움직일 때 일어나는 큰 물결이었다.

더껑이 아래로 물결이 한 번 출렁이더니 찰싹이는 소리와 함께 수영장 가의 흰 대리석 위로 물이 튀었고, 동시에 고약한 냄새가 허공에 훅 끼쳤다. 대니의 머리칼이 곤두서면서 실밥인지 수술용 스테이플인지도 함께 당겨올라갔다. 누군가가 머리채를 휘어잡아 당기는 것 같았다.

사방은 진즉 고요해져 있었다. 벌레도 바람도 없었고, 나뭇잎들도 서걱거리지 않았다. 마치 누군가가 그것들을 숨죽이게 한 것만 같았다.

그때 대니는 형상들을 보았다. 아까부터 내내 있었는데, 물 때문에 대니의 주의력이 흐트러져 보지 못했던 것처럼. 두 개의 형상. 그것들은 밝다고도 어둡다고도 말하기 힘들었다. 마치 어느 정도는 네거티브필름처럼 보였다. 그것들은 두 개로 쪼개지더니 수영장 가장자리에 다가와 다시 합쳐졌고, 따로 구분할 수 없게 되었다. 그러더니, 수면에 악취가 풍기는 긴 물결이 일기 시작했다.

대니는 일어서고 싶었다. 실제로 그는 소리내어 말했다. 당장 엉덩이 들어. 그러나 몸이 움직이질 않았다. 심장이 너무 심하게 두근거려 토할 것만 같았다.

눈앞에 보이는 건 그 쌍둥이일까? 그는 그들이 죽어가는 모습을 보고 있는 걸까? 그것이 무엇이었든 간에, 그 광경은 마치 한 사람이 다른 사람을 밀쳐내듯 사뭇 폭력적으로 보였다. 혹은 제삼자가 그 둘을 밀쳐내듯이.

떨어지고. 합쳐지고. 밀치고. 수면 아래로 긴 물결이 일더니 대리석판에 부딪혀 물을 튀겼다. 튀어오른 물방울들은 점점 더 그 크기가 커졌다.

도망쳐, 마음속의 목소리가 외쳤다. 여기서 도망치라고!

대니: 난 도망 안 가. 절대로 도망 안 가. 난 겁나지 않아. 그러나 그의 심장이 으스러지고, 가슴에는 얼음이 끼었다.

수면에 파동이 일기 시작했다. 뭔가 거대한 것이 아래에서 솟구쳐올라오듯, 잔물결이 끓어오르며 진동했다.

대니는 자리에서 일어섰다. 이건 실제가 아니야. 현실이 아니야. 이런 일이 일어나다니 믿을 수 없어. 물결이 그의 눈앞에서 갈라지더니, 마치 입이나 터널, 무덤처럼 검은 공동空洞이 입을 벌렸다. 배 속에서 뭔가가 목구멍까지 치밀어오르는 듯했다. 이건 현실이 아니야. 내가 환각을 보는 거야. 머릿속에서 일어나는 일에 겁먹을 필요 없어. 그러나 그 아래에서 또다른 소리가 겁에 질린 날것의 목소리로 외쳤다. 보고 싶지 않아. 도망쳐, 도망쳐!

물구멍이 안쪽으로 함몰되면서 계속 넓어지더니, 급기야 수영장 그 자체가 구멍이 되었다. 그 둥글고 검은 입구는 지구의 중심, 액체 상태의 내핵으로 곧장 이어질 것만 같았다. 구멍에서 소리가 들려왔다. 맨 처음 대니는 이명과 비슷한 그 소리를 거의 알아차리지 못했지만, 웅웅대는 소리는 시시각각 커지면서 고함치고, 울부짖고, 비명을 지르는 것 같은 무시무시한 굉음이 되어 귓속을 가득 채웠고, 얼마 지나지 않아 그는 그 소리 말고는 어떤 소리도 들을 수 없게 되었다. 바로 그때, 과도 수면증과 과다 수면증이라는 말이 갑자기 떠올랐다. 그러자 그는 갑자기 이해가 되었고, 그것을 알아냈다는 충격의 여파로 몸이 거칠게 흔들렸다. 나는 깨어 있는 게 아니야! 이건 전부 꿈이야. 계속 꿈을 꾸고 있었던 거야. 과도 수면증이 나를 집어삼켜 온갖 쓰레기 같은 장면을 보여주고 있는 거야. 현실처럼 보이지만 이건 그냥 꿈일 뿐이야. 전부 머릿속 조화일 뿐이라고.

아, 그래? 그런데 현실이 뭔데? 대니의 귓전에 낯익은 목소리가 들려왔다. 소리는 그의 바깥, 수영장 너머 사방에서 들려왔다. 너는 지금 체험을 하고 있는 거야, 안 그래? 목소리가 말했다. 그걸

겪고 있는 거라고.

대니는 민트향을 맡았다. 그 향이 수영장 주위의 대기를 가득 채우더니, 휙 지나가면서 대니의 눈을 따갑게 했다. 그제야 그는 낯선 목소리가 하워드의 것임을 알아차렸다. 하워드가 여기에 있었다! 하워드는 바로 근처에, 엎드리면 코 닿을 데 있었다. 그 말은 대니는 여기 없다는 뜻이었다. 그는 침대에 누워 있고, 하워드는 침대 바로 옆 의자에 앉아 있었다. 바로 조금 전처럼. 대니는 밖으로 나간 적이 한 번도 없었다. 아니, 옴짝달싹한 적도 없었다. 그는 꿈을 꾸고 있었다.

대니는 포효하는 수영장 물을, 현실이 아닌 그 광경을 보지 않으려고 눈을 감았다. 그는 과도 수면증의 껍질 바깥에 존재하는 하워드의 목소리와 민트향에 온 정신을 기울였다. 금세라도 울음이 터질 것만 같았다.

대니: 하워드, 도와줘. 나 완전히 병신 됐어.

잘하고 있는데 뭘, 이 친구야. 이 상태로 그냥 버텨.

대니: 나 무서워.

부끄러워할 건 전혀 없어. 두려움 없는 사람도 있나?

나 좀 깨워줘, 제발.

난 못 해, 대니.

대니의 귀에 누군가 웃는 소리, 혹은 그게 아니라면 최소한 다른 사람의 인기척이 들려왔다. 대학원생들인가? 모두 이 방에 모여 있나?

대니: 제발, 하워드. 방법이 있을 거야. 날 벨트로 쳐줘. 날 힘껏

차서 이 좆같은 방 건너편까지 날려줘. 어떻게 해도 괜찮아. 깨워주기만 하면 돼.

소리가 한층 더 시끄러워졌다. 틀림없이 웃음소리였다. 하워드도 웃고 있었다. 뭐라고? 방금 그 말 못 들었어.

대니는 이를 앙다물었다. 제발. 나 좀 깨워달라고.

아, 나는 못 해, 이 친구야. 미쳤어? 이렇게 재미난데.

뭐?

재미있다고. 기분이 어떤지 말해봐, 대니. 하나도 빠뜨리지 말고 말해줘. 눈을 씻고 봐도 도와줄 사람 하나 없는데 미칠 것처럼 무서운 기분이 어때?

냉기가 엄습해오자 대니의 몸은 쇼크를 일으켰고, 아까 정원에서 느꼈던 것과 똑같은 공포가 퍼져갔다. 뭔가 사악한 기운이 그의 주변에, 그의 가까이에 있었다. 그리고 대니는 그것의 정체를 알고 있었다. 그것은 하워드였다.

그것은 전부 하워드였다.

제발, 대니는 눈을 질끈 감은 채 속삭였다. 도와줘.

도와달라고? 그는 더 크게 웃었다. 왜 이래, 이 친구야. 내가 착한 사람이긴 하지만 그 정도는 아니거든.

제발.

얼굴에 와 닿는 민트향이 더 강렬해졌다. 하워드가 몸을 가까이 숙인 게 틀림없었다. 그 몸의 열기가 전해져왔다. 누군가의 땀방울이 그의 뺨과 눈꺼풀에 뚝뚝 떨어졌다. 이제 하워드의 목소리는 대니의 귓속에서 들려오는 듯했다.

겁나? 내가 도와줬으면 좋겠어? 너무 과한 부탁 아니야? 이 냉혈한 새끼야. 이 악랄한 개새끼야.

대니는 비명을 지르며 눈을 떴다. 그는 수영장 옆에 서 있었다. 수천 개의 빗방울이 수영장 수면을 두드리고 있었다. 빗줄기가 대니의 머리칼을 타고 얼굴로 흘러내렸다. 그러자 모든 것이 평상시로 돌아갔고, 한동안 얼어붙어 있던 그의 이성적 면모가 되살아나 공포를 지웠다. 전부 꿈이었어. 하워드도 꿈의 일부였던 거야. 지금이 현실이야. 지금 내리는 비, 지금 이 수영장, 이것만이 현실이야.

그 순간 천둥이 치면서 번개가 하늘을 가르자, 대니는 다시금 공포에 옥죄였다. 그는 달리기 시작했다. 한 치 앞도 보이지 않는 가운데 사이프러스 숲을 헤치고 달려가다가 관목 아래 넘어졌고, 나뭇가지에 걸려 비틀거렸다. 나뭇가지가 그를 잡아채며 얼굴을 할퀴고 살을 후벼댔다. 나무뿌리에 걸려 자빠지면서 얼굴부터 땅에 처박힌 그는 입안 가득 쇠 비린내 같은 흙 맛을 느꼈다. 이윽고 억수 같은 빗줄기가 대니를 두들겨댔다. 붕대가 흠뻑 젖어 머리가 묵직했고, 퍼붓는 빗물이 눈과 콧속으로 들어가는 바람에 질식할 것 같았다. 그래도 대니는 달렸다. 달려봐야 소용없다고 해도 달렸다. 대니의 몸 구석구석에서 이구동성으로 뛰어봐야 아무 소용 없다고 말하고 있었지만, 너무나 무서워 도저히 멈출 수가 없었다. 머릿속에서 폭동이 일어났다. 잔뜩 겁을 먹은 대니와 이성적인 대니가 죽기 살기로 싸웠다. 누구나 이런 싸움이 머릿속에 일어나는 걸 느낄 수 있겠지만, 대니의 경우 내가 여기 써내려가듯이, 대화를 하듯이 하나하나 차례로 일어난 게 아니라는 점이 다르다. 대니의 머릿속에서 벌어지는 싸움은 풀 수 없는 매듭, 얼키설키 뒤얽힌 상태, 갈피를 잡을 수 없는 혼돈과도 같았다.

그는 나를 고문하려고 여기로 부른 거야. 나를 벌주려고.

믿지 마. 이건 벌레야.

그는 평생 동안 나를 증오해왔어.

이러다 벌레가 들어오겠어. 작작 좀 해!

그는 내가 죽길 바라는 거야.

막아버려! 밀쳐내면 막을 길은 아직 있어.

그는 내가 정신줄을 놓길 바라는 거야. 이 모든 것이 나를 미치게 하려고 조작한 거야.

개소리. 개소리야. 너 이러다 정말로 정신줄 놓는 수가 있다. 이건 다 네가 자초하고 있는 거라고.

처음부터 하워드가 그런 거야. 창문에서 떨어진 것도 하워드가 민 걸지도 몰라.

말도 안 되는 개소리야. 너도 알잖아.

나는 뇌를 다쳤잖아. 내 뇌에 뭔가 문제가 있는 거야. 과도 수면증, 과다 수면증, 그게 문제야.

벌레 때문이야.

대학원생들도 한통속이야.

벌레 때문이라니까.

믹과 앤도 날 쓸어 없애버리고 싶어하잖아.

네가 벌레를 네 속으로 끌어들인 거야. 그걸 빨아들였다고. 네가 선택한 거야. 네가 자초해서 이 모양 이 꼴이 된 거라고.

여기서 도망쳐야 돼. 성에서 벗어나야 돼.

그런다고 무엇 하나 해결될 것 같아?

도망칠 거야. 비행기를 타고 뉴욕으로 돌아갈 거야. 이제 남은 건 어떻게든 살아서 이곳을 벗어나는 것뿐이야.

갈 곳이 어디 있다고 그래. 벌레가 네 안에 들어간 거야, 대니. 네 안에 벌레가 있다고.

도와줘요!

스스로 도와야지.

**도와주세요! 도와주세요!** 대니는 고함을 쳤다. 빗발을 뚫고 성을 향해 비틀거리며 다가가면서, 밤이 깊도록 고래고래 소리를 질러댔다.

# 12장

　대니는 부서진 성벽 위를 기어올라가 성을 빠져나갔다. 첫날 밤
경치를 보려고 바깥쪽에서 기어올라갔던 바로 그 성벽이었다. 성
을 탈출할 더 좋은 길이 분명 있겠지만 그걸 알아내려면 성 안의
누군가에게 물어야 하는데, 그랬다가는 그가 떠나려는 게 하워드
에게 알려질지도 몰랐다.

　대니는 가져온 짐을 대부분 두고 나왔다. 짐을 더 가져가면 시
간이 지체되리라는 것은 두말하면 잔소리였다. 다음 날 방을 나섰
을 때 그의 옷가지들은 여전히 거대한 중세식 서랍장 안에 들어
있었고, 샘소나이트 가방은 텅 빈 채 옷장 안에 있었다. 대니가 가
지고 나온 것은 속옷 세 벌, 여분의 셔츠 두 벌, 방취제, 칫솔, 치
약, 헤어무스(아직 머리에 붕대가 감겨 있는 마당인데 낙천적인
선택이 아닐 수 없다), 양말을 쑤셔넣은 숄더백이 전부였다. 재킷
호주머니에는 여권과 지폐 300달러, 아직 사용한도가 500달러 정

도 남은 신용카드를 넣었다. 그 정도만 꾸려서 어떻게든 뉴욕까지 갈 작정이었다.

자, 여기서 돌이켜볼 것이 있다. 대니가 정원에서 비를 맞은 지 몇 시간이 흐른 후이므로 다음과 같은 의문을 가질 분들이 계실 것 같아서다. (1) 대니는 정말 밖으로 나갔던 걸까? 아니면 전부 꿈이었을까? (2) 성으로 돌아온 뒤로(혹은 성으로 돌아오는 꿈을 꾼 뒤로) 진짜 하워드를 만난 적이 있나? (3) 대니의 어느 쪽이 싸움에서 이겼나? 모든 걸 하워드 탓으로 돌린 쪽? 아니면 벌레를 탓한 쪽? 여러분이 미처 의식하기도 전에 자연스럽게 알아갈 수 있도록 해답들을 여기저기 뿌려놓는 방법을 알면 나도 좋겠는데, 그런 재주는 없다. 그러니 적절한 시점이라고 생각될 때마다 곧장 질러버리겠다.

대니는 양쪽 벽에 전기 촛불들이 줄줄이 달린 복도를 내려갔다. 행여나 누가 볼세라 다리를 절지 않고 똑바로 걸으려고 애썼다. [1번 답: 전부 다 꿈은 아니었다. 왜냐하면 대니의 수중에 남은 신발이 왼쪽 부츠와 오른쪽 샌들뿐이었기 때문이다(들고 있던 왼쪽 샌들은 도망치면서 내팽개쳐버린 게 분명했다). 그렇다면, 그는 침대에 누워만 있었던 게 아니라 밖에 나갔다 온 게 맞다. 이 말은 하워드가 진짜로 대니의 침대 머리맡에 앉아 그의 귓전에 대고 고약한 말을 늘어놓은 게 아니라는 뜻도 되겠다. 그러나 이런 사실을 알았다 해도 대니에겐 달라질 것이 없었다. 어떤 사람과 섹스하는 꿈을 꾼 다음 날 그 사람의 얼굴을 똑바로 보기 힘든 것과 비슷했다. 하워드가 달리 보였다. 애초부터 알았어야 할 사실을 이제야 깨달은 것이다. 하워드의 착한 마음씨라든가 대니를 이곳으로 부른 이유는 보이는 그대로 믿기엔 너무나 근사했다. 다시 말해 개소리였고, 뭔가 다른 꿍꿍이속이 있었던 것이다.] 이제 정오니까 얼마 안 있으면 하워드가 아침 내내 마늘을 잔뜩 넣고 만든 토마토 빛깔이 나는 음식을 먹으려고 다들 홀로 몰려들 것이다. 하워드의 요리는 꿈인가 싶을 정도로 맛있는 냄새가 났다.

커다란 황금색 거울 앞을 지나면서도 대니는 거울을 보려고 하지 않았다. 발가락에 뭐가 닿는 게 싫어서 양말을 신고 샌들을 신었지만 샌들과 양말은 그가 진정 혐오하는 조합이었고, 샌들에 양말을 신고 다니는 루저들에 대해 완고한 선입견을 갖고 있었기 때문에 그런 루저가 된 자신의 모습을 굳이 확인하고 싶지 않았던 것이다. 하물며 목 위의 꼬락서니야. 하워드의 표정만 보고도 대니는 자기 꼴이 어떤지 알 수 있었다. 〔2번 답: 그날 아침 여섯시경 하워드는 대니에게 주사를 놔준 턱수염 사내와 함께 대니의 방에 들어왔다. 문간에 들어서면서부터 미소 짓던 하워드는 (완전히 잠이 깬 채 침대에 누워 있던) 대니를 보더니 일순 미소가 싹 가신 표정으로 대뜸 힐난부터 했다.

하워드: 도대체 무슨 일이 있었던 거지?

대니: 아무 일도 없었어.

하워드: 얼굴에 온통 생채기가 났는데?

대니가 하워드의 속셈(대니를 미치광이로 만들려고 이곳으로 부른 것)을 알지 못했다면, 더없이 다정다감한 그의 행동에 깜박 속아 넘어갔을 것이다. 걱정하는 그의 모습은 대배우 저리 가라

할 정도였다. (3번 답: 2번 답을 말하는 와중에 이렇게 질러서 미
안하지만, 그래야 아귀가 맞는다. 대니의 머릿속에서 수많은 목소
리들이 누가 진짜 적인지, 하워드인지 아니면 벌레인지를 두고 설
왕설래했다. 설전은 다음과 같이 진행되었다.

하워드.

벌레.

하워드.

벌레.

그러다 대니는 광란에 가까운 상태에 이르렀고, 모든 게 하나로
뭉쳐 질주하기 시작했다. 하워드 벌레 하워드 벌레 하워드 벌레.
그러다가 여기에 이르렀다. 하워드벌레새끼하워드벌레새끼하워
드벌레새끼. 그리고 그 약간의 변형이 대니에게 힌트를 주었다.
고리는 끊어졌다. 하워드 혹은 벌레가 아니라, 하워드가 곧 벌레
였다. 둘은 서로 적이 아니라 하나였다. 대니를 붙잡으려고 몇 년
동안이나 와신상담해온 사악하고 무시무시한 존재. 대니는 일찍
이 그 존재를 감지하고 있었다. 놈이 그를 기다리며 어딘가에 도
사리고 있다는 걸 늘 느껴왔다. 정체조차 알지 못했지만, 그래도
거기에 이름을 붙일 정도로.)

대니: 잠이 안 와서 바람 좀 쐬러 나갔다 왔어.

하워드: 밖에 나갔다고? 미친 거 아니야, 대니? 여기가 어떤 곳
인지 내가 설명해주지 않—

하워드는 말을 끊었다. 그는 숨을 길게 들이마시며 손으로 머리
칼을 훑었다. 다시 입을 열었을 때 그의 목소리는 조용해져 있었

지만 심통이 묻어났다. 내가 여기서 잤어야 했는데. 이럴 줄 알았어. 선생님, 보세요. 대니가 어젯밤에 밖에 나가서 무슨 꼴을 당하고 왔는지 좀 보시라고요.

대니: 진정해, 하워드. 생채기가 좀 난 것뿐이잖아.

하워드는 눈이 휘둥그레져서 대니를 바라보았다. 지금 무슨 말인지 못 알아듣는구나, 너. 내가 제대로 설명을 안 해줘서 그런가. 지금 네 몸은— 아, 제길. 그는 대니의 침대 옆에 놓인 의자에 털썩 주저앉았다.

의사가 다가와 작고 차가운 두 손으로 대니의 머리를 감쌌다.

하워드: 붕대 갈려고 오신 거야. 그나저나 그 붕대 꼴도 아주 볼 만하다.

대니: 비를 맞아서 그래.

하워드는 고개를 절레절레 흔들었다. 의사는 즉시 처치에 들어갔다. 대니의 머리에서 붕대를 푼 다음 물과 피와 고름이 뚝뚝 떨어지는 그것을 집게로 집어 치웠다. 하워드는 가까이 서서 의사의 일거수일투족을 지켜보았다. 그의 표정을 보니 상태가 말이 아닌 듯했다.

하워드: ……괜찮겠죠?

대니가 알아들을 수 없는 말로 의사가 몇 마디 했다. 하워드는 대니의 머리를 가리키며 더 큰 소리로 말했다. 괜찮겠느냐고요. 상처 부위가 저래도— 저래도 되는 거예요?

의사: 네, 네, 괜찮아요.

의사는 튜브에서 연고 같은 걸 짜내어 대니의 정수리에 맨손가락으로 발라주었다. 의사의 손가락이 눌러오는 걸 두개골로 느낄 수 있었지만 두피에는 느껴지지 않았다. 두피는 완전히 마비 상태였다. 의사가 새하얀 붕대로 대니의 머리 윗부분 절반을 감았다. 잘은 모르지만, 그러고 나니 머리가 덜 아픈 것 같았다.]

대학원생 중 하나가 대니에게 점심식사를 가져다주기로 했다. 그 말은 대니가 자리에 없다는 걸 누군가 알아차리기까지 한 시간, 어쩌면 그 이상이 남았고, 또 그가 성을 떠났다는 것까지 알아내려면 거기서 또 한 시간이 남았다는 뜻이었다. 그 정도면 시간은 충분한데도 대니는 자빠지지 않는 범위 내에서 있는 힘을 다해 발길을 재촉했다. 대니에게 유리한 단 한 가지 사실은 하워드가 자신의 연기를 이미 들켜버렸다는 걸 알지 못한다는 거였고, 그러니 그 틈을 타서 얼른 선수를 쳐야 했다. 그는 정원으로 가서 성벽 안쪽을 따라 전에 기어올라갔던 부서진 곳까지 갔다. 그리고 손톱으로 긁다시피 하며 벽을 넘은 다음, 성 정면을 향해 지나왔던 벽을 되돌아가 읍내로 이어지는 길일 거라 짐작되는 길로 접어들었다. 탈출했다는 것에 대니는 힘이 났다. 정신이 또렷해졌고, 두려움도 잘 다스리고 있었다. 벌레가 그의 안에 들어왔다는 사실은 의심할 여지가 없었지만, 아성 안에 있는 마사는 안전했다. 마사 생각을 하자 마음 한구석이 따스해지는 느낌이었다.

언덕을 내려가는 길은 기억했던 것보다 더 길고 가팔랐다. 대니는 일종의 황홀경에 사로잡힌 채 내려왔고, 마침내 발밑에 자갈길이 와 닿는 걸 느꼈다. 고개를 돌려 성을 보니 그곳까지의 거리가 3,4킬로미터쯤 되는 듯했다. 이렇게까지 멀리 걸어왔다니 실감이

나지 않았다.

그가 기억하는 읍내는 무채색이었지만, 중앙 광장을 향하는 내내 모든 것이 눈부셔 눈이 따가울 정도였다. 빨간 지붕들, 이파리가 무성한 나무들, 줄무늬 옷을 입고 이리 뛰고 저리 뛰는 아이들, 막 거품 목욕을 하고 뛰쳐나온 것처럼 보이는 개들. 녹음이 물결처럼 우거진 언덕, 새파란 하늘. 가장 높은 언덕 위에 자리한 성은 햇빛을 받아 황금빛으로 물들어 있었다.

대니에게는 한 가지 목표가 있었다. 읍내로 올 때 탄 것과 똑같은, 프라하까지 돌아가는 산악열차 티켓. 그리고 두번째 목표, 임의의 목표가 있었으니, (우연히 여행사를 찾아내게 되면) 뉴욕 행비행기표를 손에 넣는 것이었다. 하워드가 편도 티켓을 줬을 때 넙죽 받아든 게 얼마나 미친 짓이었는가 하는 생각은 애써 하지 않으려 했다. 그것만으로도 경고가 되었어야 했건만.

광장을 따라 붉은 벤치들이 놓여 있었고, 한 노인이 원숭이를 품에 안은 채 벤치에 앉아 있었다. 대니는 노인 옆에 앉았다. 원숭이는 몸집이 자그마했고 부드러운 밝은 색 털로 덮여 있었다. 분홍빛이 도는 갈색 얼굴은 고대의 인간과 갓난아기를 합쳐놓은 듯했다. 원숭이 주인이 대니에게 개암 한 개를 내밀었다. 대니는 미소 지으며 고개를 저었지만 노인은 미소로 화답하며 계속 들이밀었고, 마침내 대니는 원숭이에게 먹여주라는 뜻임을 깨달았다. 머쓱해진 대니는 개암을 받아 원숭이에게 내밀었다. 원숭이는 길고 메마른 손가락으로 개암을 받아들더니 천천히 돌려보았다. 그러더니 고개를 갸우뚱하고는 까만 눈으로 대니를 빤히 쳐다보면서

갉작갉작 먹기 시작했다. 그 얼굴에는 인간보다 더 많은 감정이 담겨 있었다. 호기심, 연민, 피로. 이미 너무나 많은 것을 보았다는 그런 표정이었다. 대니는 외면할 수밖에 없었다.

여덟이나 아홉 명쯤 되는 아이들이 광장에서 공을 차고 있었다. 왜소하기 그지없는 몸집이었지만 모두 신기할 정도로 공을 잘 찼다. 대니는 축구를 하던 시절을 그다지 자주 떠올리는 편은 아니었지만, 그래도 가끔 생각날 때가 있었다. 짓밟힌 잔디밭 냄새, 연습이 끝나고 집에 갈 때 보던 하늘. 집들 꼭대기에 걸린 녹이 슨 것 같은 진빨강 띠, 그런 다음 가장자리로 갈수록 어두워지던 네온블루의 하늘. 날이 다 저물어서야 집으로 돌아가면서 그는 어른이 된 기분, 어른의 삶이 주는 묘미를 맛보았다. 돌이켜보면 어린 시절 가운데 그때가 가장 행복했던 것 같았다.

뭔가가 대니를 묵직하게 압박해왔다. 대니는 원숭이 노인에게 작별을 고하고 무거운 엉덩이를 억지로 들어올렸다. 그는 언덕 위로 비스듬히 난 좁은 길들 중 한 길을 따라갔다. 상점 창가에는 좋은 물건들이 진열되어 있었다. 생선, 빵, 와인. 전부 비정상적으로 보일 정도로 깔끔하고 반질반질해서 오늘이 무슨 공휴일인가 싶었다. 꽃을 파는 여자에게 기차역이 어디냐고 물었지만, 여자는 미소 지으며 고개를 저었다. 그녀는 대니의 말을 알아듣지 못했다. 여자는 그 길목의 한 상점을 가리켰다. 바깥의 갈고리에 나무 시계를 걸어놓은 상점이었다. 여자는 여전히 미소 띤 채, 영어, 영어라고 말했다.

대니도 미소로 답했다. 잘됐네요. 완벽해요, 고마워요.

상점은 서늘하고 먼지가 자욱했으며, 시계 냄새가 났다. 째깍거리는 소리가 어렴풋이 들려왔다. 하나가 아니라 수천 개의 째깍거리는 소리가 겹쳐서 들리는 소리였다. 자잘한 시계 부품들로 뒤덮이다시피 한 책상 앞에 앉아 있던 남자가 기름 낀 밝은 빛깔의 머리칼을 뒤로 쓸어넘기며 대니를 향해 미소를 지었다. 대니도 미소로 화답했다. 미소를 남발했더니 근육이 땅기기 시작했다.

대니: 영어 할 줄 아세요?

시계 수리공: 약간요.

잘됐네요. 제가 기차역을 찾고 있거든요.

여긴 기차 없어요. 옆 동네로 가세요. 그러더니 그는 뭔가 길고 복잡한 단어를 우물거렸다. 들리기로는 **스크리-초-험프**인 것 같았다.

대니: 아이고, 잠깐만요. 제가 며칠 전에 기차를 타고 여기까지 왔는데요? 이 동네로 말이에요. 그러니 분명히 이 동네에 기차역이 있다고요.

남자가 미소 지었다: 여기 기차 없어요. 스크리-초-험프에 있어요.

대니는 사내를 뚫어져라 보았다. 그가 처음 도착한 읍내가 아니라고? 성 부근에 읍내가 둘 있다고?

대니: 스크리-초-험프까지 걸어서 갈 수는 있나요?

남자의 시선이 대니를 향했다. 걸어서요? 그러기엔 너무 멀 것 같은데.

알았습니다. 대니는 말했다. 그러니까 다른 읍내에 온 것이다.

이해도 가는 게, 이곳은 전에 버스를 기다렸던 읍내와는 완전히 딴판이었다. 거지 같은 읍내가 아니라 산뜻한 읍내에 와버린 것까진 좋은데, 문제는 기차가 그 거지 같은 읍내에만 있다는 것이었다.

대니: 버스는요? 스크리-초-험프까지 가는 버스가 있나요? 아니면 프라하 행 버스는요? 그런 버스가 있다면 제일 좋은데.

프라하, 없어요. 스크리-초-험프 가는 버스는 있고요. 남자는 못해도 오십 개는 될 시계들이 걸린 벽 쪽으로 다가가 두 손으로 여덟시 쪽을 가리켰다.

대니: 오늘 저녁?

아뇨. 남자가 손으로 굴러가는 제스처를 했다.

내일? 버스가 하루에 한 번 오나요?

하루에 하나만 와요.

아침 여덟시.

네, 여덟시.

저녁 여덟시가 아니라……

그래요.

이게 지금 말이 돼?! 당신들, 대체 왜들 이래? 그가 내지른 고함 소리가 작은 상점 벽을 쩌렁쩌렁 울려댔고, 대니는 입을 다물었다. 그가 미친놈처럼 소리를 질렀는데도 시계 수리공은 아무런 반응도 보이지 않고 여전히 미소만 지을 뿐이었다. 정적 속에서 대니는 사람 잡을 것 같은 시곗바늘 소리를 들으며 시한폭탄처럼 아슬아슬한 심정이 되었다.

남자: 스크리-초-험프 사람들, 우리는 좋아하지 않아요. 그리

고 그 사람들도…… 남자는 자신의 가슴을 가리켰다.

대니: 그 사람들도 당신들을 싫어한단 말이죠. 두 동네 사람들이 서로 좋아하지 않는다?

그래요! 헤헤! 우린 안— 그래요!

알았어요. 대니는 두 눈을 질끈 감았다. 좋아요, 그렇다면…… 이 근방에 여행사는 있나요? 알죠? 여행사. 여행…… 회사! 또다시 언성이 높아졌지만 어쩔 도리가 없었다. 시계 수리공은 여전히 미소를 지었지만, 대니는 그 뒤에 숨겨진 안절부절못하는 감정의 파동을 읽었다. 남자가 대니에게 겁을 먹은 것이다. 대니를 무서워하는 사람이 있다니! 오래 살고 볼 일이군.

갑자기 남자가 알아들은 것처럼 고개를 끄덕였다. 그는 자리에서 일어나 대니의 한 팔을 잡고 문으로 끌고 가더니 거리를 가리켰다. 대니는 그가 가리켜준 방향대로 가봤지만, 여행사 같은 것은 보이지 않았다. 그냥 그를 쫓아내려고 그랬던 것이다. 거리 끝까지 가자 모퉁이가 나왔고, 거기서 갈팡질팡하던 대니는 문득 다시 광장으로 돌아가고 있음을 깨달았다. 다른 길을 택해 그곳으로부터 멀어지려 해도, 몇 분 지나지 않아—쫘광—다시 같은 곳에 와 있었다. 사방 어디로 가도 결과는 마찬가지였다.

한 상점 밖에 나무 지구본이 걸려 있는 것을 본 대니는 여행사라고 생각하고 쾌재를 부르며 달려갔다. 그러나 거기는 골동품점이었다. 그는 상점 안에 들어가지도 않고 창 너머에 걸려 있는, 큰 활로 보이는 커다란 나무 화살처럼 생긴 물건을 하염없이 바라보았다. 그렇게 하염없이 바라보고 있는데 창문에 햇빛이 비쳐들었고, 반짝반짝 빛나는 유리에 비친 자신의 모습이 달려들듯 눈에 들어왔다. 붕대를 감은 머리, 짝짝이로 신은 신발, 누군가 야구 방망이로 대차게 후려친 다음 포크로 긁은 듯한 얼굴. 끔찍한 몰골이라 차마 보기가 괴로웠지만 대니는 그 모습에서 눈을 뗄 수 없다. 저 녀석이 누구더라? 세상에 나와서는 안 될 사람, 길거리에서 만났다면 피했을 사람처럼 어딘가 정신이 불안정해 보였다. 그는 유리창 너머에 놓인 물건들(커다란 골동품 사냥칼과 상아 손잡이들)에 초점을 맞춰 바라보았고, 그러자 그 모습이 겨우 사라졌다.

시에스타라도 시작된 건지 거리가 한산해졌다. 대니는 길을 따라 다시 광장으로 갔다. 원숭이 노인은 없었다. 대니는 빈 벤치에 앉아 언덕 위에 검은 그늘을 드리우고 서 있는 성을 올려다보았다. 심란하고 넌더리가 났다. 지금쯤이면 이 동네를 떠나 다른 곳으로 가고 있거나, 최소한 차표를 들고 기차역에서 기다리고 있을 줄 알았다. 그런데 그는 대가리가 텅 비어 어찌해야 할지도 모른 채 하워드의 성을 올려다보고 있었다. 남작부인이 한 말이 기억났다. 읍과 성은 수백 년 동안 공생관계였지. 이 동네에 있는 한, 대니는 하워드의 손바닥 위에 있는 거나 다름없었다. 여러분도 대니가 이곳을 못 벗어날 것 같다는 생각이 들지 않는가?

대니의 배 속에서 뭔가 꿈틀거렸다. 벌레가 파먹어 들어가고 있었다. 성 주방의 창가에 있던 그 망원경은 성능이 어느 정도일까? 지금 이 순간, 하워드가 그 망원경으로 대니가 몸부림치다 진이 빠지는 꼴을 지켜볼 수도 있을까? 그렇게 생각하자 심장이 마구 뛰었다. 대니는 완벽한 상점들이 줄지어 서 있는 광장을 둘러보았다. 창가에 매달린 소시지, 파란 파라솔들이 펼쳐진 카페를 바라보며 저 중 진짜가 하나라도 있는지 궁금해졌다. 이 모든 것이 대니를 홀리기 위해, 발악하다가 결국 아무 데도 가지 못하는 대니의 꼬락서니를 지켜보는 게임을 더 복잡하게 만들기 위해 하워드가 꾸며낸 것들일까?

생각이 거기까지 미치자 가짜로 꾸민 읍내가 더없이 멍청해 보였다. 행상인의 수레에 담긴, 지나치게 눈부신 빛을 발하는 소다수 병들. 여러 개의 상자에 담긴 꽃들. 하나같이 미소를 짓는 주민들. 대니는 자리에서 일어섰다. 공포의 차가운 손이 다시금 그를 움켜잡았다. 그러나 어젯밤과 달리 지금 그의 두뇌는 침착하게 계획을 짜고 있었다. 왜냐하면 대니는 투사니까. 이제껏 어느 누구도(그의 아빠는 더더욱) 알지 못한 사실이 바로 그것이었다. 그는 싸워보지도 않고 물러설 생각은 없었다.

대니는 아까 왔던 길로 돌아갔다. 동네가 가짜라는 것을 알고 나자, 모든 것이 전에 없이 생생하게 다가왔다. 그제야 세부들이 하나같이 완벽한 것도 이해가 됐다.

밖에 지구본을 걸어놓은 골동품점으로 다시 가보니, 한 여자가 차일을 끌어당겨 내리고 있었다.

대니: 문 닫으시는 건가요? 뭐 좀 사려고 하는데.

여자는 미소를 짓더니 상점 문을 열었다. 여자는 뻐드렁니에 입술엔 빨간 립스틱을 칠했고, 검은 머리카락에는 윤이 흘렀다. 대니도 여자를 향해 미소를 지었다. 그러니까 여자는 영어를 할 줄 알거나, 최소한 알아듣는다는 얘기였다. 주민들 전부 그런지도 모른다. 어쩌면 죄다 미국인인데 꾸며낸 억양으로 말하는 것일 수도 있다. 망할.

상점에 들어간 대니는 아까 창 너머로 본 석궁 주위를 맴돌다가, 손 닿지 않을 벽 높은 곳에 걸린 액자에 끼운 지도를 가리켰다. 빙고. 여자는 다른 방으로 들어갔고, 대니 혼자 남았다. 대니는 곧장 미끄러지듯 창가로 다가가 아까 자신의 끔찍한 몰골이 비치던 곳 뒤에 놓여 있던 사냥칼 중 하나를 슬쩍했다. 일 초도 걸리지 않았다. 대니는 재킷 안주머니에 떨어뜨리듯 칼을 집어넣었다.

그것은 묵직했다. 칼의 무게 때문에 왼쪽 어깨 부분의 옷자락이 늘어졌고, 대니는 가끔 자신의 맥박에 귀 기울이면서 느꼈던 안정감을 다시 느꼈다. 칼날이 그의 심장 바로 위에 매달려 있었다.

여자가 사다리를 들고 돌아오더니 꼭대기까지 올라갔다. 여자가 지도에 손을 뻗칠 때 굽 높은 신발을 신은 앙상한 다리가 바들바들 떨렸다. 이 여자는 하워드 밑에서 일하는 사람이고 지금 연기를 하고 있는 거라는 걸 알면서도 대니는 사다리를 잡아주었다.

여자는 지도 액자를 벽에서 떼어내 대니에게 건네주었다. 팔 밑에 끼기엔 너무 커서 두 팔을 활짝 벌려 받아들었다. 지도를 보자마자 대니는 아성을 찾아냈다. 하워드의 성과 그 주변 언덕을 그린 지도였다. 지도에는 두 개의 읍이 있었는데, 그중 하나가 지금 그가 있는 읍 같았다. 적어도 교회는 같은 교회였다. 그렇다면 다른 읍이 스크리-초-험프인 게 분명했다.

대니는 현금 100달러에 지도를 샀다. 이제 비행기표는 물 건너 갔다고 봐야 할 것이다. 처음부터 그랬다는 것, 여기 갇힌 신세라는 것을 몰랐을 뿐이다. 그는 하워드의 포로였다. 그 사실을 인정하고 나니 차라리 기분이 좋았다.

상점에서 나오니 읍내는 고요했다. 대니는 방패라도 되듯이 지도 액자를 몸 앞쪽으로 들고 다시 천천히 광장으로 돌아갔다. 축구를 하던 아이들 중 나이가 많은 축에 속하는 소년 하나만 광장에 남아 풋워크를 연습하고 있었다. 아이는 대니를 힐긋 보더니 그대로 고개를 돌려버렸다. 읍에서 그를 보고도 미소 짓지 않은 최초의 사람이었다.

아이들이란 원래 그런 법이다. 거짓으로 꾸미질 못한다.

대니는 눈을 질끈 감고 아이가 공 차는 소리에 귀를 기울였다. 공이 광장을 구르는 소리만 듣고도 아이의 움직임을 머릿속에 훤히 그려볼 수 있었다. 어렸을 적, 대니는 그 정도로 뛰어난 선수였다.


눈을 떠보니 몇 시간이 흐른 뒤였다. 언덕을 비추는 햇빛이 페인트를 칠한 듯 진한 오렌지빛을 띤 채 기울어진 것을 보고 대니는 그 사실을 알았다. 읍내는 그가 처음 왔을 때보다 훨씬 많은 사람들로 북적이고 있었다. 카페는 무릎 위에 자그마한 강아지를 안고 있는 노부인들로 발 디딜 틈이 없었다. 밝은 빛깔의 드레스를 입은 소녀들과 풍선을 막대기에 매달아 파는 한 사내가 있었다. 모든 것이 엄마가 아이에게 여기 개가 있네? 경찰 아저씨도 있네? 사과도 있네? 라고 이야기해주는 그림책 속 삽화처럼 알록달록했다.

대니가 앉은 벤치에 누군가 앉아 있었다. 대니는 그쪽을 돌아보왔다가 다시 똑바로 앉았다. 믹이었다.

믹(미소 지으며): 안녕하세요.

대니: 말도 안 돼.

믹: 하워드가 내려가서 찾아보라고 해서요.

믹이 그런 부탁을 들어주다니, 대니는 놀랐다. 내가 돌아가는 길을 못 찾을까봐 그가 걱정하던가요? 비난하듯 조롱하듯 말이 튀어나왔다.

믹: 내가 보기에 하워드는 예상을 못 하는 것 같군요. 당신, 이제 보니 어디로 튈지 종잡을 수 없는 사람이네요. 인정하죠? 그러더니 믹은 웃음을 터뜨렸다. 아, 하워드에겐 잘된 일이에요. 덕분에 계속 바짝 긴장하게 됐으니까.

대니: 그거야 뭐. 나도 그 친구 때문에 늘 바짝 긴장하고 있는걸요.

침묵이 흘렀다. 대니는 아주 작은 빈틈도 보이지 않을 작정이었다. 믹은 적의 넘버 투였고, 그 말은 하워드보다 훨씬 더 위험한 작자라는 뜻이었다. 그 사실을 명심해야 했다.

믹: 그래, 이 읍내는 어떤 것 같아요?

대니: 아주 좋은데요.

난 여기 오는 게 좋더라고요. 머릿속을 깨끗이 비워주죠.

대니는 일 분쯤 기다렸다가 질문했다. 내 사촌을 안 지는 얼마나 됐어요?

열네 살 때 알았어요. 감화원에서.

그 말이 어찌나 그럴듯한지, 전에도 들은 이야기인데 잊고 있었던 것 같은 기분이 들었다.

대니: 거긴 왜 갔는데요?

믹은 대니를 힐긋 보았다. 우리가 나쁜 짓을 했으니까요. 다른 이유가 있어서 감화원에 가는 사람도 있나요?

하지만 개과천선한 거군요.

믹은 싱긋 웃었다. 하워드가 그랬죠. 난 그냥 나이만 먹은 거고. 어쩐지 믹은 이 가짜 동네에서 대니 옆에 앉아 있는 게 다른 때보다 훨씬 더 편한 모양이었다. 대니는 이유가 궁금했다.

믹: 난 당신 사촌에게 신세를 많이 졌어요. 결론은 그래요.

신세야 하워드 쪽에서도 졌을 거 아녜요.

믹: 신세를 갚으려고 노력은 하는데, 점점 발 빼기만 힘들어지네요.

믹이 대니를 힐긋 보았다. 모든 것이 테이블 위에 올려진 셈이었다. 대니가 엿들은 믹과 앤 사이의 모든 것이. 어쩐 일인지 믹은 대니를 원망하고 있지 않았다. 오히려 그 반대였다.

믹: 자, 이제 다시 돌아갈 마음이 드나요?

별로요.

믹이 길게 숨을 들이마셨다. 나도 그래요.

그들은 광장을 바라보며 앉아 있었다. 한 노인이 하모니카를 불고 있었다. 아이들은 주변의 비둘기 떼를 쫓고 있었다. 대니는 한마디 말 없이도 믹과 뭔가 통하고 있다는 생각이 들었다. 그들은 닮은꼴이었다. 두 명의 넘버 투.

대니: 뉴욕으로 돌아가고 싶어요. 그럴 작정도 아니었는데 말이

나와버렸다.

믹: 하워드는 사람들이 떠나는 걸 좋아하지 않아요.

네, 그런 것 같더라고요.

자기가 일을 제대로 처리하지 못해서 그렇다고 생각하거든요. 주인 노릇을 못 했다고 말이에요. 당신은 머리까지 다쳤으니 그 심정은 더할 거예요. 당신이 낫기부터 바랄 걸요.

대니: 난 괜찮은데.

믹은 고개를 돌려 대니를 보았다. 요새 거울 본 적 없어요?

대니: 보고 기절하라고요? 그들은 웃기 시작했다. 잠시 후 믹은 대니를 보더니 한 번 더 웃었다. 혼자 있으면서 뭐 했어요?

창문에서 머리부터 곤두박질친 것 말고요?

아까보다 더 많이 웃었다. 대니는 웃음을 멈출 수 없을 것만 같았다.

믹: 그 정도면 대부분은 나가떨어질 텐데.

나는 아니에요. 나는 끝장을 봐야 하거든요. 대니는 웃지 않으려고 애썼다. 그 웃음에서 어딘가 병적인 것이 느껴졌던 것이다.

믹: 자, 돌아가기 전에 이걸 써보고 싶은 생각이 들지 않아요?

대니는 믹이 내민 것을 알아보긴 했지만, 그것의 정체를 받아들이기까지는 다소 시간이 걸렸다. 대니는 믹의 손에 들려 있는 귀중한 금속 덩어리를 보고 입을 쩍 벌렸다. 휴대전화.

대니: 어디서— 어디서 난 거예요?

믹은 웃었다. 휴대전화야 어디나 널렸죠. 휴대전화를 가진 사람이 아무도 없는 건 아니에요. 그냥 요새 하워드의…… 생각이 그런 거죠. 이런저런 생각이 많은 사람이니까요. 어쨌든 연락하고 싶은 사람에게 얼른 전화해요. 미국이랑 직통으로 연결되게 설정해놨으니까 번호만 누르면 돼요.

믹은 대니에게 휴대전화를 건네주고는 광장을 가로질러 소다수를 파는 수레 쪽으로 갔다. 그가 뒤를 돌아봤을 때도 대니는 꼼짝 않고 휴대전화만 뚫어져라 들여다보고 있었다. 그것이 외계의 존재인 양 낯설었다. 믹이 밝은 초록색 병을 치켜들고는 흔들어 보였다.

대니는 휴대전화의 폴더를 열었다. 이 모든 게 꿈만 같았다. 그는 떨리는 손가락으로 마사의 회사 번호를 눌렀다. 일 초 만에 마사의 목소리가 들렸다.

제이콥슨 씨 사무실입니다.

대니는 너무 놀라 그대로 굳어버렸다. 이렇게 빨리 마사와 연결되다니, 말도 안 됐다.

마사: 여보세요? ……여보세요? 아무것도 안 들리……

대니: 마사.

마사의 어조가 싹 달라졌다. 목소리 톤이 뚝 떨어지면서 훨씬 더 가까이 들렸다. 대니, 대니야? 당신…… 아, 세상에! 걱정돼서 돌아버리는 줄 알았어!

마사?

자기, 대체— 대체 뭔 일이 있었던 거야?

나도 몰라.

지금 나 웃기려는 거야?

대니는 자기가 통화하는 사람이 마사라는 사실을 믿을 수가 없었다. 너무 느닷없었고, 거리감이 어찌나 큰지 인정하기 힘들 정도였다.

마사?

대니, 나 마사 맞아. 왜 자꾸 물어?

내가 확실히 믿을 수 있게 뭐든 말해봐.

침묵이 흘렀다. 지금 이거 농담이지? 당신이 내 자리로 떡하니 전화를 걸었고, 내가 받았는데, 내가 내가 아니면 어떤 년이라는 거야?

대니는 마사의 말을 그대로 믿고 싶었지만, 그건 너무나 손쉽고 불가능한 소망인 것만 같았다. 어떤 사람을 생각하니까 그 사람이 곧장 나타나 내 귓전에 대고 말을 한다? 대니는 말했다. 당신이 당신이라는 것을 증명할 만한 말을 해봐.

긴 침묵이 흘렀다. 마침내 마사가 말했다. 대니?

응.

당신 다른 사람 같아.

다른 사람이 된 기분이야.

당신이…… 당신 같지가 않아.

대니: 신분 증명을 할 정보가 필요할 뿐이야.

마사: 정보라고? 당신 대체 누구야! 뭔 정보를 얻겠다는 거지?

마사가 아니었다. 이제 대니는 확실히 알았다. 그녀가 아니라 다른 사람이었다.

대니: 하고 싶은 얘기는 뭐든 말해봐.

대니는 어딨어? 그리고 내 전화번호는 어떻게 알아냈지?

내가 대니야. 지금 뭔 소릴 하고 자빠진 거야?

마사: 당신이 대니라는 걸 어떻게 믿어?

대니: 당신이 마사라는 걸 어떻게 믿어?

전화 받는 여자의 목소리가 겁에 질린 듯했다. 또다른 증거. 마사는 절대 겁을 먹는 법이 없었다. 여자는 목소리를 낮추어 거의 속삭이다시피 했다. 당신이 대니를 해코지했지, 그렇지?

대니는 듣기만 했다. 그 목소리는 확실히 귀에 익었다. 그러나 마사가 아니었다. 마사는 멀리, 뉴욕에 있었다.

마사: 지금 듣고 있어, 이 미친놈아? 그 좆같은 식당 일 때문에 이러는 거야? 아, 말도 안 돼. 그 사람 뉴욕에서 정말 떠나기는 한 거야?

대니는 손에 들린 휴대전화를 뚫어져라 보았다. 이 목소리가 어디서 들려오는 건지 그가 무슨 재간으로 알겠는가? 그는 고개를 들어 성을 보았다. 해가 성 뒤로 넘어가, 이제 성은 황금빛이 아니라 거의 검은색을 띠고 있었다. 성 그림자는 언덕을 뒤덮고 이제는 광장을 향해 몸을 뻗치고 있었다. 목소리의 주인공이 성 안에 있는 건 아닌지 대니는 궁금해졌다.

누구인지 알 수 없는 여자가 전화기 너머에서 울기 시작했거나, 혹은 우는 척하고 있었다. 알았어, 이 개새끼, 끊어주지. 하지만 네 구제불능의 몸뚱이에 도의를 지키는 세포가 단 한 개라도 있다면, 내가 사랑한다고 대니한테 말해줘. 마사가 대니를 사랑한다고, 알았어? 꼭 전해야 돼, 이 버러지 같은 새끼야. 나가 뒈져버려.

전화가 끊겼다. 대니는 떨고 있었다. 그는 텅 빈 시선으로 광장 너머를 보았다. 믹이 돌아오고 있었다.

믹: 뭐 문제는 없고요?

대니: 네, 없어요. 그는 믹에게 휴대전화를 건네주다가 하마터면 떨어뜨릴 뻔했다.

믹은 대니를 마주 보고 서서 걱정스러운 표정을 지었다. 통화는 잘되던가요? 누군가와 제대로 통화는 했어요?

대니: 네. 그런 다음 뭔가 다른 말이라도 해야 할 것 같아서 덧붙였다. 여자 문제라서.

아, 그래요. 그런 문제라면 저도 책 한 권은 썼을 걸요.

믹은 대니에게 초록색 소다수 병을 건넸고, 대니는 한참이나 꿀 꺽꿀꺽 들이켰다. 지나치게 달았지만 맛있고 시원했다. 마흔 병은 너끈히 마실 수 있을 것 같았다. 갑자기 서늘함이 느껴졌다. 성의 그림자가 광장까지 드리웠고, 천천히 전체를 삼켜오고 있었다.

대니: 이제 돌아가야 하나요?

믹: 네, 시간이 됐네요. 저거 잊으면 안 돼죠…… 뭔지는 모르지만. 믹은 벤치에 기대둔 지도 액자를 가리켰다. 어느새 대니는 그것을 잊고 있었다.

대니: 신경 안 써도 돼요. 그냥 여기에 두고 갈래요. 그러나 별이상한 사람 다 보겠네 하는 믹의 표정을 보고 결국 그는 지도를 집어들었다. 이걸 막상 들고 간다고 생각하니 말할 수 없이 껄끄러운 기분이 들었다.

믹: 이게 뭐예요? 그는 대니에게서 지도를 받아들고는 살펴보

왔다. 야, 이거 하워드가 진짜 좋아하겠는데요.

대니: 그게 우리가 할 일이잖아요.

믹은 놀란 표정을 짓더니 이내 웃음을 터뜨렸다. 주세요, 내가 가지고 갈게요. 믹은 팔이 길어서 액자를 너끈히 겨드랑이에 끼었다. 대니는 자신의 숄더백을 들었다.

그들은 언덕으로 돌아갔다. 너무 오랫동안 앉아 있어서인지 대니는 전에 없이 다리를 심하게 절었다.

믹: 그건 그렇고, 아성 창틀에서 남은 부츠 한 짝을 찾았어요. 당신이 묵는 방에 갖다놨어요.

처음에 대니는 말뜻을 알아듣지 못했다. 생각해야 했다. 부츠. 창문. 아성. 그러다 갑자기 가슴이 졸아든 나머지 말도 나오지 않았다. 한참 지나고 나서야 고마워요, 라고 말할 수 있었다.

뭘요.

그들은 아무 말 없이 오래도록 걷기만 했다. 마음이 편해지는 침묵이었다. 점차 나무들이 그들을 에워싸며 거리를 좁혀왔고, 빛을 차단했다. 공기가 싸늘해졌다. 대니는 호주머니에 넣어둔 칼을 기억해냈다. 한 걸음 한 걸음 걸을 때마다 상의가 아래로 늘어졌다.

대니: 예전에 약 했죠?

믹이 걸음을 멈추지 않은 채로 대니를 돌아보았다. 그 놀란 표정을 보고 대니는 말하지 말아야 했나 싶었다.

믹: 지금도 하고 있는 거나 마찬가지예요.

아직도?

그건 영원한 거죠. 사랑처럼. 그러더니 그는 웃었다.

하고 싶어요?

자나 깨나 환장을 하죠.

뭐가 좋은데요?

믹: 좋은 질문이네요. 그는 잠시 생각에 잠겼다. 내가 그리워하는 건…… 방정식이에요. 왜 있잖아요. 이 정도의 돈이 있으면 이만큼 살 수 있다. 또 그만큼의 양이면 다음번에 하고 싶을 때까지 이만큼의 시간 동안 천국을 날아다닐 수 있다는 뜻이다. 계산이 딱 나오죠? 난 계산하는 게 좋아요.

대니: 다른 걸 계산하면 되잖아요.

믹: 난 모든 걸 계산해요. 우리가 나누는 말을 계산하고, 발걸음을 계산하고, 나무를 계산하고.

그렇게 해서 뭘 하는데요?

믹은 웃었다. 그걸로 뭘 하느냐고요? 아무것도 안 해요. 다 잊어버려요. 그냥 미치지 않으려고 하는 짓이에요.

대니는 도착하기도 전에 성의 존재를 느꼈다. 낮게 떨려오는 진동이 발밑에 느껴졌다. 이윽고 그들 앞에 성의 정문이 어렴풋이 나타났다. 첫날 밤 대니가 안으로 들어가려고 고생했던 바로 그 문이었다. 믹이 한편으로 돌아가더니, 대니가 본 적이 없는 문을 열었다. 드디어 찾았네. 입구가 여기군.

대니는 문간을 넘으려다가 멈춰 섰다. 믹?

믹이 돌아보았다.

대니: 당신은 왜 못 떠나는 건데요?

내가 뭘 못……?

왜 못 떠나느냐고요. 이 성을.

아, 알아챘군요.

확실히요.

이런, 열받는데요.

그렇겠죠. 그런데 왜 못 떠나는 건데요?

믹은 문간을 떠나 대니가 서 있는 곳으로 다가왔다. 머리 위로 낮게 드리운 나뭇가지에서 솔향기가 났다.

믹: 나는 가석방 상태거든요. 밀거래로 5년형을 받았는데, 넉 달 전에 하워드의 보호관찰하에 가석방 처분을 받아 여기 와서 일하게 된 거죠. 하워드 없이는 아무 데도 못 가요. 봐요, 이렇게 또 하워드에게 신세를 지고 있는 거예요.

모르겠는데요. 오히려 하워드가 당신에게 신세를 지고 있는 것 같은데.

아뇨, 아뇨. 그런 게 아니라니까요. 난 열받아서 마구잡이로 망가지고 있는데, 그런데도 하워드가 날 도와주고 있어요. 어마어마한 책임이 뒤따르는데도. 가석방이 취소되면 그는 내 재수감 문제도 해결해야 하고, 관리위원회에 통보도 해야 돼요. 그리고 내가 볼 때, 중범에게 일자리를 주는 사람은 없어요. 그런 거죠. 난 못 떠나요. 끝. 지금— 지금 나는 분에 넘치는 생활을 하고 있는 거라고요. 그의 배려 덕분에.

대니: 알았어요.

대니는 믹을 따라 문간을 지나 자갈이 깔린 그늘진 통로로 들어섰다. 성벽 안쪽은 거의 캄캄하다시피 했다. 공포가, 가슴속의 얼음이 도드라지는 것을 대니는 느꼈다. 그는 코트 자락 아래의 칼을 더듬어 만졌다.

통로 끝까지 가자, 성채로 이어지는 둘째 문이 나타났다. 믹은 지도를 내려놓은 다음 호주머니에 손을 넣어 열쇠를 찾았다. 그는 땀을 흘리고 있었다. 판돈을 다 날린 듯한 그의 표정을 보자, 대니는 가슴이 아팠다. 그 허다한 노력과 허다한 실패. 그리고 이제 그는 하워드의 손아귀에 있다. 이 가여운 인생아, 대니는 생각했다.

믹이 열쇠를 찾아 문을 열었다. 믹과 대니가 안으로 들어가려고 서 있던 순간, 잠시 기묘한 시간이 흘렀다.

믹: 자. 즐거운 우리 집으로 돌아왔습니다.

# 13장




튜브 하나가 내 배에서 뻗어나와 있다. 내가 아는 것은 그 정도다. 그런 것이 왜 배에 꽂혀 있느냐는 내 물음에 대한 대답은 이렇다. 두번째 수술로 인한 합병증.

**두번째 수술? 그럼 첫번째는 어쨌는데?**

첫번째 수술 때는 배 속에서 연장을 빼내기만 했어. 응급실에서 여기로 온 날 바로 수술을 했지.

내가 제일 좋아하는 간호사 해나의 대답이다. 재소자와 이야기를 하려면 규칙을 따라야 하는데, 해나는 자기만의 규칙서를 갖고 있고 그것만 따른다. 해나의 규칙에 따르면, 의사도 간호사도 모두 그녀가 내리는 지시를 따라야 한다. 만약 해나가 그들을 모른다면, 그건 그들이 해나의 계급조직 맨 아래쪽에 위치한다는 뜻이다.

사랑해요, 해나, 나는 말한다. 수도 없이 하는 말인데 정확히 몇 번이나 말했는지는 모르겠다. 온갖 약에 푹 절어서 내 기억력은 엉망진창이다.

해나는 멀뚱멀뚱 눈알을 굴리지만, 분명 좋아하는 눈치다. 그녀는 나를 LB라고 부른다. 난봉꾼Lover Boy이라는 뜻이다. 모르핀이 그렇게 좋아? 그녀가 말한다. 네가 사랑하는 건 모르핀이야.

맞는 말이다. 하지만 병원에서 주는 모르핀은 늘 부족하기만 하고, 반면 해나의 존재만은 늘 모자람이 없다. 숙녀에게 몸무게를 물어보는 건 실례지만, 짐작하기로 그녀는 160킬로그램은 너끈히 나갈 것이다. 그 살찐 모습이 그녀에게는 더없이 환상적으로 어울린다. 오직 여왕만이 입을 수 있는 두껍고 화려한 가운을 걸치고 있는 것처럼.

해나, 나는 말한다. 연장 한 자루 빼낸다고 배를 열 것까지 있었나요?

바로 그 순간, 머릿속에서 뭔가가 나를 슬그머니 찌르는 기분이 든다. 전에도 해나와 이런 대화를 나눴던 것 같다. 두어 번, 아니, 더 된다. 그러나 해나는 절대로 진실을 말해주는 법이 없다.

그 연장이란 게 보통 만만치 않은 놈이더라고, 해나가 말한다. 그녀가 거론하고 있는 건 크리스마스트리다. 크리스마스트리에는 여러 방향으로 뻗어나가는 버팀 살들이 있는데, 그중 하나만 뽑아 배 속에 담갔다 빼도 창자를 푸짐하게 발라낼 수 있다. 그러나 톰톰은 그것을 다시 빼낼 기회를 잡지 못했다. 데이비스가 먼저 그를 바닥에 때려눕혔기 때문이다. 고로 성가신 데이비스가 내 목숨을 구했다는 이야기다.

그래서 의사들이 뭘 했어요? 배를 째서 빼냈어요? 나는 해나에게 묻는다.

외과의들이 하는 일이 바로 그거지. 배 째기. 로켓과학 같은 게 아니잖아. 이 위층에서 우리가 하는 일에 비하면 복잡하달 수도 없는 일이지. 그래도 제대로 잘하지 않으면 안 되는 일이야.

이렇게 입을 놀리는 내내 해나는 일을 하고 있다. 여러 가지 링거 팩을 갈고, 모니터를 조정하고, 기계가 삑삑 뿅뿅 소리를 낼 때마다 일일이 살핀다. 병실 안은 우중충하다. 살구색을 띤 벽 구석구석마다 먼지 덩어리들로 가득하다. 그러나 해나가 그저 여기 와 있는 것만으로도 이곳은 한 단계 격상된다.

그럼 두번째 수술에선 뭘 했어요?

첫번째 수술 팀이 한 작업을 섬세하게 마무리했어. 너덜너덜하게 남아 있던 부분을 매끈하게 다듬은 거지. 응급 상황이라 나중으로 미뤄졌거든.

그런데 튜브는 뭣 때문에?

해나의 입술이 일자를 그린다. 그녀는 튜브에 온 정신이 가 있다. 그것 때문에 할 일이 태산이다. 씻어줘야지, 수시로 살펴야지, 흘러나오는 게 있으면 일일이 대처해야지. 정확하게 어떤 일인지는 나도 모른다. 내 몸에서 나오는 게 뭐 이렇게 많은지, 정신이 하나도 없다.

제 앞에 떨어진 일에 아주 유난을 떠는 의사가 하나 있다고만 말해두지.

오 분이 지나고 그 유난 떤다는 의사가 병실에 들어오자 해나는 입을 다문다. 젊은 남자인데, 나이보다 희끗한 머리칼이 살짝 곤두선 모습이 늘 부산하게 움직이는 것처럼 보인다. 아닌 게 아니라, 여기 서서 나 같은 인간을 내려다보느니 차라리 계속 움직이고 싶어하는 눈치다.

그는 튜브를 만지작거리고 이리저리 움직여본다. 그도 튜브가 성에 차지 않는 눈치다. 처음에 나는 이것저것 많이 물어봤지만, 의사들의 대답을 대부분 알아들을 수 없었고, 알아들었다 해도 무슨 의도로 그런 말을 하는지 이해할 수가 없었다. 어쨌든 결국엔 다 잊어버리고 말았다.

젊은 의사가 해나에게 말을 하자, 해나는 거의 속삭이듯 네, 선생님, 아뇨, 선생님 하고 대답한다. 그런 모습을 처음 봤을 때는 민망해서 그녀의 얼굴을 똑바로 보지 못했지만, 결국 얼굴을 보고야 말았을 땐 오히려 그 표정 덕분에 그런 상황이 재미있어졌다. 그녀는 자신이 의사를 시험하고 있으며, 그가 자신의 존재를 증명하든 아니면 스스로 목을 매달게 되든 일단 끼어드는 법 없이 기회를 주고, 기다리며 지켜보겠다는 표정을 짓고 있었다.

의사가 나가자 나는 묻는다. 해나, 저 의사 자를 거죠?

잘 배워서 지금보다 일을 잘하게 되면 또 모르지. 그녀는 말한다. 난 기회를 주면 누구나 일취월장할 수 있다고 믿으니까.

바로 그 순간, 해나가 사라져가는 것처럼 보이기 시작한다. 부지기수로 일어나는 일이다. 안개 같은 어스름이 밀려들면서 눈알이 뒤로 넘어가는 게 느껴진다. 나는 생각하고 있다. 그게 크리스마스트리였다면, 톰톰이 정말로 작정하고 날 죽이려고 했다는 뜻임을. 크리스마스트리는 못 봤는데.

계속 글을 쓰고 있지만, 수업에 제때 복귀해 이수할 방도는 전혀 없다. 이제는 그냥 습관이 돼버린 것 같다. 일 분간은 뭐가 어떻게 돌아가는지 모를 정도로 개판이다가, 그다음 순간엔 이것저것 떠오르기 시작하면서 머릿속에서 목록처럼 정리된다. 해나가 의사를 지켜볼 때 어떤 기분일지 알 것 같다. 체계를 잡는 것. 통제.

사흘이나 해나를 못 보게 되자 점점 더 미칠 것 같다. 대신 나를 돌봐주는 간호사는 앤절라인데, 이름과는 달리 천사 같은 구석이라곤 전혀 없다.* 딱 봐도 죄수를 싫어하는 게 훤한 것이, 이 일을 하는 건 어디까지나 위험수당 때문이다. 그런 간호사들은 대개 겁쟁이거나 신경질쟁이거나 아니면 둘 다일 때가 많다. 앤절라의 경우는 덮어놓고 화를 내는 쪽이다.

해나는 어디 갔나요? 사흘째 되던 날 나는 묻는다. 첫째 날과 둘째 날에 묻지 않아서 물어보는 건 아니다.

쉬는 날이에요.

며칠을 연달아 쉬다니, 뭔 일 있는 건가요?

내가 알 바 아니에요.

신경 안 쓴다는 말인가요, 아니면 모른다는 말인가요?

앤절라는 대답하지 않는다.

어디 아픈 건가요? 뭐 안 좋은 일이라도 있는 건가요? 휴가를 간 건가요?

---

* 앤절라(Angela)라는 이름에 포함된 'angel(천사)'을 의미한다.

관리처장에게 물어봐줄게요.

그녀가 그 말을 한 직후, 나는 배를 내려다보고 충격을 받는다. 튜브가 사라졌다.

튜브는 어쨌어요? 내가 묻는다.

오늘 아침 당신이 자는 동안 아서 선생님이 제거했어요.

그렇다면 회복되고 있다는 뜻인가요?

다시 수술을 받아야 한다는 뜻이에요.

언제요?

오늘 중으로.

오늘 중으로 해나가 병원에 올 일은 없나요? 미친 소리다. 해나는 아무 힘 없는 보통 간호사이고 그 외에는 몽땅 환상에 불과하다는 것을 알고 있지만, 그래도 해나 없이 수술을 받고 싶지는 않다. 뭐가 잘못될 경우에도 알아낼 도리가 없기 때문이다.

당신이 이야기를 하고 싶어한다고, 시간 내실 수 있는지 의사 선생님께 여쭤보죠.

좋아요, 나는 말한다. 차라리 병원장님도 불러오는 게 어때요? 그냥 나한테 솔직히 얘기해주면 안 돼요? 수술을 하는 게 더 좋아졌기 때문인가요, 아니면 더 나빠졌기 때문인가요? 그러니까 내가 묻고 싶은 건, 이게 포상인가요, 아니면 형벌인가요?

내 쪽으로 몸을 돌리는 앤절라의 눈은, 정말 요만큼도 과장 없이 반쯤 튀어나와 있다. 그녀가 말한다. 지금 하는 질문들이 하나같이 납세자들의 세금을 필요로 하는 질문이라는 건 알아요? 저기 병실 문 밖에 있는 두 경비원은 얼마나 받고 이 일을 할 것 같아요? 아래층에서는 건강보험이 없다는 이유로 아픈 사람들을 돌려보내는 판에, 당신들 같은 강도, 강간범, 살인자들이 여기 떡하니 누워 신선놀음을 하다니 말이 되냐고요.

나는 다시 한번 물어본다. 하지만 수술은—

여기 침대에 미터기를 달았어야 했다니까. 그녀가 말한다. 그래야 자기가 돈 먹는 괴물이라는 걸 깨닫지. 나도 내 할 일 할 짬이 생기고.

지난번 수술이랑 똑같—

15달러.

아니면 뭔가가—

15달러 추가. 그러니까 이제 30달러예요.

나는 앤절라를 똑바로 쳐다본다. 머릿속에 자욱이 안개가 끼기 시작한다. 나는 말한다. 정말로 그 돈을 달라는 말인가요?

앤절라는 지금의 상황이 그다지 바람직하게 보이지 않는다는 걸 불현듯 깨닫고는 뒤를 힐끗 돌아본다. 아무 말도 안 들리네요, 그녀는 말하더니 콧노래를 부르기 시작한다. 부르고 또 부른다. 나는 말을 걸어보려고 하지만 그녀는 계속 콧노래만 부르고 있다.

어스름이 깔린다. 아름다운 모르핀의 어스름. 나는 그것을 반겨 맞이한다.


다시는 날 두고 가지 마요. 마침내 해나가 복귀했을 때 나는 그녀에게 말한다.

미안해, LB. 개인적인 용무가 있었어. 그래, 내가 없는 동안 그것들이 또 몰래 일사천리로 수술을 했구나.

어떤 것 같아요? 나는 그녀에게 묻는다.

해나는 침대보를 들어올리고 내 배를 힐긋 본다. 내가 내 배를 못 본 지도 한참 됐다.

나쁘지 않아, 그녀는 말한다. 엉망으로 꿰맨 데도 없고, 망쳐놓은 데도 없고.

튜브도 없고.

내 말이 바로 그 말이야, LB. 그 튜브는 골칫거리의 징표였다니까. 이렇게 말해줄 수 있는 것도 이젠 아무 문제가 안 되니까 그런 거야. 아래층 사람들이 일을 제대로 처리해서, 이제 튜브 같은 건 없어도 돼.

머릿속이 혼탁하다. 약을 더 많이 쓴 거다. 왜? 궁금하다. 불만이 있다는 뜻은 아니다.

내가 입원한 지 얼마나 됐죠, 해나? 전부 합쳐서.

해나는 내 차트를 집어든다. 이십삼 일.

그렇다면 수업은 거의 끝났겠군. 뱃가죽이 뜯기던 날만 해도 수업이 네 번밖에 안 남은 시점이었으니까.

다음 주에 퇴원할 가망은 전혀 없나요?

전혀 없는데, LB.

그럼 끝이다. 더는 홀리를 볼 수 없다. 그래도 글은 계속 써야지.

저기, 해나, 나는 말한다. 죄수들한테 어떻게 이렇게 잘해줄 수 있는 거죠?

그건 나하고는 아무 상관이 없는 문제니까, LB. 그녀가 말한다.

너와 하느님 사이의 문제지.

　나는 꿈을 꾼다. 제길, 약발 때문에 꾸는 꿈, 지나간 과거가 정
체된 차선처럼 사방팔방으로 넘쳐나는 그런 꿈들. 어떤 때 나는
학교에 있다. 내가 선수를 쳐서 다른 애들 밥을 빼앗지 않으면 그
애들이 내 걸 빼앗아간다. 그러나 하위는 그렇게 못 한다. 처음 온
날 하위는 말한다. 다른 애들 밥까지 먹고 싶지 않아. 그렇게 많이
못 먹어. 내 밥만 먹으면 돼. 그래서 나는 그에게 말한다. 야, 뺏
어, 안 그러면 딴 애들이 네 밥을 빼앗아간다니까, 그러면 굶어야
돼. 내가 봐서 알아. 학교에서 너 같은 뚱땡이를 받아줘도, 다음
순간엔 다들 해골바가지가 돼 있다니까. 그러고선 관에 넣어 묘비
도 없는 무덤에 묻는 거야. 그리고 나는 웃기 시작한다. 갓 들어온
신참답게 순해빠져서는 겁을 집어먹은 표정이라니. 처음엔 다 그
렇다. 하지만 여기 오래 있으면 모든 걸 비웃게 된다.
　엄마가 있어야 할 자리는 사진에서 누군가의 얼굴을 도려냈을
때처럼 텅 비어 있다. 내가 기억하는 아빠의 모습은 얼굴이 아니
라 다리다. 당신은 키가 컸다. 말처럼 종아리와 허벅지가 단단하
고, 무릎은 섬세했다. 아빠의 손을 잡아보겠다고 위로 뛰어올라
손을 뻗은 기억들. 내 손이 아빠가 보고 있던 TV 화면에 얹힌다.
두 손으로 TV 화면을 짚고 겨우 몸을 가누는 걸 보니 나는 정말 작
은가보다. 그리고 갑자기, 빛에 감싸인 그것들이 그곳에 있다는 걸
나는 알아차린다. 두 개의 손. 포동포동한 아기의 손. 바로 나다.

눈을 떠보니 홀리가 내 옆에 있다. 아니, 이렇게 말해야 하나. 요새 내 주위의 모든 사람들과 마찬가지로 노란 종이옷에 종이 마스크를 쓰고 누군가가 내 옆에 앉아 있는데, 얼굴이 홀리의 얼굴이다. 약발 때문에 이러는 게 분명하다. 나는 눈을 질끈 감고 정신을 차리려 한다.

안녕하세요. 그녀가 말한다.

당신일 리가 없는데.

그렇담 난 큰일 난 거네요. 홀리가 말한다.

나는 웃으려 하지만, 아무래도 몇 차례 수술을 받다가 웃는 근육이 사라진 모양이다. 여긴 어떻게 들어왔어요?

나만의 노하우가 있거든요. 그녀는 미소 짓고 있다. 비록 마스크에 얼굴이 가려 있지만, 그녀의 눈만 봐도 알 수 있다. 그리고 그 미소 뒤에서 그녀는 죽도록 겁을 먹고 있다.

해나가 들여보내준 게 틀림없다. 하지만 병원에서 나를 중환자실로 옮긴 후로 나는 그녀의 담당이 아닌데. 그건 그렇다 쳐도, 해나는 무슨 힘이 있어서 경비원들을 구워삶아 홀리를 여기까지 들여보낼 수 있었을까? 하긴 해나라면 그럴 수도 있을 거라는 생각이 든다. 해나가 못 하는 일은 없다.

좋아요. 나는 말한다. 와주니까 좋군요.

당신이 수업에 안 나와서 다들 아쉬워했어요.

왜 이래요.

정말이에요. 뭐랄까…… 수업이 보잘것없게 느껴졌어요.

그래요, 톰톰도 없었겠군요.

톰톰은 특수 감옥으로 보내졌다고 들었어요.

그녀의 얼굴에서 뭔가 고민 같은 것이, 절망이, 무언가가 밀려 나오고 있다. 그녀의 눈만 봐도 알 수 있다. **고뇌.** 내가 쓰는 말은 아니지만 지금 그녀에게 딱 맞는 말이다.

레이, 홀리가 말한다. 구역질이 나요, 당신한테 일어난 일을 생각하니까.

괜찮아요, 늘 있는 일인 걸요. 익숙해질 거예요.

웃기지 마요.

그녀는 나를 바라보고 있다. 내 얼굴이 아니라, 얼굴을 뺀 나머지 부분을. 또다시 튜브가 박혀 있다. 그래서 나를 여기로 옮긴 것이다. 수술한 데 아파요? 그녀가 묻는다.

그래야 말이 되지 않겠어요? 안 그러면 약에 이렇게 맛이 갈 리가 없죠.

병실은 평소보다 더 조용한 듯하다. 삑삑거리는 기계 소리조차 낮아진 것 같다. 그러자 이런 생각이 든다. 이게 다 내가 꾸며낸 건가? 홀리의 수업이 있던 날, 쉬는 시간에 한참 동안 아무도 얼씬하지 않는 가운데 나와 그녀 단둘만 있던 그때 같다. 마치 하느님이 그렇게 정해주기라도 했던 것 같았다.

나는 홀리를 바라본다. 이렇게 이상한 곳에서 해괴한 옷을 걸치고 있는 우리. 우리 사이의 모든 것이 사라져버린다. 홀리 T. 패럴, 나는 말한다. 당신은 누구죠?

홀리가 말한다, 난 별다를 것 없는 사람이에요. 그녀가 정말로 그렇게 생각한다는 걸 알 수 있다.

아이는 셋? 내가 바로 맞혔나요?

둘이에요.

누가 떠난 거예요, 그 남자? 당신?

잠시 말이 없는 걸 보니, 다음에 나올 대답은 어떤 대답이건 진실이 아니리라는 것을 알 수 있다.

내가 떠났어요.

잘했네.

홀리는 자신이 몸담고 있는 또다른 직업에 맞춘 옷차림을 하고 있다. 무늬가 있는 옷이 노란 종이 깃 위로 올라와 있다. 목에는 작은 목걸이를 걸고 있다. 모자 때문에 머리칼은 보이지 않는다.

오늘 멋진데요, 내가 말한다.

그게 바로 내 일이에요. 그렇게 말하고 홀리는 웃음을 터뜨린다. 사실 그건 아니고, 난 대학 입학처에서 일해요. 그 덕분에 거기서 학사학위를 받았고, 지금은 문예창작 석사과정을 밟고 있어요. 시간을 두고 천천히.

애들은요?

딸만 둘이에요. 열 살, 열세 살.

그 사실 하나하나가 달콤하게 덩어리져서 내 가슴속으로 떨어진다. 열이 높은 것도 신경쓰이지 않는다. 나는 병원에서도 어떻게 하지 못하는 열을 앓고 있다.

레이, 홀리가 내게 가까이 다가오며 말한다. 난— 난 늘 궁금했어요. 무슨 일이 있었던 건지.

톰톰이랑요?

아뇨, 그 전에 있었던 일요. 왜 감옥에 온 건지.

아, 그거.

받아들이고 싶어요.

나도 받아들이지 못하는 것을.

애기 못 할 것 같으면 사실만 말해줘요. 그러면—— 그러면 나한 테 도움이 될 것 같아요.

나는 대답을 하기 전에 한동안 뜸을 들인다. 그리고 마침내 입을 연다. 그 사실이라는 게, 내가 쏜 총알이 한 남자의 머리를 관통했다는 거예요.

그녀는 마른침을 삼킨다. 알던 사람이에요?

친구였어요.

그녀는 눈을 내리깔고 자기 손을 내려다본다. 나는 그녀만 쳐다보고 있다. 그녀의 반응이 궁금해서가 아니다. 오히려 피하고 싶다. 하지만 설령 그렇다고 해도, 나는 여기 내 옆에 그녀가 와 있는 이 시간을 일 초도 놓치고 싶지 않다. 이 순간을 기억해두고 싶다.

그럴 만한 이유가 있었겠죠. 그녀가 말한다.

이유는 많았다. 너무 많았다. 그럴듯하게 들리도록 이야기를 꾸며낼 수도 있었지만, 그런 건 넌더리가 난다. 어떻게 봐도 내가 저지른 일이다.

홀리는 꽤 오랫동안 그 사실을 곱씹는다. 마침내 그녀가 말한다. 난 인생이 그런 식으로 흘러갈 수도 있다고 생각하는 게 싫어요. 그러면 세상이 더없이 위험해 보이게 되니까요.

아이들에게 사랑을 줘요, 내가 그녀에게 말한다.

그녀가 고개를 든다. 그녀의 얼굴을 보고 나는 놀란다. 그녀의 표정이 환히 열리고, 얼굴을 덮은 종이 마스크가 갑자기 투명해진 것 같다. 나는 마스크 너머 그녀의 표정을 읽는다. 순간 어떤 인생, 우리가 함께할 수도 있었을 인생(바비큐, 강아지들, 침대 위의 우리에게 몸을 던지는 아이들)이 찰나지만 강렬하고 분명하게, 섬광처럼 펼쳐진다. 마치 창밖에서 풍겨오는 음식 냄새가 하도 진해서 단번에 그 재료를 맞힐 수 있는 것처럼. 그러더니 곧 사라져버린다. 그것이 사라지고 나니, 홀리가 내 손을 잡고 있다. 마침내, 그렇게 기다리고 기다린 끝에, 그녀의 손이 내게 돌아온 것이다. 메마르고, 서늘하고, 가느다란 손가락. 헐거워서 돌아가는 반지. 나는 눈을 감는다. 내 손은 너무 뜨거워서 손가락마다 맥동이 느껴질 정도다. 그녀가 손을 놔버릴까 두렵지만 그녀는 그대로 있다. 계속 내 손을 감싸쥐고 있다. 그녀의 서늘한 다정함이 나를 온전히 안아 열을 식혀주는 것 같다.

눈을 뜨고 보니 홀리는 울고 있다. 종이 마스크가 다 젖었다. 내가 말한다. 무슨 일이 있군요, 그렇죠?

그녀는 고개를 끄덕인다. 눈물방울이 계속 흘러넘친다.

지금 내게 고개를 들어올리는 건 데이비스의 팔굽혀펴기 칠백 번에 맞먹을 정도로 어마어마한 에너지를 요구하는 일이지만, 나는 기어이 들어올린다. 맞잡은 우리의 손을 보고 싶다. 그리고 두 손은 마치 함께 누운 두 사람처럼 한데 얽혀 내 가슴에 놓여 있다. 두 손 뒤로 갈색 플라스틱 튜브가 보인다. 내 목이 경련한다.

나는 고개를 다시 뒤로 떨군다. 어스름이 다가오고 있다. 고개

만 들었을 뿐인데 한 방 맞고 기절한 것 같은 기분이다. 홀리가 흐
느끼는 소리가 들리고, 나는 그녀가 손을 뺄까 두려워 힘주어 그
녀의 손을 잡는다. 홀리는 다른 손으로 눈물을 훔친다. 병원에서
왜 그녀를 들여보내줬는지 이제 나는 안다.

# 14장

하워드: 두 손 들었다, 대니. 비결이 뭐야?

대니: 비결? 대니의 재킷 주머니에는 여전히 칼이 들어 있었다. 대니는 그것을 만지작거리지 않으려고 애썼다. 그게 무슨 소리야?

하워드는 홀의 긴 테이블 위에 몸을 수그린 채 가지 달린 촛대의 촛불로 대니가 읍에서 가져온 지도 액자를 꼼꼼히 살피고 있었다. 막 저녁식사가 끝난 참이었다. 대니에게는 스물네 시간 만에 먹은 첫 끼니였는데, 메뉴는 하워드가 요리한 올리브와 털머위 잎을 곁들인 치킨스튜였다. 대니는 이렇게 맛좋은 치킨스튜는 난생처음이라고 주저 없이 말할 수 있었다.

하워드: 너 뭐랄까…… 이 말 이상하게 받아들이지 마. 좌충우돌하고 다니는데다 당장 어떻게 될 것처럼 굴고, 하는 일은 없는 것 같은데 느닷없이 이런 물건을 들고 나타나니 말이야.

대니: 마음에 드나보군.

하워드가 고개를 들었다. **마음에 든다**는 말로는 어림도 없어. 믿을 수가 없어, 대니. 이건— 이건 우리 모두가 여기 와서 매일매일 찾아오던 거라고. 그런데 우리가 여기에 온 지 며칠이나 됐지?

사십 일. 믹의 대답이 들려왔다. 방 안의 조명은 테이블 위에 놓인 초 몇 개가 전부라 대니에겐 그의 모습이 보이지 않았다.

하워드: 넌 엄청난 일을 해냈어, 대니. 이게 바로 **그거야**. 빠져 있던 한 조각. 머리에 붕대를 칭칭 동여맨 네가 어쩌다가 찾아낸 게 바로 그거란 말이지. 정말 미친 거 아니냐고!

대니는 애써 자연스러운 미소를 지었지만, 실은 그다지 자연스럽지 않았다. 대니는 하워드 때문에 정신이 하나도 없었다. 그는 하워드가 자기를 조롱하고 있고, 나중에 창피를 주기 위해 지금 든든히 밑밥을 깔아두는 거라고 확신했다. 아니면, 혹시 대니 속으로 더 깊이 파고들어가는 벌레 때문일까. 하지만 하워드가 벌레였지 않나. 생각이 제자리에서 맴돌았다. 그러다가 하워드가 칼에 대해 알고 있는지 궁금해졌다. 만약 알고 있다면 대니로서는 유리한 고지도 잃었으니, 이제부턴 전면전이었다. 대니는 하워드가 칼에 대해 알 리가 전혀 없다며, 그가 안다고 생각할 이렇다 할 근거가 없다고 속으로 되뇌었지만, 그래도 왠지 그가 알고 있을 것만 같았다.

하워드: 대니, 이 지도를 눈여겨봤던 거야?

본 지 얼마 안 됐는데.

하워드: 그렇다면 왜 산 거야?

나도 모르겠어.

주머니 속 칼의 무게가 묵직하게 느껴지는 그 순간, 갑자기 하워드가 자기를 지켜보고 있다는 압박감이 거의 물리적으로 엄습해왔다. 대니는 사촌의 눈을 똑바로 바라볼 수가 없었다.

하워드: 다시 생각해봐. 정말 궁금해서 그래. 제대로 본 적도 없는 걸 왜 살 생각을 한 거야?

그냥 갑자기 그러고 싶더라고.

하워드는 의자에서 일어나 대니에게 다가왔다. 어디서 샀어?

광장 근처에 있는 조그만 골동품점에서.

뭣 때문에 거기에 눈길이 간 거야? 왜 거기 들어갈 생각을 했어?

대니의 배 속에서 닭고기가 꿈틀거렸다. 칼의 무게 때문에 재킷이 이상하게 늘어져 보이는 건 아닌가 하는 생각이 들었다. 주머니에 손을 넣지 않기 위해 온 의지를 끌어모아야 할 판이었다.

하워드는 이제 대니의 의자 뒤에 와 있었다. 대니, 자꾸 이것저것 물어봐서 짜증난 건 아니지? 근데 아무래도 너한테는—사람들이 부르기로는 제각각이겠지만—내 식대로 표현하자면 일종의 개코가 달린 것 같아. 다른 사람들이 못 알아보는 걸 쏙쏙 골라내니 말이야.

대니: 고마워. 하워드는 대니가 앉은 의자 등받이를 자기 쪽으로 잡아끌고 있었다. 대니는 사촌이 자기를 자빠뜨리려는 건 아닌가 하는 생각마저 들었다.

하워드: 아무튼, 이제 좀 보자고. 다들 이리 와서 대니가 찾아낸 이 지도를 좀 봐. 하워드는 저녁을 먹은 대학원생 몇 명이 아직도 어슬렁거리고 있는 어두운 방에 대고 외쳤다. 그러나 딱히 그의

말에 관심을 갖는 사람은 없는 듯했다.

하워드는 가지 촛대 몇 개를 지도 가까이로 옮겨왔다. 대학원생들이 천천히 다가오기 시작했다. 꼬마 벤지도 왔다.

벤지(대니에게): 안녕.

대니: 안녕.

머리 괜찮아요?

아주 괜찮지. 네 머리는 어떠냐?

내 머리는 괜찮죠. 당연한 거 아니야?! 벤지는 까르르 웃고 반응을 기다렸지만, 대니는 웃지 않았다. 아직도 슬퍼요?

슬퍼한 적 한 번도 없는데.

어? 슬퍼했잖아요. 내가 봤는데.

대니는 자리를 뜨려 했다.

하워드: 대니, 이리 와. 지도 같이 봐야지.

마침내 일단의 사람들이 테이블에 모였다. 촛불 빛이 지도 위를 넘실댔다. 봐. 하워드는 나지막하게 말했다. 그리고 모두 지도를 들여다보는 동안 긴 침묵이 흘렀다.

앤: 끝내준다.

그렇지? 믹, 이거 보여?

응.

믹이 다가와 있었다. 성으로 돌아온 후 대니는 믹과 한 번도 눈을 마주치지 않았다. 하지만 이제는 뭔가 달랐다. 둘 사이에는 일종의 공감대가 흐르고 있었다. 그런 사실을 감춰야 한다는 것도 둘이 공감하는 것 중 하나였다.

하워드: 저거 터널인가? 아성 아래 있는 거?

앤: 다른 터널들하고 다 이어져 있네……

과연 그랬다. 읍내에서 봤을 때만 해도 대니는 이 삐뚤빼뚤한 검은 선들이 언덕 꼭대기에 이르는 수많은 길들일 거라고 짐작했다. 그러나 그것은 언덕 아래의 지하 터널들이었다. 그것들은 아성 아래에서 시작해 사방으로 뻗어나가고 있었다. 정확히 남작부인이 말한 그대로였다.

대학원생들 사이에서 탄성이 흘러나왔다.

하워드: 진짜 물건이야, 그렇지? 이 모든 게 분명 헛것일 수도 있지만—

대니: 아닐걸. 남작부인 말이 터널이 있다고 했어.

하워드가 고개를 돌려 대니를 보았다. 다른 사람들도 모두 마찬가지였다.

하워드(모두에게): 이 친구 좀 봐! 대니, 내 말이 바로 이거라니까! 소매 밑에 뭘 감춰둔 거야? 이제 그만 숨기고 좀 보여줘!

이젠 아주 대놓고 조롱하고 있었다. 하워드는 알고 있었다. 알아야 직성이 풀리는 성미니까. 대니의 얼굴이 화끈 달아올랐다.

대니: 다 보여줬어, 하워드. 숨긴 거 없어.

침묵이 흘렀다. 하워드와 대니는 서로 마주 보았다.

하워드: 그런데 말이지, 이젠 네 말을 못 믿겠거든.

드디어 본색을 드러내는군. 전쟁이다. 대니는 하워드 앞에서 처음으로 상의 안쪽의 칼을 더듬었다. 성으로 돌아온 그는 맨 먼저 그 칼부터 꼼꼼히 점검한 후에야 오래도록 목욕을 하고 의사가 머리의 붕대를 감게 했다. 일종의 제의용 칼처럼 보였는데, 상아로 만든 손잡이에는 남자들이 사슴을 사냥하는 광경이 새겨져 있었다. 날은 길고 곡선을 그렸으며, 예리했다. 하워드도 무기를 갖고 있을까? 티셔츠와 반바지 속에 있을 것 같진 않았다. 그는 어디에 무기를 감췄을까?

벤지: 언제 터널에 갈 거야, 아빠?

하워드: 질문 잘했다. 똑똑한 사람이라면 나중에, 자질구레한 일들 좀 처리하고, 라고 말하겠지만, 이 아빠는 지금 당장 저지를래.

앤: 이 밤에?

지하에서 그런 게 문제가 되나?

당연하지만 애들은 안 돼.

애도 돼, 엄마! 애도 돼!

벤지가 왜 못 가. 갈 수 있지?

갈 수 있어! 얼마든지 갈 수 있어!

앤(부드럽게): 하워드, 생각해봐. 저 아래 뭐가 있을지 전혀 모르고, 터널이 튼튼한지 어떤지도 모르잖아. 이 지도가 얼마나 오래됐는지 좀 보라고!

그러나 하워드는 생각을 할 수 있는 상태가 아니었다. 흥분에 취해 거의 아무 말도 귀에 들리지 않았다. 그는 가고 싶었다. 가고 싶었다! 뭘 저렇게 절박하게 난리지? 대니는 생각했다. 오래 뜸을 들이면 몽땅 다 사라져버리거나 불가능해질 것처럼 말이야.

하워드는 지도를 가리켰다. 그의 어조는 부드러웠다. 이게 뭔지 보고도 몰라, 앤? 정말로 모르는 거야?

앤: 알아. 하지만 난──

우리가 기다렸던 거야. 느낌이 안 와?

그런 것 같아. 하지만──

이런 엄청난 것을 손에 넣었는데, 왜 당장 달려가고 싶지 않겠어? 난 못 기다려!

좋아, 달려가. 하지만 네 살짜리는 빼.

벤지: 네 살 하고 세 달이야!

하워드: 설렁설렁 갈 거야. 애도 맛은 보여줘야지. 일단 가보고, 요만큼이라도 안전하지 않다 싶으면 당신이 곧바로 데리고 나오라고.

엄마 제발 엄마 제발 제발제발제발제발제발! 벤지는 급기야 바닥에 몸을 던지더니 아예 뻗대고 드러누웠다. 모두, 믹까지 웃음을 터뜨렸다. 대니는 다른 모든 사람의 웃음소리 속에서 그의 웃음소리를 가려낼 수 있었다.

앤이 속으로 얼마나 갈등하는지 대니는 알 수 있었다. 믹과의 일을 보상하기 위해 하워드의 기분을 만족시켜주고 싶고, 또 모든 사람들이 성을 탐사하면서 재미를 느끼기를 바라는 것이다. 하지만 그와 동시에 그녀는 터널 속으로 들어간다는 게 얼마나 짜증나고 어리석은 일인지 알고 있었고, 자신은 물론 아이도 데려갈 마음이 없었다. 그렇다고 계속 막아서면, 하워드는 그녀를 빼버리고 모험을 계속할 것이다. 그러면 그녀는 뒤에 남겨질 것이다.

앤: 알았어.

그들은 자정 즈음에 성을 떠났다. 대학원생들이 거의 다 손전등을 들고 있어서, 정원을 헤치며 지나갈 때 스무 개 남짓한 광선이 어둠을 밝혔다. 머리 위에 드리운 나무가 천장을 이루는 가운데, 전에는 보지 못했던 것들이 어두운 바닥에서 튀어나오기 시작했다. 돌로 만든 개구리와 토끼, 난쟁이. 바퀴가 달린 말. 포도덩굴로 휘감긴 2인용 테이블.

하워드는 단 한 사람도 빼놓고 가는 걸 못 참아했다. 자리에 없는 대학원생들을 찾아 복도들을 휘젓고 다니며 무전기로 호출했다. 광분한 듯한 그 모습을 보니, 지금까지는 그저 빈둥거리기만 한 걸로 느껴질 정도였다. 거기까지 생각이 미치자 대니는 뼛속까지 떨리는 기분이었다. 심지어 갓난 딸아이까지 이번 원정에 나섰고, 따라서 노라, 일명 육아 전문가도 빠져선 안 되었다. 앤은 목에 걸린 아기 띠로 아기를 감싸안고 있었다. 이번엔 그녀도 순순히 물러섰다. 이미 선을 넘어선 마당이라 이제는 모험을 한다는 사실에 반쯤 들떠 있는 것 같았다. 다른 사람들도 모두 마찬가지였다. 불빛을 밝힌 채 아성을 향해 가면서 학교 소풍을 나온 아이들처럼 킥킥대고 속닥거렸다.

대니만 예외였다. 한 걸음 한 걸음 나아갈 때마다 지금 자신이 처한 상황—사촌 하워드와 함께 지하로 가는 상황—의 의미가 몸을 옥죄어왔다. 열 걸음마다 무리에서 슬쩍 빠져나와 탈출하고 싶은 충동, 성벽을 기어올라 도망치고 싶은 충동에 시달렸다! 하지만 이미 시도해봤고, 안 해본 일이 없었다. 탈출할 길은 없었다. 한편으로 대니는 지하 특유의 시원한 기운에 목말라 있었다. 거미

집처럼 복잡한 비밀 터널. 한편으로 대니 역시 거기 가고 싶었다.

걸을 때마다 칼이 대니의 가슴을 탁탁 두드렸다. 대니는 한쪽 팔에 지도를 낀 채 믹이 뒤따라오고 있음을 느끼고, 만약 일이 잘못될라치면 그에게 의지해도 되겠다고 생각했다. 믹 덕분에 스물네 시간 만에 양발 모두에 부츠를 신을 수 있게 되었고, 짝다리 신세도 벗어났다. 다리가 한결 편해져서 무릎의 부상도 전혀 문제가 되지 않았다. 대니는 몇 주 만에 처음으로 다리를 절지 않고 걷고 있었다.

그들은 아성의 맨 아래층 앞에 멈춰 섰다. 성의 창문들은 모두 어두웠다.

하워드(나직한 목소리로): 오케이. 들어가기 전에 몇 가지만 말해둘게. 첫째, 하나로 뭉쳐서 다녀야 돼. 저기서 뭐가 나올지 모르지만 단체로 행동하자고. 단독 원정은 금물이야, 알겠지? 둘째, 확실히 말해두는데, 지금 우리는 가택 침입을 하는 게 아니야. 하지만 그렇게 생각하는 사람이 여기에 살고 있다고. 그 여자는 지금 자고 있을 거야. 그러니까 정말 필요한 때가 아니면 입을 열지 말고 조용히 지나가자고.

대니는 고개를 들어 아성을 보았다. 남작부인이 자고 있다고? 믿기지가 않았다. 아예 죽었다면 모를까.

모든 이들이 아성을 둥글게 휘감은 외부 계단을 천천히 오르기 시작했다. 하워드가 벤지의 손을 잡고 앞장섰고, 그다음에는 아기를 안은 앤이, 그 뒤로는 나머지 사람들이 차례로 올라갔다. 대니는 중간에 있었다. 숲 위를 지나, 별이 가득한 밤하늘로 하나씩 차

레로 올라갔다.

대니가 도착했을 때 문은 활짝 열려 있었고, 여러 개의 신발들이 계단을 스치는 소리가 들려왔다. 말하는 사람은 한 명도 없었다. 뒤편으로는 더 긴 행렬이 이어지는 가운데, 대니는 아래로 향하는 무리 속에 끼었다. 후벼파낸 듯한 계단을 따라 아래로, 아래로 내려가면서 대니는 자신의 뇌가 긴장을 풀면서 스스로 생각하기를 포기하는 걸 느꼈다. 사람들이 발을 끄는 소리가 속삭임처럼 들리는 것이, 마치 아성이 대니의 귀에 대고 속삭이는 듯했다. 혹은 아성이 거대한 안테나라서 다른 어딘가에서 수신해온 속삭임을 들려주고 있는 것만 같았다.

그들은 대니가 떨어졌던 창문을 지나 계속 내려가다가 창문이 없는 지점에 이르렀다. 지난번에 대니가 계속 가려다 멈춘 곳이었다. 깊이 내려갈수록 대니의 귓전을 간질이는 속삭임은 더욱 커져갔다. 이해할 수 없는 미지의 언어 같은 말들이었다.

타노와…… 쉬셀라…… 호르텐파싱……

힘페르…… 수비타네…… 라닝스호윙위샴……

뱀처럼 구불구불한 계단은 오래된 갈고리를 걸어놓아 열어둔 바닥 철문을 지나 쭉 뻗어 있었다. 그곳이 지하로 들어가는 지점이라는 생각에 대니는 주저했지만, 인간 사슬의 중간에 끼어 있는데다 등 뒤에서 밀려들어오는 사람들 때문에 계속 앞으로 나아갔다. 어려운 일은 아니었다.

굽이진 계단을 한 층 내려가자 공기가 달라졌다. 묵직하니 싸늘했고, 진흙 냄새가 났다. 대니는 앞쪽에서 무슨 일이 일어났음을 느꼈다. 나아가는 속도가 느려졌거나 대열이 흐트러진 모양이었다. 아니나 다를까, 계단을 몇 번 돌고 나니 복도로 접어들었다. 그는 인간 사슬을 따라 벽 한가운데 뚫린 아치 길을 통과했다. 그러자 먼지 구덩이나 다름없는 방 하나가 나타났다. 흙길을 운전하면 자동차 앞 유리창에 뿌옇게 끼는 것과 비슷한 미세 먼지였다. 먼지는 작은 발톱처럼 대니의 폐 속을 긁어대며 차올랐다. 먼지 사이로 수백 병에 달하는 와인이 층층이 쌓인 나무 선반이 보였다.

무리는 흩어져서 헛기침을 하고 숨을 헐떡이며 손전등으로 와인 병들을 비추어보았다. 대니는 한 선반으로 다가가 병 위에 쌓인 먼지를 훅 불었다. 병의 라벨은 근사한 손글씨로 쓰여 있었다. 다른 병을 집어들었다. 요즘 와인 병보다 더 통통했다. 어떤 병은 코르크 마개가 바스러지거나 아예 사라져서 병 안의 와인이 말라버리고 없었다. 다른 병들은 색깔 있는 밀랍이 코르크 마개를 단단히 막아준 덕에 와인이 그대로 들어 있었다.

코를 훌쩍거리고 재채기하는 사이로 대학원생들이 웅얼거리는 소리가 들렸다. 이것들 진짜일까…… 그럴 리가 없지…… 완전히 진품처럼 보이는데…… 진짜라니, 말이 돼……

하워드: 자. 자, 다들.

하워드는 선반 너머로 모두가 자신을 볼 수 있도록 뭔가를 밟고 올라서 있었다. 그가 턱 밑에 손전등을 갖다대자 불빛이 눈 주위로 둥근 구멍 같은 그림자를 그리며 머리칼을 비추었다. 그 모양이 마치 먼지 속에서 솟아오른 유령처럼 보였다. 대니의 심장이 덜컥 내려앉았다. 그는 품속의 칼을 만지작거렸다.

하워드: 여러분, 공지합니다. 우리 모두가 합심하여 이 호텔을 재건하려는 중요한 이유는 원거리 통신이니 뭐니 하는 헛것 때문에 이제는 아무 의미가 없는데도 현실과 비현실을 이분법적으로 가르고 있는 사람들을 돕자는 것입니다. 그러므로 지금 이 여행은 우리에게는 그 노정路程을 걷는 기회라 할 수 있습니다. 그러니 분석하고 따지지 맙시다. 이 체험을 받아들이고, 이 길이 우리를 어디로 이끄는지 끝까지 가봅시다.

하워드 바로 아래에 선 앤은 한 손으로는 벤지의 손을 잡고, 다른 손으로는 먼지를 막기 위해 소맷자락을 끌어당겨 아기의 코와 입을 가리고 있었다. 앤과 눈이 마주친 하워드는 말을 멈추기로 했다. 이야기는 여기까지. 계속 가봅시다. 그리고 이젠 떠들어도 돼요. 이 정도면 충분히 밑으로 내려온 것 같으니까.

그는 앞장서서 와인 저장고를 벗어나, 얇고 노란 벽돌이 둥근 천장을 덮은 비좁은 복도로 들어섰다. 손전등이 길목을 환히 비추었고, 그 덕분에 대니는 치장 벽토를 칠한 벽마다 새겨진 미지의 언어는 물론 그림까지 볼 수 있었다. 손 하나. 말 한 마리. 물고기 한 마리. 앤과 아이들이 뒤처지면서 대니와 가까워졌다. 다들 그다지 말이 없었다.

여전히 복도를 벗어나지 못한 가운데 갑자기 쿵 소리가 들렸고, 발밑에서 둔중한 진동이 느껴졌다. 모두 그 소리를 감지했다. 그들은 걸음을 멈추고 비좁은 곳에서 서로 부대꼈다.

벤지: 아빠, 지금 뭐였어? 아이의 목소리가 적막을 깼다.

하워드: 모르겠는데.

그들은 그대로 멈춰 선 채 귀를 기울였다. 그러나 아무 소리도 들리지 않았다. 대니의 귓전에 울리는 속삭임—쇼라하사…… 위샤 포싱…… 라샤티싱……—이 너무나 가까워서 그 숨결마저 느껴질 정도였다.

하워드: 믹, 거기 있어?

믹: 응.

하워드: 뒤처진 사람 없지?

믹: 한 명도 없어. 계속 세고 있어.

하워드: 좋아. 계속 갑시다.

그들은 복도를 걸었다. 머릿속을 울리는 목소리 때문인지 아니면 극심한 수면부족 때문인지는 모르겠지만, 대니는 자신도 모르게 자꾸만 멍해지고 있었다. 이유가 무엇이든 간에, 그는 하워드와의 전쟁, 칼 등등을 계속 떠올리려 애썼다. 언제부터인지 알 수 없지만 어느 순간 불현듯 두통이 사라졌듯, 그것들이 그의 머릿속에서 빠져나가 자꾸 희미해지려 하고 있었기 때문이었다.

인간 사슬의 전방이 오른쪽을 향했다. 흥분한 웅성거림과 속삭임이 대니의 귓속에서 조금 전까지 속삭이던 소리를 몰아냈다. 뭔가 큰 일이 펼쳐져 있었다.

두꺼운 나무문은 활짝 열려 있었다. 문 너머의 공간은 와인 저장고보다 훨씬 더 넓었다. 손전등 불빛마저 집어삼킬 정도로 넓어서 처음에 대니는 자기가 뭘 보고 있는지 종잡을 수가 없었다. 자동차 차체? 운동기구? 그러나 모두 그곳으로 들어가 사방에 불빛을 비추었을 때, 대니는 눈앞에 펼쳐진 것들이 고문기구임을 깨달왔다. 선반 하나가 눈에 들어왔다. 선반의 단에는 사람의 손목과 발목이 들어갈 만한 철제 수갑들이 달려 있었다. 철침이 박힌 철판 띠로 만든 실제 사람 크기의 도구도 있었다. 그 외에도 용도는 알 수 없지만 보는 것만으로도 살이 에일 듯한 기구들이 잔뜩 놓여 있었다.

하워드: 벤지, 어딨니, 아들? 메아리친 그의 목소리가 굴절되어 들려왔다. 아이는 엄마의 손을 꼭 붙잡고 있었다.

하워드: 벤지, 이리 와봐. 이것 좀 봐. 이건 꼭— 아서 왕 이야기 같아! 이런 걸 누가 믿을 수 있겠어!

아이가 아빠 마음에 들고 싶어서 안달난 게 눈에 보였다. 벤지는 앤의 손을 놓고 사람들을 밀치고 나아갔다. 그러자 하워드가 벤지를 들어올려 목말을 태우고는 방 안으로 더 깊이 들어갔다. 그들이 움직일 때마다 손전등 불빛이 잠들어 있던 공간을 깨웠다. 멀리 있던 벽이 시야에 들어오자, 세 개의 아치형 입구가 철창살들로 막혀 있는 것이 보였다.

하워드: 여긴 뭐가 있을까?

모두 아치 쪽으로 몰려가는 바람에 대니도 함께 휩쓸려갔다. 손전등 불빛이 철창살 사이를 뚫고 구덩이 비슷한 곳으로 쏟아졌다. 한순간 그곳의 어둠이 빛을 집어삼키는 듯했다. 이윽고 벤지가 비명을 질렀다.

가공할 만한 비명이었다. 소리는 공간을 찢고, 대니의 귀청을 날카롭게 쑤셨다. 앤이 몸을 심하게 움찔하자, 아기도 잠에서 깨어나 울기 시작했다. 그러나 그 소리는 제 오빠의 소리에 묻혀 거의 들리지도 않았다. 벤지는 하워드의 어깨에 올라탄 채로 철창살에 머리를 들이밀고는 고래고래 비명을 지르고 있었다. 높은 곳에 있어서 누구보다 먼저 본 모양이었다.

이윽고 벤지가 본 것이 그곳에 있던 모든 사람들의 눈에 들어왔다. 해골, 수많은 해골과 뼈다귀들이 바닥에, 벽에 그득히 쌓여 있었다. 뼈 주변에 흩어져 있는 쪼가리들은 아무래도 옷가지 같았다. 뼈들은 생전의 주인들이 죽은 자세 그대로 양팔을 활짝 벌리고 있었고, 누군가 나타나 꺼내주길 여전히 기다리기라도 하듯 누런 해골들은 창살 쪽을 향하고 있었다. 눈구멍은 파리의 눈처럼 터무니없이 컸고, 흉측하게 어그러진 아래턱에는 이빨들이 조각조각 가득했다. 해골의 생김새야 대니도 익히 알고 있었지만, 지금 이 상황에서 그런 사실은 전혀 도움이 되지 않았다. 차마 믿기지 않는 광경에 그의 마음은 얼어붙어버렸다. 저건 분명히 가짜였다. 가짜이길 바랐다. 귓전에서 웅얼대던 소리가 크레셴도로 치달았다. 두 아이의 비명 속에서도 그는 여전히 그 소리를 들을 수 있었다.

앤이 철창살을 따라 앞으로 헤치고 나아가더니 하워드에게 감정 없는 목소리로 말했다. 벤지를 데리고 나가야겠어.

하워드는 너무나 충격을 받은 나머지 말도 하지 못하는 듯했다. 그가 벤지를 어깨에서 내려주자 아이는 흐느끼며 제 엄마의 다리에 와락 달라붙었다. 공포가 전류처럼 번쩍하고 모든 사람을 후려치고 지나갔지만 무언가가, 이를테면 동료압력* 같은 것이 그들을 억제하고 있었다.

하워드는 구덩이를 내려다보다가 침을 꿀꺽 삼켰다. 그래. 가. 어디로 가는지 알아? 믹에게 같이 가달라고 해.

앤: 아냐, 아니야. 난 괜찮으니까 믹은 여기 있으라고 해. 그녀는 믹과 단둘이 있는 걸 바라지 않았다.

대니: 내가 갈게. 그는 나가고 싶어서 미칠 지경이었다.

하워드: 나가는 길 알아?

믹이 소리 없이 다가와 있었다. 대니는 믹을 돌아보며 말했다. 그냥 저 복도를 따라 쭉 일직선으로 되돌아가면 되잖아요, 그렇죠?

믹: 네. 믹은 뭔가를 전하려는 듯 강렬한 눈빛으로 대니를 바라보았다.

대니: 손전등이 있어야겠어요. 앤도.

대학원생 두어 명이 들고 있던 손전등을 내밀었다. 믹은 한쪽 팔에 지도를 낀 채 탐색하는 눈빛으로 대니를 보았다.

대니(부드럽게): 괜찮을 거예요, 믹. 약속할게요.

믹은 고개를 끄덕였다. 앤은 벤지의 손을 잡고 대니와 함께 고문기구들 사이를 지나, 왔던 길을 헤치고 나아가기 시작했다. 벤지는 고개를 푹 수그리고 걸었다. 나직하게 흐느끼며 끙끙대는 것이 영 그칠 것 같지 않았다. 아기는 여전히 깨어 있었는데, 자기가 알아볼 만한 것이 나타나길 기다리는 듯 휘둥그레진 눈으로 여기저기 둘러보고 있었다.

그들은 고문실을 빠져나와 다시 복도로 갔다. 손전등이 두 개뿐

---

* 집단에서 다수의 결정이 개인의 결정에 절대적인 권력을 행사하는 것.

이라 전보다 훨씬 더 어두웠지만, 고문실을 빠져나온 것만으로도 살 것 같았다. 그들은 사방 어디서도 빛이 들어올 길이 없는 땅속에 있었다. 이런 터널 안에도 공기가 통한다는 게 대니는 신기하기만 했다. 통풍구 같은 거라도 있는 걸까? 아니면 더 깊이 들어가야 산소가 바닥나나?

대니: 금방 빠져나갈 수 있을 거예요.

앤: 절대 들어와서는 안 되는 거였어요.

대니: 그러게요.

앤: 내 머리가 어떻게 됐는지.

대니: 하워드를 따라온 거잖아요. 다들 그랬고.

앤: 내가 판단력을 완전히 잃었어요.

아이는 계속 흐느끼면서도 용케 다리를 움직였다. 얼마 안 가 그들은 왼쪽으로 접어드는 문을 지났고, 대니가 든 손전등 불빛이 줄지어 누워 있는 와인 병들에 가 닿았다. 그들은 제대로 길을 찾아가고 있었다.

계단 맨 밑에 도착하자 대니는 심장이 마구 쿵쾅대는 것을 느꼈다. 맙소사, 땅 위로 올라가고 싶어 죽는 줄 알았다. 환희를 맛보려는 순간, 대니는 하워드가 선선히 내보내줬다는 사실을 떠올리고 주춤했다.

첫 계단에 발을 디디기도 전에 아이의 다리가 풀렸다. 아이는 돌바닥에 털썩 주저앉더니 드러누웠다.

앤: 벤지, 걸어야 돼. 착하지, 우리 아기. 엄마는 세라를 안고 있어서 너까지 안아줄 수가 없어.

아이는 요지부동이었다. 대니는 더없는 분노가 치밀어오르는 것을 느꼈다. 만약 여기가 절벽이었다면 벤지를 그 너머로 걷어차 버렸을 것이다. 하지만 그러는 대신 대니는 몸을 수그려 아이를 바닥에서 들어올리려 했다. 그는 평생 아이는커녕 갓난아기 한 번 안아본 적이 없었다. 그는 앤에게 말했다. 내가 안았어요. 그러나 제대로 안은 게 아니었다. 아이의 머리와 사지가 무겁게 늘어져 대롱거렸다. 안전하게 안아올리지 못해, 곧 떨어뜨릴 것만 같았다. 씨팔! 하지만 마침내 두 팔을 아이의 가냘픈 엉덩이 밑에 받치고 아이의 머리를 어깨에 기대게 하니 좀 나았다. 아이는 대니의 목에 양팔을 두르고 양다리를 허리에 단단히 감아 찰거머리처럼 달라붙었다.

가슴에 빨판처럼 달라붙은 아이를 안은 대니가 먼저 나서고, 아기를 안은 앤이 뒤에 서서 다시 계단을 올라가기 시작했다. 이제 아이의 흐느낌이 멎자 대니의 귀에 속삭임이 다시 들려왔다. 마치 구멍에 차오르는 물처럼(헤르샤샤샤…… 와사프라사……). 언어와 흡사하지만, 딱히 언어라고 할 수 없는 소리. 그들은 계단에서 한 번 모퉁이를 돌았고, 또 한 번 돌았다.

대니: 거의 다 온 것 같은데요.

앤: 그러길 바라자고요.

일이 초쯤 지났을 때, 위에서 뭔가가 대니의 머리를 후려쳤다. 품안의 아이가 마구 움직이는 바람에 대니는 손전등을 놓쳤다. 손전등은 계단 밑으로 굴러떨어졌고, 공포에 휩싸인 앤이 비명을 질렀다.

무슨 일이에요? 벤지는 괜찮아요?

대니는 정신이 반쯤 나간 채 그 자리에 서 있었다. 입안에 피 맛이 감돌았다. 혀를 씹은 것이다. 누군가 묵직한 걸로 머리를 후려쳤다고 생각했는데, 다가가보니 단단한 면으로 계단이 끊어져 있었다.

대니: 벤지는 괜찮아요. 저기 — 불 좀 비춰줄래요?

앤이 손전등으로 위를 비췄다. 굽이진 계단이 통과하는 바닥 문이 닫혀 있었다. 대니는 두 팔로 문을 밀어올렸지만 꿈쩍도 하지 않았다. 문은 잠겨 있었다.

남작부인.

대니는 침을 꿀꺽 삼켰다. 일 분 동안은 아무 느낌도 없다가, 갑자기 공포의 밀물이 차올랐다. 생전 처음 느끼는 공포, 전에 숲 속에서 혼자 도망칠 때보다도 더한 공포였다. 그의 머릿속이나 벌레와는 아무 상관이 없었다. 그보다 더 근원적인 공포였다. 감옥 안에 널브러져 있던 유골들. 대니의 몸은 비명을 지르고 몸부림치고 싶어 미칠 것 같았지만, 품에 안긴 아이가 그것을 제압했다. 그리고 어쩐 일인지, 움직이지 않고 가만히 있으니 공포가 물러나는 게 느껴졌다.

대니는 앤을 바라보았다. 둘 사이에 완벽하게 알토가 공명했다.

앤: 돌아가야 돼요.

그녀가 그의 손전등을 내밀었고, 대니는 그것을 손가락으로 꽉 잡았다. 앤이 계단을 내려가는데 대니가 주춤했다. 결국 앤도 멈춰 섰다.

대니(속삭이듯): 잠깐만.

그들은 입을 다물었고, 대니는 정적 속에서 뭔가 움직이는 소리를 들었다. 문 너머에서 나는 소리였다.

그가 말했다. 리즐?

이 말이 입 밖으로 나오기 전까지만 해도 대니는 자신이 남작부인의 이름을 알고 있다는 사실조차 의식하지 못했다. 그날 밤 그녀가 말해줬던 게 분명했다.

문 위로 뭔가 스치는 소리가 났다. 남작부인이 거기에 서서 귀를 기울이고 있었다. 대니는 온몸에 소름이 돋는 걸 느꼈다.

리즐. 우리 좀 내보내줘요. 줏대 없고 절박한 말투였다.

뾰족한 구두 굽이 움찔하면서 철문 위를 긁었다. 그렇게 해줄 생각은 추호도 없어. 철문이 가로막고 있어서인지 남작부인의 목소리는 카랑카랑한 기운 없이 먹먹하게 들렸다.

대니: 여기 어린애들도 있어요. 별별 사람들이 다 있어요. 문 좀 열어요.

남작부인이 웃었다. 축축하고 요란한 웃음소리였다. 너희 사정을 내가 신경이나 쓸 것 같나? 너희 중 단 한 명이라도?

왜 이래요. 리즐. 문 열어요.

내 말 안 믿지? 내가 너희 뜻대로 해줄 턱이 없으리라곤 꿈에도 생각 안 하지? 철딱서니 없는 어린아이 같은 것들, 너희 미국 것들 말이야. 하나같이 다 그 모양이지. 그런데 말이야, 이 세상은 아주 많이 늙었거든.

대니: 그 말이 맞아요. 난 못 믿겠어요. 당신이 훨씬 더 좋은 사

람이라고 생각해요. 맙소사, 그가 지금 뭐라고 떠드는 거지? 더 좋은 사람? 사실 대니는 남작부인이 인간이기나 한 건지조차 확신할 수 없었다.

남작부인이 이리처럼 웃어댔다. 지금 그녀는 인생 최고의 순간을 만끽하고 있었다. 그 웃음소리를 듣자니 대니는 온몸에 식은땀이 솟았다.

대니: 원하는 게 뭔지 말만 해요. 뭐든. 전부 줄게요. 혹시 돈인가요? 하워드는 돈이 엄청나게 많아요.

이게 바로 내가 원하는 거야. 난 함정을 팠고, 너희는 바보천치답게 함정에 빠진 거야. 이 아성을 통해서가 아니면 죽었다 깨어나도 터널을 벗어날 길은 없어. 너희는 전부 죽을 거야. 단 한 명도 남김없이. 아이들도. 그리고 너희의 비명이 점점 작아지고 희미해질 때, 나와 나를 있게 한 80대의 선조들, 내가 태어나기 전에 살고 죽은 스물여덟 명의 리즐 폰 아우스블링커들은 함께 기뻐할 것이야. 함께 웃을 것이야! 타타르 족은 이 아성을 손에 넣지 못했고, 미국인들도 마찬가지다. 너희가 가진 힘과 돈을 모두 동원한다 해도.

여자는 제정신이 아니었다. 미친년—대니는 왜 그 사실을 진즉 깨닫지 못했단 말인가?

대니는 벌써 등을 돌려 계단을 내려가고 있었다. 품안의 아이가 경련을 일으킨데다, 더는 그런 말을 듣게 해선 안 된다는 생각 때문이었다. 굽이진 계단을 도는데 남작부인의 웃음소리가 들려왔다.

벌써 가? 이를 어쩌나! 지난번에 만났을 땐 정말 재미있었는데 말이야, 대니…… 네가 재미 많이 봤지, 안 그래!

다리가 경련이 일 듯 격하게 떨린 나머지, 대니는 남은 계단을 내려가다가 넘어질까 겁이 났다. 추웠고 온몸이 식은땀에 흠뻑 젖었다. 다시 복도로 내려오자 앤이 걸음을 멈추었다. 앤은 얼굴 위로 흐트러진 머리칼을 쓸어넘기더니, 아기의 머리를 두 손으로 가만히 붙잡았다. 그 모습에서 대니는 공포를 읽었다. 앤은 아기의 부드러운 머리털에 입을 맞추었다.

벤지는 훌쩍이고 있었다. 아까 남작부인이 한 말이 귀에서 떠나지 않기 때문이라는 걸 대니는 알 수 있었다. 그 말을 지워줘야 했다. 그 말이 아이의 머릿속을 더 깊숙이 파고들어서는 안 되었다. 끝없이 이어진 복도를 따라가면서 대니는 아이의 머리칼에 입을 대고 속삭였다. 괜찮을 거야. 있잖니, 이다음에 넌 어른이 될 거야. 그러면 오늘 있었던 일 같은 건 기억도 못 할 거야. 오늘 일은 오래전, 아주 오래전의 이야기가 될 거야. 네 친구들한테 웃긴 이야기라며 들려주게 될 거야. 그러면 친구들이 뭐? 웃기네! 라고 할걸. 그럼 넌 아니야, 진짜야. 장담한다니까. 진짜로 있었던 일이야. 그런데 내가 용감해서 헤쳐나갔다니까. 난 처음부터 끝까지 침착했어. 왜냐하면 내가 바로 그런 애니까……

대체 어디서 이딴 개소리를 주워들은 거지? 대니는 알 수 없었다. 대니가 아이에게 이런 말을 속삭이는 동안, 대니 귓전에는 그 목소리가 기괴한 언어를 계속 속삭이고 있었다. 그는 자기가 그 말을 아이에게 통역해주고 있는 건 아닌가, 목소리가 그에게 할 말을 가르쳐주고 있는 건 아닌가 하는 생각마저 들었다. 그런데 그게 통했다. 최소한 아이는 더는 울지 않게 되었다. 와인 저장고를 지난 지 얼마 되지 않아 몰려 있는 불빛들이 대니의 눈에 보였다. 하워드의 목소리와 대학원생들의 목소리, 숨 가쁘게 오가는 소리에 대니는 온몸이 떨렸다. 그들은 행복하다. 무슨 일이 일어나고 있는지 전혀 알지 못한다. 공포가 담즙처럼 그의 안에 차올랐다.

대니는 앤을 따라 고문실로 들어섰다. 하워드는 고문기구 중 하나에 올라서 있다가 앤과 대니를 보고는 바닥으로 뛰어내렸다. 왜? 무슨 일이야?

앤이 그를 향해 다가갔다. 대니는 그 뒤를 따랐다.

앤: 빠져나갈 수가 없어. 계단이 막혔어.

대니로서는 예상치 못했던 일이었지만, 앤은 비명을 지르지도, 울지도 않았다. 그녀는 침착하게 말했다.

하워드: 막혔다고?

앤: 그 문 있지? 계단에 있던 문. 그게 닫혔어. 그러니까 다른 출구를 알아봐야 돼.

앤은 하워드의 손을 잡았다. 놀라웠다. 아무도 빠져나가지 못하게 생긴 마당에, 모두를 이 지경으로 몰아넣은 하워드를 용서하는 듯 보였다. 절대 못 빠져나갈지도 모르는데. 대니는 여전히 아이를 안고 있었다. 방금 전부터 아이가 옹골지게 무겁게 느껴지는 게, 아마도 잠이 든 모양이었다.

하워드: 무슨— 무슨 말인지 모르겠어. 다시 말해봐.

앤: 그 문 말이야. 그리로는 못 나가게 됐어. 다른 길로 가야 한다고.

다른 길이 있다고 누가 그래?

대니는 자기 몸 안에 가득 차 있던 공포가 하워드에게 포효하며 달려들어 그를 통째로 집어삼키는 모습을 지켜보았다. 하워드는 미처 피할 틈도 없었다.

하워드: 그 문── 안 돼! 그건 꼭──

여보, 괜찮겠지 뭐. 다른 길을 찾으면 돼.

아니야! 이건── 안 돼! 말도 안 돼!

진정해, 여보. 앤이 한 손을 하워드의 머리에 얹었지만, 하워드는 고개를 비틀어 피했다.

안 돼, 안 돼! 우린── 말도 안 돼. 어떻게 하라고!

그의 목소리가 사방의 벽을 할퀴었다. 모두 하워드를 빤히 바라보았다. 하워드는 눈을 질끈 감고는 잭나이프를 접듯 몸을 반으로 접어 머리가 땅바닥에 거의 닿을 정도로 쭈그려 앉았다. 앤이 가슴 위쪽에 둘러멘 주머니 속의 아기가 옆으로 미끄러져 빠지지 않도록 조심하면서 몸을 숙여 남편을 일으키려고 했다. 이런 일이 생길 줄 알았고, 남편이 어떻게 나올지도 알고 있었던 게 분명했다. 그러나 그녀는 하워드를 일으켜 세우지 못했다. 하워드가 비명을 질러대기 시작한 것이다. 그가 소리를 지를 때마다 대니는 몸이 찢겨나가고 피가 마르는 기분이었다. 당장이라도 기절할 것 같았다. 공포의 전류가 또다시 사람들을 뒤흔들었다. 비명이 터져나왔고, 손전등 불빛들이 빙글빙글 돌면서 방 안이 온통 빛의 요

지경이 되었다. 한 무리의 사람들이 복도로 달려가 계단을 올라갔다. 대니는 거기서 기다리고 있을 남작부인을 생각했다.

하워드의 정신은 몸을 완전히 떠나 있었다. 그는 다른 곳에 가 있었다. 안 돼, 안 돼, 제발! 제발! 살려줘. 숨을 쉴 수가 없어. 도와줘!

방이 빙글빙글 돌기 시작했다. 대니는 산소가 희박해지는 것 같았다. 숨을 깊이 들이마시려 할수록 더 어지러워졌다. 품안의 아이가 부르르 떨자 대니는 생각했다. 이 아이를 안고 있는 동안은 기절하면 안 돼.

앤: 하워드, 그만해. 그만해야 돼. 그만! 여기 애들하고 다른 사람들도 있잖아. 다 함께 나가야지.

그러나 하워드는 멈추질 못했다. 그의 몸이 돌연 뻣뻣해지더니, 눈이 크게 열린 채 흐리멍덩해졌다. 그는 양손으로 허공을 허우적대다가, 갑자기 피가 얼어붙을 듯한 쉰 소리로 절규하듯 대니의 이름을 불렀다. 이리처럼 길게 뽑아내는 고함이 고문실 안을 쩌렁쩌렁 울렸다.

하워드: 대니! 대니! 대니, 살려줘. 나 좀 꺼내줘. 제발, 뭐든 다 할게— 제발 나 좀 꺼내줘. 네가 원하는 거 다 줄게. 기다려, 대니. 가지 마! 나만 여기 두고 가지 마!

하워드는 대니를 보고 있지 않았지만, 다른 사람들은 모두 대니를 바라보았다. 그 방에 남아 있던 믹과 앤과 대학원생들은 당황스러운 나머지 입을 떡 벌린 채 그를 보았다. 하워드가 자기 이름을 고래고래 소리쳐 부를 때마다 대니의 머리통은 한 걸음 한 걸음 폭발 직전에 다가갔다. 놀랍게도 품안의 벤지는 여전히 잠들어 있었다. 어느새 대니는 아이가 그를 버티게 할 힘의 원천이라도 되는 양, 아이에게 찰싹 붙어 으스러질 듯 끌어안고 있었다.

하워드: 대니! 나한테 이러지 마, 제발. 제발 돌아와! 제에-에-에—— 숨이 차서 비명은 헐떡이는 흐느낌으로 바뀌었다. 하워드는 어린아이처럼 엉엉 울고 있었다. 얼굴이 콧물과 눈물로 번들거렸다. 어느 누구에게도 보여줘서는 안 될 모습이었다.

계단으로 달려갔던 대학원생들이 다시 우르르 몰려와 길길이 날뛰었다. 잠겼어요, 문이 잠겼어요. 우린 여기 갇힌 거예요. 우린 죽을 거예요. 이제 고문실은 전에 없는 진정한 광란의 도가니가 되었다. 처음에 그 광란은 대상도 없이 좌충우돌했지만, 다시 하워드가 대니의 이름을 소리쳐 부르자 모두 절박한 나머지 덩달아 휘말리고 말았다. 공포에 사로잡힌 사람들이 대니를 에워싸고 다가오며 발광하고 울부짖었다. 대니, 도와줘요!

만약 내가 기절하면 아이를 떨어뜨리게 될 거야.

대니, 대니, 제발 우릴 내보내줘요. 제발 살려줘요, 제발……

대니: 알았어, 알았다고!

그러나 그의 말을 듣는 사람은 한 명도 없었다. 대니 자신도 목소리가 들리지 않을 지경이었다. 사람들의 절규가 사방의 돌벽에 부딪혀 튕겨나왔다. 대니, 제발. 제발 우리를 살려줘요. 제발 우리를 살려줘요. 제발……

대니: 알았어. 그러니까 입 다물어.

그가 큰 소리를 내자 가장 가까이에 있던 사람들이 목소리를 낮추었다. 다른 소리도 금세 잦아들었다. 대니가 뭐라도 해주길 바라며 다들 그렇게 서 있었다. 하지만 그러고 뭘 어쩔 수 있을까? 속수무책이었다. 하워드는 바닥에 고꾸라져 엎드린 채 울고 있었다. 앤은 여전히 아기를 가슴에 매단 채 그런 하워드 옆에 무릎을 꿇고 그의 목에 두 팔을 두르고 있었다.

대니: 알았어요. 내가── 어…… 노라, 노라 어디 있어요? 그는 시간을 끌고 있었다.

노라가 눈물에 젖은 조마조마한 눈을 하고 앞으로 나섰다.

대니: 애 좀 받아줄래요. 노라가 꿈쩍도 않자 대니는 말했다. 씨팔, 한 번이라도 좋으니 네 할 일 좀 제대로 하지그래. 애를 받으라고.

노라는 뺨이라도 맞은 것처럼 펄쩍 뛰었다. 좆까.

너나 좆까.

노라는 대니의 팔에서 벤지를 가만히 안아들더니, 팔꿈치로 대니를 쿡 찔렀다.

대니: 믹, 어디 있어요? 믹? 그는 시간을 끌면서 위축된 기분을 떨치려 애썼다. 대니는 추종자이지 지도자가 아니었다. 행여 추종자들 가운데서라면 그도 지도자가 될지도 몰랐다. 하지만 혼자 힘으로는 선두에 서지 못했다.

믹이 앞으로 나섰다. 여전히 지도를 들고 있었다. 대니는 지도에 손을 뻗치면서, 자신에게 계획은커녕 해결 방안도 전무하다는 걸 모두 깨닫기 전까지 일이 분의 시간을 더 벌었다.

대니: 그 지도 좀 봅시다.

믹이 지도를 들어올렸고, 대니가 손전등을 비추자 액자 유리에 반사된 불빛이 곧바로 그의 눈을 되쏘았다. 믹이 무릎으로 액자를 내려치자 유리가 떨어져나갔다. 이제 믹의 손에는 양피지가 들려 있었다. 지도를 보기 시작했지만, 대니의 눈은 여전히 흐리멍덩했다. 그는 연기를 하고 있었다. 일 초를 훔치고, 그다음에 또 일 초를 훔치고, 또다시 울음이 터져나오기 전까지 일 초를 더 훔치고.

믹: 보아하니 아무래도……

대니: 아래로 내려가면……

믹: 아니면 저쪽으로?

뒤쪽에서 하워드가 흐느껴 울고 있었다. 그렇게 슬프고 절망적인 울음소리는 대니 생전 처음이었다. 그는 한 번도, 평생을 통틀어 단 한 번도 그렇게 울어본 적이 없었다.

대니: 좋아, 그냥 가보는 거야. 가보면 알게 되겠지.

그는 앤이 하워드를 바닥에서 일으킬 때까지 기다렸다. 하워드는 부들부들 떨고 있었고, 젖은 얼굴은 먼지 범벅이었다.

대니: 믹, 당신이 맨 마지막으로 오면서 뒤처지는 사람이 있나 봐줄래요?

믹: 물론이죠. 이곳을 뜨게 되어 반가운 모양이었다.

대니는 사람들을 이끌고 고문실을 벗어나 어둠 속을 비추는 손전등 불빛을 따라갔다. 마치 바다 밑바닥을 걷는 기분이었다. 그러나 당장 하고 싶은 것도, 짚이는 것도 전혀 없었다. 한 가지, 목표는 있었다. 그가 무용지물이라는 사실에 이 사람들이 다치는 일은 없게 할 것. 앞장서는 척하며 모두 어딘가로 가고 있다고 믿게 할 것. 그래서 더는 울거나 그의 이름을 부르는 일이 없도록 할 것. 그것만큼은 더이상 참을 수가 없었다. 또 한 번 그런 일이 일어나면 정말 죽어버릴 것 같았다.

대니는 그렇게 뒤에서 따라오는 발소리들을 거느리고, 조용해진 것에 감사하면서 무無를 향한 길을 정처 없이 앞장서 나아갔다. 땅속으로 비스듬하게, 더 깊이 그들을 이끌고 내려갔다. 잠시 후 왼쪽으로, 그다음엔 조금 위로, 그리고 다시 내려갔다. 대니는 발걸음을 재촉했다. 멈칫거렸다가는 그가 연기하고 있다는 사실이, 무작정 사람들을 이끌고 가고 있다는 사실이 그를 덮칠 터였다. 점점 더 깊이 내려가면서 사람들의 걸음걸이에 일종의 리듬이 붙기 시작했다. 그들은 움직이고 있었다. 한참을 움직이다보니 자기들이 어떤 목표를 향해 가고 있다는 확신이 생겼다. 대니도 그랬다. 오랫동안 그런 척하다보면 어느 순간 실제로 그렇게 되어 있는 것처럼.

고문실을 벗어난 후로 한동안 모두 말이 없었다. 마침내 하워드도 잠잠해졌다. 터널 안을 울리는 것은 사람들의 발소리뿐이었고, 다시금 대니의 귀에는 속삭임이 들려왔다. 그 목소리가 방향을 알려주고 있는 건가 하는 생각이 들었다. 간간이 그는 혼잣말을 하기도 했다. 오른쪽, 아니면 왼쪽. 모르겠다. 아래로 내려가는 게 좋을 것 같은데. 앞으로 쭉 가는 것보다 위쪽이 괜찮을 것 같은데. 아니야, 이건 아니야. 되돌아가야 해. 터널은 끝도 없이 뻗어 있어서, 땅 밑이 온통 터널 천지인 듯 느껴졌다. 먼지로 자욱했던 공기가 축축해졌고, 그러다가 마침내 물이 똑똑 듣는 소리가 들렸다.

시간이 얼마나 흘렀는지 대니는 짐작도 할 수 없었다.

그들은 계단에 도착했다. 이제껏 지나온 계단들은 전부 내리막 길이었지만, 이번 계단은 곧장 위로 뻗었고 부츠를 신은 대니의 발로는 반도 디디지 못할 만큼 폭이 터무니없이 좁았다. 좁은데다 축축이 젖어 있기까지 해서 디디고 올라간다는 건 불가능했다! 그러나 사람들의 주의를 분산시키려면 해볼 만했다. 터널은 그 계단을 지나쳐서 계속 이어져 있었지만, 대니는 걸음을 멈추었다.

오래도록 말없이 걷기만 하다가 입을 여니 목소리—대니 자신의 목소리—가 여간 이상하게 들리는 게 아니었다.

대니: 좋아요, 여기 좀 보세요. 내가 여기 이 계단을 올라가서 길이 어느 방향으로 나 있는지 볼게요. 나를 따라오면 안 돼요. 행여 내가 미끄러져 떨어질 경우, 다 같이 굴러떨어질 테니까. 내가 길을 볼 수 있도록 갖고 있는 손전등으로 내 쪽을 비춰주세요.

대니는 사람들의 희망과 공포가 더는 억누를 수 없을 정도로 팔딱팔딱 뛰는 것을 느꼈다. 그러나 그는 동요하지 않았다. 기이할 정도로 마음이 가라앉는 것이, 마치 꿈을 꾸는 것 같았다.

천천히, 조심조심, 그는 기어올라가기 시작했다. 계단 벽을 따라 수십 센티미터마다 강철 고리들이 박혀 있었다. 그것을 붙잡아야 위로 기어올라갈 수 있었다. 대니는 손전등을 입에 물고 반쯤 입이 틀어막힌 상태로 한 손으로는 강철 고리를 붙잡고 다른 손으로는 미끌거리는 계단을 움켜잡았다. 이렇게 긴 층계는 한 번도 올라가본 적이 없었다. 어느 정도 올라가자 계단의 방향이 바뀌었고 아래쪽 불빛이 도달하지 못했다. 코끝에 흙냄새가 와 닿았다.

지하에서 올라오는 냄새가 아니라, 공기가 스민 흙, 나무, 풀 등 모든 생명의 자취가 깃든 냄새였다. 그 냄새가 대니 안의 살아 있는 무언가를 자극해 깨웠다. 욕망, 시장기였다. 그는 거미처럼 기어올라가기 시작했고, 수십 센티미터마다 고개를 뒤로 젖히며 입에 문 손전등을 들어올려 앞쪽을 살폈다. 계단, 또 계단. 그러다가 마침내 평평한 무언가가 눈에 들어왔다. 문의 밑면이었다. 그곳에 닿았을 때 대니의 팔다리는 후들후들 떨리고 있었다. 대니는 한 손을 들어 문을 밀었다. 당연히 굳게 잠겨 있었다. 그는 손전등을 입에 문 채 몸을 숙였다. 숨이 턱 끝까지 차고 땀이 뻘뻘 흘렀다. 토할 것 같았다.

대니는 손전등을 문 채로 아래쪽을 향해 소리쳤다. 문이 있어요, 들었어요? 내가 열어볼게요. 소리도 좀 날 거예요. 내가 떨어질지 모르니 물러나 있어요.

아래쪽에서 미미한 소리가 들려왔다.

문 밑면 양옆에 강철 고리가 달려 있었다. 대니는 한 손에 고리를 하나씩 붙잡고 두 발을 머리 위로 올려 문 밑면을 디뎠다. 몸을 거꾸로 한 채로 타이어처럼 옹송그리고 있으니 피가 온통 머리로 쏠렸다. 부츠 뒤축으로 문을 탁탁 쳐보았다. 와 닿는 느낌이 돌 같았다.

대니는 발길질을 시작했다. 그것이 자기가 태어난 단 하나의 목적이라도 되는 양 미친놈처럼 발로 차고 밀어댔다. 숨이 차서 목이 막히고 관자놀이와 목 부근의 혈관이 벌떡벌떡 솟아오를 정도로, 온몸의 힘이 다 빠져버릴 때까지 발길질을 했다. 그런데도 문은 꿈쩍도 안 했다.

대니는 외쳤다. 믹! 입에 물고 있던 손전등이 빠져나가 계단을 따라 세차게 굴러떨어졌다. 그는 소리쳤다. 조심해요! 물러서요, 뭘 떨어뜨렸어요. 하지만 그의 귀에는 손전등이 바닥에 떨어지는 소리조차 들리지 않았다. 대니는 다시 소리쳤다. 믹, 위로 올라와 줄래요? 그는 완전히 기진맥진했다. 대니는 고리 두 개를 붙잡고 매달린 채 한 치 앞도 보이지 않는 어둠 속에서 숨을 몰아쉬었다.

얼마 지나지 않아 불빛 하나가 눈에 들어왔다. 믹이 이 사이로 손전등을 물고 올라오는 모습이 제대로 보일 즈음, 대니는 조금이나마 체력을 회복했다. 믹은 셔츠를 벗은 채였다. 상체와 오래된 트랙마크로 울퉁불퉁한 팔에 땀이 비오듯 쏟아지고 있었다.

대니: 이 문을 발로 차서 열어야 돼요.

믹: 해봅시다.

두 사람은 아까 대니가 한 것처럼 각각 문 양옆의 고리를 하나씩 잡고 거꾸로 매달린 다음, 다른 한 팔로 서로 어깨동무를 했다. 그리고 둘이서 함께 발길질을 하기 시작했다. 귀청이 떨어질 정도로 큰 소리가 났지만 그뿐이었다.

믹: 잠깐, 잠깐. 숫자에 맞춰서 찹시다. 하나, 둘…… 셋.

둘은 문을 발로 차 밀고는 끙끙댔다.

믹: 다시. 하나, 둘…… 셋!

그들은 함께 밀었다. 다시. 또다시. 한 번 더. 대니는 문이 아주 조금 움직였다고 생각했다. 다시. 아니, 전혀. 다시 한번. 또 한 번. 바로 그때, 대니는 발밑이 덜컹 하고 움직이는 것을 느꼈다.

문이 밀리기 시작했다. 열린다, 두 사람은 동시에 중얼거렸다. 다시. 또다시. 오랫동안 거꾸로 매달려 있느라, 혈관이 울뚝불뚝 튀어나오고, 눈알은 돌아가고, 입술은 처지고, 고리를 붙잡은 손은 땀이 차 미끄러지는데도, 대니는 머리부터 부츠까지 힘이 용솟음치는 것을 느꼈다. 행운의 부츠 덕분이었다.

믹은 턱 끝까지 숨이 차 제대로 말도 하지 못했다. 한 번 더. 한 번이면 돼. 하나, 둘, 셋! 그들은 발로 밀면서 신음을 토해냈다. 문이 아주 조금 위로 들렸다. 하나, 둘, 셋! 대니는 부츠 발로 문짝을 맹렬히 걷어차고, 조져대고, 밀쳐대고, 쿵쿵 굴러댔다. 믹도 마찬가지였다. 결국 문이 관 뚜껑이 열리듯 위로 젖혀지며 열렸다.

두 사람은 함께 문밖으로 기어나갔고, 쓰러졌다. 잠시 후 고개를 든 대니의 눈에 별들이 들어왔다. 나무들도. 그곳이 어디인지 알 수 있었다. 수영장 옆이었다. 냄새만 맡아도 알 수 있었다. 그 냄새가 어찌나 반가운지 달콤하게까지 느껴졌다.

그들이 밀어젖힌 것은 수영장을 둘러싼 대리석판 중 하나였다. 완벽한 정사각형. 끔찍하게 무거웠다. 그것이 마지막으로 움직인 게 언제인지 알 길이나 있겠는가.

숨을 고르고 나서, 대니는 구멍 위로 몸을 수그리고 아래쪽을 향해 소리쳤다. 됐어요, 우리 나왔어요. 내가 다시 내려갈게요. 시간이 좀 걸리겠지만 이제 다 끝났어요. 다 잘됐어요.

한순간 침묵이 흘렀다. 이윽고 환호성이 들려왔다.

# 15장




대니는 어린 딸아이를 가슴에 안은 앤이 긴 계단을 오를 수 있도록 도와주었다. 그녀는 대니의 목에 한쪽 팔을 걸었는데, 그러면 미끄러지더라도(실제로 두 번이나 그랬다) 대니가 그녀를 붙잡아줄 수 있고 아기도 안전할 것이었다.

대니는 한 팔에 벤지를 안은 채 다른 한 팔과 두 다리를 이용해 계단을 기어올라갔다. 대니가 아는 한 아이는 그러는 내내 잠들어 있었다.

대니와 믹은 하워드의 두 팔을 하나씩 목에 감고 부축해 옮겼다. 꼭대기에 거의 다다랐을 때, 하워드는 조금씩 기운을 차리기 시작했다. 끝에는 조금이나마 제 힘으로 올라갔다.

한 명이 올라가는 데 최소한 십오 분이 걸렸으니, 모두 땅 밖으로 나오는 것은 몇 시간에 달하는 프로젝트나 다름없었다. 마침내 모두 올라가고 마지막 대학원생 한 사람까지 빠져나와 수영장 옆

대리석에 드러누워 신선한 공기를 마실 즈음 해가 떴다.

그것이 제1단계였다.

제2단계에는 단체 포옹식이 있었다. 모두 대니를 얼싸안기 시작했다. 한 번에 한 사람 이상인 경우도 있었다. 다들 웃거나 울었고, 몇몇은 웃으면서 울었다. 대니의 기억에 그와 비슷한 유일한 광경은 고등학교 졸업식뿐이었다. 거의 잊고 있던 것이긴 했지만, 그때의 감정이 되살아나기도 했다. 우리는 거대한 뭔가를 함께 겪었고, 이제 남은 삶이 시작될 거야. 하지만 이 모든 걸 남겨놓고 떠나긴 싫어. 그럴 수 없어. 그건 너무 큰 일이니까.

앤이 대니를 어찌나 힘껏 끌어안았던지 품속의 아기가 울음을 터뜨릴 정도였다. 앤이 육체적으로 얼마나 강인한 사람인지 대니는 실감했고, 그녀에 대한 믹의 감정이 어떤 것인지 짐작할 수 있었다. 단 한 번이긴 해도 그 힘에 에워싸이고 나니 그것 없이는 몸에 아무것도 걸치지 않은 기분이 들 정도였다.

노라는 대니를 가볍게 끌어안고 그의 뺨에 입을 맞추었다. 노라는 키스에 후한 사람이 아닌데다 입술이 믿을 수 없을 정도로 부드러워서 사뭇 육감적으로 느껴지는 입맞춤이었다. 대니는 처음으로 그녀의 냄새를 맡고 놀랐다. 드레드록에 온몸에 피어싱을 한 어린 여자들에 대한 편견과는 달리 그녀에게서는 담배 냄새도, 파출리* 냄새도, 암내도 나지 않았다. 이 냄새는 뭐지? 대니는 저만치 가는 노라를 보며 속으로 물었다. 그때 노라가 뒤를 돌아보았

---

* 인도산 박하.

고, 대니는 난생처음으로 노라가 미소 짓는 모습을, 그녀로서는 눈곱만큼도 되돌아가고 싶은 마음이 없는 예쁜 소녀의 모습을 보았다. 그제야 대니는 노라에게서 나는 냄새의 정체를 알아차렸다. 신선하고, 미묘하고, 복합적인 냄새. 잔디 냄새.

노라: 고마워요.

대니: 그녀는 ……하게 말했다.

노라는 처음엔 무슨 말인지 못 알아듣다가 이내 웃음을 터뜨렸다. 사실 그 문장엔 부사가 없어요.

대니: 달랑 고마워요?

노라: 그래요, '고마워요'. 아님 이건 어때요. '고마워요, 대니.' 실망했어요?

대니: 그럴 리가. 천만에요.

그들은 서로 마주 보다가 웃기 시작했다.

벤지가 두 팔로 대니의 다리를 끌어안았다. 그 덕분에 대니는 잠시 뒤뚱거렸는데, 아이의 팔이 너무 짧은데다 키도 작아서 그는 화답의 의미로 아이를 바로 안아줄 수가 없었다. 그래서 그냥 아이의 머리에 두 손을 얹고 풍성한 머리털 아래의 따뜻하고 둥근 머리통을 쓰다듬어주었다. 하워드의 아들.

눈물로 뺨이 젖은 대학원생들이 떨리는 팔로 대니를 끌어안았다. 때로는 몇 명이 한꺼번에 다가와 겹겹이 포옹을 하는 바람에, 한가운데에 둘러싸인 대니가 무슨 영웅 비슷한 것처럼 보였다. 두어 번인가는 다들 우와아아아아 하고 소리 지르며 달려드는 바람에 하마터면 완전히 나가떨어질 뻔했다. 그리고 다들 조금씩 안정을 되찾기 시작했다. 대니는 이런 포옹이야말로 자신이 가장 좋아하는 형태라고 생각하곤 했었다. 축구를 하던 시절, 마지막 몇 초를 남겨두고 점수를 올렸을 때 다 함께 운동장으로 뛰어들던 기억 때문이었다. 하지만 그때 정작 대니는 그들 때문에 죄책감으로 와들와들 떨었다. 세우지도 않은 공로를 인정받은 심정이었다.

제3단계에 이르자 모두 조용해졌다. 앤과 노라는 배고파하는 아이들을 데리고 성으로 돌아갔다. 그들은 손을 흔들고는 사이프러스 숲을 지나 사라졌다. 나머지 사람들은 모두 남아 기다렸다는 듯이 수영장에 가까이 모여들었다. 대니 역시도 좀전의 체험과, 그것을 함께 겪은 사람들 근처에 머물고픈 마음을 느꼈다. 죽을 거라고 생각했던 그때와 가까운 곳에 있으면, 이렇게 바깥에 나와 공기를 마시고 얼굴에 와 닿는 햇빛을 느끼는, 생각지도 못했던 일들이 불가능하다 싶을 정도로 달콤하게 느껴지기 때문이었다.

하워드는 바닥에 주저앉아 메두사 머리 수도꼭지에 등을 기대고 있었다. 대니가 미친 듯이 날뛰다가 움직이는 형체를 본 바로 그 자리였다. 그는 두 팔꿈치를 무릎에 괴고 주먹 쥔 두 손으로 머리를 받치고 있었다. 하워드에게서는 뭔가가 사라져 있었다. 어쩌면 하워드에게서 이젠 하워드라는 것이 빠져나가버린 건지도 몰랐다.

믹이 그의 곁에 서 있었다. 대니는 믹과 눈을 마주칠 수가 없었다.

제4단계는 대니가 자신에게 권력이 생겼음을 깨달은 순간이었다. 하워드가 끝장나고 믹이 나가떨어지자, 대니는 지난 십육 년 동안 기다리고, 바라고, 음모를 꾸미고, 갖은 아첨을 하고, 갈취를 시도하고, 급기야 (정말로 절박할 때는) 기도를 하기까지 했던 자리를 차지하게 된 것이었다. 그토록 오랫동안 기죽어 지내다가 이런 포상을 받게 되었다는 것에 대니가 처음 느낀 것은 순수한 전율이었다. 그렇게 삼십 초 정도 전율을 만끽하고 마침내 그것이 잦아들었을 때, 대니는 딱히 뭐라고 이름 붙일 수 없는 묘한 기분을 맛보았다. 하워드의 권력을 **탐내지** 않은 건 아니었다. 그보다는, 그 모든 권력이라는 것이 허위이고 생뚱맞게 여겨졌다. 혹은 지금 대니가 바라보고 있는 이 세상을 해석하는 데 별 도움이 되지 않는, 해묵은 것으로만 여겨졌다.

보이지 않는 시곗바늘은 이미 째깍째깍 돌아가고 있었다. 사실 대니의 머릿속에는 그런 관념 따위 없었지만, 모두를 하나로 묶었던 줄이 끊어지기라도 한 듯 사람들이 하나둘씩 흩어지기 시작하자 그는 그 중대했던 시간이 이제 지나가버렸음을 알 수 있었다. 사람들은 설렁설렁 흩어져서 몇몇은 성으로, 몇몇은 숲 쪽으로, 몇몇은 예전에 대니와 하워드가 올라갔던 무너진 성벽 쪽으로, 그리고 두엇은 (믿기 힘들게도) 다시 계단을 내려가 터널로 갔다. 그렇게 사람들이 혼자서 혹은 짝을 이루거나 몇몇이 뭉쳐서 제 갈 길을 가고 하얀 아침햇살이 쏟아져내려와 지하에서 묻혀온 잔재들을 깔끔히 닦아내기 시작했을 때, 대니는 이 대학원생들이 조금 전만 해도 공포에 질려 목청이 터져라 그의 이름을 부르던 사람들이 맞는지, 하워드가 정말로 흐느껴 울었는지 도저히 믿기지가 않았다. 농담이나 망상을 한껏 부풀린 것이라면 모를까, 사실일 리 없었다.

그것이 제5단계였다.

대니는 하워드 옆에 가서 앉았다. 밖으로 나온 뒤로 사촌의 얼굴을 제대로 본 적이 없었다. 믹을 보니 넋이 나간 표정을 하고 있었다. 앤과 노라와 대학원생들은 물론 대니까지 맛보았던 도취감과 안도감, 그 어떤 것도 믹과는 무관했다.

시곗바늘은 여전히 째깍거리고 있었지만, 대니의 귀에는 그 소리가 들리지 않았다.

마침내 하워드가 고개를 들었다. 잿빛의 안색 때문에 늙어 보였다. 목소리에는 아무런 감정도 실려 있지 않았다. 정말 잘했어, 대니. 저 아래에서 말이야.

웃기는 대답, 덜떨어진 대답, 대답하지 않겠다는 의미의 대답. 대니의 머릿속에 떠오른 것은 온통 이런 것들뿐이었다. 뭘, 운동 좀 하고 살아야지. 아니면 기억 안 나? 창문에서 떨어지는 게 아무나 할 수 있는 건 아니지만, 그래도 난 최선을 다해 해냈지. 아니면 아무래도 그때 의사가 놔준 주사 때문인 것 같단 말이야. 아니면 야, 빵조각*만 믿었다가 죽는 줄 알았다. 아니면 우리 아빠한테 꼭 말해줘야 된다?

그러나 결국 대니의 입에서 나온 말은 이랬다. 난 네가 죽건 말건 도망쳤잖아.

하워드는 고개를 들고 눈부신 햇살 때문에 찌푸린 눈으로 대니

---

* 동화 『헨젤과 그레텔』에서 계모에게 버림받은 헨젤과 그레텔이 길을 잃지 않으려고 길에 빵조각을 조금씩 떨어뜨렸지만, 다음 날 숲속 동물들이 다 먹어버려 집을 찾지 못한 일화를 빗대어 말한 것.

를 쳐다보았다. 나 안 죽었잖아. 살아서 나왔잖아.

대니: 다른 사람들이 널 찾아낸 거지.

그러기 전에 나왔어. 내 마음은 이미 그곳을 탈출했었어. 그런 결말 아니면 용납하지 않겠다는 마음 덕분에 벗어난 거지.

어떻게?

모르겠어. 난 그냥 떠났어. 게임 속으로 들어갔지. 머릿속에 많은 방들이 있으니까. 누구나 다 그렇게 할 수 있어. 해보질 않아서 그렇지.

전에도 이미 허심탄회하게 해본 이야기처럼, 대화는 기이하게도 술술 풀려갔다. 죽이 잘 맞는 화제를 가지고 얘기하듯.

대니: 하워드, 내가 왜 여기서 이 짓을 하고 있는 거냐?

나도 모르겠다. 네가 한번 말해봐라.

대니는 햇빛 쪽으로 얼굴을 돌렸다. 은은한 아침햇살인데도 눈부시게 밝았다. 대니는 입을 열었다. 모르겠어. 안다고 생각했는데, 다른 층위가 있었어.

하워드: 동감. 내가 바란 건— 나도 모르겠어. 네 앞에서 잘 보이고 싶었나.

그렇다면 제대로 했네.

하워드: 그냥 뭔가 통하는 게 있는 것 같았어. 설명은 못 하겠다.

대니: 앙갚음한 게 아니고?

하워드는 놀란 표정으로 대니를 바라보았다. 그게 무슨 소리야?

지난 이틀 동안 난 정신이 완전히 나가 있었어. 시차 때문이었던 것 같아. 그래서인지 네가 나한테 원한을 품고 있다는 생각이

들었어.

하워드: 이봐, 그러기엔 너무 늦지 않았어? 다 지나간 일이야, 안 그래? 어쨌거나 이젠 내가 너한테 신세를 졌다.

제발 그런 말 하지 마.

나무 사이사이에 앉아 있던 새들이 갑자기 시끄럽게 짹짹거렸다. 태양, 새들, 하늘. 무슨 악단이라도 결성해야 할 것 같은 분위기였다.

하워드: 있잖아, 대니. 전에 내가 했던 이야기 말이야. 난 진심으로 한 말이었어.

어떤 말?

네 도움. 지금까지 네가 보여준 성과. 솔직히 말해서 나 그 정도까진 기대 안 했거든.

내 이름값이 실제보다 좀 앞서는 경향이 있긴 해.

뭐, 약간은 그럴지도.

대니는 웃었다. 네가 땡잡은 거지.

하워드: 그런데 내 감으로는 우리 둘이서 뭔가 일을 해봐도 좋겠다 싶어.

대니: 나야 감지덕지.

자동적으로 튀어나온 말이었다. 하워드와 함께 일을 한다? 생각하면 할수록 그것은 이제껏 기다려온 것, 하고 싶었던 일처럼 느껴졌다. 그러니까…… 네 밑에서 일하는 것?

아니, 아니야. 동업 말이야. 진짜로. 하워드는 자세를 고쳐 바로 앉았다. 그는 조금 전보다 상태가 나아 보였고, 좀더 자기 자신을 찾은 모습이었다. 얼굴에 생기가 돌았다. 몇 년 동안 식당 사업에 대해 생각해둔 게 있거든.

대니: 그래, 너 요리 하나는 끝내주게 잘하더라.

하워드: 식당이라고 말했지만 사실은 좀더 총체적인 거야. 나는 음식에 대해 나름의 지론이 있어. 다이어트라면 내가 일가견이 있잖아. 얘기하려면 좀 길어.

대니: 나도 식당에서 몇 년 동안 일한 적이 있는데.

하워드: 그럴 리가!

내 본업이라니까! 그러니까 내가 식당에서 일한 지가…… 말도 안 돼. 몇백 년 전 이야기 같다.

난 식당 경영 쪽에 대해서는 쥐뿔도 아는 게 없는데.

아, 사실 그걸로는 돈을 거의 못 벌 거라고 보면 돼.

하워드가 씩 웃었다. 야, 대니, 내가 지금 돈 벌자고 하는 거냐? 지금쯤이면 나라는 인간을 알 때도 됐잖아.

대니: 응, 그런 것도 같아.

이것이 제6단계였다.

문득 대니는 고개를 들어 믹을 보았다. 수영장 옆에 하워드 말고는 아무도 없는 것처럼 그하고만 이야기하느라 믹에 대해서는 까맣게 잊고 있었다. 하워드도 마찬가지였다. 그러나 믹은 어디에도 가지 않고 있었다. 사실, 그 자리에 꼼짝 않고 있었다. 믹은 하워드에게서 몇 센티미터 떨어진 곳에서 얼어붙은 듯 귀를 기울이고 있었다. 대니가 고개를 들어 둘의 눈길이 딱 맞부딪쳤을 때(제7단계), 대니는 지독히도 싸늘한 믹의 표정에 흠칫했다. 기계처럼 공허했다. 바로 그 순간, 대니의 마음속으로 알토가 밀려들어왔다. 아성의 꼭대기에 서서 아래 펼쳐진 풍경을 속속들이 보았던 그 순간처럼. 하워드는 믹이 가진 전부였다. 믹은 하워드의 넘버 투였다. 그리고 넘버 투는 이판사판 가리지 않는 법이다.

믹이 대니 쪽으로 한 걸음 다가섰다. 단 한 걸음인데도, 대니는 아드레날린이 울컥 솟는 기분이었다. 이전에 느꼈던 모든 공포감, 속을 갉아먹는 벌레, 덫에 걸리고 쫓기는 느낌이 지금까지 아무 데도 가지 않고 기다리고 있었다는 듯 대니에게 일제히 달려들었다. 그는 일 초 만에 손에 칼을 든 채 자리를 박차고 일어났다. 길게 휜 칼날이 햇빛을 받아 반짝였다.

믹: 칼 내려놔, 대니.

하워드: 지금 무슨 짓 ―?

하워드는 화들짝 놀라 자다 깬 사람처럼, 아니면 아직까지 깨어나지 못한 사람처럼 어찌할 바를 몰라 허둥지둥 자리에서 일어섰다. 그들은 전에 움직이는 형체가 나타났던 곳에 서 있었다. 이곳이 대니에게 그토록 낯익었던 것도 그 때문인지 모른다. 마치 이런 일이 전에도 있었던 것만 같았다. 아니면 알토 때문인지도 몰랐다. 그도 그럴 것이, 바야흐로 대니의 눈에는 모든 것이 훤히 보였고, 그 안에서 자기가 차지하는 위치도 알게 되었기 때문이다.

믹: 조심해, 하워드!

믹의 발목 근처 어디에선가 총이 튀어나왔다. 그는 믿기 힘들 정도로 빨랐다.

대니는 칼로 찌르려 했지만, 너무 늦었다. 내가 그의 이마를 겨누고 총을 쏘았을 때 그는 거의 움직이지도 못했다. 총알이 몸을 찢으며 관통할 때 그는 나를 바라보고 있었고, 나는 생명의 빛이 꺼지는 광경을 주시했다.

왜냐고? 합당한 질문이다. 누군가의 머리에 총을 쏘려면 그럴 만한 이유가 있어야 한다. 그리고 지금 이 순간 내가 하고 싶은 것은 여러분에게 목록을 제시하는 것, 증거를 하나하나 차곡차곡 쌓는 것이다(예를 들면: 나는 그 순간 대니가 정말로 칼을 들고 하워드에게 덤빌 거라고 생각했다. 그리고 나는 그가 하워드에게 앤과 나 사이에 있었던 일을 일러바칠 거라는 사실을 알고 있었다. 그리고 어렸을 때 그랬던 것처럼 하워드에게 그렇게 해코지를 해놓고, 그가 순순히 사라져줄 거라고는 생각하지 않았다). 이 목록을 다 보고 나면 여러분은 이렇게 말하게 될 것이다, 아, 물론 그는 그 바보를 쐈지. 그리고 잘된 거 아닌가, 이 수많은 이유들을 좀 보라고! 하지만 목록 같은 건 없다. 나는 대니를 좋아했다. 그를 보면 마치 나 자신을 보는 것 같았다.

그러나 나는 지워지고 있었다. 대니가 여기에 있으면 나는 모든 것, 그나마 내가 갖고 있던 것들, 하워드와 벤지와 앤을 빼앗길 터였다. 내가 지금껏 몇 년 동안 그의 자리를 대신 차지하고 있었던 것처럼.

물론, 결국 내가 대니를 총으로 쏘았으니 그 문제는 어쨌거나 일단락된 셈이었다.

대니는 뒤로 넘어지면서(제8단계), 하늘에서 떨어지는 어마어마한 뭔가를 잡으려는 듯 두 팔을 활짝 벌렸다. 그가 수영장의 검은 물속으로 떨어지고, 물결이 그의 위로 포개어졌다. 하워드도 뛰어들었다. 하워드는 걸쭉한 물속에서 대니를 찾아 허우적거렸다. 그러나 죽은 것은 살아 있는 것보다 무겁고, 그렇게 대니는 가라앉았다. 하워드와 대니는 한동안 함께 밑으로 가라앉았다. 하워드는 두 팔로 대니를 붙잡아 물 위로 끌어올리려 했지만, 결국 그를 놔버리거나 아니면 함께 밑으로 가라앉는 수밖에 없었다.

대니의 눈은 아직 감기지 않았다. 처음에는 아무것도 보이지 않았다. 사방이 어둡고 탁한 가운데 가라앉고 또 가라앉다가, 뭔가가 발밑에 닿는 것을 느꼈다. 수영장 안쪽 끝에 아래쪽으로 이어지는 계단이 있었다. 대니는 발 디딜 자리를 발견하고 걸어내려가기 시작했다. 깊이 내려갈수록 차츰 물이 맑아지는 것 같았다. 아니면 그의 눈이 물에 적응한 건지도 몰랐다. 그가 기억하는 이런저런 것들이 눈에 들어오기 시작한 것이다. 아빠를 도와 자동차 진입로에 자라난 관목에 물을 줄 때 쓰던 파란색 호스, 만화책을 읽던 거실 창문 옆의 구석진 자리, 부엌 벽에 테이프로 붙여놓은 그가 그린 그림, 분홍빛 변기와 그 뒤에 놓인 조개껍데기 모양의 비누 곽과 그 안에 든 장미 비누들, 꿀벌이 그려진 샤워 커튼, 휴지 없이 코를 풀던 축구 코치, 코키 이모가 늘 만들어주던 사과를 곁들인 게살 샐러드, 페르시안 고양이털이 잔뜩 뒤엉켜 있는 페르시아산 러그가 깔려 있던 엘리자베스 스트리트의 전전셋집, 로어이스트사이드 거리를 통과해 쫓아갔던 롤러블레이드 소녀, 점원이 팝콘 한 통에 인공 버터를 펌프질해 넣는 것을 구경하던 일, 눈이 소복이 내려앉은 뉴욕, 그의 집 에어컨 실외기에 둥지를 틀었던 비둘기, 머리 자르던 일, 휘파람으로 택시 잡던 일, 빌딩들 사이로 보이던 저녁노을 등등. 기억과 사물과 정보의 터널. 대니는 그 모든 것과 접속되어 그것들 사이를 두둥실 떠다니며 어루만졌다. 그것들은 모두 여전히 거기 있었다. 사라지는 것은 없다. 그리고 또한, 죽거나 약에 취해 유체이탈을 했을 때처럼 대니는 자기 자신을 보았다. 검은 물속으로 가라앉는 성인 남자 하나를.

계단은 끝도 없이 이어졌다. 물이 대니의 귓속으로, 눈으로, 폐로 들어갔다. 그러나 지구의 용해된 핵에 가까워지면서 계단도 끝이 났다. 대니가 고개를 들어 위를 보니 수영장은 푸른 하늘빛을 한 10센트짜리 동전만 해져 있었다. 이윽고 문이 하나 눈에 들어왔고(제9단계) 대니는 문을 열었다. 그는 새하얀 복도에 있었다. 물은 사라졌다. 벽은 매끈하고, 창문도 문도 장식도 일체 없었다. 대니의 눈에 들어온 것은 어쩐지 또다른 문처럼 보이는 청회색의 종말점*이 전부였다. 그는 그 문을 향해 복도를 걸었다. 한참을 걸어야 했지만, 마침내 문 가까이 이르렀을 때 대니는 그것이 문이 아님을 알게 되었다. 그것은 창문이었다. 그런데 유리에 수증기가 어렸는지, 먼지가 끼었는지, 아니면 면이 뒤틀렸는지, 밖이 보이지 않았다. 그가 창가로 다가가 한 손을 유리창에 대자, 창이 갑자기 맑아졌다(제10단계). 나는 그가 거기에 서 있는 것을 보았다. 그리고 그도 나를 보았다.

도대체 어디 처박혀 있다가 이제 나타난 거야? 내가 말했다.

---

* endpoint. 사물의 끝부분, 혹은 수학, 통신공학 등에서 종점, 단말점을 가리킨다.

대니는 미소 지었다. 그가 말했다. 내가 널 버리고 떠날 거라는 생각은 추호도 안 했나봐?

그가 말했다. 가장 잊고 싶은 것이야말로 절대 네 곁을 떠나는 법이 없다는 걸 아직도 깨닫지 못했군?

그가 말했다. 이제부터 미친 채로 살아볼까. 그는 웃음을 터뜨렸다.

그가 말했다. 우린 쌍둥이야. 아무것도 우리를 갈라놓을 수 없어.

그가 말했다. 네가 글 쓰는 걸 좋아하면 좋겠는데.

그러더니 그는 내 귀에 대고 속삭이며 이야기를 시작했다.

내 밑에는 데이비스가 머리를 주황색 라디오에 들이민 채 침상에 누워 있었다. 그는 눈을 꼭 감고 있었다. 그가 다이얼을 돌렸다, 귀를 기울이면서.

3부

# 16장

　레이의 원고가 반송주소 없이 지역 소인만 찍혀 있는 갈색 봉투에 담겨 내게 도착한다. 봉투 안에는 전에 일부 읽은 적이 있는 성 이야기와 한 번도 본 적이 없는, 손글씨로 쓴 40페이지짜리 일기가 있다. 밤을 꼬박 새서 다 읽는다. 집 뒤편으로 차들이 지나가는 소리가 들린다. 하루 종일 들리는 그 소리는 밤이 되어 대형 트럭들이 줄줄이 지나가면 더 커진다. 소리는 바다처럼 울려퍼진다. 근처에 바다가 있다면 그런 소리가 날 거라고 생각해서 그런지도 모른다. 가까이에 바다가 있으면 좋겠다.

　눈물이 흔한 사람이라면 레이의 글을 다 읽고 나서 울겠지만, 나는 울보가 아니다. 한때 하루 종일 우는 것 말고는 아무것도 하지 않은 적이 있었지만, 그후로는 거의 울지 않는다. 나는 메마른 인간이다.

　다 읽고 나니 동이 터온다. 집 안은 고요하다. 딸아이들은 아직

자고 있고, 세스가 어디 있는지는 아무도 모른다.

한 가지 묘안이 떠오른다. 부엌으로 가서 커다란 초록색 쓰레기봉투와 쇠숟가락을 챙긴다. 집 밖으로 나와 묵직한 원고 뭉치를 두 단짜리 계단에 대고 소리 죽여 살살 두드려 단정하게 정돈한다. 그리고 원고 뭉치를 쓰레기봉투 바닥에 넣고 봉지를 꼬아준 후, 그대로 뒤집어 원고를 감싸고 다시 봉지를 꼬아준 다음 봉지의 여유 부분이 남지 않을 때까지 원고 뭉치를 다시 한번 더 감쌌다. 그런 후 집 건물에서부터 내 발걸음의 수를 헤아린다. 레이가 그랬듯이, 서른다섯 걸음. 숟가락으로 땅을 파기 시작한다. 맨 위쪽 흙은 틈새 없이 단단하지만, 아래는 퍼석퍼석하다. 언제고 딸아이들이 깨어날지 몰라서 나는 서두른다. 구멍을 파고, 그 안에 쓰레기봉투를 넣고, 다시 흙으로 덮어준다. 파낸 흙을 남김없이 메우는 데 쓰진 못했다. 나는 한쪽 발로 메운 곳을 다진다. 두 손을 보니 무덤이라도 파헤친 것 같다. 그렇게 끝나고 나니 언덕 너머로 해가 떠오른다. 아, 얼마나 마음이 놓이는지 모른다. 원고가 무사하다니, 한 장도 남김없이 무사하다니, 이야기 속의 나, 남편을 떠난 교사, 그 예쁜 공주도. 그녀는 이제 여기에 보물처럼 묻혀 있다.

나는 증거를 인멸한 것이기도 하다. 도주한 수감자가 보낸 물건을 가지고 있는 것이 불법임을 나는 안다.

우리에 있는 개들을 풀어준다. 녀석들이 원고가 묻힌 바로 그 지점으로 달려간다. 빨간 공을 던져주자 더 신이 나서 달린다.

나는 집 쪽으로 다가가 계단에 앉아 담배를 피우며 일출을 만끽한다. 길 위에 뭔가 움직이는 게 보인다. 머리로 인식하기 전에 눈이 먼저 알아보고, 그것이 세스임을 깨닫자 배 속이 옥죄어드는 것 같다. 트럭은 어디 있지? 저이가 트럭을 어쩐 거지?

세스가 문 쪽으로 다가오고, 여전히 약에 취해 있지만 조금씩 깨어나고 있는 게 눈에 보인다. 일이 끝나면 늘 그랬듯이 이번에도 이틀 동안 사라졌다가 나타난 것이다. 건설 노동자라고 하기엔 피골이 상접할 정도로 깡말랐고, 의치를 빼면 이가 하나도 없다. 그런데 이런 인간이 록스타였다니, 그것도 이 동네뿐 아니라 다른 여러 주에서도 인기를 끌었던 사람이라니. 그가 무대에 올라 셔츠를 벗어던지면, 여자들은 그의 가슴에 흐르는 걸 보려고 맥주를 뿌렸다.

그가 공허한 눈으로 나를 본다.

나는 묻는다. "트럭은 어쨌어?"

"85번가에서 펑크가 났어." 그는 금세라도 무너질 것처럼 보인다. 바꿔 말하면, 곧 죽을 것 같다.

"애들 자고 있어. 들어가." 나는 말하고, 그는 내 말대로 한다. 우리 둘, 세스와 나 사이에 남은 유일한 한 가지는 딸아이들을 사랑한다는 것이다. 서로에게 남은 사랑은 없지만, 아무것도 없는 것보다는 낫다.


그날 오후, 주 경찰관 두 명이 나를 찾아 대학으로 온다. 한 명은 피트 코니그이다. 4학년 때부터 알고 지낸 사이로, 고등학교 2학년 댄스파티 때 나와 프렌치키스를 한 이후로 살이 찌기 시작하더니, 지금은 두꺼운 경찰복 차림으로 땀을 흘리고 있다. 다른 사람은 루퍼스 경사로, 제산제를 먹어야 할 것 같은 표정을 짓고 있다. 내가 그들을 만나러 나가자 사무실에 있던 사람들이 모두 쳐다본다.

나는 말한다. "피트, 이십 분 후면 점심시간이야. 기다려줄 수 있어?"

"기다려줄 수 있냐고요?" 경사가 버럭 소리를 지른다. 내가 그에게 무슨 빨래라도 부탁한 것처럼. 그러나 피트는 좋다고, 카페테리아에서 기다리겠다고 말한다.

밖에 나가보니 그들은 내가 가장 좋아하는 피크닉 테이블에 앉아 있다. 화창한 봄날이고, 모든 것이 연두색으로 만발해 있다. 뒤편으로 차들이 휙휙 지나가는 소리가 들린다. 투구력 좋은 사람이 던지면, 공으로 주간 고속도로를 맞출 수 있을지도 모른다.

"당신 점심을 여기로 가져오지 그래?" 피트가 나에게 묻는다.

"나 혼자만 먹는 상황은 싫어서."

나는 자리에 앉아 담배에 불을 붙인다. 피트가 말한다. "도주한 수감자들 중 한 사람을 당신이 안다고 들었어. 레이먼드 마이클돕스."

"내 작문 수업을 들었어."

"그렇게 알고 있어. 수업중에 다른 수감자한테 칼을 맞았지."

"그래, 토머스 해링턴. 그것 때문에 특수 감옥에 간 걸로 아는데."

침묵이 흘렀다. 하지만 차들이 지나가는 소리 덕에 귀가 심심할 일은 없다.

"그 사람한테 소식 온 것 없어, 홀리?" 피트가 묻는다. "돕스 말이야."

"없어." 나는 말한다. "전혀." 그렇게 말하기가 무섭게 지금 내가 법을 위반하고 있다는 생각에 땀구멍에서 땀이 솟는다.

"그 사람이 네가 사는 곳을 알게 될 가능성은 없고?"

"그러길 바라."

피트는 내 인생의 절정기를 보았다. 학교 에세이 대회에서 우승을 하고 8학년 반 아이들 전원이 함께 한 연극의 대본을 쓴 소녀. 그리고 내가 바닥을 치는 모습도 보았다. 태어난 지 얼마 안 된 아들 코리가 생사를 헤맬 때 여드름 가득한 얼굴로 대기실에 앉아 있던 여자. 그의 시선에 가득한 동정의 빛 때문에 나는 어쩔 수 없이 외면하고 만다.

이제 또다른 사내 루퍼스 경사가 끼어든다. "당신이 수감자 돕스와 개인적으로 알고 지낸 것으로 압니다."

"무슨 뜻이죠?"

"그가 입원했을 때 문병 가셨죠?"

"맞아요." 나는 대답한다. "다들 그가 죽을 거라고 말했거든요."

"가서 뭘 하셨죠?"

"앉아만 있다가 왔어요. 의식이 거의 없었거든요."

"그 작자가 능수능란하게 꾸며낸 걸 수도 있죠."

"중증 내장 감염을 어떻게 꾸며낼 수 있는지 저는 모르겠는데요." 그렇게 대꾸하자 피트가 경고하는 눈빛을 보낸다.

"그리고 한 번 더 돕스를 찾아가셨죠?" 루퍼스가 말한다. "돕스가 다시 교도소로 돌아왔을 때."

"네."

"보통 면회객처럼 가셨죠?"

"그랬죠."

"그렇게까지 해서 찾아간 이유가 뭡니까?"

"그가 나왔는지 확인하고 싶었어요."

"뭐라고요?"

"그러니까— 믿을 수가 없었어요. 그 사람이 나왔다는 걸 믿을
수가 없었어요."

우리 중 누구도 만족시키지 못하는 대답이었다. 피트는 피크닉
벤치에 앉은 채 자세를 바꾸었다.

"두번째로 찾아갔을 때 당신과 그 수감자 사이에 무슨 일이 있
었습니까?"

"얘기만 했어요."

"무슨 얘길 했는데요?"

"기억이 안 나요. 오래 있지 않았기 때문에."

"한 시간 하고도 십오 분 있었습니다, 선생님."

난처한 상황이다. 안다. 보통 골치 아픈 일이 아니다. 달리 할
말이 없다.

"도주에 관련된 계획을 얘기했나요? 혹시 도움을 청하진 않았
나요?"

"절대로요." 내 목소리가 컸는지 둘 다 놀란다. "전혀, 그런 건
전혀 없었어요. 그랬으면 곧바로 보고했겠죠."

그 말에 루퍼스는 입을 다문다. 내가 비로소 그의 언어로 말했기 때문이다. 그러나 피트에게는 그 말이 다르게 들린 모양이다. "도주 얘기에 굉장히 놀란 모양이야, 홀리?" 그는 고개를 갸웃하고 나를 보면서 말한다.

"놀란 정도가 아니야."

"그 사람한테 한 마디도 못 들었어? 귀띔이라도?"

나를 바라보는 저 다정한 눈길. 피트에게는 아이가 넷 있는데, 첫딸이 메건보다 한 살 많다. 나는 그를 똑바로 바라본다. "전혀."

"알았어, 홀리." 그는 말한다. "이런 말을 하는 이유가— 뭐, 너도 알 거 아냐. 탈주자를 돕는 건 연방범죄에 해당한다는 것."

"잘 알고 있어."

"그리고 그건— 그럴 가치가 없는 짓이야."

"그래, 말도 안 되지."

"지금껏 산전수전 다 겪으며 버텼는데 그러면 안 되지. 겨우 다시 길로 들어서서 이렇게 잘 지내고 있는데 그래선 안 되지."


도주한 수감자는 레이와 그의 감방 동료 데이비스다. 레이는 주 배관의 물길을 돌렸고, 데이비스와 함께 파이프까지 파고들어가 용접용 버너로 파이프를 뚫은 다음, 그 안으로 들어가 이중 펜스 아래까지 도달한 다음, 거기서 또다른 구멍을 뚫고 길을 파서 나갔다.

말로는 쉽지만, 불가능에 가까운 일이었다. 그렇다면 감시탑에 1급 저격수가 버티고 있는 가운데 레이와 데이비스가 버젓이 첫째 구멍을 팠다는 말이고, 더더욱 믿기 힘든 사실은 둘 다 정각 네 시 점호 때까지 감방 안에 있었다는 것이다. 사람들은 그 사실에 충격을 금치 못했다. **점호 때까지도 있었다고? 어떻게?** 해답은 신문을 통해 밝혀졌다. 가짜 작업 지시서들, 승인서들, 출입증, 모두 다 살인자에 위조범인 데이비스가 꾸며낸 것이었다. 몇 년 동안 고분고분한 미친놈으로 지냈기 때문에 어느 누구도 그를 주시하지 않았다. 교도소의 우두머리들이 바삐 움직이기 시작했다.

마지막 탈주사건은 내가 고등학교 2학년이었던 십칠 년 전에 있었다. 사람들은 아직도 그때 이야기를 한다. 세 남자 수감자가 직접 만든 죽마로 양쪽 펜스를 넘어가서는 시 외곽에 사는 한 가족의 집에 숨어들었다. 그들은 옷을 바느질하는 바늘과 파란색 실로 상처를 꿰맸다. 실이 파란색이었다는 사실을 한 번도 잊은 적이 없다. 붙잡힐 때 그들은 두 사람을 인질로 붙잡고 있었고, 말을 총으로 쏘았고, 헛간을 송두리째 태워 없앴다.

레이 소식을 들은 날 밤, 나는 딸들의 방으로 가서 애들이 자는 침대 사이에 접이식 침대를 펼쳤다. 메건은 축구 경기 때문에 집에 없었지만, 둘째 딸 가브리엘이 공범이 되어주었다. 엄마와 파자마 파티를 하다니! 메건이 집에 왔을 때 우리는 팝콘을 튀기고 있었다. 메건은 우리의 계획을 듣더니 스파이크 운동화를 발로 차 벗어던져 현관 밖으로 날려버렸고, 신발은 어둠 속 어딘가로 사라졌다. 성격이 보통 깔끔한 게 아닌 메건은 화가 머리끝까지 난 와중에도 마룻바닥에 진흙을 묻히지 않으려 했다. 메건은 고래고래 소리를 질렀다. "난 이 집에서 사생활도 없어! 언제나. 언제나. 언

제나. 언제나. 언제나." 메건은 열세 살이었다.

"네 마음 이해해." 나는 메건에게 말했다. 메건에 대해 온라인으로 상담을 해준 리어던 박사가 일러준 방법 중 하나였다.

"엄만 이해 못 해." 메건은 고래고래 떠들었다. "이해한다면 내 침대 옆에 간이침대를 놓을 리가 없다고!"

"메건, 죄수 두 명이 탈옥을——"

"아, 그래. 그래서 엄마가 우릴 보호하시겠다?" 살집 없는 엉덩이에 한 손을 짚고 서 있는 딸을 보니, 초록색 눈동자에 예쁘장한 어린 시절 내 얼굴이 나를 보고 있는 것만 같았다. 그 모습이 뿜어내는 독기와 증오는 무서울 정도였지만, 나는 반응하지 않았다. 리어던의 말에 따르면, 메건으로 하여금 분노를 표출하게 하고 내가 그것을 받아줄 수 있다는 것을 보여줘야만 한다.

개비가 훌쩍거리는 소리가 들리자, 나는 불쑥 이렇게 말했다. "너 때문에 네 동생 겁먹은 것 좀 봐, 못된 년." 이렇게 말해놓고 나 자신이 역겨워졌다.

나는 몸을 숙이고 개비의 길고 묵직하고, 흑단처럼 검고, 사과 향이 나는 머리칼에 얼굴을 묻었다. 메건에게서는 몇 년 전에 사라져버린 다정한 마음씨가 개비에게는 아직 남아 있었다. 그 다정한 마음씨를 지켜주려고 내가 매일 그 주위에 찰싹 달라붙어 있는 게 아닌가 싶다.

"난 재미있을 줄 알았어." 개비가 흐느껴 울었다.

"재미있을 거야." 내가 말했다.

메건이 침실로 미친 듯이 뛰어들어간 후였다. 메건이 직접 산

병풍으로 창가 한쪽을 둘러친 자기만의 공간으로 파고들어가는 소리가 벽을 통해 들렸다. 병풍 바깥 면은 무늬 없는 흰색이지만, 안쪽 면은 온통 메건의 삶을 나타내는 콜라주다. 친구들이 그린 그림들, 빨대 포장지를 땋아놓은 것, 자주색 깃털, 머리칼이 초록색인 트롤 인형, 번쩍번쩍 빛나는 가면, 바짝 말라버린 데이지 꽃 몇 송이. 개비는 메건의 요새에 들어가선 안 된다는 철통같은 명령을 받았지만, 정작 메건이 간절하게 금지령을 내리고 싶은 대상은 바로 나다. 메건은 나를 피해 제 삶에 보호막을 치고 있다. 내 삶이 시들어버린 것처럼, 내가 그것을 건드리면 제 삶도 시들어버릴 거라 생각하고 있는 것이다.

개비와 내가 잠자리에 들었을 때도 메건은 창틀에 팔꿈치를 괸 채 여전히 자기 요새에 있었다. 개비는 오래전 홍역을 앓을 때 세스가 선물한 곰 인형 '홍역'과 함께 잔다. 예방주사 맞히는 걸 깜박한 우리 부부 탓이었다.

나는 오래도록 잠을 이루지 못하고 누워 있었다. 마침내 세스가 집에 왔다. 요새 그는 2교대로 일하고 있고, 이 말은 그가 한동안 약에 손대지 않고 있다는 뜻이다. 맥주병 따는 소리와 TV 켜는 소리가 들렸다. 메건이 불을 끈 침실에서 기어나와 그에게 갔다. 부녀가 주고받는 대화를 들으며 내 마음속에 분노가 치밀어올랐다. 왜 세스지? 그가 메건에게 해준 게 뭐가 있다고? 그러다가 리어던 박사의 이메일을 떠올렸다. 어찌나 여러 번 읽었는지 이젠 전부 외울 정도다. '메건은 화가 날 일이 많습니다. 메건이 아빠에게 더 친밀감을 느끼는 게 억울하게 느껴질 수도 있지만, 엄마가 약에 손댄 데 대해 아이가 느낀 배신감이 훨씬 더 크지 않을까요.' 그 말은 사실이었다. 자리에 누운 채 나는 나 자신에게 말했다. 내가 느끼는 감정 따윈 무의미해. 내 직무, 내 유일한 직무는 두 딸을 안전하고 건강하게 지켜서 애들 삶이 의미 있는 것이 되게 만드는 거야. 그렇게 생각하니 도움이 되었다. 나는 내가 녹아서 흔적도 없이 사라지는 모습, 아니, 흔적이 남는다 해도 수액 같은 것이 되어 딸아이들을 채워주고, 이를 통해 아이들이 기회를 잡고, 그 기회에 집중하고, 자신 있게 그것을 제 것으로 만드는 모습을 그려보았다. 나와는 다르게. 나는 나 자신에게 말했다. 그렇게 할 수 있다면, 정말로 그렇게 할 수만 있다면 나는 죽어도 여한이 없을 거야. 나는 서른세 살이다.

우리 아기 코리는 발그레했고, 사람 손 하나 크기만큼 작았다. 꼭 불에 덴 것처럼 보였다. 딱 봐도 세상에 태어나서는 안 되는 아이임을 알 수 있었다. 아이를 다시 되돌릴 순 없을까? 나는 몇 번이고 그렇게 물었다. 이 아이를 다시 제자리에 갖다놓을 방법이 하나쯤은 있지 않을까? 그러나 대답해주는 사람조차 없었다.

아이의 경직된 작은 얼굴은 몇 세기가 지나 발굴된 미라처럼 쭈그러들어 있었다. 수천 년에 달하는 고통이 그 얼굴에 깃들어 있었다.

나는 자리에 앉아 유리 너머로 아이를 지켜보았다. 아이는 끓는 물에 덴 손이 움직이듯 맥없이 몸을 뒤쳤다. "아이를 뒤집어야 해요." 간호사의 말에 나는 자리를 옮겼다.

나는 고통을 그냥 받아들였다. 그러지 않으면 움직일 수 없었고, 두 딸을 돌봐줄 수 없었다. 나는 자주 생각했다. 별것 아니야. 아이들을 학교에 못 보낼 정도로 큰일이 절대 아니야. 그렇게 고통을 감수했고, 그러면 아기가 내 안에서 주먹을 쥐듯 꽉 달라붙는 게 느껴졌다.

코리가 죽은 후, 나는 몇 달 동안 정신병원에 있었다. 그냥 죽어버리고 싶어요, 그렇게 말하면 사람들은 내게 말했다. 당신을 필요로 하는 두 딸이 있잖아요. 약도 끊었잖아요, 중독도 이겨냈고, 인생이 아직 창창하게 남아 있어요.

나는 어머니에게 말했다. "의사들이 저더러 저 자신을 용서해야 한대요. 그러지 않으면 나아갈 수 없대요. 그래서 노력해보려고요." 어머니는 대답했다. "너를 용서하는 것과 신께 용서를 비는 것은 별개란다."


대학을 통해 교도소에서 강의를 하라는 제안을 받았다. 엄청나게 좋은 기회였다. 당시 나는 막 석사학위 과정을 시작한데다 아직 강의를 할 자격도 없었는데, 일손이 부족한 상황이라 학교에서 내 경력을 과장해 기회를 준 것이다. 보수도 굉장했다. 위험수당 때문이라고 했다. 나는 다른 사람에게 글 쓰는 걸 가르쳐줄 수 있다면, 나 자신도 쓸 수 있다는 뜻일 거라고 생각했다.

수강자들이 정해지자, 나는 그 명단을 몇 년째 교도관으로 일하고 있는 사촌 캘거리에게 보여주었다. 그는 학생들에 대해 이야기해주기 시작했다. 멜빈 윌리엄스: "멍청한 뚱보 녀석. 주님을 찾게 됐다지." 토머스 해링턴: "똑똑해. 파충류 돌보는 일을 하고 있어. 너처럼 각성제 중독자이고." 하마드 사미드: "이 녀석은 잘 감시해야 돼. 무슬림이니까." 새뮤얼 로드: "감방 와서 게이가 됐어. 덩치 큰 흑인 놈들의 돌림빵 신세지." 앨런 비어드: "아, 그래, 그교수님. 비행기 격납고 한가득 대마를 갖고 있다가 붙잡혔지." 거기까지만. 나는 더 말하지 못하게 했다. 그들의 전과를 알고 싶지않았다. 선입견만 생길 뿐이니까.

레이먼드 마이클 돕스 차례가 됐을 때 캘거리는 이렇게 말했다. "아무것도 아닌 놈이야. 그냥 쓰레기지."

"쓰레기라니, 무슨 뜻이야?"

"말 그대로 쓰레기라고. 그놈에 대해서는 이 말밖에 할 게 없어."

이유는 알 수 없지만, 나는 그 말에 짜증이 났다. "쓰레기는 쓰레기통에 든 게 쓰레기지."

"야, 네가 가르치게 될 곳이 바로 그런 곳이야. 거대한 쓰레기통." 캘거리 생각도 그랬을지 모르고, 아님 그냥 나 혼자 생각이었을 수도 있다. 그렇다면 나한테는 제격이겠는걸.


첫째 날 밤, 수업을 하러 가니 그들이 있었다. 쓰레기들. 책상에 비해 다들 몸집이 터무니없이 커 보였다. 다들 신경을 곤두세우고 있고 호기심이 많아 보였지만, 레이 돕스는 예외였다. 야윈 몸에 머리칼이 짙고 까맸다. 미남이었다. 그러나 그의 파란 눈에는 생기라고는 없었다.

나는 그에게 숙제를 내주었다. 세 장 분량의 이야기를 써올 것.

그랬더니 다음 주에 자기 선생이랑 섹스를 하는 내용의 더없이 저열한 글을 써와서 읽어주었다. 모두 늑대처럼 웃어댔고, 나는 정말로 겁이 났다. 수업 중에 한번 중심을 잃으면 돌이킬 수 없다는 걸 알기 때문이었다. 그렇게 생각하자 아드레날린이 솟구쳐올랐고, 약에 취했을 때와 살짝 비슷한 기분이 되었다.

그래서 나는 이야기를 하기 시작했다. 그리고 레이가 내 말에 귀를 기울이는 순간, 사진을 찍을 때 카메라 셔터가 열리듯 그의 두 눈동자 뒤로 뭔가가 열리는 게 보였다. 내가 해냈다는 생각이 들자 온몸에 소름이 돋았다. 말을 한 것만으로 그런 일을 해낼 수 있다니. 우리 둘 사이에 물리적인 뭔가가 있는 듯한 친밀감이 느껴졌다.

그후, 레이가 나를 주시하는 걸 느낄 수 있었다. 누군가 내 온몸을 민트로 스크럽한 듯 모든 감각이 깨어났다. 고약한 냄새가 풍기는 궁상맞은 교도소에 들어서면, 그후로 세 시간 동안은 난파선같은 내 삶에서 현명하고 아름다운 여인이 튀어나왔고, 그녀의 말과 생각은 일거수일투족 빛을 발했다.

나는 레이를 보지 않으려고 애썼다. 내가 선생도, 작가도 아니라는 사실을 그가 알까봐 두려웠다. 나는 결코 그런 자리에 설 자격이 없었다. 그가 모르기를 바랐다. 행여 그가 알면 모든 게 무너져버릴 것 같았다.

나는 새 옷을 여러 벌 샀다. 그랬다는 걸 직장 사람들은 알아차렸다. 교도소 수업이 시작되기 전에 캘거리가 나에게 분명히 해둔 게 있다. "충고 하나 해줄게. 그 안에 들어가면 아무것도 아닌 존재가 되어야 해. 죄수들은 유도 아니야. 그것들은 눈치가 빤하거든. 하지만 네가 쫙 빼입고 가면 거기서 일하는 것들한테 찍힌다고." 그래서 나는 수업에 들어갈 때는 새로 산 옷들 중 어느 하나도 입지 않았다. 하지만 그 옷들은 레이를 위해 산 거였다.

어느 날, 나는 캘거리를 만날 구실을 만들어 그의 교대 시간이 끝날 즈음에 찾아갔고, 함께 홈디포*에 가서 선반을 골라달라고 부탁했다. 선반 하나를 사려고 반나절 휴가를 내다니, 미친 짓이었다. 레이와 마주칠 확률이 백만분의 일도 안 된다는 걸 알면서. 설령 만나서 그의 얼굴을 본다 해도 말 한 마디 나눌 수 없다는 걸 알면서.

그날, 입구 바로 옆에 레이가 서 있었다. 설령 몇 달 동안 계획을 짠다 해도 그보다 더 좋을 수는 없었을 것이다. 나는 레이를 똑바로 응시하지 않았지만, 캘거리를 만난답시고 햇볕 속을 걸어 교도소로 들어갔다. 그 마주침은 현실세계로 치면 영화를 보고, 저녁식사를 하며 손을 맞잡고, 집에 와서 사랑을 나누고, 잠에서 깨어나 그 모든 것을 다시 반복하는 것에 맞먹었다. 그런 사랑이 어떤 느낌인지 나는 잊고 있었다. 바로 그 순간, 나는 레이에 대한 내 감정이 얼마나 깊어졌는지를, 그 감정에서 빠져나갈 길이 전혀 없음을 깨달았다.

개비와 나는 저녁을 먹고 있다. 아이가 과학 시간에 새끼를 밴

---

* 미국의 가정용 건축자재 및 보수 자재 판매점.

기니피그를 본 이야기를 하는데, 문득 창밖을 보니 주 경찰차가 길을 따라 내려오고 있다. 차 소리를 듣더니 개비가 펄쩍 일어나 방충문 쪽으로 달려간다. 아이의 몸에서 기쁨이 샘솟는다. 아이가 "엄마" 하고 부른다.

피트가 먼저 문간에 선다. "또 업무를 방해하고 싶진 않아서." 그가 말한다. 격식을 차린 그의 행동은 나에게 반갑지 않은 일이 일어나리라는 뜻이다. 개비가 나에게 찰싹 달라붙어 있어서 숨소리까지 들릴 정도다. 메건이 축구 연습 때문에 집에 없으니 얼마나 다행인가.

그들이 집 안으로 들어온다. 제복에서, 혹은 부츠에서 끽끽 소리가 난다. 어디서 그런 소리가 나는지는 모르겠지만 경찰들에게서는 늘 그런 소리가 난다. "루퍼스 경사에게 자료가 몇 가지 있는데, 당신한테 직접 듣고 싶다고 해서." 피트가 말한다.

"알았어." 내 뒤에서 커피메이커가 부글부글 소리를 내며 커피를 뱉어낸다. 개비의 뺨이 내 팔에 와 닿는 게 느껴지고, 심장박동이 빨라지지만, 뭘 겁내고 있는 거지? 나도 모르겠다.

루퍼스가 방 한가운데에 서서 말을 꺼내기 시작한다. "방문일지를 보니 수업이 없는 날 교도소 면회를 가신 적이 있더군요. 면회도 안 되는 날이었는데."

"면회 간 게 아니었어요. 사촌 캘거리를 데리러 간 거예요. 거기 교도관이에요."

"사촌에게도 자기 차가 있죠, 그렇죠?" 루퍼스가 묻는다.

"그래서요?"

"그런데 굳이 픽업할 필요가 있었나요?"

"둘이서 그러기로 이야기했으니까요. 그게 불법인가요?"

피트의 눈가의 분홍빛 살이 움찔움찔한다. 개비가 내 팔을 부여잡는다.

"방문 시간 동안 한 번이라도 돕스를 본 적이 있나요?"

나는 망설인다. 한 번 망설인 이상, 그렇다고 대답해야 한다. "내가 들어갈 때 다른 수감자들이랑 밖에서 일을 하고 있었어요."

내가 정직하게 말하자 루퍼스는 실망한 듯 보인다. 그 덕에 나는 평정을 되찾는다. 진정해. 이 사람들은 아무것도 몰라. 그들이 알아야 할 건 아무것도 없잖아! 레이의 원고가 묻힌 곳을 창문 너머로 돌아보고 싶은 마음이 굴뚝같지만, 자제한다. 그들이 찾는 것은 그게 아니겠지만, 발견하면 압수해갈 게 분명하다.

"수감자하고 인사를 나눴나요?" 루퍼스가 묻는다.

"아뇨."

"나중에라도 돕스에게 그를 봤다고 말한 적이 있습니까?"

"네, 그를 봤다고 그에게 직접 말했어요."

"그가 밖에서 어떤 일을 하고 있었는지 말해줍디까?"

"아뇨."

"그렇다면 내가 말해주죠. 그때 그는 나중에 데이비스와 탈출한 바로 그 파이프의 작업을 하고 있었습니다." 루퍼스가 말했다. "그때 그런 짓을 하고 있었다고요." 그는 내가 따라준 커피를 마시고는 잔을 내려놓는다.

"그건 몰랐는데요."

"그 많은 날들 중에, 하필이면 선생님이 업무 외 시간에 교도소에 가겠다고 정한 바로 그날." 루퍼스가 계속 말한다. "우연히도 바로 그날, 그가 탈출로를 파고 있었단 말입니다. 그런데 선생님은 제가 보기에는 그다지 신빙성이 없는 이유로 교도소에 갔다, 이 말이지요."

"아까 이유를 말씀드렸잖아요." 입안이 마른다. 나는 피트를 바라본다. "내가 어떻게 해주면 좋겠어? 말 좀 해봐."

"집 안을 좀 둘러보고 싶은데." 피트가 말한다. "허락해준다면 말이지. 지금 수색영장을 가져오지 않아서——"

"가져올 수 있지요." 루퍼스가 끼어든다. "그럴 만한 사유가 되니까요."

"그럴 수도 있다는 얘기야. 그리고 홀리, 이런 종류의 수색은 사적 재산을 그다지 존중하지 않는다는 건 너도 알지."

아, 그럼, 알고말고. 이를테면 깨뜨리고, 부수고, 베개와 매트리스를 찢어 속을 뒤지고, 집 안 꼴이 절대 예전으로 돌아갈 수 없게 된다는 것 아닌가.

"알았어." 나는 말한다. "하지만 부탁인데, 딸아이들 방은 조심해서 봐줘."

루퍼스는 벌써 복도를 따라 일직선으로 가서는 문이 닫혀 있는 침실에 이른다. 그제야 나는 진짜로 그들이 레이가 이 집에 숨어 있다고 생각한다는 것을 깨닫는다. 한순간이지만 그게 사실일 수도 있다는 생각이 들고, 그 생각만으로도 내 마음은 갈망으로 가득 차오른다. 나는 개비를 끌어안는다.

그들이 애들 방 쪽으로 가자, 나는 한달음에 쫓아가 말한다. "저기, 창가에 처진 병풍 너머는 조심해야 돼요, 알았죠?" 나는 손목시계를 본다. 메건은 사십오 분 안에 올 것이다.

거실에 가보니 개비가 소파에 무릎을 꿇고 앉아 창밖을 보고 있다. 나는 아이 옆에 앉아 말한다. "아가."

개비는 대답하지 않는다. 백지장처럼 텅 빈 표정이 마치 메건 같다.

루퍼스가 애들 방 밖으로 고개를 내민다. "여기 두 침대 사이에 있는 침대는 뭐죠?"

"제가 자는 곳이에요." 나는 말한다. 탈옥사건 이후로, 라고 말할 뻔하다가 얼른 입을 다문다. 맙소사.

그들은 다시 밖으로 나와 개비와 내가 앉은 곳을 둘러보기 시작한다. 우리는 식사를 하는 주방 조리대 옆 의자에 가서 앉는다. 반쯤 먹다 만 음식이 담긴 접시들이 여전히 놓여 있다. 마당에 묻은 원고를 파내 피트와 루퍼스에게 주면 지금의 이 상황을 끝낼 수 있을까 생각해보지만, 그럴 것 같지 않다. 오히려 상황은 더 악화될 것이다.

개비가 몸을 앞으로 수그리더니 조리대 위 두 접시 사이에 머리를 얹는다. 나는 개비의 등을 쓸어준다. 루퍼스가 TV 위 선반에 늘 놓여 있는 세스의 연장함을 뒤진다. 거기서 뭔가를 꺼내더니 "피트" 하고 부른다. 그 말투와 목소리가 심상치 않아 나는 고개를 돌려 그를 본다. 루퍼스가 발견한 것—메스 한 봉지—을 보고, 나는 세스가 우리의 철칙(절대 집 안에 들이지 않는다, 몸에 지니고 다니는 건 몰라도 집 안에는 절대로 두면 안 된다, 그랬다 간 우리 둘 다 잡혀갈 수 있다, 라는 철칙. 그러나 약물 중독자에 게 원칙이라는 게 무슨 소용이 있을까?)을 어겼음을 깨닫고, 이로 인해 어떤 일이 벌어질지 생각하며 혹렬한 공포에 사로잡힌다. 이런 생각이 머릿속에 소용돌이치고 있는데도 나는 계속 개비의 등을 쓸어내리고 있다. 아이는 지금 평안하니까. 가급적 오래 평안한 게 아이에게 더 좋으니까. 앞으로 일 분밖에 못 버틴다 해도.

나는 피트를, 사태의 추이를 재는 바로미터를 본다. 그는 금방이라도 토할 것 같은 표정이다. 루퍼스가 메스 봉지를 들고 내게 다가온다. "이게 뭔지 압니까?" 그가 버럭 소리를 지르자, 개비가 화들짝 놀라며 허리를 곧추세운다.

"메스 봉지 같군요." 나는 말한다.

"같군요? 이게 본인 게 아니라는 말입니까?"

"남편 것 같은데요. 아직 끊질 못해서."

"선생님을 구속해야겠습니다."

"잠깐, 잠깐만." 피트가 말한다. "이 친구를 구속까지 할 이유는 없어요."

루퍼스는 못 믿겠다는 표정으로 피트를 본다. "가택수색을 하던 중에 메스 한 봉지가 나왔는데, 구속을 할 이유가 없다고?"

"이 친구 게 아니에요." 피트가 말한다. "세스 거예요. 이 가족에 대해서는 내가 잘 알아요."

"그래, 왜 아니겠어. 처음부터 이 숙녀 분을 보호하겠다는 일념으로 법을 제멋대로 해석할 작정이었으니까. 하지만 우린 경찰관

이야, 피트. 누군가의 집에서 메스 한 봉지가 나오면, 그 집 숙녀분과 친구 사이라 해도 딴청을 피우면 안 되는 거야. 골칫거리를 자청하는 게 아니라면. 난 아니거든."

"제발요." 나는 말한다. "제발."

피트는 그 자리에서 죽어버리고 싶다는 표정이다. 그 순간, 나는 우려하던 일이 일어나리라는 것을 알게 된다. 네 아이의 아버지인 피트는 어떤 종류의 곤경도 감당할 수 없기 때문이다.

개비가 나에게 매달려 애원한다. "엄마, 가지 마. 제발 가지 마." 그러나 내 속의 뭔가가 맥없이 죽어버린다. "아무 일 없을 거야, 아가야," 나는 이렇게 말하고 딸아이의 손에서 팔을 빼낸다. "할머니에게 전화 걸어야 돼."

전화기를 들고 어머니의 전화번호를 누르면서 어머니가 집에 계시기를 기도한다. 이런 일로 전화하기는 정말 오랜만이다.

신호음이 울린다. 개비가 울기 시작한다. 피트가 루퍼스를 보며 말한다. "이러니까 재미있습니까?"

루퍼스는 고개를 숙여 자기 신발을 내려다본다. 재미있어하는 표정과는 전혀 거리가 멀다.

어머니가 전화를 받는다.


우리가 탄 차가 차도로 접어드는데, 축구 버스가 세워주는 곳에서 걸어오는 메건이 보인다. 빨간 유니폼을 입은 메건은 앙상하고 왜소해 보인다. 헤드라이트 불빛이 비치자 메건은 눈을 가리며 길가로 비켜서고, 나는 아이의 얼굴에 나타난 표정을 낱낱이 읽는다. 집에서 나오는 이 차가 무슨 차인가 하는 호기심. 경찰차임을 알아본 후의 불안감. 피트가 차창을 내리고 인사를 건넨다.

"메기, 안녕."

"안녕하세요, 코니그 아저씨."

"오늘 밤 에이미랑 잘했어?"

"전 에이미랑 한 팀이 아닌데요. 걔는 1군이에요."

"메기, 엄마가 지금 아저씨를 도와줄 일이 있어서 같이 가거든. 한두 시간 안에 끝날 거야."

"개비는 어쩌고요?"

"자, 엄마랑 직접 얘기해." 피트가 내가 앉은 쪽의 창문을 내려주자 메건이 다가와 기대어온다. 나는 수갑 찬 손을 다리 사이로 감춘다.

"얘야, 아무것도 아니야." 나는 말한다. "그냥 가서 아저씨들하고 할 얘기가 좀 있어." 아이를 만질 수 없다는 게 어색하게 느껴졌지만 수갑을 보여줄 수는 없다.

"알았어." 못되게 굴 때가 아니면 메건의 목소리는 그렇게 어린 애 같을 수가 없다.

"할머니가 와 계셔. 올라가서 할머니한테 인사해야지?"

"알았어." 메건은 돌아서서 계속 걸어간다.


피트와 루퍼스가 나를 카운티 교도소로 데려가 교도관들에게 넘긴다. 그 순간부터 나는 공식적으로 그들의 소관을 벗어난다. 밤이라서 근무중인 판사가 없기 때문에, 나는 구치소에서 밤을 지

새우고 다음 날 아침 법정에 가야 한다. 그렇게 되면 직장에 지각을 할 것이다.

이 구치소는 전에도 와봤지만, 늘 약에 취해 있었기 때문에 마치 처음 온 것 같다. 여자 교도관이 나를 작은 방으로 데려가더니 문은 열어둔 채로 놔둔다. 옷을 벗어 벤치 위에 던져놓으라고 말한다. 나는 발가벗은 채로 몸을 수그려 엉덩이를 벌려야 한다. 그 시점에 나는 개비와 함께 부엌에 있던 때처럼 몸과 마음을 분리한다. 이건 내가 아니야, 라고 생각한다. 이 엉덩이도 내 것이 아니고, 이 여자 앞에서 활짝 벌리고 있는 이 모든 부위도 나와는 상관없어. 안 들리던 소리가 들려와 머리를 아래로 떨구며 다리 사이로 보니, 두 남자 교도관이 여자 교도관 뒤에 서서 구경을 하고 있다. 이건 내가 아니야, 나는 생각한다. 우리는 그냥 창문을 사이에 두고 마주 보고 있는 거야.

"이제 쪼그려 앉아서 제자리뛰기를 해요." 여자가 말한다.

"네?"

"못 들었어요? 쪼그려 앉아서 제자리뛰기를 하라고."

"왜요?"

"안 하겠다는 거예요?"

"이유를 묻고 있어요."

"질문에 답하는 건 내 소관이 아니에요."

쪼그려 앉았다가 깡충 뛰어오르면서 나는 납득한다. 이렇게 하면 몸 안에 감춘 밀반입품들이 죄다 밖으로 튀어나올 것이다. 젖가슴이 펄떡대고, 겨드랑이에서 흘러내린 땀방울이 바닥으로 떨어진다. 내 안의 뭔가 나쁜 것이, 나 자신도 있는지 알지 못했던 끔찍한 뭔가가 튀어나오는 게 아닌지 겁이 난다. 그 때문에 그만 뛰고 싶은데, 여자는 계속 깡충깡충 뛰라고 말한다. 내 불안을 읽었기 때문일 수도 있고, 질문한 것을 벌하기 위해서일 수도 있고, 자기 뒤에 서 있는 남자들을 즐겁게 해주기 위해서일 수도 있다. 나는 계속 제자리뛰기를 한다.

　어렸을 때 나는 이야기를 지어내길 좋아했다. 이야기가 내 안에서 쉼 없이 샘솟아 넘쳤다. 내 머릿속에는 늘 어떤 목소리가 속삭이고 있었다. 목소리와 나 사이에는 비밀이 있었다. 나는 고향을 떠난 후에도 언제나 고향 사람들의 입에 오르내리는 타입이었다. 내 주변에는 많지는 않지만 그래도 그런 사람들—아이스 스케이터 한 명, 코미디언 한 명—이 몇몇 있고, 그들이 고향을 찾아오면 다들 그들이 어느 술집에 가는지, 어느 교회의 파티에 가는지 궁금해서 난리도 아니었다. 선생님들은 내가 특별하다고 생각했다. 어머니도 그랬다. 어머니에게 나는 '초록 눈의 우리 예쁜이'였다.
　인생 최초의 실수를 저지른 건 서둘렀기 때문이었다. 나는 눈앞에 보이는 걸 무턱대고 덥석 붙잡았다. 록스타 세스와의 결혼, 아이를 가진 것. 나는 언제나 특별했고, 그런 특별함은 어떤 일에도 변치 않고 한결같을 거라고 믿었지만, 이번 경우에는 그렇지도 않은 모양이었다.
　상황이 수습할 수 없을 정도로 극에 달했음을 깨달았을 때(내가 두 아이를 돌보느라 곤죽이 되어 있는 동안 세스는 밴드와 틀어져 며칠씩 잠적했다), 내가 삶의 막장에서 뒹굴고 있음을 깨달았을 때는 너무 늦어버렸다. 내게는 두 딸과 메스를 피워대는* 남편과 지역 전문대학에서의 일 년이 남아 있었다. 그때도 나는 여전히 고향에서 이십 분 거리에 살았다.

나는 최초의 한 모금을 세스와 함께 했다. 나쁘다는 건 알았지만 경찰 노릇 하는 데도, 세스에게 애원하고 화를 내는 데도, 그가 집에 왔을 때 팸퍼스 기저귀를 그의 얼굴에 집어던지는 데도 넌더리가 나 있었다. 예전처럼 그와 유대감을 느끼고 싶었다. 그래서 딸아이들이 낮잠을 자던 어느 날 오후, 세스와 함께 한 대를 피웠다. 세상에, 그때를 떠올리는 지금도 그 생각은 딱 일 분만 해야지, 안 그러면 내 몸 전체가 해갈을 모르는 굶주린 입으로 돌변하고 만다. 그게 얼마나 섹시한 물건이었던지, 그날 나는 몇 달 만에 세스와 굶주린 듯 섹스를 했고, 딸아이들이 훌쩍대며 문을 두드리는데도 끝낼 줄을 몰랐다. 문득 창밖을 보니 세상이 떨쳐 일어나 생기를 띠고 있었다. 묵직한 나무들, 하늘. 그리고 나는 다시 세상의 중심이 되었다. 우리는, 세스와 나는 다시 일어설 터였다. 내 머릿속의 목소리가 되살아나 나에게 이야기를, 너무나 많아 받아적기도 벅차고, 따로 떼어내 구분하기조차 힘든 이야기들을 들려주었다.

---

* 메스는 주로 주사를 통해 혈관에 직접 투약되지만, 미국의 경우, 유리 파이프나 돌돌 만 알루미늄포일에 열을 가해 담배처럼 피우기도 한다.

그리고 영장수색과 구속이라는 그 모든 수모를 감당하고, 코리를 잃고, 암울하게 멍한 상태로 몇 달을 병원에서 지내고 난 뒤, 나는 그저 살아남아, 중독에서 헤어나, 내게 남겨진 두 딸아이를 되찾았다는 데 안도했다. 나는 유리로 만들어진 세상에 살듯 신중하게 운신하게 되었다. 대학에 일자리를 얻었고, 학사과정을 마쳤고, 문예창작 석사과정을 시작했다. 하지만 그 모든 것에 감사하고, 그것이 내게 과분하다는 것을 누구보다 잘 알면서도, 어찌 된 일인지 행복하다고 말할 수는 없었다. 나는 구제되었다. 맞는 말이다. 운이 좋았다. 두말하면 잔소리다. 다 맞는 말이다. 그런데도 행복은 약에 취하는 것 말고는 달리 얻을 수 없다는 생각이 들었다. 그러나 나는 앞으로 살면서 단 하루도 행복한 날이 없다 해도, 다시는, 하늘이 무너져도, 그것에 손대지 않을 작정이었다.

　그런 나에게 레이가 행복을 되찾아준 것이다. 마치 성인이 된 뒤 휩싸이는 욕정과도 같은, 어린 시절 느꼈던 온몸이 짜릿해지는 흥분을. 크리스마스, 포도맛 쿨에이드, 나무 위 집에서 놀기에서 느꼈던 정말 순수한 흥분을. 야간 수업이 끝나면 나는 그에 필적할 더없이 순수한 희열을 일주일 내내 맛보았다. 다시 책을 읽기 시작했고, 이삼 일 간격으로 소설책을 한 권씩 읽어치웠다. 점심 시간에는 피크닉 벤치에 앉아 지나다니는 차들이 일으키는 굉음의 고리를 들으며, 그 너머의 무언가를 들으려 했다. 있는 듯 없는 듯, 너무 신경쓰면 달아나버릴 것 같아 조심스러운 아련한 그 소리. 하지만 나는 알았다, 그 목소리가 돌아왔음을.

다음 날 아침, 나는 법정에 소환되어 국선 변호사와 함께 판사 앞에 서 있다. 피트도 와 있다. 그는 검사에게 메스는 내 것이 아니라 세스의 공구상자에서 찾은 것이고, 기껏해야 3.5그램 정도밖에 되지 않는다고 말한다. 판사는 사건을 기각하고, 나는 집으로 가서 샤워를 하고, 일하러 가기 위해 옷을 갈아입는다.

그날 밤, 나는 접이식 침대를 접어 딸아이들의 방에서 끌어낸다. 레이가 도주한 지도 한 달이 지났다. 그는 영영 나타나지 않을 것이다. 아직 이 부근에 있다면 잡혔을 것이다.

갑자기 영영 빠져나올 수 없는 담요에 뒤덮이듯, 우울증이 나를 덮쳐온다. 여름이 찾아오고, 나는 딸아이들을 간신히 여름 캠프에 보낸다. 학교에서는 사람이 없을 때면 책상에 머리를 괴고 엎드린다. 내 컴퓨터가 딸깍거리는 소리, 여름학기를 듣는 학생들의 고함 소리, 멀리서 울리는 전화벨 소리가 들린다. 나는 꼼짝도 않고 엎드린 채, 감은 눈 안에 떠오르는 여러 색깔을 바라보고 있다. 사람들의 발소리가 내 자리 쪽으로 다가오면, 몸을 일으키고 두 손을 키보드에 올려놓는다.

주말에는 침대를 벗어날 수가 없다. 얼굴이 어찌나 부었는지 딸아이들이 내 얼굴을 바로 보지 못할 정도다. 나는 세스와 함께 쓰는 방 안의 접이식 침대 위에 누워 있다. 가끔 개비가 들어와 내 옆에 눕는다. 이렇게 누워만 있는 것이 아이에게 상처가 된다는 것을, 아이를 더 불행하게 만든다는 것을 나는 안다. 그런데도 움직일 수가 없다.

"엄마가 기분이 좋아졌으면 좋겠어." 개비가 말한다.

나는 아이를 품으로 당겨 끌어안는다. 단지 끌어안는 것만으로도 숨쉬기 어려울 만큼 힘이 든다. 미안하다고 말하고 싶지만, 아이에게 용서를 구하는 게 지독한 이기주의라는 생각이 든다.

"엄마는 너를 정말 사랑한단다, 아가야." 나는 말한다. "알고 있니?"

아이는 고개를 끄덕인다.

"정말 아는 거야?"

"응, 알아."

그것만으로도 놀라운 일이라고 나는 생각한다. 메건은 들어오지 않지만, 그애가 원망스럽진 않다.

결국 어머니가 온다. 딸아이들이 전화를 한 것이다. 어머니가 할 말들을 생각하니 덜덜 떨릴 정도로 겁이 나지만, 어머니는 내 이마에 손을 얹고 가만히 있을 뿐이다. 어머니의 서늘한 손가락에 기분이 좋아져 눈을 감는다. "어디 좀 떠나 있는 게 좋겠다." 어머니가 말한다.

"떠나요?"

어머니는 내 이마에서 손을 떼고는 헝클어진 재색 머리칼에 언제나 꽂혀 있는 상아 빗을 고쳐 꽂는다. "며칠 재충전 좀 하지 그러니. 가고 싶은 곳이 생각나면 아이들은 내가 얼마든지 봐줄 수 있는데."

"아이들을 떠날 순 없어요." 나는 말한다. "지금까지 그런 것만으로도 충분해요."

어느 날 나는 (더위를 뚫고 걸어갈 여력도 없어서) 학교 책상에서 점심을 해결하면서 구글 검색창에 **호텔**과 **성**과 **유럽**을 쳐넣은 다음, 모니터에 뜨는 작은 그림들을 바라보기 시작한다. 바닥 문을 열고 아래로 계속 내려가듯이, 한 사이트에서 또다른 사이트로 이어진다. 무슨 성이 이렇게 많지? 나는 생각한다. 사람들이 늘 유럽이 작다고 하던데, 이렇게 많은 성들을 감당할 공간이 없어서인가.

그렇게 따라가는데, '아성the Keep'이라는 이름의 호텔이 눈에 들어온다. 사진에는 여러 채의 탑이 있는 성이 있다. 사이트를 클릭하자 작은 슬라이드 화면이 이어진다. 황금색 태양빛을 받아 빛나는 성이 나타나더니, 긴 직사각형의 탑이, 다음에는 지하 터널 미로가 그려진 오래되어 보이는 지도가 나타난다. 이윽고 둥글고 커다란 수영장이 나타난다.

나는 의자를 책상에서 밀쳐내고 무릎에 머리를 묻는다. 자각증상도 없이 약에 취해서 머리가 이상해진 게 아닌가 싶어 두렵다. 그날 하루를 돌이키며 약을 했는지 안 했는지 확인해보아야 할 정도다.

다시 의자를 끌어당겼을 때도 슬라이드 화면은 여전히 돌아가고 있다. 성, 탑, 지도, 수영장. 하워드의 성, 레이의 성. 바로 그곳이다. 잠시 후, 나는 웃기 시작한다. 맥없지만, 안도의 마음이 깃든 웃음이다. 레이의 이야기를 읽는 몇 주 내내 그 성이 실제로 있을 거라고 생각한 적은 단 한 번도 없었기 때문이다.

지도, 수영장, 성, 탑.

그를 찾아낸 것이다. 아니, 그가 나를 찾은 건지도 모른다.

호텔 숙박비가 그렇게 비쌀 거라고는 생각하지 못했다. 이틀 숙박에 항공 운임까지 감당하려면 401K*에서 현금을 좀 빼서 써야 할 것 같다. 정말로 갈지 스스로 확신하지도 못하면서 일정을 잡는다. 업무 기간 중 쓸 수 있는 휴가가 남아 있고, 어머니가 책임지고 아이들을 맡아주겠다고 하신다. 모든 것이 계획대로 진행되고 일주일 후 떠나게 되어서야 내가 일을 벌였구나 하는 느낌이 머리를 때린다. 모든 게 무모하고, 제멋대로이고, 용납될 수 없는 일처럼 느껴진다. 비행기표는 안 되지만, 호텔 예약비는 지금이라도 환불받을 수 있다. 내 전화를 받은 어머니는 들으려고도 하지 않는다. "넌 가는 거야. 됐어, 얼른 가." 어머니가 상상한 내 삶은 바다 건너 외국으로 유람을 다니는 그런 종류의 것이었구나, 하는 생각이 든다.

어머니의 집에 아이들을 데려다주자, 개비는 나를 끌어안고 입을 맞추고, 메건은 아무 말 없이 차에서 내린다. 잠시 후 차를 몰고 나오는데 메건이 집 밖으로 뛰쳐나온다. 나는 차를 세우지만, 메건은 이미 뛰다가 걷기 시작한 터라 차까지 다가오는 데 시간이 좀 걸린다. "뭐 잊은 거라도 있어?" 내가 묻는다.

대답이 없다. 메건의 목에는 작은 금색 펜던트가 걸려 있는데, 누가 준 건지는 아무도 모른다. 바야흐로 찌는 듯한 여름이라 나

---

* 미국의 대표적인 퇴직연금 제도.

무마다 매미가 시끄럽게 울어대고 있다. 마침내 메건이 입을 연다. "돌아올 거지, 그렇지?"

"당연하지!" 내가 대답하자 메건은 울기 시작한다. 이애가 우는 걸 본 게 얼마 만인지. 그런 면에서는 아이는 나를 닮았다. 감정을 드러내지 않는다.

나는 창밖으로 두 팔을 내밀어 아이에게 입을 맞춘다.


통근자용 비행기로 뉴욕까지 가서, 다시 파리 행 야간 비행기를 탄다. 존 F. 케네디 공항에 도착하니 비현실적인 느낌이 들기 시작한다. 비행기를 타는 게 몇 년 만인지. 여행가방을 사야 했다. 있는 거라고는 세스가 밴드와 공연할 때 이것저것 닥치는 대로 쑤셔넣고 다녔던 낡은 캔버스 가방이 전부였기 때문이다.

나는 창가 쪽 자리에 앉는다. 이륙할 때 보이는 도시의 불빛이 불잉걸 같다. 깨달음의 충격이 찾아온다. 이 모든 일들—이착륙하는 비행기들, 불잉걸 같은 도시들—이 정말로 일어나리라는 사실만 깨달았어도, 삶의 나락으로 그토록 깊이 떨어지는 일은 없었을 텐데.

호텔에서 소포로 뭔가를 보내왔는데, 정신없이 나오느라 열어보지도 못했다. 아니면 지금까지 아껴두고 보지 않은 건지도 모른다. 봉투라기보다는 크림색 종이로 만든 납작하고 바닥이 얇은 상자이다. 봉인을 뜯자 바닐라 향이 난다. 상자 안에는 봉투와 똑같은 크림색의 종이에 갈색 잉크로 인쇄된 카드가 몇 장 들어 있다. 첫번째 카드.

기대하세요. 거의 다 왔습니다. 즉, 당신은 지금 이 순간의 당신과는 약간 다른 사람이 되어 집으로 돌아가게 될 경험을 눈앞에 두고 있습니다.

나는 큰 소리로 웃어버리지만, 호기심이 동한다. 대체 이게 무슨 소리일까?
또다른 카드.

'아성'에서는 전기 및 전자통신 기기를 일절 사용할 수 없습니다. 눈을 감고 심호흡을 하세요. 당신은 할 수 있습니다. 도착하면 소지하신 전자기기들은 모두 안전금고에 보관하게 됩니다. 이 포기의 의식은 중요한 것입니다. 그렇게는 못 하겠다는 생각이 드신다면, 당신은 아직 '아성'을 방문할 준비가 안 된 상태입니다.

또다른 카드.

'아성'에서는 홀에서 직접 연주하는 중세 음악을 들으며 즐기는 저녁 만찬 외에는 그 어떤 공식적인 엔터테인먼트도 제공되지 않습니다. 그것은 당신이 직접 할 일이니까요. 우리는 당신을 믿습니다. 이제 당신 스스로를 믿을 때입니다.

나는 나도 모르게 옆에 앉은 남자를 돌아본다. 그는 이미 수면

마스크를 쓴 채 파란색 기내 담요를 고치처럼 뒤집어쓰고 있다. 이걸 누군가와 함께 보면서 웃고 떠들어야 하는데! 나는 기내 좌석을 한 줄 한 줄 훑어본다. 내 마음을 알아주고 이해해줄 사람과 눈이 마주치길 바라며. 나 말고도 누군가가 또 있다는 걸 알기 때문이다. 컴퓨터 화면에서 '아성'을 본 이후 내내 그렇게 느껴오고 있다.

비행기는 새벽 다섯시 삼십분에 여명에 붉게 물든 하늘 아래 착륙한다. 한숨도 자지 못했다. 눈에 들어온 파리의 정경은 비행기에서 여행가방을 끌어내는 수하물 담당자들과 그들이 떠들어대는 근사한 언어로 가득 차 있다.

프라하까지 또 비행기를 타고 가서 기차에 오른다. 기차가 역을 빠져나오며 도시의 빈민 지역을 지나자, 아이들이 우리에게 손을 흔든다. 그제야 나는 잠이 든다.

눈을 떴을 때, 나는 다른 세상에 와 있다. 산과 나무들. 창밖으로 작은 통나무 오두막들이 보인다. 여긴 어디지? 내 딸들은 어디 있지? 아이들을 버리고 그애들의 삶을 위험에 빠뜨리다니, 엄청난 잘못을 저질렀다는 생각에 의자에서 얼어붙은 듯 옴짝달싹할 수가 없다. 몇 분이 지나서야 겨우 진정된다. 그러면서 문득 이상한 생각이 든다. 지금 겪는 모든 일은 현실이 아니고, 나는 아직 집에 딸들과 함께 있는 게 아닐까. 모든 것은 평소 그대로인데, 나의 일부가 어딘가 다른 차원으로 떨어져나와 이런 꿈을 꾸고 있는 건 아닐까.

얼마 후에 차장이 와서 내 어깨를 톡톡 친다. 다시 깜빡 잠이 들었다. 기차가 포효하고 한숨을 내쉬며 역에 도착한다. 기차에서 내리자 공기가 너무 싸늘해서 깜짝 놀란다. 야스퍼라는 이름의 깡마른 금발 남자가 마중 나와 있다가 내 여행가방을 받아든다. 우리는 기차역을 나와 좁다랗고 뾰족한 언덕들로 에워싸인 골짜기로 들어간다. 성은 햇빛에 황금색으로 물든 채, 바로 우리 위의 언덕에서 장엄하게 굽어보고 있다. 그 모습이 내가 상상하던 그대로여서인지, 혹은 그것을 보자마자 그전까지 마음속에 떠올린 모든 게 싹 사라져버렸기 때문인지 모르지만, 성을 보자마자 나는 생각한다. 바로 저거야!

우리는 골짜기에서 케이블카를 탄다. 두꺼운 케이블을 따라 미끄러져 올라가자, 벌써부터 헐벗은 나무들이 발밑에 펼쳐진다. 다시 고개를 드니, 케이블카는 금방이라도 들이받을 듯 빠른 속도로 산을 향해 내닫고 있다. 나는 눈을 질끈 감는다.

야스퍼가 묻는다. "좀 무서우시죠?"

"그러네요." 나는 대답한다.

거대한 철문, 두 개의 탑. 안으로 통하는 옆문. 모든 것이 더없이 낯익어 두번째 방문 같은 느낌이다. 레이가 그 정도로 세부 묘사에 탁월했나? 잘 모르겠다. 그 글이 좋았던 건 레이가 썼기 때문에, 그의 손길이 지나간 원고였기 때문에, 그것을 통해 우리가 대화를 할 수 있었기 때문이다. 그 글이 정말 좋은지 아닌지를 따지려 한 적은 없다.

로비는 화려하고 고요하며, 위를 비추는 바닥 조명 때문에 울퉁

불통한 돌벽의 음영이 한층 과장되어 보인다. 내 앞에서 체크인하는 부부는 부자들이다. 피부에도 엄청 돈을 들인 게 보인다. 여자가 나를 힐긋 본다. 여자가 다른 곳으로 시선을 옮기자 마음이 놓인다.

가져온 전자기기를 은색 상자에 담은 후, 상자를 잠그고 열쇠를 받는다. 내가 가져온 전자기기는 헤어드라이어가 전부다.

야스퍼는 굽이진 계단을 올라가 내 방까지 안내한다. 그는 나에게 이 성에 대해 이야기해준다. 12세기에 처음 아성이 지어질 때의 이야기. 성의 나머지 부분은 13세기에서 14세기에 걸쳐 지어졌고, 18세기에 이르러 한 일가의 사유지로 변경되었다.

가슴속이 팔딱거린다. 꼭 비누거품이 보글거리는 것 같다. 집중을 할 수가 없다.

내 방은 대니가 묵었던 방이라고 해도 좋을 정도다. 높은 천장, 벨벳 커튼이 드리운 침대, 장작이 타고 있는 벽난로, 작고 뾰족한 창문들. 창밖으로는 나무들 위로 솟아오른 네모지고 좁다란 아성이 보인다.

침대에 누워 매트리스의 감촉을 느껴본다. 아래층에서 받아온 두번째 편지 상자를 열어보니 바닐라 향이 나는 크림색 카드들이 또 들어 있다.


잘 차려입겠다는 생각은 버리세요. 그보다는 다른 데 신경을 쓰시라고, 비가 오든 화창하든, 낮이든 밤이든, 그 누가 입든 똑같아 보이는 헐렁하고 편한 옷을 준비했습니다.

성내의 안전을 보장합니다. 낮이건 밤이건, 발 닿는 대로 어디든 가도 좋습니다. 불이 필요하면(특히 터널 여행 시 필수품입니다) 바로 말씀해주십시오. 저희 직원들이 도처에 대기중입니다.

다른 고객들이 같은 공간에서 같은 시간을 누리고 있을지도 모른다는 사실을 기억해주시길 부탁드립니다. 잊지 마십시오. 여러분은 다른 사람들이 아닌 여러분 자신과 대화하기 위해 이곳에 왔습니다. 다른 분들과 인사를 나누거나 눈을 마주칠 필요는 없습니다. 그런 것은 앞으로도 평생 할 수 있습니다.

스르르 잠이 든다. 깨어나니 벽난로의 불이 꺼져 방 안은 춥고, 입고 있는 옷이 땀에 젖어 찝찝하게 느껴진다.

뜨거운 물에 오래도록 샤워를 한다. 머리는 빗질만 하고 그대로 늘어뜨린다. 호텔에서 나를 위해 가져다놓은 옷을 입는다. 보통 운동복과 비슷한데, 말할 수 없이 부드러운 캐시미어라는 점만 다르다. 고무 깔창을 댄 푹신한 부츠가 놓여 있다. 비누거품이 퐁퐁 솟아오르듯, 가슴속이 또다시 들끓어오르기 시작한다. 나는 가슴속에 놓인 앙증맞은 단지에서 비누거품이 샘솟는 광경을 그려본다.

상상으로만 그리던 곳을 직접 두 눈으로 보면서 기대했던 그대로라는 사실에 가슴이 뿌듯해지는 기분을 표현해줄 말이 있어야만 하는데, 나는 그런 말을 알지 못한다. 전기 촛불이 한 줄로 달려 있는 복도를 따라가다가 굽이진 계단을 내려가니, 정원을 향해 활짝 열린 유리문 두 짝이 나타난다. 빽빽한 녹음 사이로 새하얀 조가비들을 깐 길이 반짝반짝 빛난다. 여러 목적지를 가리키는 작은 이정표들이 있지만 그다지 필요치 않다. 아성은 저기, 바로 내 앞에 있다.

아성 발치의 관목과 나무들은 깔끔하게 정돈되어 있다. 한 여자가 선명한 초록색을 띤 잔디밭에 다리를 꼰 채 앉아 있고, 그 옆에 한 남자가 서서 햇빛을 피해 손차양을 하고 있다. 둘 다 내게 눈길조차 주지 않아서 나는 잠시 투명인간처럼 무시당한 느낌이 든다. 하지만 그 느낌은 곧 지나가버린다. 그들은 나와 똑같은 옷을 입고 있다.

바깥 계단을 오르면서 나는 내가 알지 못하는 그 말을 쓰고픈 충동을 또다시 느낀다. 부츠의 고무 깔창이 돌바닥에 착착 달라붙고, 나는 숲 위로 올라간다.

아성 안으로 통하는 문은 무겁다. 그 문을 밀면서 심장이 쿵쾅거린다. 예상한 대로 두번째 문이 있고, 그 너머는 대니가 남작부인을 만난 방이다. 작은 창들 옆에 묵직하게 드리운 반짝이는 황금빛 커튼, 자줏빛과 주황빛으로 저물어가며 창 안쪽으로 쏟아져 들어오는 햇빛. 이 정경을 내 기대에 부응할 만큼 온전하게 담아낼 말의 부재가 나를 할퀴기 시작한다. 그래서 하나 골라본다. 대니의 언어인 알토. 그리고 그 말에 내 식의 정의를 부여한다. 알토: 어떤 대상이 자신이 상상한 바와 정확히 일치할 때를 가리킴.

장작이 타고 있는 벽난로, 문직紋織을 씌운 소파, 반짝반짝 빛나는 타원형 테이블이 있다. 알토, 알토, 알토. 창가로 다가가 문을 등지고 밖을 내다본다. 창턱에 얹은 두 손이 떨린다. 내가 기다리는 것이 무엇인지 나 자신에게도 말하지 않지만, 그게 무엇인지 나는 안다.

나는 그 자리에 서서 기다린다. 열망이 점점 더 강렬해져서 더는 버틸 수 없을 것 같다. 나는 부서지고 말 것이다. 지금 그리고 지금 그리고 지금.

지금!

소리가 들려오자 나는 뒤돌아본다. 방은 텅 비어 있지만 팔에 와 닿는 공기가 떨린다. 마치 유령이 들어온 듯이.

"레이." 나는 속삭인다.

적막. 벽난로 안에서 장작이 쓰러진다.

"레이."

나는 문으로 다가가 그것을 열고, 두번째 문도 연다. 바깥 계단을 굽어보고, 지평선의 숲을 살핀다. "레이." 그의 이름을 불러보지만, 불어오는 바람에 그 소리는 여러 갈래로 흩어진다.

"레이! 레이! 레이!" 갑자기 나는 외치기 시작한다. 그는 여기 있어야 하니까. 틀림없이 그래야만 한다. 안 그러면 그 많은 돈을 써가며 두 딸아이를 뒤로하고 여기까지 온 것이 전부 허사가 되고 만다.

나는 목이 잠길 때까지 그의 이름을 부르고 또 부른다. 아성 안으로 돌아와 문직 소파에 드러눕는다. 나는 내 인생의 가장 순수한 슬픔에 짓눌리고 만다. 코리 때처럼 죄책감과 책임감이 뒤섞인 비애가 아니다. 그것은 순수한 상실감이다. 나는 레이가 떠났음을, 다시는 그를 볼 수 없음을 안다.

나는 울기 시작한다. 자리에 누워 쿠션에 얼굴을 묻고 흐느낀다. 두어 번 문이 열리는 소리가 들리지만 고개를 들지 않는다. 레이가 아니라는 것을 안다. 나를 보자마자 자리를 뜨는 그들은 캐시미어 운동복을 입은 다른 사람들이다.

마침내 나는 울음을 그친다. 어둠이 온통 방 안을 채울 때까지 나는 그렇게 누워 있다. 벽난로의 불빛이 유일한 빛이다. 그리고 불현듯 나는 종소리를 듣는다. 창문을 통해 잔물결을 일으키며 들어오는 선명하고 아름다운 소리. 다섯 번 울린다. 소리는 어두운 해변 위로 밀려오는 은빛 물결처럼 울려퍼진다.

종소리가 멈추자, 아성이 갑자기 생명을 얻은 듯 뭔가 움직이는 소리가 난다. 몸으로도 느낄 수 있다. 벽 뒤에서 바스락거리는 소리가 들리며 문이 열리고, 속삭임 같은 사람들의 발소리가 아성의 꼭대기에서 성 안의 그 모든 계단으로 이어지더니, 내가 있는 층의 문을 거쳐 밖으로 흘러나가기 시작한다.

저녁식사 시간이다.

눈물로 비워져 껍데기만 남은 나는 그곳에 누워 사람들의 발걸음이 움직이는 방향으로 귀를 기울인다. 먹을 생각도 없고 중세 음악 연주도 듣고 싶지 않지만, 어느새 나는 소파에서 몸을 일으켜 방을 떠난다. 베이지색 캐시미어 운동복을 입은 사람들의 행렬에 합류해, 다 함께 성 밖 계단으로 내려간다.

아성의 아래쪽에서 행렬은 흰 조가비 길로 접어들어 성으로 향한다. 나는 다른 길을 택한다. 칼끝 같은 추위에 손과 얼굴이 에일 듯하지만, 캐시미어 덕에 다른 곳은 따뜻하다. 견고한 회색 하늘 아래로 한 방울 오렌지빛 눈물 같은 해가 저문다.

호텔 직원들이 길을 따라가면서 둥근 유리덮개를 씌운 초에 불을 켠다. 알토. 기억이라도 하듯, 나는 내가 가고 있는 길을 안다.

사이프러스들로 이루어진 벽. 손전등으로 비추자 틈이 보인다. 몸을 비집고 들어가자 나타난 아름다운 수영장이 종소리가 그랬듯 나를 온통 뒤흔든다. 물밑으로 조명을 머금은 수영장은 둥글고 거대하다. 물은 은은한 초록빛이다. 수영장 주위에 깔린 새하얀 대리석이 온통 환하게 빛을 반사해 주위는 마치 아침 같다. 두툼한 베이지색 목욕가운 차림의 몇몇 사람들이 수영장 가장자리에 앉아 있다. 일부는 수영장 안에 들어가 있다. 사람들 얼굴을 보지 않게 된 터라, 다들 몇 살인지, 남자인지 여자인지조차 알 수 없다. 조금 떨어진 한쪽에는 옷을 갈아입을 수 있게 텐트가 쳐져 있다.

찬 공기 때문에 손가락이 곱아서 두 손을 스웨터 소맷자락 안으로 밀어넣는다. 한기가 몰아쳐 수면 위의 증기를 훑고 지나가면서 소용돌이가 일고, 수십여 개의 자잘한 회오리가 수면에 녹아든다. 주위는 시시각각 어두워져만 가는데, 수영장을 에워싼 빛의 구체는 여전히 빛나고 또 빛난다. 금세라도 터질 줄 알았던 거품이 망가지지 않고 오롯이 남아 있듯이.

마지막으로 레이를 본 날은 공식 면회일이었다. 수업이 종강했기 때문에, 교도소까지 차를 몰고 가서 주차를 한 다음 안으로 들어가 내 이름을 말하면서도 마음이 한결 편했다. 교도관이 나를 알아보았다.

내 이름은 레이의 사전승인 면회인 명단에 올라 있지 않았기 때문에, 캘거리를 통해 미리 손을 써두었다. 일일이 간섭하며 성화인 캘거리가 말했다. "홀리, 너 말이야. 나야 사정을 모르고, 알고 싶지도 않지만, 내가 무슨 말을 할 것 같냐?" 그리고 덧붙였다. "나하고는 아무 상관 없지만 사람들이 수군대고 있어, 알아?"

나는 그에게 말했다. "거의 죽다 살아난 사람이야. 다시 만나봐야겠어."

"내가 뭐래? 네 인생 네가 산다는데, 내가 뭐라겠냐고."

그런 식이었다.

나는 한껏 차려입은 차림에 지친 표정을 한 아이들과 전자레인지에서 데워지는 자동판매기 나초 냄새로 가득한 면회실의 북새통 속에서 노란 의자에 앉아 기다렸다. 이십 분 후에 레이가 들어왔다. 전보다 머리가 길고, 피부도 햇볕에 탄 것 같았다. 병원에 있을 때 워낙 핏기가 없었기 때문에 그렇게 보였는지도 모르겠다. 그를 보는 순간, 한 마디 말 없이도 우리 사이가 그대로임을 알 수 있었다. 그는 내 건너편 의자에 앉으며 말했다. "오늘 예쁘네요."

"당신이 살아 있다니, 믿을 수가 없어요." 나는 말했다.

"나도요." 그는 웃음을 터뜨렸다. "아직 갈 때가 안 됐나봐요."

"다행이에요," 나는 말했다. "정말 다행이에요."

우리는 말이 없었다. 딱히 불편하지는 않았다. 진짜 현실 속에, 바깥세상에, 혹은 그와 가장 비슷한 곳에 둘이 함께 있는 듯 느껴졌다. 우리가 일어나 함께 그곳을 걸어나오는 모습을 그릴 수 있었다.

레이가 일어나더니 내 옆에 앉았다. 그리고 말했다. "겁이 없군요. 여길 다 오고."

"그럴 수밖에 없었어요."

그렇게, 긴 침묵 속에 이따금 짧은 말들이 오갔다. 그 침묵 속에는 나머지 모든 것들을 뛰어넘는 힘이 깃들어 있는 듯 느껴졌다.

삼십 분이야, 나는 속으로 말했다. 이러다가 사십오 분까지 끌겠어. "가야 돼요." 내가 말했다.

"한 가지만."

나는 도로 의자에 등을 기댔다.

"내가 쓴 글." 레이가 말했다. "쓰레기라는 거 나도 알아요."

그래서 내가 그건 쓰레기가 아니라 다듬어지지 않았을 뿐이고, 다른 모든 것들이 그렇듯 다듬기만 하면 되고, 이제부터 시작이고, 어쩌고저쩌고 하면서 항변하려는데, 레이가 손가락을 들어 내 입술을 지그시 눌렀다. 그가 나를 만진 건 그때가 처음이었다.

"그 글을 당신에게 주고 싶어요." 그가 말했다. "앞서 이야기했듯이, 좋은 글이라서가 아니에요. 하지만 당신이 그걸로 뭔가를 만들어낼 수 있을 것 같아서요."

그의 눈빛과 얼굴에서 나는 지난 몇 달 동안 나를 채워주었던 희망과 신념을 보았다. 그러나 수업은 이제 끝났다.

그는 내 얼굴을 유심히 바라보고 있었다. "아님 말든가. 어떻게 해도 상관없어요. 하지만 당신을 위해 쓴 글이에요."

"간직하세요." 내가 말했다.

그는 깜짝 놀란 표정을 지었다. "왜요?"

"난 글 못 써요." 내가 말했다. "당신이 갖고 있어야 더 가치가 있어요."

"나더러 그 말을 믿으라고요?"

"미안해요." 고백하고 싶은 마음이 더는 참을 수 없을 정도로 넘쳐나서 결국 입을 열고야 말았다. "난 허위 자격으로 당신을 가르쳤어요. 자격증도 없는 걸요."

"돌겠군." 그는 화가 난 것 같았다.

"당신이 바보짓 할까봐 이 얘기를 하는 거예요." 나는 말했다. "나는 작가가 아니에요. 선생도 아니고."

"당신이 어떤 사람인지는 내가 알아요." 레이가 말했다.

나는 시선을 떨구어 내 손을 바라보았다. 손은 떨리고 있었고, 손톱마다 물어뜯은 자국이 있었다. 매니큐어를 바르고 왔어야 했는데. 한참 동안 침묵이 흘렀다. 그러더니, 레이가 엉망인 내 손을 두 손으로 감싸쥐었다. 병원에서 잡았던 바로 그 손. 축축하고 통통 붓고 열에 들떠 있던 그 손이라는 게 믿기지 않았다. 지금 그의 손은 힘이 넘치고 서늘했다. 건강한 손. 다 나은 거야.

"홀리." 그의 말에 고개를 들어보니 그는 다시 미소 짓고 있었다. 그는 분명 행복한 거야, 나는 생각했다. 그의 행복한 모습을 보는 건 처음이었다. "모르겠어요?" 그가 말했다. "당신은 자유예요."

우리는 서로 바라보았다. 그 말은 나에게 작별을 고하는 말처럼 들렸다. 어째서? 떠날 사람은 나인데.

탈의실에 들어가자 한 노부인이 검은 원피스 수영복과 두툼한 타월 천으로 된 목욕가운을 내게 건넨다. 탈의실 안에는 캔버스 천을 둘러 만든 작은 탈의방과 전신거울이 있다. 나는 수영복으로 갈아입는 내 모습을 지켜본다. 삼십삼 년간의 마모와 눈물 끝에, 그래도 지금 나는 여기 와 있다.

밖으로 나오니, 수영장의 커다란 초록빛 동그라미를 제외하면 사방이 컴컴하다. 추위가 손가락과 장딴지와 발을 물어뜯는다. 나는 그곳에 선 채 귀를 기울인다. 위, 아래, 나를 둘러싼 사방에서 수천 개의 작은 유리가 산산조각 나듯, 새로운 소리가 들려오기 때문이다. 하늘을 향해 고개를 들자, 추위의 편린이 얼굴에 와 닿는다. 눈이다. 오롯한 적막에 잠긴 이곳에서 나는 대기를 통과해 대리석에 내려앉는 눈의 소리를 듣는다. 일조에 달하는 투명한 존재들이 내는 차락차락 소리를.

수영장에서 피어오르는 증기는 더욱 짙어져서, 새하얀 건초 더미들이 빙글빙글 도는 것처럼 보인다. 그 안에 들어간 사람들이 잘 보이지 않을 정도다.

그것이 눈인지, 밤인지, 은은한 초록빛 물인지, 아니면 그 모든 것과 무관한 다른 것인지 나는 알지 못한다. 그러나 수영장 가장자리를 걸으면서 나는 옛적의, 어린아이와도 같은 환희로 충만하다. 나는 눈이 머리와 얼굴과 발 위에서 녹아들도록 내버려둔다. 환희가 가슴에서 흘러넘치도록 몸을 맡긴다.

눈을 감고, 그 안에 뛰어든다.

# 고독한 통신 중독자들을 위한 고딕 환상 테라피

뉴욕 힙스터의 메카, 로워 이스트사이드의 '마당발'인 한 남자
가 있다. 그의 이름은 대니다. 대니는 접속되지 않은 상태를 단 일
분도 견디지 못한다. 접속은 대니의 존재근거다. 중독이 되다 못
해 통신이 가능한 지점에선 이를 몸으로 감지하는 초능력(?)까지
갖추게 된 대니는 가히 '디지털 신인류'의 총아라 할 만하다. 말
은 근사하지만 실상 그는 접속이 되지 않은 상태를 못 견디는 볼
썽사나운 통신 중독자에 불과하다. 그뿐인가, 대니는 권력에도 중
독되어 있다. 셋 이상 모이면 생면부지라도 누가 우두머리인지 동
물적으로 직감하고 그에 따라 자신의 서열을 정한다. 그런 그가
뜬금없이 동유럽 오지에 있는 고성을 찾아온다. 모종의 이유로 뉴
욕의 조직폭력배에게 쫓기는 신세가 된 그에게 어린 시절 이후 만
난 적이 없는 사촌 하위가 구원의 손길을 내밀었다. 어린 시절엔
가족과 친지의 수치였던 하위는 놀랍게도 엄청난 부자가 되었으

며, 은퇴 후 동유럽의 고성을 신개념 테마파크로 개조하는 프로젝트에 착수했고, 그 과정에서 대니를 조력자로 초청했다. 대니는 그런 사촌 때문에 배가 아프다. 그보다 더 성가신 건 사촌에 대한 죄책감이다. 어린 시절, 대니는 하위에게 몹쓸 짓을 저질렀다. 정작 가장 성가신 건, 자신의 중독증을 고려해 힘겹게 이고 간 위성접시가 고성에선 무용지물이라는 것이다. 유선전화조차 먹통인 그곳에서 대니는 이 모든 게 사촌이 용의주도하게 놓은 덫일지 모른다는 편집증적 망상에 빠진다. 아닌 게 아니라 하위의 뒤늦은 복수극의 무대는 맞춤한 듯 괴이쩍다. 오래전 성의 수영장에서 익사했다는 쌍둥이 오누이. 성내 최후의 피난처 기능을 하는 아성 keep에서 만난, 늙은 남작부인의 탈을 쓴 아름다운 처녀 혹은 아름다운 처녀의 탈을 쓴 늙은 남작부인. 정신이 혼미한 가운데 부인과 하룻밤을 보내기까지 하는 대니! 잠깐, 그런데 이 이야기는 전부 한 남자의 머릿속에서 펼쳐지는 가상의 이야기라고?

고딕 스릴러와 판타지, 리얼리즘 장르를 종횡무진하면서도 철학적인 혜안을 제시함으로써 장르문학에서 신개념 고전의 반열에 오른 『킵』의 작가, 제니퍼 이건은 1962년 시카고에서 태어나 샌프란시스코에서 성장했다. 어려서부터 '공상 게임'을 즐겼고 네 살 때부터 독서에 탐닉했다는 그가 작가가 되겠다고 처음 결심한 것은 고등학교 졸업 후, 모델 일로 번 돈으로 일 년 동안 유럽을 여행하면서였다. '사라지고 싶었고, 동시에 말하고 싶었다'는 그는 글쓰기야말로 자신의 뿌리를 내려줄 진정한 경험임을 확신했다.

이후 펜실베이니아 대학에서 영문학을 전공하고, 케임브리지의 세인트존 칼리지에서 장학금을 받으며 작가 수업을 계속한 후『뉴요커』『하퍼스』등 여러 잡지에 단편과 칼럼을 기고했고, 단편집 『에메랄드 시티Emerald City』(1996)를 출간하면서 작가의 길을 걷게 되었다.

올해 장편『깡패들의 방문A Visit from the Goon Squad』으로 퓰리처상을 수상하면서 일약 스타 작가가 된 제니퍼 이건의 세번째 장편소설『킵』(2006)은 다양한 장르 실험과 독특한 메타픽션의 기법이 돋보이는 작품이다. 전작『보이지 않는 서커스Invisible Circus』(1995)와『나를 봐Look at Me』(2001)에서 현대 미국에 대한 '인상적인 통찰'과 '진실에 관한 예지적인 형식'을 제시했다고 평가받았던 그가 문학의 형식실험을 '철학적 질문'으로 본격적으로 구체화했다는 극찬을 받은 작품이기도 하다.

동유럽의 음울한 고성에서 외상적 경험으로 인해 소원해진 두 사촌이 재회하면서 벌어지는 일련의 불가해한 사건들을 환상기법으로 다룬 이야기는 고딕 스릴러 장르의 틀을 빌리고 있다. 고딕 장르의 작법에 익숙지 않고, 장르의 팬도 아니었던 이건이 이런 이야기를 착안하게 된 계기는 남편, 생후 8주째인 아들과 함께 벨기에 부용의 한 성을 방문하면서였다. 애초 그는 소설의 배경을 중세로 잡았으나 이내 '보다 저급한 느낌'을 살리고 싶은 생각에 시대를 현대로 옮겼다.

속류성은 이건을 줄곧 따라다니는 화두처럼 보인다. 그는 이제 껏 진지한 작가라면 피할 법한 소재와 인물들을 즐겨 선택했다. 가령, 단편 「스타일리스트」와 「에메랄드 시티」, 장편 『나를 봐』에 공통적으로 등장하는 인물은 패션모델이다. 『나를 봐』에는 테러 리스트까지 등장한다. 통속소설이나 소재주의에 매몰될 위험을 감수하면서도 그는 다소 얄팍하고 인공적인 것들에 흥미를 갖는 다. 바로 그런 것들을 통해 현대 미국의 진실을 포착할 수 있다고 믿기 때문이다. 살롱닷컴의 에이미 라이터가 '새롭게 변한 세계' 의 상징이라고 부른 현대 미국은, 이건이 보기에 '이미지의 문화' 이다. 이미지는 오늘날 인간이 갖는 경험의 패러다임이다. 그리고 자신의 이미지를 의식하고 이를 잘 사용할 수 있는 능력을 기르는 것이 현대인이 세상에 적응하는 방법이라고 이건은 말한다. 그런 의미에서 모델은 자신의 이미지를 발명하고 활용하는 방식의 '극 단적인 형태'인 것이다. 테러리스트도 모델 못지않은 이미지의 발 명가다. 둘 모두 현대 대중매체를 통해 자신의 이미지를 발산하고 영향력을 행사한다. 물론, 이미지는 진짜 현실이나 진짜 경험과는 다른 것이다. 그런데 실체가 없는 이미지는 자주 실체인 척, 실체 를 숨기거나 왜곡한다. 그리고 수많은 현대인은 그런 이미지가 만 들어놓은 왜곡된 거울방에 갇혀 길을 잃어버린다. 유폐, 환상 혹 은 망상, 편집증은 이미지의 거울방을 환영처럼 떠도는 증후들이 다. 바로 『킵』의 대니처럼.

이미지 문화를 직접 거론하는 소설을 쓰고 싶었던 이건은 B급 고딕 장르의 기괴하면서 폐쇄적인 특성이야말로 이미지 문화에 오도된 인간들을 그려내는 데 더없이 효과적인 장치라고 생각했다고 한다. 소설의 배경이 된, 동유럽 어딘가에 존재하지만 정확히 어디에 있는지는 결코 알 수 없는 고성은 그렇게 탄생했다. 그리고 고딕 장르적인 인물이자 이미지 문화에 오도(중독)된 인물, 대니가 등장한다. 그는 고성에 갇혀 편집증과 환상에 시달린다는 점에서 고딕적인 인물이고, 가상의 것(통신, 권력)에 중독되어 있다는 점에서 이미지 문화에 경도된 현대적 인물이다. 그런 그의 앞에 중세적 세계관에 경도된 나머지, 중세의 성을 개조해 중세적 삶을 테마파크 형식으로 구현하려는 사촌 하위가 나타난다. 전형적인 '루저'였던 하위는 자신을 구원한 것이 상상력이라고 믿어 의심치 않는다.

대니와 하위의 구도로 시작된 이야기의 틀은 얼마 안 가 더 크고 복잡한 틀 속으로 맞물려 들어간다. 그것은 대니를 주인공으로 이야기를 쓰고 있는 죄수 레이와, 레이를 글쓰기와 상상의 세계로 인도하는 홀리, 또 먼지 구덩이 신발상자를 유령과 통혼하는 라디오라고 믿는 동료 죄수 데이비스의 구도로 이루어진 틀이다. 이건은 액자소설 혹은 메타픽션을 도입함으로써 더욱 풍성한 이야기의 그물망을 펼친다. 두 개의 틀과 그 안의 인물들은 거울처럼 서로를 비추며 대칭적인 관계를 맺는다. 폐쇄적인 고성과 감옥. 산업사회가 질식시킨 상상력과 환상에 천착하는 하위와 데이비스.

그리고 대니와 홀리. 대니처럼 홀리도 중독자이다. 인생의 잘못된 선택, 실패한 결혼생활에 대한 자괴감을 약물로 달래며 생의 밑바닥에 누워 있던 그는 레이를 만나면서 구원의 실오라기를 찾아낸다. 둘의 관계는 상상의 실잣기에 근거하는 플라토닉한 사랑으로, 그들의 아름다운 재회는 실재가 아닌 상상의 영역에서 완성된다.

고딕 스릴러와 블랙코미디가 어우러진 심리 미스터리는 이렇듯 레이와 홀리의 관계 구도 속으로 들어가며 독특하면서도 애틋한 로맨스의 지평을 얻는다. 로맨티시즘은 이건의 소설이 갖는 가장 큰 매력 중 하나이며, 이를 위해 이건은 때로 통속성도 불사하는 듯 보인다. 그러나 중요한 것은 통속 장르의 함정을 넘어 시대를 관통하는 심도 깊은 사유를 전달하고 있다는 사실이다. 『킵』에서 하위를 통한 대니가, 데이비스를 통한 레이가, 그리고 레이를 통한 홀리가 인간 존재의 원초적인 능력인 상상력을 복원하는 과정을 거쳐 이건은 하이퍼리얼리티와 디지털 커뮤니케이션으로 상징되는 가짜 욕망과 가짜 관계가 실재를 위협하는 시대에 대한 근원적인 반성과 성찰을 촉구한다. 문학평론가 김현의 말을 빌리면 그 과정은 '순수상상력의 소산이며 존재의 한 형상'으로서의 이미지, '상상한다는 긍정적 욕구'로서의 이미지를 회복하는 것이다. 잃어버린 상상력을 복원하는 것이야말로 길을 잃고, 헛것에 중독된 개인이 '내적 고향'을 찾아 구원받는 길이라는 이건의 주제의식은 궁극적으로는 그것이 현대 문학의 소임임을 암시한다.

한 권의 책을 번역하기 시작할 때, 번역자로서 가진 정보와 노하우는 일제히 초기화되어버린다. 모든 책이 그랬지만 『킵』은 특히 그랬다. 섣부르고 서투른 번역자는 『킵』이 펼쳐놓은 상상언어의 절경 속에서 매번 길을 잃었다. 언제나 인터넷 접속이 되어 있었고, 필요할 때마다 세상의 모든 사전을 불러낼 수 있었는데도 그 모양이었으니 대니보다 더 대책이 없었음을 괴롭게 간증한다. 그러나 흔치 않은 희열과 감동도 컸다는 것 역시 밝혀야겠다. 판타지와 리얼리즘, 관념과 모험, 슬랩스틱코미디와 공포 스릴러, 할리퀸 로맨스와 철학이 한 몸으로 얽혀 상상적 오르가슴에 도달하는 과정에서 매번 희열을 맛보았다. 그리고 그 희열의 끝에서 한 줌의 본원적인 진실을 만났다. 이건의 테마파크에 발을 들인 모든 독자들이 모쪼록 그 희한하게 아름다운 체험의 기회를 놓치지 않기를 바란다. 진심으로.

최세희

옮긴이 **최세희**

국민대학교 영문학과를 졸업했다. 대중음악평론가로 활동하면서 현재 EBS라디오 〈English Breakfast〉의 작가로 활동하고 있다. 『아름다운 세상을 꿈꾸다』(공저)를 썼고, 『발칙한 한국학』『커밍 홈』『에미넴의 고백』『예술가를 학대하라』『렛미인』『힙스터에 주의하라』 등을 우리말로 옮겼다.

문학동네 세계문학
# 킵

초판인쇄 2011년 11월 11일 | 초판발행 2011년 11월 21일

지은이 제니퍼 이건 | 옮긴이 최세희 | 펴낸이 강병선
기획 김지연 | 책임편집 홍지은 | 편집 김지연 황문정 | 독자 모니터 박미진
디자인 송윤형 이원경 | 저작권 김미정 한문숙 박혜연
마케팅 정민호 김도윤 박보람 정진아 | 온라인 마케팅 이상혁 한민아 장선아
제작 안정숙 서동관 김애진 | 제작처 (주)상지사P&B

펴낸곳 (주)문학동네
출판등록 1993년 10월 22일 제406-2003-000045호
주소 413-756 경기도 파주시 문발동 파주출판도시 513-8
전자우편 editor@munhak.com | 대표전화 031) 955-8888 | 팩스 031) 955-8855
문의전화 031) 955-3576(마케팅) 031) 955-8863(편집)
문학동네카페 http://cafe.naver.com/mhdn

ISBN 978-89-546-1660-7 03840

www.munhak.com